Jessica M. Rhodes · Marmornacht

AF205168

J. M. Rhodes

MARMOR NACHT

2. Auflage
Deutsche Erstausgabe
© 2017 Inessa Rode, Hannover
Inhalt, Satz & Umschlaggestaltung: Inessa Rode
Bildmaterial: Adobe Stock / jonbilous
Lektorat: R. Hinterecker
Korrektorat: L. Bartsch

Impressum
Inessa Rode, Bronsartstr. 15B, 30161 Hannover
authorjessrhodes@gmail.com

Herstellung und Verlag: BoD - Books on Demand, Norderstedt.
ISBN: 978-3744813488

www.jessicamrhodes.com

Prolog

Die Corlson Group ist eine von Baltimores größten Software-Entwicklungsfirmen und Frank Andrew Johnson einer ihrer führenden Programmierer. Er ist ein Musterbeispiel für jene gesellschaftliche Metamorphose, wie sie sich wohl jeder Außenseiter für sein zukünftiges Leben wünscht. Als Kind war er, mit seiner pummligen Statur und seiner beinahe schon demütigen Schüchternheit, immer ein leichtes Ziel für allerlei soziale Schikane gewesen. Auch während der Collegezeit fiel es ihm schwer diese Laster abzulegen. Aber mit Corlson als Arbeitgeber fand er sich in einem Zustand wieder, der ihn massiv veränderte - ja, sogar prägte: Er war erfolgreich. Immens erfolgreich.

Außerdem lernte er für sich selbst, dass er sich mit Geld wirklich alles kaufen konnte. Er fand jemanden, der ihn mit seinem Äußeren beriet, der ihm eine Frisur und seine Kleidung aussuchte und für ihn einkaufen ging. Auch sein gesamtes Auftreten wurde mithilfe eines Verhaltenstrainers geschult und sein Körper von Personal Trainern gestählt. Binnen kurzer Zeit wurde aus dem mäusigen Frank ein anzugtragender, beneidenswerter Mr Johnson.

Er tauschte Brille gegen Kontaktlinsen. No-Name-Uhr gegen Rolex. Seine nerdige Blässe gegen Solariumbräune. Sein glattes Kinn gegen einen aufwändig in Szene gesetzten Bart und Abende vor dem PC gegen raue Barbesuche mit seinen Kumpels - häufig wechselnde Frauenbekanntschaften inklusive.

Man könnte meinen, er hätte jede seiner charakterlichen Eigenschaften im Laufe der Zeit verloren. Und für den Großteil dieser Eigenschaften stimmt das wohl auch. Allerdings blieb ihm eine klitzekleine Kleinigkeit aus Collegetagen erhalten: Johnson ist eine Nachteule. Zwar hatte er oft versucht, diesen Umstand zu ändern, fand sich aber dennoch immer wieder vor seinem Monitor, während die Digitaluhr an der Wand seines Collegezimmers sein Versagen dokumentierte. Schließlich gab er es irgendwann auf und akzeptierte den Umstand, dass er seine Nächte lieber durchmachte.

Zu seinem Glück lässt ihm die Corlson Group freie Hand, was seine Arbeitszeiten angeht und so kann er seine Schichten abarbeiten, wenn er am produktivsten ist.

Nachts.

So wie heute.

Es ist bereits vier Uhr in der Früh, als er den Whiteboard-Marker zurück auf die Ablage wirft.

Mit einem Schwung lässt er sich in seinen wuchtigen Bürostuhl fallen und reibt sich mit dem Handrücken über das kratzige Kinn, während sein Blick noch einmal prüfend über das Sequenzdiagramm schweift. Er hat es untypischerweise waagerecht an das Board skizziert, weil dieses zwar eine beachtliche Breite, aber eine fragwürdig geringe Höhe besitzt.

Nachdem er entschieden hat, dass er endlich zufrieden ist, macht er mit seinem Smartphone einige Fotos davon und schiebt dann den Bürostuhl zurück an seinen Platz hinter dem Schreibtisch. Er lässt die Rollos der riesigen Fensterfront herunter und verdeckt damit den grandiosen Blick auf die nachterleuchtete Innenstadt, vor der Kulisse des angedeuteten Sonnenaufgangs. Kurz darauf steht er auch schon auf dem Flur und verschließt die Bürotür hinter sich. Seine gesamte Etage ist leer. Die ersten Mitarbeiter würden frühestens in drei Stunden hier aufkreuzen. Die Lichter sind schon lange gelöscht und lediglich die EXIT-Schilder geben ein wenig Licht ab. Das stört Johnson allerdings nicht weiter. Er ist es gewohnt in der Dunkelheit das Büro zu verlassen.

Im hellerleuchteten Etagenvorraum, in dem sich die Fahrstühle befinden, muss er jedoch mehrmals blinzeln, bevor er dem Nachtwächter zunickt, der dort am Security-Pult sitzt. Dieser erwidert seine Geste lächelnd und fährt dann damit fort, mit verschränkten Armen die Überwachungsvideos zu inspizieren.

Johnson fährt ins Kellergeschoss und versucht sich energisch die Müdigkeit aus dem Gesicht zu reiben. Seine Gedanken bewegen sich abwechselnd zwischen dem Wunsch nach seinem Bett und der zu programmierenden Klassen hin und her. Unten angekommen folgt er dem langen, verwinkelten Flur, dessen weiße Wände ihn beinahe blenden. Er fährt sich durch die kurzen, dunklen Haare und aus dieser Bewegung heraus, beginnt er sich gedankenverloren über den Nacken zu reiben. Die Routine lässt ihn gar nicht bemerken, wie er durch die Tür in die Tiefgarage tritt. Erst als ihm bewusst wird, dass die Bewegungsmelder nicht ausgelöst haben und das Licht nicht angegangen ist, bleibt er irritiert stehen und sieht sich kurz um. Selbst sämtliche Leuchtschilder für die Ausgänge und Ähnliches sind ausgeschaltet.

Es ist stockfinster.

»Seltsam«, flüstert er vor sich hin und tut es damit für sich ab.

Er kramt in seiner Tasche nach dem Autoschlüssel und betätigt die Entriegelung, während er sich in Richtung seines Wagens bewegt. Aber es passiert nichts.

Es stehen nur sehr wenige Autos auf dem riesigen Parkplatz. Trotzdem holt er zunächst sein Handy heraus, als er an seinem Fahrzeug ankommt, um mit Hilfe des Displays zu kontrollieren, dass es tatsächlich sein Wagen ist. Es lässt sich nicht anschalten.

Akku leer?, fragt sich Johnson verwirrt. Dabei hat er es doch gerade erst benutzt …

Er ist sich nicht mehr völlig sicher, aber er glaubt sich daran erinnern zu können, dass etwas um die fünfzig Prozent für den Akku angezeigt worden waren.

Seine Augen haben sich mittlerweile halbwegs an die Dunkelheit gewöhnt und er kann schließlich sogar ohne einen helfenden Lichtschein das Nummernschild entziffern. Dies hier ist sein Auto. Dann müsste es nun reagieren, wenn er die Entriegelung betätigt.

Aber …

Nichts.

Er flucht. »Was zum Teufel?!«

Verärgert presst er mehrere Male energisch und unterschiedlich lang den Knopf der Fernbedienung, aber es regt sich rein gar nichts.

»Argh. Komm schon! Verdammtes Keyless Go.«

Plötzlich ertönt ein knirschendes Geräusch einige Meter hinter ihm und lässt ihn innehalten. Seine Nackenhaare scheinen sich langsam, eins nach dem anderen, aufzustellen, während er reglos in die Dunkelheit lauscht. Es klingt, als würde Metall über den Asphaltboden der Garage gezogen werden. Langsam dreht er sich um und versucht irgendwo eine Bewegung auszumachen, aber es ist einfach viel zu dunkel. Seine Kehle zieht sich zusammen und trocknet aus, während ihm das Herz in die Hose rutscht.

»H-Hallo?«, stottert er und schluckt schwer.

Das Geräusch stoppt und für einen Moment wird es wieder totenstill. Dann ertönt ein langgezogenes, tiefes Knurren, wie das eines wilden Tieres, aus einer Ecke des Raumes. Johnsons Atmung beschleunigt sich, aber er scheint am Boden festgewachsen zu sein. Seine Finger betätigen erneut die Entriegelung, obwohl sein Auto hinter ihm immer noch keinen Mucks von sich gibt. Fiebrig beginnt er zu überlegen, wie lange er wohl braucht, um zurück in den Flur zu fliehen.

Den Schlüssel aus der Fernbedienung zu brechen und den Türgriff der Fahrertür zu entfernen, um das Auto zu öffnen, würde ganz sicher zu lang dauern ...

Jemand - oder *Etwas* - hat es auf ihn abgesehen. Der Gedanke wird immer mehr zu einer Gewissheit.

Das Knurren geht über in eine Art Schnarren, das zugleich metallisch und wie der Ruf eines exotischen Vogels klingt und sich nun schnell, von einer auf die andere Seite zu bewegen scheint.

Oder hatte es sich nur an mehreren Orten vervielfacht? Der blanke Horror kriecht ihm in die Knochen.

Wenn er schnell genug wäre, dann könnte er es vielleicht zur Einfahrt schaffen und von dort aus irgendwie entkommen. Wieder ertönt das Schaben und mischt sich unter die restlichen Geräusche. Diesmal ist es näher. Und diesmal kann er eine Bewegung hinter einem der anderen Autos ausmachen. Das lässt einen besonders kräftigen Ruck durch seinen Körper schießen und er sprintet endlich los, um seinen Plan in die Tat umzusetzen. Ein Brüllen ertönt und er ist sich nicht sicher, ob es von ihm ... oder von *etwas Anderem* kommt.

Er ist schnell.

Seine Beine tagtäglich auf dem Laufband geübt und angefeuert durch das Adrenalin in seinen Adern, rennt er so schnell, wie noch nie in seinem Leben. Bald passiert er die erste Kurve. Die Einfahrt ist noch nicht zu sehen, aber wenn er noch einmal um die Ecke sprinten könnte, würde er sich auf die Straße flüchten können.

Doch schon im nächsten Moment, wird seinem Vorhaben ein jähes Ende gesetzt. Ein sengender, alles verzehrender Schmerz beginnt an seinem Nacken und breitet sich durch seinen Körper nach vorne aus. Er beobachtet, wie zwei Klingen aus seiner Brust herausstoßen und in grotesker Symmetrie zueinander immer länger und gebogener werden, bis sie fast seine Stirn berühren. Er spürt jeden quälenden Zentimeter ihrer Bewegungen.

Seine Füße verlassen den Boden, während er einige Zentimeter hochgehoben wird. Blut füllt seinen Mund und beginnt kurz darauf, daraus hervor zu sprudeln, sodass sein erschrockener Schrei nur ein klägliches Gurgeln ist.

Er stirbt schnell.

Sein Körper erschlafft und fällt wie eine Puppe zu Boden, während sich die Krallen wieder zurückziehen.

1

Drei Tage später.

Sicher kennt jeder diese seltsamen Individuen, die man in Super-
märkten durch die Gänge tanzen sieht, während sich ihre Lippen
stumm zum Songtext bewegen. Oder die im Restaurant nicht still
essen können, sondern mit wippenden Kopfbewegungen die Melodie
aus den rauschenden Lautsprechern begleiten. Oder in der Schul-
kantine neue Tanzmoves mit ihren Schulkameraden austesten.

Zu eben diesen Individuen zähle ich mich. *Zählte ich mich ...*
Musik begleitet mich schon mein ganzes Leben. Dabei rangieren
meine Lieblingslieder immer zwischen Klassik und Rock, wobei aber
eigentlich jeder Beat meinen Körper zum Tanzen drängt.

Jetzt gerade dröhnt ein alter Linkin Park Song aus meinen
Kopfhörern, während ich die armen Seelen, die diese Zugfahrt mit
mir teilen müssen, damit zur Weißglut bringe, nervös den Takt mit
zu klopfen. Aber auch ihre Zurechtweisungen bekommen mich
nicht still. Ich wechsele die Bewegung lediglich von meinen Fingern
zu meinen Füßen.

Für gewöhnlich habe ich mich eigentlich zumindest so weit unter
Kontrolle, dass ich mich vorher vergewissere, niemandes Aufmerksamkeit zu sehr für mich zu beanspruchen. Damit keiner meiner Mitmenschen auf die Idee kommt, ich könnte einer Irrenanstalt entlaufen
sein. In Anbetracht dessen, was ich vorhabe, kann ich diese Möglichkeit
jedoch selbst nicht ganz ausschließen.

Als der Zug endlich in den Bahnhof einfährt, glaube ich einige
Leute erleichtert aufseufzen zu hören. *Ob das an mir liegt?*

Zu diesem Zeitpunkt habe ich meine Familie mehr als zwei Jahre nicht gesehen. Kläglich, ich weiß. Wir haben lediglich ab und an telefoniert und uns zu Geburtstagen und anderen Familienfeiern kleine Geschenke zugeschickt. Zu sagen, dass wir unsere Probleme haben, wäre weit mehr als »*nur ein wenig untertrieben*« gewesen.

Sie drückte es etwas anders aus, aber als Haley - meine Schwester - mich am Telefon darauf hinwies, dass ich mich nicht ewig vor ihnen verstecken könnte und ihr Geburtstag der perfekte Anlass wäre, um ein Wochenende in der Hölle zu verbringen, blieb mir nichts anderes übrig, als ihr zuzustimmen. Aber auf die Frage, wann ich am Bahnhof ankommen würde, hielt ich meine Antwort eher vage. Gott behüte, wäre meine Mutter mich abholen gekommen. Deshalb warte ich nun auf ein Taxi und überlege mir währenddessen trotzdem um die hundert Ausreden, warum ich wieder umdrehen und zurück nach Philadelphia fahren könnte. Aber ich zwinge mich zu Stärke. *Du machst das für Haley.*

Aber in dem Moment, in dem das Taxi hinter mir wendet und mich mit meinem Köfferchen vor dem Haus allein lässt, bin ich mir da nicht mehr so sicher.

Auf einem kleinen, künstlich angelegten Hügel wächst ein perfekt getrimmter, saftig grüner Rasen. Dieser wird nur durch eine kunstvoll gestaltete Auffahrt und in Szene gesetzte Büsche unterbrochen. Hinter dem Rasen erhebt sich das Anwesen, einer Villa ähnlich, mit gleich einem Haufen einzeln angebrachter und teilweise überlappender Spitzdächer und einer weiß blitzenden Fassade. Drei große, ebenso weiße Bögen säumen die Veranda und die großzügig verteilten Fenster machen den vornehmen Eindruck komplett.

Hier stehe ich also auf dem Bürgersteig und starre versteinert das Gebäude an, in dem ich aufgewachsen bin. Erst als die Sorge, ein neugieriger Nachbar könnte mich beobachten, zu unangenehm wird, wage ich es endlich den Weg zur Haustür anzutreten. Dort angekommen, durchlebe ich die nächste Überwindung, während ich mit mir kämpfe die Klingel zu betätigen.

Als es, wie erhofft, Haley ist, die mir die Tür öffnet, merke ich, dass ich kurz die Luft angehalten hatte und seufze nun lächelnd.

»ABBY!«, ruft sie freudestrahlend und wirft sich mir so stürmisch um den Hals, dass ich kurz Probleme habe, das Gleichgewicht zu halten.

Obwohl sie drei Jahre jünger ist als ich, überragt sie mich mit mehr als einer Kopflänge. Sie ist aber noch um einiges schmäler und mit leichter Sorge registriere ich, dass sie in den letzten zwei Jahren noch mehr abgenommen zu haben scheint. *Dabei hat meine Mutter wohl keine unwesentliche Rolle gespielt*, denke ich grimmig und spüre einen enttäuschten Wutklumpen in seiner Verankerung wackeln.

»Du bist gekommen!«, grinst sie, nachdem sie mich endlich losgelassen hat - natürlich nicht, ohne mich noch einmal fest an sich gedrückt zu haben.

»Ja«, ich ziehe das Wort unheimlich lang. Dabei versuche ich wirklich, es mit genauso viel Freude herüberzubringen, wie Haley. Aber ich scheitere kläglich. Mein Mund entgleist in eine sehr viel weniger begeisterte Richtung.

Sie versteckt ihre blitzenden Zähne hinter einem wissenden Lächeln und sieht mich fast schon ein wenig tadelnd an, während sie sich eine Haarsträhne hinters Ohr klemmt. Warum sie ihre Haare in diesem Ton färbt, der um einiges heller ist, als das natürliche Blond, das wir uns ansonsten teilen würden, werde ich wohl nie verstehen.

Man erkennt zwar eine Ähnlichkeit zwischen uns, aber eigentlich haben wir äußerlich eher wenig gemein. Tatsächlich sind meiner Meinung nach, die herzförmige Kopfform und unsere Stupsnasen die einzigen Merkmale, in denen wir uns ähneln. Haley hat immer einen eher kindlichen Ausdruck auf dem Gesicht, ist schon immer *»das nette Mädchen von nebenan«* gewesen, während ich mit meinen Zügen um einiges nachdenklicher und reifer wirke.

Und ihre Haut ist ebenfalls noch um eine Nuance heller als meine und hier und da - vor allem um die Nase herum - mit leichten Sommersprossen übersäht.

Ihre Haare sind von dünner Struktur und die Enden reichen ihr bis zum Schlüsselbein und bilden dort eine perfekte, gerade Linie. Meine Haare, im Gegensatz, sind leicht gewellt, stufig, ziemlich fransig und reichen bis gerade so über meine Brust. Die grünen Augen hat sie von unserem Vater und ich die blauen Augen unserer Mutter.

Generell teilen meine Mutter und ich uns eine Vielzahl an äußerlichen Merkmalen. Tatsächlich könnte man behaupten, dass ich ihr unheimlich ähnlich sehe. Und ich hasse es.

»Wie war deine Fahrt?«

»Fantastisch«, gebe ich sarkastisch zurück. *Viel zu kurz leider …*

Sie lässt ein Kichern verlauten und bedeutet mir einzutreten.

Ein kaum merklicher Schauder überrollt mich, als mich der vertraute Geruch umfängt. Es ist ein angenehmer Duft und doch habe ich sofort das Bedürfnis fluchtartig das Haus zu verlassen.

»Wir essen gerade. Du kannst deinen Koffer vorerst an der Treppe stehen lassen. Wir bringen ihn dann später ins Gästezimmer«, flötet sie fröhlich vor sich hin und schlägt den Weg zum Esszimmer ein.

»Gästezimmer?«, frage ich verwirrt, erhalte aber keine Antwort mehr.

Am Inneren des Hauses, wie auch am Äußeren, hat sich rein gar nichts verändert. Dieselben eleganten Möbel stehen an denselben Plätzen, gepaart mit einer überschaubaren Anzahl an Dekorationsartikeln. Alles ist perfekt zu einander ausgerichtet und wohl durchdacht drapiert, damit jedes Zimmer mühelos in einem Hochglanz-Inneneinrichtungsmagazin abgebildet werden könnte.

Supersonderausgabe. Richten Sie Ihre Wohnräume ein, wie die Profis - Featuring Marilyn Grant. Extra: Marilyn im Interview: Ihre Gedanken zu ihrer missratenen Tochter Abigail, denke ich zynisch und hole noch einmal tief Luft bevor ich um die Ecke durch den Bogen ins Zimmer trete.

»Hallo«, gebe ich von mir und rolle innerlich verärgert mit den Augen, weil es so schüchtern klingt.

Bis auf den, für unsere vierköpfige Familie viel zu großen, Echtholztisch ist alles in dem Esszimmer ziemlich hell gehalten. Ich muss mich korrigieren. Etwas hat sich verändert: Ziemlich futuristisch aussehende, durchsichtige Stühlen umrunden großzügig den Esstisch - *Die* sind neu. Haley setzt sich gerade, als meine Eltern den Kopf heben, um mich zu grüßen.

»Oh, Abigail«, ruft meine Mutter aus und lächelt, als hätte sie nicht gewusst, dass ich heute kommen würde. Aber ihr Lächeln erreicht ihre Augen nicht.

Mein Vater sitzt, wie gewöhnlich, mit einer Zeitung in den Händen da. »Hallo, Prinzessin.« Er strahlt. »Setz dich doch. Wir wollten gerade essen.«

Als hätten sie nicht die ganze Zeit noch mit dem Essen auf mich gewartet …

Wozu das? Wieso ein Theaterstück aufführen?

Einen Moment stehe ich noch unschlüssig da. Ich hatte mich immer wieder erfolgreich davor drücken können, wieder einen Fuß in dieses Haus zu setzen. Und nun? Nach all der Zeit, die ich nicht mehr hier war, hatten sie nicht einmal eine Umarmung für mich übrig. Zu meiner Verwunderung muss ich zugeben, dass mich dieser Umstand sehr verletzt. *Ich wiederhole es gerne: Es sind immerhin zwei ganze Jahre vergangen!*

Aber, nein. Sie tun so, als wäre nichts gewesen und ich wäre gerade lediglich von der Schule wieder nach Hause gekommen.

Zögernd setze ich mich auf den Sitzplatz, auf dem ich schon immer gesessen habe, weil auch die anderen drei noch immer stur die Sitzordnung beibehalten, die schon vor meiner Geburt zu gelten schien.

»Soll ich dir etwas auftun?«, fragt Mum mich plötzlich, steht halb auf und deutet mir an, dass ich ihr meinen Teller reichen soll.

Langsam gebe ich ihn ihr. Verwirrt. »Ja, danke.«

Mum hat ein kantiges Gesicht und ausgeprägte Wangenknochen. Ihre Augen sind wachsam und streng. Sie glättet ihre schulterlangen Haare noch immer, was sie schon ganz strohig hat werden lassen. Von uns Vieren ist sie die Größte, während ich die Kleinste bin.

Welch' Ironie …

Nachdem sie lächelnd etwas von dem köstlich riechenden Essen auf meinen Teller gegeben hat, reicht sie ihn mir zurück.

»Hast du etwa zugenommen, mein Schatz?«, bemerkt sie dann.

Wundervoll. Gratis Portion Schuldgefühle zum Essen. Ich muss fest die Zähne zusammenbeißen, um aufgrund dieser »*Taktik*« nicht laut loszulachen. Seit jüngsten Kindertagen macht sie das mit uns.

»Das nennt man Normalgewicht, Mum«, ist meine schnippische Bemerkung.

»So? Gibst du denn keine Ballettstunden mehr?«

»Doch.«

»Das kann man mit *Normalgewicht*?« Ich hasse es, wie sie das Wort betont. So provozierend. So, als will sie sich über mich lustig machen.

»Deshalb mache ich es ja, *weil* diese kleinen Mädchen einfach nur tanzen lernen wollen. Ihnen ist nicht so wichtig, ob ich in allem *perfekt* daher komme«, kopiere ich ihre Betonung.

»Klingt ja vielversprechend.« Einem Außenstehenden, käme es wie eine nette Bemerkung vor. Aber ich kenne meine Mutter und das war ihre Codesprache für »*Keines dieser Mädchen wird es auf ein auch nur akzeptables Niveau bringen.*« Weil das natürlich bei diesen sechs- bis zehnjährigen Mädchen, die ich unterrichte, auch schon absehbar wäre. Ich rolle erneut innerlich mit den Augen. Dabei sind einige von ihnen wirklich unheimlich gut. Aber danach wird nicht gefragt.

»Na, wenigstens hast du so überhaupt noch die Möglichkeit ein wenig zu tanzen.« Wieder ihre Codesprache. In mir beginnt es zu brodeln, aber ich bleibe still.

Tatsächlich beginnt sie im nächsten Moment zu essen und erlöst mich so fürs Erste von ihren verdrehten Worten. Zum ersten Mal kann ich wieder aufatmen und den Blick über den Tisch gleiten lassen. Haley hat die ganze Zeit über unserem Gespräch gelauscht. In der weisen Vorsicht, sich nicht einzumischen. Mein Gesicht muss ziemlich zerknautscht aussehen, denn sie wirft mir einen *»Reg dich nicht auf. Sie hat ihr Pulver sicher noch nicht verschossen«*-Blick zu.

Am anderen Ende des Tisches sitzt Dad mit seiner schlaksigen Statur und ist noch immer über seine Zeitung gebeugt. Er hat sehr kurzes, schütteres Haar, das bereits eine Halbglatze bildet. Das ehemalige Braun war schon lange einem dunklem Grau gewichen und müde, tiefe Falten haben sich um seine grünen Augen gesammelt. Ich bin mir zu hundert Prozent sicher, dass er unserem bisherigen Gespräch null gefolgt ist.

»Steht was Interessantes in der Zeitung?«, frage ich betont beiläufig, um irgendwie die gruselige Stille zu überspielen, bevor Mum noch auf die Idee kommt, etwas anderes zu sagen.

Er hebt den Blick und seine Stirn glättet sich sofort ein wenig. Bedächtig schiebt er seine silbern glänzende Brille ein Stück die Nase hoch, während er spricht. »Tja. Scheinbar beherbergt Baltimore seit Neuestem einen Serienkiller.«

»Müssen wir wirklich jetzt über so etwas sprechen?«

Noch haben wir über gar nichts gesprochen, denke ich bitter und Dad übergeht einfach den empörten Einwurf meiner Mutter. »Seit Wochen schon, liest man nur noch von diesen brutalen Morden. Es geht bergab mit unserer schönen Stadt. Dieser Bericht ist schon der siebte dieser Art. Diesmal wurde das Opfer in der Tiefgarage von Corlson gefunden.«

»Corlson?«, frage ich neugierig und schiebe mir ein wenig Kartoffelbrei in den Mund. Der Name kommt mir bekannt vor, aber wirklich einordnen kann ich ihn nicht.

»Das ist dieses Software-Unternehmen direkt in der Innenstadt«, hilft mir Haley aus.

Dad nickt. »Es ist einfach unglaublich. Die müssten doch eigentlich ein sehr strenges Sicherheitssystem haben. Aber es gibt gar keine Spuren und es klingt verdammt so, als hätte die Polizei nicht mal den kleinsten Verdacht.«

»Matthew, wir fluchen nicht zu Tisch.«

»Liebes«, Dad setzt, mit einem zuckersüßen Lächeln, zu einem versöhnlicheren Ton an, »schon auf der Arbeit muss ich nichts anderes als gestelzt reden. Lass mir doch zumindest Zuhause die paar Flüche.«

Ich kann ihr ansehen, dass sie damit nicht zufrieden ist, aber sie entscheidet sich wohl, es einfach zu ignorieren.

Dad sieht mich ernst an. »Auch die Schießereien häufen sich«, seufzt er.

»Eine konnten wir letzte Woche sogar hören. Das muss ganz in der Nähe gewesen sein. *Hier!* Es war nur ganz kurz, aber *so* laut. Ich konnte die ganze restliche Nacht kein Auge mehr zu machen«, erzählt Haley ganz aufgeregt und ich sehe sie erschrocken an.

»Da möchte ein guter, fleißiger amerikanischer Mann nach einem langen Arbeitstag nichts weiter als nach Hause kommen. Hat sich sicher die ganze Nacht über den Rücken krumm gearbeitet … Aber so ein Arsch-«

»Matthew!«, schreit meine Mutter fast und starrt ihn daraufhin rasend an.

»Entschuldige«, meint er seufzend und revidiert seinen Ausdruck dann. »Aber so ein *Typ* hat nichts Besseres zu tun, als ihn abzuschlachten.«

Ich muss ein Schmunzeln unterdrücken.

»Bist du jetzt endlich fertig?« Meine Mutter versucht gar nicht erst ihren Frust zu verstecken.

»Ja, ich bin fertig, Liebling.«

»Darf ich mal sehen?«, frage ich und ignoriere ihr ungläubiges Augenrollen.

Er reicht mir die Zeitung rüber. Es ist gleich auf dem Titelblatt: »*Brutale Mordserie geht weiter - Muss sich Baltimore nun Sorgen machen?*« Dazu ist ein Bild von dem Opfer abgebildet und darunter steht »*F. A. Johnson, 35 Jahre*«. Er trägt einen Anzug und hat die Arme verschränkt, während er verschmitzt in die Kamera lächelt. Allein das Foto suggeriert mir schon, dass er wohl ein absoluter Überflieger gewesen sein musste. Dafür muss ich nicht erst die Lobeshymne lesen, die der Anfang des Artikels anzudeuten scheint.

»*Der Nachtwächter fand ihn in den frühen Morgenstunden … wurde mit einem besonders scharfen Gegenstand förmlich zerfleischt … es fehlten mehrere Organe … Polizei geht von einer rituellen Tötung aus, gibt aber ansonsten keine Auskunft über die Ermittlungen … von Täter und Tatwaffe fehlt jede Spur …*«, überfliege ich den Text.

»Können wir jetzt über nettere Dinge sprechen?« Mums Stimme klingt gepresst und sie starrt fest auf einen Topf, während sich ihre Lippen verärgert kräuseln.

»Wie läuft das Pre-Law Programm, Abigail?«, tut mein Vater ihr den Gefallen.

Ich packe die Zeitung zusammen und lege sie beiseite. »Gut«, antworte ich dann.

»Wie liegt der Schnitt deiner letzten Prüfungen?«

»Naja. B+«, nicke ich zögerlich.

»Das klingt doch nicht schlecht.«

Ich weiß, dass er sich wohl etwas Anderes dazu denkt, aber überspiele es. »Nicht das, was ich mir erhofft hatte. Aber ich kann damit arbeiten.«

»Nun, apropos gute Leistungen«, ruft meine Mutter mit einem Klatschen aus, das mich zusammenzucken lässt. Sie scheint plötzlich tatsächlich reges Interesse daran zu haben, sich in das Gespräch einzubringen und das versetzt mich augenblicklich in Alarmbereitschaft.

»Mum«, höre ich Haley ermahnend nuscheln, während sie in ihrer winzigen Portion herumstochert.

Aber Mum hört nicht auf sie. »Haley hat einen Vertrag bei einer Company angeboten bekommen.«

»Oh mein Gott!«, rufe ich aus und mir bleibt der Mund offen stehen. Ich sehe Haley an. »Ist das wahr?«

Sie nickt zaghaft und reibt sich mit einer Grimasse den Nacken.

»Wow! Haley! Herzlichen Glückwunsch!« Ich kreische beinahe vor Freude und nehme sie quer über den Tisch in den Arm.

Sie sieht mich völlig verblüfft an und findet ihre Worte erst wieder, als ich mich wieder auf meinen Stuhl fallen lasse. »Ich, erm«, sie stockt. »Es bedeutet mir viel, dass du dich so für mich freust«, flüstert sie und ich sehe Tränen in ihren Augen glitzern.

Ich runzele kurz die Stirn und führe dann das Gespräch weiter. »Und? Welche Position?«

»Vorerst leider keine Solistin. Aber sie meinten, es wäre nicht ausgeschlossen.« Sie grinst freudestrahlend und kreuzt die Finger.

»Das ist fantastisch, Haley.«

»Naja. In ihrem Alter wärst du schon längst Solistin bei einer Company gewesen. Ohne den Unfall natürlich ...«, wirft meine Mutter wenig beeindruckt ein.

Das ist so typisch. Es ist ein inniger, freudiger Moment. Es geht um Haley. Und dann grätscht sie galant dazwischen und wirft eine Granate. Stille legt sich über unsere kleine Runde. Alles in mir gefriert zu Eis. Aus den Augenwinkeln kann ich ganz genau sehen, wie Haley und Dad ihre Blicke auf ihr Essen heften. Ich mustere sie einen Moment, aber sie tun ganz unbeteiligt, auch wenn ich merke, wie sie unruhig auf ihren Stühlen herumrutschten. Da sind nur noch meine Mutter und ich an diesem Tisch. Ich bin ihr ausgeliefert und weder meine Schwester noch mein Vater würden mir zur Hilfe kommen. Panik und Wut vermischen sich und lassen meinen Herzschlag schneller werden. Wie ein verschrecktes Reh erstarre ich auf meinem Stuhl. Flucht ist nun mein einziger Ausweg.

Langsam wische ich mir mit einer Serviette über den Mund, während ich meinen letzten Bissen herunterwürge und darauf hoffe, dass meine Mutter nicht noch etwas dazu sagen würde. »Danke für das Essen, aber ich habe keinen Hunger mehr. Ich gehe mal auspacken«, nuschele ich und erhebe mich.

Damit will ich gehen, doch das genervte Schnauben meiner Mutter hält mich einen Moment zurück. Sie rollt mit den Augen. *Ich hasse es, wenn sie das tut. Als wäre ich ein rebellischer Teenager.* »Was denn?! Ich habe nichts Falsches gesagt«, zischt sie genervt und tut völlig unschuldig.

Zuerst will ich etwas erwidern. Etwas Freches. Etwas Verletzendes. *Etwas Kindisches.* Aber ich kann mich im letzten Moment noch zurückhalten und stürme einfach aus dem Raum.

»Junges Fräulein. Willst du nicht wenigstens deinen Teller wegräumen?«, ruft Mum mir hinterher, als wäre ich diejenige, die sich respektlos verhält.

»Ich mache das schon«, höre ich Haley, wie sie sie mit ihrem zarten Stimmchen zu beschwichtigen versucht.

Wie immer. Ich hasse das. Zwei Jahre bin ich genau hiervor geflüchtet, habe es hinter mir gelassen. Und wofür?! Damit es mich nun aus der Bahn wirft und all die alten Gewohnheiten in mir aufbrechen lässt.

Blind vor Wut bahne ich mir energisch meinen Weg durch das Haus. Ich will nur noch in mein Zimmer und für mich allein sein. Eine Tür zwischen mir und ihnen schließen. Mein Ärger bildet einen Kloß in meinem Hals und über all die bösen Worte, die ich meiner Mutter in meinem Kopf zuwerfe, bemerke ich gar nicht, wie ich an dem Gästezimmer vorbei und in mein altes Zimmer stampfe.

Aber als ich mir meines Fehlers bewusst werde, ist es schon zu spät. Ein langes, ungläubiges Keuchen entweicht mir.

Das Zimmer sieht so aus wie mein altes Zimmer. Aber nicht so, wie ich es verlassen hatte. Sondern so, wie es vor meinem Unfall ausgesehen hatte. Bevor ich die Tapeten von den Wänden und die Tücher, samt Lichterketten, von meinem Himmelbett gerissen hatte. Es ist alles wieder da. Auch meine alten Pokale, die ich eigentlich in Kisten verpackt in der Garage verstaut hatte, stehen perfekt aufgereiht auf meiner alten Kommode. Die Ballettstange ist wieder an der Wand angebracht und drei Paar Spitzenschuhe, die ich mit besonders prägenden Tänzen verband, hängen daneben an der Wand. Hinter dem Glas eines riesigen verschnörkelten Bilderrahmens wird eine Collage aus Tickets von Ballettvorstellungen und dazu passenden Fotos geschützt. Während eines Wutanfalls hatte ich diesen Rahmen, samt Inhalt, eigentlich auf dem Boden zerschmettert.

Ich will schreien, bin aber wie gelähmt. Die Wut in mir verpufft und weicht einem ungläubigen Schock. Es ist, als wäre ich durch die Tür in mein Zimmer gegangen, aber in der Vergangenheit gelandet. Mit geöffnetem Mund drehe ich mich um die eigene Achse und starre immer und immer wieder auf jedes einzelne Detail, von dem ich eigentlich überzeugt gewesen bin, es nie wieder zu sehen. Aber da sind sie. All diese Dinge, die mich schonungslos daran erinnern, dass von meinem ehemaligen Traum rein gar nichts mehr übrig ist.

Ich zucke ein wenig zu heftig zusammen, als Haley versucht mich an die Hand zu nehmen. Sie weicht sofort zurück. Durch einen feinen Tränenschleier kann ich sehen, wie ihre Lippen zu einem schmalen Strich werden, als sie mich besorgt mustert.

»Oh, Abby.«

»Was ist das hier?!« Meine Stimme rasselt. *Das Museum der zerstörten Träume.*

»Ich hatte ihr gesagt, sie soll es lassen. Aber-«, sie kommt wieder etwas näher und streicht sanft über meinen Arm. »Es bedeutet ihr so viel.«

»Das sind meine Sachen! Sie kann doch nicht einfach-«, ich unterbreche mich und atme tief durch. Fest presse ich meinen Kiefer zusammen und kämpfe nun den Knoten in meiner Kehle herunter. Dabei schweift mein Blick ein letztes Mal über die glänzenden, blassrosafarbenen Seidenbänder meiner Spitzenschuhe, von denen mir jedes Paar auf Maß angefertigt wurde. An meinen Füßen kann ich noch immer spüren, wie es sich angefühlt hat in ihnen zu tanzen. Ich spüre noch immer die sanfte Erschütterung, die meinen Körper bei jedem Hüpfer durchfuhr. Noch immer höre ich den Applaus und für den Wimpernschlag eines Augenblicks fühle ich den Stolz. Den Stolz, der mich erfüllte beim Entgegennehmen eines jeden Pokals, der vielen Preise und beim Lesen der schmeichelnden Zeitungsartikel.

Aber all das ist schon lange vorbei.

Ich reibe mir energisch mit einer Hand über das Gesicht und richte meinen Blick nun fest auf Haley, um den Eindrücken dieses Museums, dieses Mausoleums, zu entfliehen. »Lass uns hier verschwinden«, zische ich und trete entschlossen hinaus.

Mit flinken Schritten greife ich meinen Koffer am Treppenaufgang, stürme hinauf und auf das Gästezimmer zu.

Dass Haley mir still gefolgt ist, bemerke ich erst, als ich die Tür öffne und dann mit einer Hand auf meinem Mund ein ungläubiges Lachen zu unterdrücken versuche. Zusammen stolpern wir in das aufwändig eingerichtete, fliederfarbene Zimmer. Wohin man auch sieht, da sind Schleifen und Rüschen und auf dem Bett sind mindestens eine Trillionen Kissen verteilt.

»Hat Prinzessin Bubblegum für dieses Wochenende etwa abgesagt?«, lache ich nun doch.

»Sch«, macht Haley und hält sich dazu einen Finger an die Lippen, aber kichert selbst leise. »Mum ist total stolz auf die Einrichtung und liebt die Komplimente, die sie dafür bekommt. Wehe, du sagst ihr die Wahrheit.«

Ich schüttele belustigt den Kopf und stelle meinen Koffer auf den verschnörkelten Holzstuhl im Shabby-Chic-Look. Haley macht es sich auf dem Bett bequem und versinkt sogleich mit einem überraschten Quietschen in dem Kissenberg. Während sie sich mühsam wieder daraus befreit, setze ich mich zu ihr und lasse mich sofort rücklinks auf die Tagesdecke fallen. Ich beobachte lachend die Kissen, die über mich hinwegfliegen, bis Haley es endlich schafft sich aufzusetzen.

»Los. Gib mir ein Update«, grinst sie mit gespielter Atemnot.

Also erzähle ich ihr ein paar Anekdoten aus meinem Alltag und das Neuste von meinem Campus. Sie erzählt mir von wilden Abenden mit ihren Freunden und ich bekomme den Eindruck, dass in ihrem Leben scheinbar nichts wichtiger zu sein scheint, als diese. Ich versuche mit den wenigen Unternehmungen von mir und meinen Kommilitonen mitzuhalten. Aber all meine Erzählungen verblassen im Angesicht ihrer verrückten Geschichten.

Es ist schön, mit ihr herumzualbern und ich gebe mich bereitwillig der Illusion hin, es fühle sich an wie früher. Einfach nur zwei Schwestern, die nebeneinander im Bett liegen und zusammen über kindischen Blödsinn lachen. Wir starren an die Zimmerdecke, sinnieren über irgendwelche Pflegeprodukte und reden über Jungs. Wenn wir so mit Leichtigkeit über alles Mögliche reden, vergesse ich beinahe, wie kompliziert unsere Situation eigentlich ist.

Wie gesagt, beinahe. Haley fällt es im Laufe des Gesprächs zunehmend schwerer das Thema Ballett zu umschiffen. Immerhin ist es praktisch ihr Leben - so, wie es auch mal das Meine war. Ich kann es ihr nicht verdenken und spüre ganz genau, wie gern sie mir eigentlich davon erzählen würde.

Das Schmerzhafteste daran ist, dass es eigentlich nicht ihre Art ist, sich zurückzuhalten. Meine Schwester ist einer der extrovertiertesten, offensten Menschen, die ich kenne. Wäre ich nicht ihr Gegenüber, würde sie sich nicht großartig Gedanken darüber machen, was und wie sie es sagt. Aber sie hat Angst, mich zu verscheuchen, deshalb versucht sie mich mit Samthandschuhen anzufassen.

Am meisten daran beschämt mich, dass ich es einfach nicht über mich bringe, ihr diese Angst zu nehmen. Ich will nicht, dass sie sich für irgendjemanden verbiegt. Sie sollte sich auch nicht für mich verbiegen müssen.

Mit einem Mal dreht sie sich zur Seite und stützt sich auf einen Arm, während sie verlegen zu mir sieht. Also kopiere ich ihre Position und warte gespannt auf das, was sie zu sagen hat.

»Ein paar Freunde wollen mich heute in den Club einladen.« Ich weiß sofort von welchem Club sie spricht. Früher war ich auch oft dort. »Du weißt schon: ›Reinfeiern‹, weil ich ja morgen zwanzig werde. Aber wenn du willst, dann sage ich ihnen ab, damit wir was unternehmen können.«

Ich runzele die Stirn. »Nein, das musst du nicht. Es ist dein Geburtstag und den solltest du ruhig mit deinen Freunden feiern können.«

»Okay.« Sie lacht beinahe erleichtert.

Hatte sie etwa gedacht, ich würde darauf bestehen, dass sie mit mir hier versauert? Die Tür hat ein verschließbares Schloss. Ich könnte mich hier ja vor meiner Mutter verstecken und lernen oder etwas in der Art.

»Vielleicht ...« Haley reißt mich aus meiner verheißungsvollen Abendplanung. »Du könntest ja mitkommen, wenn du Lust hast.«

Ich bin zu gleichen Teilen verblüfft und gerührt. Aber Haleys Freundinnen sind allesamt Ballerinas und gehen zusammen mit ihr auf die Tanzakademie. Bei dem Gedanken daran, dass sie wohl über nichts anderes als Ballett sprechen würden, wird mir ganz anders. Vielleicht ziehe ich es doch vor, ein Buch zu lesen und mich unter der Decke zu verkriechen. Andererseits weiß ich aber auch, dass ich langsam anfangen sollte, darüber hinweg zu kommen. Haley zuliebe. Sie ist eine Ballerina. Ich war einmal eine. Aber das muss nicht zwischen uns stehen.

Mein Zögern bleibt ihr nicht verborgen. »Du musst natürlich nicht, wenn du nicht willst. Aber ich würde mich freuen.«

»Ich komme mit.«

2

Es ist lauter, als ich es aus meinen jüngeren Tagen kenne. Der »*Club*« in den mich Haley und ihre Freundinnen schleppen, nachdem wir auf ihren Geburtstag angestoßen haben, ist schon immer ein besonders beliebtes Ziel unter den Jugendlichen gewesen, weil man hier bei Minderjährigen gleich beide Augen zudrückt.

Meine Erscheinung steht in einem harten Kontrast zu den anderen Mädchen. Während Haley und der Rest ihrer Girlband Kleidung tragen, als hätten sie sich für eine Edeldisko schick gemacht - eng und kurz, trage ich dieselben unkomplizierten und bequemen Sachen wie sonst auch: Flache Schuhe, eine Jeans und eine etwas weitere, durchscheinende Bluse über einem pastellfarbenen Top.

»*Club*« ist auf jeden Fall mehr als Spitzname für den Schuppen zu verstehen. Es handelt sich dabei lediglich um eine Kneipe mit einem kleinen Bereich, in dem gerade so viele Tische weggeräumt sind, dass der Inhaber behaupten kann, es handele sich hierbei um eine »*Tanzfläche*«.

Der Laden liegt zwar etwas außerhalb unseres Wohnbezirks, wäre von unserem Haus aus aber gemütlich zu Fuß zu erreichen gewesen. Trotzdem waren alle dafür, sich ein Taxi zu teilen. Alle, außer mir. Aber ich wurde ja auch gar nicht erst gefragt.

Kaum, dass wir angekommen sind, ziehen Haleys Freundinnen uns begeistert an einen bereits besiedelten Tisch. Sofort wird mir klar, dass es sich bei den Jungs ebenfalls um Mitschüler aus der Akademie handelt. Es wird laut gegrölt, wild gestikuliert und als wir uns endlich setzen, schwirrt mir ein wenig der Kopf. Auch wenn ich mich eher verhalten gebe und vorhatte nur vorsichtig mit einem Handzeichen in die Runde zu grüßen, stürzen sie sich auf mich. Auf Haleys Schwester. Sie sagen es nicht direkt, aber ich habe das Gefühl, dass jeder der Anwesenden genau weiß, wer ich bin. Besonders einer der Jungen, der schon einiges über den Durst getrunken hat, beißt sich an mir fest. Zuerst gibt er mir eine Einführung in sämtliche Namen der Gruppenmitglieder, von denen ich mir keinen einzigen merke, auch wenn ich den Benannten höflich zunicke. »Warst du nicht auch mal an unserer Schule?«, fragt der Junge danach.

Im Augenwinkel sehe ich, wie Haley mich mit geweiteten Augen ansieht, aber ich halte mich wacker. »Ja, war ich.«

Er legt den Kopf schräg und möchte noch etwas fragen, aber ein anderer erhebt plötzlich die Stimme. »Wo bleiben denn Peter und Will mit dem Bier?«, ruft dieser laut über unsere Köpfe hinweg und ich atme innerlich auf, als das den anderen augenblicklich ablenkt.

Die Gruppe beginnt einen Singsang und klopft rhythmisch auf die Tischplatte. »Wo ist das Bier?«, rufen sie und brechen dann in Jubel aus. Ich fühle mich ein wenig überfordert, starre in die Runde, als wären sie Bewohner eines anderen Sterns.

Sobald ich mich umdrehe, sehe ich den Grund ihrer Freude. Zwei Jungs mit Tabletts voller Bierkrüge kommen auf uns zu und einer von ihnen zieht augenblicklich meine Aufmerksamkeit auf sich. Er unterscheidet sich sehr von Haleys Tänzer-Freunden. Und das nicht nur wegen seiner dunklen Kleidung, den zerschlissenen Jeans oder der nicht so aufwendig gestylten Frisur. Die anderen Jungs sind, für ihre Tätigkeit typisch, eher klein und drahtig. Er aber trägt nicht nur ein sehr gesundes Körpergewicht mit sich herum, sondern auch mehr Muskeln, als es für normales Training üblich wäre.

Die Tabletts finden ihren Platz auf dem Tisch und ich versteife mich unmerklich, als er sich neben mir auf einen Stuhl fallen lässt. Ich lehne dankend ab, als er mir ein Bier anbietet und er schenkt mir ein freundliches Lächeln, bevor er sich auf seinem Stuhl zurücklehnt. Lässig legt er einen Arm nach hinten über die Stuhllehne und beginnt an seinem Bier zu nippen.

Die anderen am Tisch stürzen sich wie eine Horde Verdurstende auf die Krüge, während ich nach einem der leeren Gläser greife und mir etwas aus der Wasserflasche eingieße, die, wie überall sonst auch, in der Mitte unseres Tisches steht. Ich nehme einen Schluck und versuche irgendeinem Gespräch in meiner Nähe zu folgen. Komme dabei aber nicht umhin, aus den Augenwinkeln heraus immer wieder meinen Sitznachbarn zu mustern.

Er hat kurze, dunkelbraune Haare, ein spitzes Kinn und markante Wangenknochen. Wegen der schlechten Lichtverhältnisse kann ich seine Augenfarbe nur schwer erahnen, aber es scheint eine Farbe zwischen Blau und Grau zu sein. Ein dunkler Drei-Tage-Bart verdeckt eine sehr feine, eigentlich unscheinbare Narbe an seiner Wange, die mir nur wegen ihrer rosigen Färbung auffällt. Vermutlich ist es bloß ein winziger Schnitt, den er sich vor ein paar Tagen zugezogen hat.

Alles an ihm wirkt entspannt und ruhig, aber seine Augen huschen wachsam über die Gesichter der anderen und ich weiß, dass er keine Probleme damit hat den Gesprächen zu folgen.

»… oder was meinst du, Will?« Ich habe den Rest des Gesprächs nicht mitbekommen, doch mein Nachbar reagiert darauf.

Seine Augen blitzen. »Nicht wirklich mein Fall«, lacht er und lehnt sich noch ein wenig mehr zurück, um seinen Fuß auf einem Tischbein abzustellen. Die Jungs johlen. Einige anerkennend, andere stimmen ihm wohl eher nicht zu.

Will sendet eine gewisse Attraktivität aus und ich bemerke, wie auch ein paar der Mädchen immer mal wieder einen schüchternen Blick in seine Richtung werfen. Ich muss zugeben, dass er auch in mir ein Interesse weckt. Kein romantisches oder gar sexuelles, aber ich frage mich ernsthaft, warum er Teil von Haleys Gruppe ist, wo er doch so anders wirkt.

Eines der Mädchen stößt plötzlich einen Ausruf aus, der so laut und schrill ist, dass ich zusammenfahre. Irritiert blinzele ich in ihre Richtung, als würde mir ein starker Wind ins Gesicht pusten.

»Genug getankt, Leute! Ab auf die Tanzfläche! Lasst uns das Geburtstagskind feiern!«, ruft sie verzückt und mit rosigen Wangen aus.

Alle brechen sofort wieder in Jubel aus und erheben sich, während einige noch die letzten Schlucke auf einmal aus ihren Gläsern nehmen. Ich mache mir gar nicht erst die Mühe aufzustehen. Gemütlich trinke ich etwas von meinem Wasser und beobachte die lärmende Bande mit einem belustigten Schmunzeln. Sie besiedeln den Bereich vor der Jukebox, die schon kaputt war, als ich noch ein Stammgast gewesen bin, und tanzen wild zu der Musik aus den Lautsprechern. Jetzt, mit etwas Abstand, wird mir erst richtig bewusst, dass der Schuppen beinahe leer ist und erinnere mich peinlich berührt zurück an die Zeit, als ich eines dieser quietschenden Mädchen gewesen bin.

Eine Hand schiebt sich in mein Sichtfeld und ich stelle verblüfft fest, dass ich nicht die Einzige bin, die sich dafür entschieden hat, sitzen zu bleiben. Mein Sitznachbar ist wohl auch nicht so sehr für die vermeintliche Tanzfläche zu begeistern.

»Hi. Ich bin Will«, sagt er mit einem charmanten Lächeln.

»Abigail.« Ich schüttele ihm kurz die Hand. Sie ist rau, aber angenehm warm.

»Also - Abigail? Was tust du hier, wenn du offensichtlich nicht hier bist, um zu tanzen?«, fragt er in einem Plauderton und ich bin mir nicht sicher, ob er tatsächlich Interesse hat oder ob er einfach nur nett sein will.

»Ich bin wegen meiner Schwester hier«, antworte ich. »Die, die ihren Geburtstag feiert.«

»So? Und welche ist das genau?« Er schaut zu den Mädchen rüber, die einen Kreis gebildet haben und sich zum Rhythmus der Musik bewegen.

Ich stocke verwirrt und mustere ihn einen Moment skeptisch. Er ist wohl doch nicht so aufmerksam gewesen, wie es den Anschein gemacht hat. »Das blonde Mädchen dort in der Mitte«, sage ich und hebe kurz den Zeigefinger, um auf Haley zu zeigen.

Will macht einen erkennenden Laut und nickt, während er sich nachdenklich an seinem Arm kratzt. Dabei fällt mein Blick auf die feinen Linien eines Dreieck-Tattoos, das unter seinem Ärmel hervorblitzt und auf die Ringe, die seinen Unterarm auf der anderen Seite zieren. Wie aufgemalte Armreife gehen sie einmal ganz rum und sind mit unterschiedlichen Verzierungen versehen. Zwei sind dicht beieinander und etwas schlichter gehalten. Ein Dritter liegt ein kurzes Stück darüber und ist mit wilden Schnörkeln geschmückt.

»Ich dachte, du wärst einer von ihren Freunden«, bemerke ich.

»Oh. Nein. Ich kenne nicht einen von denen.« Er hebt abwehrend die Augenbrauen, sodass sich tiefe, geschwungene Furchen auf seiner Stirn bilden.

»Aber-«

»Aber wir sehen aus wie beste Freunde?«, rät er grinsend meine nächsten Worte und liegt damit gar nicht so falsch. »Ja, weißt du? Ich kenne nicht mal deren Namen. Aber die Jungs sind so betrunken, spendieren mir Bier und lachen über meine Witze, als wäre ich ein Held. Da bin ich eben geblieben«, er hält kurz inne, um von seinem Bier zu trinken, »Ich meine: Wer wäre da nicht geblieben, oder?«

Ich, zum Beispiel. Ich finde es eigenartig, dass er einfach so mit einer fremden Gruppe rumhängt, obwohl sie ganz klar eher nicht seiner sonstigen Gesellschaft entsprechen. Und das nur wegen Bier und ein paar Lachern.

»Und was machst du so, Abby?«, fragt er leichthin, weil ihm scheinbar aufgefallen ist, dass das Gespräch ins Stocken geraten ist.

Aber ich zögere einen Moment. Irritiert, weil er, wie selbstverständlich, meinen Spitznamen verwendet. Als würden wir uns schon ewig kennen. »Ich studiere Jura.«

Er lacht kurz. »Nein, ich meinte: Was machst du gern?«

»Wie kommst du darauf, dass ich das nicht gern tue?«

»Ach, komm schon. Jura?« Er sieht mich skeptisch an.

Prüfend mustere ich sein Gesicht. »Ich tanze gern«, meine ich daraufhin kurz angebunden. Ohne eine Miene zu verziehen oder irgendwie näher darauf einzugehen. Aber ich frage mich ernsthaft, wieso ich ihm das gerade einfach erzählt habe. Und das, obwohl er mir doch etwas suspekt zu sein scheint.

Seine Augen blitzen fast schon kampflustig. Er nickt in die Richtung der Tänzer und lächelt schief. »Aber ich sehe dich gar nicht tanzen.«

»Nicht diese Art von Tanz«, sage ich unbeeindruckt, obwohl das nur halb stimmt. »Ich tanze Ballett«, erkläre ich mich und wechsele dann das Thema, bevor er Luft holen kann, um etwas zu entgegnen. »Was machst du denn so, Will?«

Diesmal ist es an ihm, mich prüfend zu mustern. In seinem Gesicht blitzt zum ersten Mal diesen Abend etwas Ernstes auf. »Ich jage«, lautet seine knappe Antwort und er wirkt offenbar besonders interessiert an meiner Reaktion.

»Wow«, sage ich und verziehe missbilligend das Gesicht. »Du weißt wirklich, wie man sich beliebt macht. Bis gerade eben fand ich dich fast schon nett«, stichele ich und nehme einen Schluck aus meinem Glas, während Will schmunzelnd den Blick senkt.

Als er den Kopf wieder hebt, blitzen seine Augen verschmitzt. Er will etwas sagen, doch da erhebt sich wieder Trubel um uns herum, weil die anderen an unseren Tisch zurückkehren. Zwei Jungs reißen Will förmlich aus unserer Unterhaltung und ich bin fest entschlossen diese Chance für mich zu nutzen.

Ich erhebe mich, gehe mit zwei schnellen Schritten um den Tisch herum zu Haley und beuge mich zu ihr herunter, um mich ihr mitzuteilen, ohne dass gleich jeder etwas davon mitbekommt.

»Hey. Ich glaube, ich haue jetzt ab. Okay?«

»Oh, wieso das?«

»Ich bin müde und-« Weiter komme ich mit meiner schlechten Ausrede nicht, denn sie erhebt sich bereits, um mich zum Abschied zu umarmen.

»Danke, dass du mitgekommen bist«, sagt sie gedämpft an meinem Ohr.

»Nochmal Happy Birthday, kleine Schwester«, lächele ich, als sie sich wieder von mir löst. »Trink nicht noch mehr«, füge ich mit erhobenem Zeigefinger und in Großer-Schwester-Manier hinzu, bevor ich noch schnell ein paar Worte zum Abschied in die Runde werfe.

Vor dem Gebäude nehme ich einen tiefen Atemzug der wohltuenden Nachtluft. Es ist gerade so kühl, dass mir meine Strickjacke noch reicht, um mich warm zu halten. Kurz überlege ich, ob ich mir ein Taxi rufen soll, entscheide mich dann aber doch, dass ich wach genug bin, um zu laufen. Ich bin den Weg auch früher schon immer zu Fuß nach Hause gegangen. Guilford ist eine der eher ruhigeren Gegenden Baltimores und es sind knapp zwanzig Minuten Fußweg bis zu meinem Elternhaus.

Nächtliche Spaziergänge hatten schon immer eine ganz besondere Wirkung auf mich, mit dem Duft der Nacht und den Sternen über mir. Eine leichte Brise weht mir immer wieder angenehm um die Nase und ich lausche entspannt dem Zirpen der Grillen aus den Vorgärten der Häuser, die ich passiere. Es bereitet mir schon etwas Unbehagen hier ganz allein die Straßen entlang zu gehen, doch die Straßenlaternen geben genug Licht ab, damit ich immer genau sehe, wo ich hintrete und wiegen mich so in Sicherheit. Hinter ihnen erheben sich, ein wenig einschüchternd, die riesigen Häuser und allerlei Bäume.

Ich bin schon einige Minuten unterwegs, als mir ein herzhaftes Gähnen entweicht. Scheinbar bin ich doch müder, als ich es anfangs angenommen hatte. Aber es ist ja auch nicht mehr weit. Als ein Mäuschen über meinen Weg huscht, halte ich erschrocken inne und biege danach routiniert in die Straße ein, in der die reicheren Mitmenschen ihre Villen haben. Bei Tag ist es eine wunderschöne Allee aus Bäumen mit tiefhängenden Ästen und saftig grünen Blättern. Bei Nacht erinnert sie mich nur daran, dass hinter den Bäumen noch meterhohe, steinerne Zäune ragen, teilweise von Efeu und anderem Gestrüpp bewachsen, die den Blick auf die Häuser dahinter verbergen.

Plötzlich schiebt sich ein ungutes Gefühl in mein Bewusstsein und lässt mich frösteln. *Ist das nicht typisch? Gerade in diesem Moment muss ich mich an den Horrorfilm von vor drei Wochen erinnern.*

Ich ziehe meine Jacke ein wenig fester um mich und ermahne mich, rational zu denken. Aber mir stellen sich dennoch die Nackenhaare auf und ich beschleunige automatisch meinen Schritt. Zu allem Überfluss beginnen die Laternen vor mir plötzlich zu flackern. Erst nur eine, aber dann werden es ziemlich schnell immer mehr, bis ich verwundert stehen bleiben muss und ungläubig das blinkende Spektakel beobachte. Bis zum Ende der Straße produziert jede Laterne in ihrem eigenen Takt unterschiedlich starke Lichter und das für Minuten.

Ganz plötzlich stoppt es und für eine Sekunde stehe ich im Dunkeln. Dann leuchten sie wieder auf und alles ist wieder beim Alten. Wie erstarrt stehe ich verwirrt blinzelnd da. Habe ich mir das gerade bloß eingebildet? Immerhin bin ich mittlerweile wohl doch schon ziemlich müde. Oder machte sich da jemand einen Spaß mit mir? Wenn ja, so finde ich das jedoch absolut nicht lustig.

Unruhig sehe ich einmal in die eine und dann in die andere Richtung die Straße hinunter, kann aber nichts Verdächtiges sehen.

Zögernd setze ich schließlich meinen Weg fort. Dabei versuche ich möglichst viel von meiner Umgebung im Blick zu behalten.

Die Laterne unmittelbar über mir leuchtet für einen kurzen Moment auf, gibt einen hellen, knackenden Ton von sich und wird mit einem kleinen Funkenregen dunkel. Mir entweicht ein erstickter Schreckenslaut. Gehetzt blicke ich von der erloschenen Glühbirne zur nächsten Laterne. Aber als ich bei ihr ankomme, passiert mit ihr dasselbe, genauso wie bei der darauffolgenden. Mit jeder Laterne beschleunige ich zwar meinen Schritt, aber die nächste Glühbirne brennt bereits durch, noch bevor ich mich in ihr Licht retten kann.

Was geht hier vor sich?!, ist alles, was ich denken kann, als ich erstarre und dabei zusehe, wie die Glühbirnen vor mir, eine nach der anderen, erlöschen. Sie lassen mich in zunehmender Dunkelheit und ich schlucke schwer. Ich spüre das Adrenalin in meinen Adern pulsieren.

Ein Rascheln hinter mir lässt mich herumfahren. Meine Brust hebt und senkt sich kräftig zu meinen schweren Atemzügen. Kalter Schweiß rinnt mir den Rücken entlang, aber ich kann keine unnatürlichen Bewegungen erkennen. Vielleicht ist mir Haleys Geburtstagscrew gefolgt und nun wollen sie mir spaßeshalber Angst machen.

Diesen Gedanken verwerfe ich jedoch sofort wieder, als hinter mir ein tiefes, dumpfes Hauchen ertönt. Ich wirbele hektisch herum. *War das ein Tier?*, frage ich mich panisch, als ich hinter mir nichts erkenne. Eiskalte Schauer pulsieren durch meinen Körper und ich kann ein leises Schluchzen nicht mehr unterdrücken. Kein Gedanke ist mehr laut genug, um meine Panik zu übertönen und mich zu beruhigen. Deshalb tue ich das Einzige, das mir in den Sinn kommt: Wie von der Tarantel gestochen, sprinte ich los. Mir ist nicht einmal bewusst, in welche Richtung ich eigentlich laufe. Ich will nur so schnell wie möglich aus dieser unheilvollen Dunkelheit heraus.

Plötzlich trete ich mit dem Schienbein gegen etwas Hartes und stürze vornüber auf den Bürgersteig. Hier ist der Weg ein wenig abschüssig und so rolle ich einige Meter seitlich bergab. Meine Umwelt dreht sich dabei verschwommen und schwindelerregend vor meinen Augen. Sobald ich mich halbwegs erfolgreich abfangen kann und so fast zum Stillstand komme, drücke ich mich vom Boden hoch. Noch bevor ich mich ganz erhoben habe, spüre ich einen immensen Schmerz an meiner Schulter aufwallen. Ich schreie auf, aber ich sehe mich nicht um, sondern renne einfach weiter, als wäre ich gerade nicht hingefallen und hätte mich dabei nicht verletzt.

In der nächsten Sekunde wird es gleißend hell um mich herum. Es blendet mich so sehr, dass ich stehen bleiben und meine Augen mit einem Arm abschirmen muss. Meine Ohren sind seltsam belegt, als würde ich mich in den Bergen befinden und ich höre rauschende Geräusche, die ich nicht einordnen kann. Orientierungslos versuche ich in dem unendlichen Weiß etwas zu erkennen. Aber erst als die Helligkeit etwas an Intensität verliert, kann ich einen großen Schatten ausmachen, der sich auf mich zu bewegt. Ein neuer Schwall Panik überkommt mich.

Ich blinzele energisch und erkenne Will erst, als er mich am Unterarm packt.

»Komm! Beeil dich!« An der Art, mit der sich sein Gesicht verzerrt, erkenne ich, dass er schreit, aber die volle Lautstärke kann ich nicht ausmachen.

Meine Verblüffung und das eigenartige Licht paralysieren mich irgendwie. Er zieht mich hinter sich her und lässt mich erst los, als er sich auf ein Motorrad schwingt, das wenige Schritte hinter ihm gestanden hat. Er sieht mich auffordernd an und ich weiß, dass ich zu ihm auf das Motorrad steigen soll, aber ich kann nicht. Langsam erkenne ich, dass sich die Lichtquelle irgendwo in meinem Rücken befindet und sie kontinuierlich dunkler wird.

»Steig sofort auf das verdammte Bike!«, schreit er mich an und diesmal bekomme die Lautstärke ohne Probleme mit. Aus einem Impuls heraus bewege ich mich plötzlich und schwinge mich hinter ihn auf den Sitz. Er fährt mit knirschenden Reifen los, kaum dass ich seine Taille fest mit meinen Armen umklammert habe.

Es vergehen nur wenige Augenblicke, bis die herrliche Betäubung meines Bewusstseins durch das Adrenalin nachlässt. Mir wird beinahe schlecht, als mir klar wird, mit was für einem reißerischen Tempo Will die Straßen entlang schlittert und unwillkürlich verstärke ich meine Umklammerung noch ein wenig. Das Motorgeräusch und der unangenehm peitschende Wind sind alles, was ich hören kann. Ein Zittern erfasst meinen Körper, das von Minute zu Minute stärker wird. Langsam befürchte ich, dass ich jeden Moment von der Maschine falle.

Und dann spüre ich plötzlich wieder diesen beißenden Schmerz in meiner Schulter. Ich beiße fest die Zähne aufeinander. So fest, dass ich sie nicht wieder auseinander bekomme, als mir ein Schrei entweichen will. Meine Fingernägel graben sich in Wills Jacke und ich beginne mich unkontrolliert zur Seite zu krümmen.

Kurz darauf steht das Motorrad plötzlich. »Was ist los?« Er dreht sich, einen Fuß auf dem Boden, zu mir um.

Doch ich kann nur ein Keuchen hervorbringen. Das Pochen in meiner Schulter nimmt immer weiter zu und bringt mich beinahe um den Verstand, sodass ich den plötzlich besorgten Ausdruck in seinem Gesicht fast nicht bemerke.

»Bist du verletzt?«, fragt er mehr rhetorisch, aber ich versuche ihm mit einem angestrengten Nicken zu antworten. Sofort stellt er den Motor ab, steigt runter und sorgt dafür, dass das Motorrad fest steht und nicht umfällt.

Kalter Schweiß tritt auf meine Stirn und mein Arm lässt sich von mir kaum noch kontrollieren. Mit pulsierendem Blickfeld beobachte ich, wie er unkontrolliert zittert. Will beginnt meine Strickjacke auszuziehen. Als er sie vorsichtig über meine verletzte Schulter hebt, schießt ein Brennen durch meinen ganzen Körper, das mir die Tränen in die Augen treibt, begleitet von einem heftigen Keuchen.

»Entschuldige«, nuschelt er und besieht kurz meine Wunde. Ich traue mich nicht seinem Blick zu folgen und sehe konsequent in die andere Richtung. Er wendet sich ein wenig von mir ab und nimmt mir damit die Stütze, sodass ich beinahe vornüber kippe. Aber er fängt mich im richtigen Moment wieder auf.

Mit seinem Mund zieht er die Kappe von einer Spritze ab. Bevor ich genug Kraft gesammelt habe, um zu widersprechen, rammt er sie mir bereits irgendwo in den Arm. Aber ich spüre die Einstichstelle nicht einmal, weil mein ganzer Arm von diesem höllischen Schmerz beherrscht wird. Langsam fühlt es sich an, als würde sich eine zähe Flüssigkeit über den Schmerz legen und ihn betäuben. Ein langer Seufzer der Linderung verlässt meinen Mund, während Will beginnt meine Strickjacke wie einen dicken Verband um meine Schulter zu drapieren.

Dann legt er eine Hand auf meine gesunde Schulter und sieht mich eindringlich an. »Das wird nicht allzu lange anhalten. Aber ich sorge dafür, dass du Hilfe bekommst. Okay?«

Ich will vor Erleichterung laut lachen, so glücklich bin ich, dass der Schmerz ein Ende gefunden hat. Nun ja, vorläufig zumindest.

Erst als ich nicke, lässt er mich los und kurz darauf sind wir wieder auf der Straße.

Ich beruhige mich mit dem Gedanken, dass er mich ins Krankenhaus bringen wird und sie mir dort helfen können. Erschöpft lehne ich meinen Kopf an seinen Rücken und beobachte die bunten Lichter der Stadt. Fast dämmere ich weg.

Als mir bewusst wird, dass uns die Lichter schon lange nicht mehr begleiten und um uns herum nur noch Felder zu sein scheinen, werde ich schlagartig wieder hellwach.

»Wo bringst du mich hin?« Meine Stimme zittert panisch.

Da starre ich schon auf ein altes alleinstehendes Haus, das vor uns aus der Dunkelheit ragt.

Um uns herum ist nur weites Feld.

3

Will hält an und steigt ab. Er will mir beim Absteigen helfen, aber ich sehe nur immer wieder schnell zwischen ihm und dem Haus hin und her. Der Gedanke, von ihm abgewandt abzuspringen und zu fliehen, durchzuckt mich. »Ich brauche Hilfe.« Ich versuche meine Stimme ruhig und fest klingen zu lassen. »Ich muss sofort in ein Krankenhaus«, appelliere ich an sein Gewissen.

»Die werden dir dort nicht helfen können«, beschwört er mich und schüttelt verständnislos den Kopf.

»Wieso hast du mich hierher gebracht?«

»Hier bekommst du die Hilfe, die du brauchst.«

Ich zögere. Lange.

»Abby. Ich werde dir nichts tun. Aber diese Wunde muss versorgt werden.« Seine Worte sind warm und ich sehe echte Sorge in seinen Augen.

Soll ich mich wirklich so einfach auf diesen Fremden einlassen? Es steht völlig entgegen meiner sonstigen Vorsicht. Ich schlucke. Etwas in mir zwingt mich förmlich dazu, seine Hand zu nehmen. Etwas, das weiß, dass es dort in der Allee sehr viel gefährlicher war. Und Will hatte mich davor gerettet, was Grund genug ist, ihm zu vertrauen. Kaum, dass meine Füße den Boden berühren, dreht er sich auch schon um und geht voraus auf das Haus zu.

Es wirkt beinahe schon bedrohlich, wie es dort in der Dunkelheit steht. Es ist eindeutig viel zu alt und verwahrlost, um jemandem ein Heim zu bieten. Das Holz ist alt und die Farbe blättert ab. Außerdem verströmt es eine gruselige Atmosphäre, wie eines dieser alten Häuser aus Filmen über Heimsuchung. In zwei Fenstern im Erdgeschoss brennt Licht und auch die Veranda ist schwach erleuchtet.

Ich folge Will mit etwas Abstand, versuche aber schnell zu ihm aufzuschließen, als sich dort plötzlich ein Schatten erhebt und mich verschreckt zusammenzucken lässt.

»Hey. Wer ist das?!«, zischt eine verärgerte Männerstimme, aber Will antwortet ihr nicht. Die Dielen der kleinen Treppe knirschen, als er sie betritt.

Widerwillig beschleunige ich meine Schritte noch ein wenig und verstecke mich halb hinter Wills schützender Statur, als der Mann auf uns zukommt. »Ich hab' dich was gefragt«, schnauzt er Will an, als er ihn am Arm greift und so von der Tür zurückhält.

Er ist etwas kleiner als Will, durchtrainierter und scheint deshalb ein wenig breiter zu sein. Auch wirkt er etwas älter als wir. Ein wütender Ausdruck liegt auf seinem kantigen Gesicht und die eisblauen Augen blitzen streitlustig. Seine Haare sind dunkelbraun und fallen ihm lang und glatt ins Gesicht.

Will reißt seinen Arm los. »Später«, knurrt er.

»Ich will es aber jetzt wissen.«

»Ich erklär's später, verdammt.« Damit greift er nach der Tür.

Verärgertes Schnauben. Dann fällt der bohrende Blick des Fremden auf mich. »Was denkst du, wo du hin willst?« Lediglich die Wucht seiner Worte, bringt mich zum Stehen.

Bevor ich stotternd etwas Dummes von mir geben kann, fährt Will dazwischen. »Hey! Siehst du nicht, dass sie Hilfe braucht?!« Er reicht mir eine Hand und schiebt mich an dem Mann vorbei ins Warme. »Wenn du dich so aufspielen musst, dann lass es wenigstens bloß an mir aus.«

Ich stehe in einem hell erleuchteten großen Flur, von dem mehrere Türen abgehen und eine Treppe in ein höheres Stockwerk. Der Boden, sowie die Wände und auch alles andere sind aus dunklem Holz gefertigt, das zwar alt aussieht, aber einen gewissen Charme und angenehmen Duft verströmt. Will führt mich durch einen Türrahmen in ein großes Zimmer, das ich wohl am ehesten als Wohnzimmer einordnen würde. Es ist nicht minder rustikal wie der Flur, aber hier gibt es wenigstens ein wenig Einrichtung. Steinalte, staubige Sofas stehen an die Wand gerückt neben einem alten, sicher nicht mehr nutzbaren Kamin. In einer Ecke steht ein großer Schreibtisch mit mehreren Monitoren, umringt von abertausend Kabeln und zwei riesigen schwarzen Boxen, die bis unter die Decke reichen und auf denen viele kleine Lichter in den verschiedensten Farben blinken.

»Jay gefällt das sicher auch nicht. Das wird ein Nachspiel haben. Das ist gefährlich«, wettert der Mann fröhlich vor sich hin, während er uns folgt. Zur Antwort seufzt Will genervt und rollt mit den Augen.

Aus einem Sessel in der gegenüberliegenden Seite steht gerade ein Mädchen auf. Sie legt ein Buch zur Seite und sieht unser Grüppchen mit großen, fragenden Augen an. Dann fällt ihr Blick auf meine Schulter und meine schweißnasse Stirn.

»Setz‘ sie da hin.« Sie deutet auf eins der Sofas, während sie sich einen kleinen Kommodentisch schnappt und ihn auf uns zuschiebt. Ich setze mich, wo sie mich hinhaben will und beobachte aufgeregt, wie sie sich einen Stuhl neben den Tisch stellt.

Sie setzt sich und lässt eine Tasche neben sich auf den Boden plumpsen. »Barnes, jetzt halt doch endlich mal die Klappe«, fährt das Mädchen den Mann an.

Dieser gibt ein Schnauben von sich. »Klar. Wieso sollten wir uns auch Sorgen machen?« Er hebt ungläubig die Hände, gibt dann aber tatsächlich keinen Laut mehr von sich. Mit einem grimmigen Gesichtsausdruck lehnt er sich gegen den Türrahmen, lässt uns drei dabei aber nicht aus den Augen.

Das Mädchen - oder die Frau, wie ich nun erkenne - wirft ihm einen vielsagenden Blick zu und holt einige Utensilien aus der Tasche, um sie neben sich auf den Tisch zu legen. Dann rutscht sie mit ihrem Stuhl etwas näher an mich heran.

»Okay«, flüstert sie leise und beginnt sich vorsichtig an meiner ruinierten Jacke zu schaffen zu machen. »Keine Sorge wegen Barnes. Der bellt nur«, sagt sie, sichtlich konzentriert auf ihre Arbeit.

Meine blutverschmierte Jacke landet auf dem Boden und sofort schnellt mein Blick wieder zu ihrem Gesicht, als mir bei dem Anblick der roten Färbung ganz anders wird. Ihre blauen, leicht mit Kajal geschminkten Augen, erwidern meinen Blick. »Ich heiße Kimia. Du kannst mich Kim nennen.« Sie spricht mit einem leichten Akzent, so leicht, dass ich nicht sagen kann, um welchen genau es sich handelt. Aber aufgrund ihrer dunklen Haut und den dunkelbraunen, dicken Haaren tippe ich auf etwas Arabisches. Eine Stupsnase ziert ihr rundes Gesicht und sie hat ein auffälliges Kinn.

»Ich bin Abby.«

Sie lächelt mich freundlich an und hilft mir aus meiner Bluse. Dann greift sie nach einem feuchten Tuch, um damit meine Wunde abzutupfen. »Hast du ihr etwas gespritzt?«, fragt sie.

Ich winde mich ein wenig unter dem unangenehmen Druck und dem leichten Brennen, dass das Säubern an meiner Schulter hinterlässt.

»Etwas von dem Schmerzmittel«, antwortet ihr Will.

Sie nickt konzentriert.

»Wo ist Jay?«, fragt er und ich meine etwas wie einen feinen Anflug von Nervosität in seiner Stimme hören zu können.

»Keine Ahnung. Er ist vor ungefähr zwei Stunden einfach los«, informiert sie ihn wenig beeindruckt.

»Schon wieder?« Er zieht verwundert die Augenbrauen kraus.

»Mhm«, macht Kim nur, dann sieht sie auf. »Du hast Glück«, sagt sie zu mir und ohne weiter auf Will einzugehen. »Die Wunde ist nicht allzu tief, sodass ich sie nicht nähen muss.«

Ich atme tief ein. Etwas skeptisch werfe ich nun zum ersten Mal einen Blick auf die verletzte Stelle an meiner Schulter. Die Wunde zieht sich einmal komplett über mein Schulterblatt hoch bis zu meiner Schulter, aber scheint tatsächlich nicht sehr tief zu sein. Kimia hat ganze Arbeit geleistet. Abgesehen von dem rötlichen Inneren der Wunde, ist von dem Blut eher wenig zu sehen. Aber der Schmerz von vorhin, der nun wieder dumpf unter meiner Haut zu pochen beginnt, passt überhaupt nicht zu diesem Bild. Zuvor hatte ich fast angenommen, mir wäre der Arm förmlich abgehackt worden.

Gerade als ich Kim darauf ansprechen möchte, beobachte ich, wie sie eine dunkelgrüngräuliche Paste anrührt. Mit meinem gesunden Arm führe ich eine Hand über meine Nase, um den Gestank, der davon ausgeht, abzuhalten. »Was ist das?«, frage ich angewidert.

»Das wird dafür sorgen, dass sich die Verletzung nicht weiter entzündet. Und es wird den Schmerz hemmen«, sagt sie ohne das Rühren zu unterbrechen.

»Es sieht aus wie Kotze«, bemerke ich und versuche meinen Würgereiz zu unterdrücken.

Sie lacht. »Ich finde, es sieht wie weitaus Schlimmeres aus.« Vorsichtig greift sie nach meinem Arm und holt sich so meine Schulter näher heran. »Und ich wette es schmeckt auch so.«

Ich will über ihren Witz lachen, aber kaum, dass sie das Zeug an meine Wunde setzt, durchzuckt mich ein sengender Schmerz und mir entweicht ein lautes Keuchen.

»Ugh. Entschuldige«, sagt Kim mit einfühlsamer Miene und pausiert kurz. »Ich hätte dich wohl vorwarnen müssen. Die Jungs sind es schon gewohnt. Der Schmerz gehört leider dazu. Dir bleibt nichts anderes übrig als die Zähne zusammenzubeißen, Kleines.«

Ich könnte schwören, ein leises Kichern von Barnes zu hören, als ich einen tiefen Atemzug nehme. Kim fährt fort und ich beiße tatsächlich ordentlich die Zähne zusammen.

»Also? Hast du irgendwann vor uns zu erklären, was passiert ist?«, fragt sie nach einer Weile und ihre vorher so ruhige Stimme klingt ungeduldig.

Will ist die ganze Zeit unruhig im Zimmer auf und ab gegangen. Jetzt bleibt er seufzend stehen. Ich würde ihm gern zu Hilfe kommen, weil ich das Gefühl habe, die anderen reagieren zu Unrecht so ungehalten. Doch der Schmerz in meiner Schulter verschließt eisern meinen Mund.

»Wir haben uns in einer Bar kennen gelernt.«

So, wie alle guten Geschichten schließlich anfangen, denke ich bitter.

»Du machst Scherze, oder? Wirklich?«, lässt Barnes mit einem überheblichen Blick verlauten. »Haben wir denn nichts aus der Vergangenheit gelernt, Romeo?«

Will ist so abrupt stehen geblieben, dass ich ein wenig zusammenzucke. Auf seinem Gesicht lodert purer Hass und seine gesamte Körperhaltung wird plötzlich groß und bedrohlich. »Wie kannst du es wagen?! Ich hätte nicht übel Lust dir etwas zu brechen, du verdammter-«

»Ja?! Ist das so?!«, zischt Barnes in provozierendem Ton und drückt sich gleichzeitig vom Türrahmen ab, um wieder in eine aufrechte Position zu kommen.

»Beruhigt euch Jungs! Wir haben andere Probleme!« Kim unterbricht ihre Arbeit an meiner Schulter und wendet sich extra zu ihnen um. Ihre Stimme ist fest und laut und ihre Augen funkeln streng.

In diesem Moment hören wir, wie die Haustür geöffnet wird. Barnes lehnt sich wieder gegen den Türrahmen und dreht den Kopf nach hinten, um zu begrüßen, wer auch immer gerade das Haus betreten hat.

»Die Spur hat sich auch im Sand verlaufen ...«, höre ich eine tiefe, warme Stimme seufzen. Aus unerfindlichen Gründen lässt der Klang wohlige Gänsehaut über meinen Körper wandern. Ganz sanft beginnt sich in meinem Inneren etwas zu regen, doch ich schiebe es auf die Aufregung, die dieser Abend schon die ganze Zeit mit sich zieht.

Alle vernehmen wir leises Geklapper aus dem Flur, das ich allerdings nicht einordnen kann.

»Wir haben Besuch.« Barnes lässt es wie eine Warnung klingen.

»Was redest du da?«, ist noch zu hören, kurz bevor sich ein Mann neben Barnes in den Raum schiebt.

Sein Blick liegt zuerst auf Will, huscht dann zu Kimia und bleibt schließlich auf meinem Gesicht ruhen.

Die kleinen Augen haben dieselbe blaugraue Farbe, wie Wills und scheinen mich wie Dolche zu durchbohren. Er hat kurzes, dunkelblondes Haar und auf seinem kantigen Gesicht liegen harte Züge, die im krassen Gegensatz zu seiner Stimme stehen. Das graue T-Shirt, das er trägt, spannt sich über der breiten Brust und seine Arme sind gebräunt, muskulös und sehnig. Um fast eine ganze Kopflänge überragt er noch die beiden anderen Männer im Raum und ich spüre, wie ich unter seiner Erscheinung ein wenig tiefer ins Sofa sinke.

Ich versuche mich an einem kläglichen Lächeln und halte mit aller Kraft seinem Blick stand. Auch wenn die Schmerzen nun nur noch ein Pochen sind, solange Kim nicht mit der Paste in der Wunde herumhantiert, kann ich dennoch nichts sagen.

Ich nehme an, dass dies hier der »*Jay*« ist, von dem zuvor gesprochen wurde. Das suggeriert mir irgendwie das Verhalten der anderen ihm gegenüber. Barnes wirkt schadenfreudig, während Will wohl gleich in Schweiß ausbricht.

Jay spannt seinen Kiefer an, lässt mich endlich aus den Augen und ich kann wieder atmen.

»Was ist hier los?«, fragt er mit Nachdruck in die Runde. Er blickt jeden einzeln an und während Barnes unbeteiligt die Hände hebt, bleiben seine unheilvollen Augen an Will hängen. »Wer ist das, Will? Was sucht sie hier?«

»Das ist Abby-«, fängt Will an, aber wird prompt von Jay unterbrochen.

»Bitte sag mir, dass sie eine Jägerin ist«, seine Stimme klingt beinahe flehend.

Eine schuldbewusste Miene legt sich auf Wills Gesicht und er setzt zu seiner Antwort an. »Weißt du-«

»Oh, Will«, lässt Jay enttäuscht verlauten und reibt sich kopfschüttelnd die Stirn.

»Was- Was ist?!« Wills Stimme wird lauter, frustrierter. »Sie wurde verletzt. Du hättest sie doch auch nicht einfach sich selbst überlassen. Da waren drei von denen. Sie hätte das niemals überlebt. Und in einem Krankenhaus hätte man ihr auch nicht helfen können. Das weißt du doch-«

Jay packt ihn so schnell und kräftig am Arm, dass man es hören kann und zieht ihn mit sich aus dem Raum heraus durch eine weitere Tür am anderen Ende des Raumes. Hinter ihnen fliegt diese geräuschvoll zu.

Ich runzele besorgt die Stirn, aber spüre, dass ich mich nicht einmischen sollte.

»Ich weiß, was du jetzt denkst«, murmelt Kim und fängt wieder an meine Wunde zu versorgen. Zu meiner Erleichterung scheint der Bereich schon etwas taub zu sein und nur noch ein unangenehmes Ziehen geht von der Paste aus.

»Ja?«, frage ich skeptisch und spüre einen Ärger in mir aufwallen. Ich fühle mich und Will unfair behandelt. »Ihr kriegt wohl nicht oft Besuch?«

Sie schüttelt leichthin den Kopf. »Sie sind Brüder. Will und Jay. Er macht sich nur Sorgen um ihn - um uns. Wenn man ihn näher kennt, ist er gar nicht so schrecklich.« Sie lächelt mich aufmunternd an.

Jays Auftreten wirkte so viel älter, als sein Aussehen annehmen lässt. Aus der Situation heraus schließe ich, dass Will jünger ist. Aber wie viele Jahre zwischen den beiden liegen, kann ich nicht sagen.

Kim wirft einen feixenden Blick über die Schulter. »Eigentlich ist nur Barnes hier unser Miesepeter.«

Barnes rollt zur Antwort mit den Augen und justiert seine Körperhaltung ein wenig neu.

Ihre Worte besänftigen mich tatsächlich ein wenig, aber das Runzeln bleibt noch immer. »Ich habe mir das doch nicht ausgesucht-«

»Ich weiß«, stimmt mir Kim gutmütig zu.

»Wenn es nach mir ginge, dann wäre ich schon längst Zuhause in Prinzessin Bubblegums Zimmer und würde schlafen«, grummele ich.

Kim gluckst und legt endlich die übelriechende Paste zur Seite.

»Wer ist bitte Prinzessin Bubblegum?«, fragt Barnes und in seinem Gesicht meine ich etwas zu sehen, das mich - zumindest im entfernten Sinne - an ein Lächeln erinnert.

Das veranlasst mich dazu, ihm einen genervten Blick zuzuwerfen. Im nächsten Moment zucke ich zusammen, als Kim mir ein großes Pflaster auf die Schulter presst. Sie greift nach einer Verbandsrolle und beginnt meine Schulter damit einzudecken.

»Du hast ein ganz besonderes Gift in der Wunde. Es ist … Na, sagen wir mal ›unerforscht‹ und ziemlich hartnäckig, wenn es nicht richtig versorgt wird. Die Paste sorgt dafür, es zu neutralisieren. Lass einen Tag lang alles so, wie es ist. Danach kannst du damit aber umgehen, wie mit jeder anderen Wunde auch.« Sie lächelt, aber schaut nicht hoch.

Ich beobachte sie dabei, wie sie ihr Werk mit einigen Stücken Tape fixiert. »Was war das?«, frage ich dann.

»Was?«

»Meine Wunde. Was war das?«

Kim hält inne und starrt einen Moment vor sich hin. Sie zögert, aber ich warte geduldig. Dann hebt sie den Blick und sieht mir fest in die Augen. »Das Alles ist sicher sehr viel und verwirrt dich, oder?«

Ich nicke.

»Hör auf mich. Ich weiß, es ist schwer einer Fremden zu trauen. Aber«, sagt sie mit Nachdruck, »ich bin deine beste Freundin, wenn ich dir sage, dass es Dinge gibt, die man nicht wissen muss. Du hast überlebt und du wirst sicher nicht noch einmal in so eine Situation geraten.«

»Überlebt?« Mir stockt der Atem. *Was soll das bedeuten?*

»Ich *rate* es dir nur. Zu deinem Besten.«

Wir sehen einander an. Eine Unruhe legt sich über meine Gedanken. Ihre Worte gehen mir noch immer durch den Kopf und ich beginne sie gegen meine Neugier abzuwägen. Ich versuche irgendwie eine Entscheidung zu treffen. Bevor ich jedoch etwas zu ihr sagen könnte, lächelt sie und nimmt sogleich jegliche Anspannung aus dem Moment. »So, fertig.«

Automatisch werfe ich einen Blick auf meine verbundene Schulter. Der Verband ist äußerst fachmännisch drapiert. »Danke, Kim.«

Sie nickt lächelnd und beinahe im selben Augenblick fliegt die Tür wieder auf, durch die Jay und Will vorhin verschwunden waren.

Sein Gesicht spricht Bände. Erschöpft reibt er sich über den Nacken.

»Hat sich Jay wieder beruhigt?«, fragt Kim ihn mit besorgtem Gesichtsausdruck.

Er nimmt einen tiefen Atemzug und verzieht die Lippen. »Er ist ganz schön wütend auf mich ...«

»Das ist ja nichts Neues«, witzelt Barnes.

Will wirft ihm kurz einen nachäffenden Gesichtsausdruck entgegen. »Aber ich denke, ihm ist klar, dass ich nichts Anderes hätte tun können.« Sein Gesicht hellt sich ein wenig auf. »Ist unser Gast gut versorgt?«

»Ja, das ist sie«, lässt Kim ihn wissen und sieht mich fröhlich an.

»Sehr gut.« Er reicht mir eine Hand und rollt dann mit den Augen, während er sagt: »Komm. Befehl vom Chef. Ich soll dich sofort hier wegschaffen, wenn du wieder reisefähig bist.«

Fast schon ein wenig widerwillig ergreife ich seine Hand und er hilft mir, mich zu erheben. Der plötzliche Aufbruch bringt mich ein wenig durcheinander. Will ist beinahe schon im Flur und ich beeile mich, ihn einzuholen. Ich registriere, dass meine Schulter zwar noch ein wenig pocht, aber dass der Schmerz ansonsten nachgelassen zu haben scheint.

»Wiedersehen, Abby«, höre ich Kims Stimme noch hinter mir und stelle beschämt fest, dass die Verstreuung in meinem Kopf mich beinahe davon abgehalten hätte, mich von ihr zu verabschieden.

»Wiedersehen«, keuche ich und werfe ihr über die Schulter noch ein letztes dankbares Lächeln zu, bevor Barnes hinter mir die Tür schließt. Er steht so dicht vor mir, dass sich unsere Nasenspitzen beinahe berühren und sieht ernst zu mir herunter. »Das hoffen wir ja mal lieber nicht ...«, grummelt er.

Genervt wende ich mich von ihm ab und gehe durch die Haustür nach draußen.

Will dreht sich um, um zu sehen, wo ich bleibe und ihm entweicht sogleich ein Schnauben. »Du musst nicht mitkommen, ich schaffe das schon allein«, sagt er dann zu Barnes.

»Du warst allein, als du sie hergebracht hast«, lautet seine schneidende Antwort und ich würde ihm am liebsten ein paar freche Takte sagen. Aber Will ignoriert ihn und so tue ich es ihm gleich. Außerdem bleibt er nach ein paar Schritten sowieso stehen und zündet sich eine Zigarette an.

Neben Wills Motorrad steht nun ein zweites, das seinem ziemlich ähnlich ist. Während er seine Lederjacke auszieht, werfe ich noch einen letzten Blick zu dem Haus und meine einen Schatten in einem der oberen Fenster zu sehen.

»Hier«, lenkt Will wieder meine Aufmerksamkeit auf sich und reicht mir seine Jacke. »Dir wird sonst sicher kalt. «

»Brauche ich nicht eigentlich noch eine Augenbinde oder so etwas?«, frage ich scherzend, während ich dankend die Jacke überziehe.

Er gluckst. »Ich würde nicht wetten, dass du unbedingt noch einmal herkommen willst«, zwinkert er und hilft mir aufzusteigen. »Ich weiß, ich würde es nicht, wenn ich die Wahl hätte«, murmelt er dann, nachdem er die Maschine gestartet hat und denkt wohl, ich würde es nicht hören.

Irgendetwas daran macht mich plötzlich traurig, aber ich weiß nicht, ob es das war, was er gesagt hat, oder einfach nur die Art, mit der er es gesagt hat.

Diesmal fährt er um einiges langsamer und ich kann ihm mit Handzeichen recht einfach verständlich machen, wo er mich hin-bringen muss. Als wir vor dem Haus ankommen, wird es bereits hell. Ich steige ab und gebe ihm seine Jacke wieder.

»Hast du eigentlich keine Fragen?«, will er mit schräggelegtem Kopf wissen, weicht meinem Blick jedoch aus.

Kims Worte hallen in meinem Kopf wider und ich knabbere an der Innenseite meiner Wange. Das hier. Das hier wäre der Moment. Ich bin mir fast sicher, dass Will mir wohl alles erklären würde. Aber ich fälle eine andere Entscheidung. Meine Lippen formen einen Strich und ich schüttele langsam den Kopf. »Keine. Ich weiß nicht, ob ich die Antworten wirklich hören möchte.«

Er schmunzelt und senkt kurz den Kopf. »Das ist ziemlich klug von dir.«

»Danke, Will«, sage ich dann und spüre einen Anflug von Traurigkeit in mir aufsteigen, als die Gewissheit mich einholt, dass ich ihn wohl niemals wiedersehen werde. »Ich glaube, du hast mir heute das Leben gerettet.« Ich setze ein Lächeln auf und lasse es wie einen Insiderwitz klingen.

»Immer wieder gern.«

Ich nicke und drehe mich schon zum Haus, während er den Motor startet.

»Abs?«, ruft er noch und ich drehe mich wieder zu ihm um. »Ich wette, du bist eine ganz fabelhafte Tänzerin.«

»Und ich wette, du bist ein ganz fabelhafter Jäger«, gebe ich mit einem belustigten Schnauben zurück.

Seine Zähne leuchten, als er mir ein breites Grinsen schenkt. Dann fährt er los.

Und ich sehe ihm nach.

Mein Lächeln erstirbt langsam und ich werde das Gefühl nicht los, dass etwas an diesen letzten beiden Sätzen uns in ähnlicher Weise verletzt.

4

Den Rest der Nacht habe ich damit zugebracht, auf meinen Fingernägeln herum zu kauen. Immer und immer wieder lasse ich die Geschehnisse der vergangenen Stunden Revue passieren und schaffe es dennoch nicht zu akzeptieren, dass das wirklich passiert ist. Wie macht man einfach weiter, nachdem man erfährt, dass man beinahe gestorben wäre? Wie geht man damit um, dass man gerade einen Einblick bekommen hat, in etwas, das den eigenen Horizont um Weiten zu übersteigen scheint?

Je mehr ich darüber nachdenke, desto überforderter fühle ich mich. Und dennoch ... Ich kann damit nicht aufhören.

Binnen einer Nacht hatte sich meine Situation komplett verändert und scheint mir nun zu entgleiten. Im Grunde war mir natürlich schon vorher bewusst gewesen, dass ich nicht hätte herkommen sollen. Aber das war etwas anderes. Dass mein Aufenthalt hier nun durch etwas so *Großes* heimgesucht wird, hat schon einen komisch-ironischen Beigeschmack. Es deckt mich mit Angst ein und dem Wunsch nach Flucht.

Klirrendes Geschirr aus der Küche lässt mich vom Sofa hochfahren. Ein flüchtiger Blick zur Uhr und dann zur Küche, verrät mir, dass Mum begonnen hat, sich ihren Frühstücks-Smoothie zuzubereiten. Vorsichtig erhebe ich mich, darauf bedacht, dass die Couch so wenige Geräusche von sich gibt, wie nur irgend möglich und beeile mich dann leichtfüßig in Richtung Treppe.

»Abigail?«, lässt mich ihre Stimme an Ort und Stelle erstarren.

Ertappt ziehe ich die Schultern an und drehe mich ganz langsam mit einem gedehnten »Hey« zu ihr um. Mum sieht mich verdutzt an. Aber nur eine Sekunde lang, dann werden ihre Augen plötzlich ganz groß. »Was ist das da an deiner Schulter?!«

»Das? Erm-«

»Ist das ein Verband?«, fällt sie mir ins Wort. Ihr bleibt der Mund offen stehen, doch ihre Stimme ist ruhig.

»Dass das ein neuer Fashiontrend ist, wirst du mir wohl nicht glauben, oder?«, witzele ich mit unsicherem Blick.

Ihre Gesichtszüge entgleiten ihr nun völlig und weichen Empörung. »Findest du das witzig? Was hast du schon wieder gemacht?«

Das beklemmende Gefühl der Schuld überkommt mich. »Es ist nichts«, murmele ich beschämt und weiche ihrem Blick aus.

»Nun gut. Wenn es nichts ist, dann ist es nichts.« Sie schürzt sichtlich beleidigt die Lippen. Fast unmerklich hebt sie das Kinn und setzt ein leicht schräges Lächeln auf. Zu spät erkenne ich das Lächeln, kann mich nicht mehr wappnen. »Könntest du noch Tanzen, dann hätte dir das jetzt sicher im Weg gestanden. Aber zu unserem Glück gehört das ja schon lange der Vergangenheit an, nicht wahr?«

Das presst mir die Luft aus den Lungen. Mein Körper überzieht sich mit einer kalten Gänsehaut. Fassungslos beobachte ich sie dabei, wie sie wieder in der Küche verschwindet. Sie hat es gesagt, als wäre es das Unbedeutendste auf der Welt. Aber sie weiß ganz genau, was es in mir auslöst. Mit einem Mal - durch einen Satz - fühle ich mich so schwach, so unvollständig.

Ich starre auf meine zittrigen Finger, weil ich einen leichten Schwindel aufkommen spüre und betrachte die abgekauten Nägel daran. Langsam beginne ich in Gedanken zu zählen.

Erst als ich bei *Zwanzig* ankomme, drehe ich mich langsam um und gehe die Treppe hinauf. Je näher ich dem Gästezimmer komme, desto schneller wächst die Zahl in meinem Kopf und desto schneller ist mein Tempo.

Endlich in dem Zimmer angekommen, schlage ich die Tür hinter mir zu und lehne mich dagegen. Langsam rutsche ich daran zu Boden und versuche dabei meine Atmung unter Kontrolle zu bringen. Frustriert lasse ich meinen Kopf gegen die Tür sinken und starre hoch zur Decke.

Es lässt sich nicht ändern. Ich mache das Beste daraus, wiederhole ich monoton mein Mantra, bis es sich irgendwann wie ein Echo in meinem Hinterkopf von selbst wiederholt. Eine gefühlte Ewigkeit später schaffe ich es endlich wieder eine betäubende Wand vor die Erinnerungen und die bösen Gedanken zu schieben.

Beinahe hätte ich das Klopfen an der Tür nicht gehört. Sofort halte ich den Atem an. Noch eine Unterredung mit dem Hausdrachen würde ich jetzt nicht ertragen. Aber dann höre ich Haleys Stimme gedämpft meinen Namen sagen. »Bist du wach?«

Eine Welle der Erleichterung durchflutet mich. Ich stehe auf und werfe mir schnell einen Cardigan über, damit sie nicht auch den Verband sieht. Als ich ihr die Tür öffne, fällt das Licht aus dem Zimmer zu ihr auf den dunklen Flur und sie kneift säuerlich die Augen zusammen. Trotzdem steht sie beinahe im selben Moment schon bei mir, grinst mich an und setzt sich dann auf die Bettkante. Ein Schmunzeln kommt mir über die Lippen und ich schüttele mitleidig den Kopf, während ich sie dabei beobachte, wie sie sich die Schläfen massiert. Langsam schließe ich die Tür wieder und setze mich ebenfalls neben sie auf das Bett.

»Wie viel hast du denn noch getrunken?«, frage ich sie und runzele dabei die Stirn.

»Zu viel«, sagt sie leichthin und stützt ihre Arme hinter sich. »Die haben wegen uns sicher die nächsten Wochen geschlossen.«

Wir müssen beide kichern. Haley trägt immer noch ihr Outfit von gestern Nacht. Ihr Oberteil hat eine leichte Schieflage und ihre Haare stehen zerzaust in alle Richtungen ab.

»Bist du jetzt erst nach Hause gekommen?«

Sie bedenkt mich mit einem vielsagenden Blick. »Wir sind noch mit zwei Freundinnen zu Clarissa gegangen und ich bin dort auf der Couch eingeschlafen.« Sie schürzt die Lippen und hebt die Brauen. »Außerdem musst du gerade reden.«

»Was meinst du bitte?« Ich lasse ein empörtes Lachen meine Worte begleiten.

»Ach, komm schon, Schwester.« Sie wackelt mit den Augenbrauen. »Da war doch ein bestimmter Gentleman.«

Ich runzele die Stirn. »Was? Wer?«

»Na, der Typ, der die ganze Zeit neben dir gesessen hat, sprang sofort auf, als er hörte, du wärst schon gegangen. Da dachte ich- Wir alle dachten-«

»Nein«, sage ich ein wenig zu schnell. Es bereitet mir Unbehagen bei dem Gedanken, Haley würde so über mich und Will denken. Was eigentlich völlig unbegründet ist, da ich ihn sowieso nie wiedersehen würde. »Ich bin einfach direkt nach Hause gegangen. Er hat mich dann wohl nicht mehr gefunden.«

Haley mustert mich misstrauisch. Die ganze Situation ist mir unheimlich unangenehm. Und dann ist da noch dieser Entschluss, den ich ihr beichten muss, aber das nötige Maß an Mut will einfach nicht in mir aufkommen. Also schiebe ich es noch ein wenig auf.

»Ich habe etwas für dich«, lenke ich ihre Aufmerksamkeit um und sehe, wie ihre Miene schlagartig zu leuchten beginnt. Schnell stehe ich auf, öffne die vorderste Tasche, die in den Deckel meines Koffers eingelassen ist, und ziehe das kleine, rosa verpackte Geschenk daraus hervor. Dann setze ich mich wieder auf das Bett und halte es ihr hin.

Sie neigt den Kopf und sieht mich mit gespielter Skepsis an, während das Grinsen in ihrem Gesicht immer breiter wird. »Was ist das?«

»Pack's aus«, meine ich verschwörerisch und zucke die Schultern.

Nach einer Sekunde weiteren Zögerns, nimmt sie es endlich an sich und reißt schnell das Geschenkpapier ab. Zum Vorschein kommt eine kleine dunkelblaue Box, die sie sogleich aufmacht. Ein verzückter Laut verlässt ihren Mund, während sie die feingliedrige, silberne Kette herauszieht und den Anhänger zwischen ihren Fingern mustert. Es handelt sich dabei um eine kleine weiße Perle mit einem kaum merklichen, rosafarbenen Schimmer, die oben auf einer silbernen Schleife sitzt.

»Es ist nur eine Kleinigkeit. Mehr konnte ich mir gerade nicht leisten. Wenn sie dir nicht gefällt, kann ich sie umtauschen«, druckse ich herum, weil sie so lange nichts gesagt hat.

»Ich finde sie wunderschön«, sagt sie und als sie mich ansieht, kann ich Tränen in ihren Augen glitzern sehen. »Machst du sie mir um?«

Sie hält mir die Kette hin und dreht mir ihren Nacken zu, als ich danach greife. Nachdem ich den Verschluss geschlossen habe, legt sie eine Hand auf den Anhänger. Dann mustert sie ihn verträumt. »Danke«, haucht sie, als sie den Blick wieder hebt.

Als sie nach einer Weile den Mund öffnet, um etwas zu sagen, komme ich ihr jedoch zuvor. »Ich fahre heute wieder zurück zum Campus«, bringe ich es sofort auf den Punkt, bevor ich es mir wieder anders überlegen würde. Natürlich fällt es mir schwer, die Worte auszusprechen. Aber es hilft nichts. Die Angst und die Verwirrung sind einfach zu groß, als dass ich sie ignorieren könnte. Doch in diesem Haus könnte ich niemals Ordnung in meinen Kopf bringen. Dafür brauche ich die gewohnten vier Wände meines Zimmers im Wohnheim. Dafür brauche ich Philadelphia.

»Was?«, gluckst sie verwirrt und rückt ein wenig von mir ab. Als ich aber keine Anstalten mache, etwas anderes zu sagen, steht sie sofort wutentbrannt auf und ihre Stimme wird um einiges lauter. »Wieso?«

»Ich habe vergessen, dass da so eine Prüfung ist, für die ich dringend lernen muss und-«

Sie stößt mit Nachdruck Luft aus und rollt mit den Augen. »Eine offensichtlichere Lüge fiel dir wohl gerade nicht ein.«

Natürlich hat sie Recht. Es ist eine jämmerliche Lüge. Und doch trifft es mich schmerzhaft, dass sie mit ihrer Unterstellung Recht hat. »So ist das nicht. Das weißt du.«

»Ach, hör' doch auf!«, ruft sie aufgebracht aus. »Heute ist mein Geburtstag, Abby! Musst du mir das wirklich an meinem Geburtstag antun?!«

»Ich-«

»Ich weiß, dass Mum«, sie ringt etwas mit sich, »Na, eben Mum ist. Aber Dad und ich sind auch noch da! Du kannst uns doch nicht sofort links liegen lassen, nur weil du deine Probleme mit ihr hast.«

»Meine Probleme?«, frage ich sie barsch mit zusammengekniffenen Augen und erhebe mich nun ebenfalls.

»Ja, genau. *Deine* Probleme.«

»Achso. Also ist das der Grund, warum ihr mich dann jedes Mal alleine lasst, wenn sie wiedermal auf mich los geht!«

»Sie geht nicht auf dich los. Sie-«

»Warum verteidigst du sie auch noch jedes Mal?!«

»Darum geht es hier jetzt nicht, Abby!«, schreit sie plötzlich und ich weiche ein Stück zurück. Dann fährt sie etwas ruhiger fort. »Einmal, Abby, dachte ich, könnten wir wieder so tun, als wären wir ganz normale Schwestern, die über ganz normale Dinge reden. Aber du wählst mal wieder den leichten Weg und verpisst dich einfach!«

Ich beiße die Zähne aufeinander, meine Brust hebt und senkt sich auffallend. Haley sieht mich erwartungsvoll an, während ich versuche, die Fassung wieder zu erlangen. Das ist doch blöd. Diese Situation ist doch blöd und einfach lächerlich.

Plötzlich wendet sie kopfschüttelnd den Blick ab. »Gut. Dann verpiss' dich doch einfach«, grummelt sie.

»Haley. Es-«, beginne ich, doch sie ist schon an mir vorbei aus dem Raum gestürmt. »Es tut mir leid«, flüstere ich dann, mehr zu mir selbst, und lasse enttäuscht den Kopf hängen.

Ich werde nicht lügen. Die Schuldgefühle plagen mich. Sehr.

Aber mir ist einfach alles gerade zu viel geworden. Das, was auch immer gestern nun vorgefallen ist, plus den Streit mit Haley und schließlich der mehr als kühle Abschied vorhin. Dad ist bereits bei der Arbeit gewesen und so gab es keinen, der zumindest versuchte, mir einen halbwegs ordentlichen Abschiedsgruß mitzugeben. Sicher wird er ganz verwundert sein aufgrund der vorherrschenden schlechten Laune und meiner sehr vorzeitigen Abreise. Aber es hat keinen Sinn, ihm irgendwas zu erklären. Das würden Haley und Mum später schon selbst hinkriegen, in ihrer ganz eigenen Version.

Ein ungläubiges Schnauben entweicht mir, als ich zu der Anzeigetafel sehe und schon der zweite Zug, den ich nehmen wollte, ausfällt. Bereits das Taxi hierher war einfach mitten auf einer Kreuzung stehen geblieben und ich hatte den restlichen Weg zum Bahnhof zu Fuß hinter mich bringen müssen. Und zu allem Überfluss, hatte auch mein Smartphone den Geist aufgegeben. Nun muss ich mir mit vorsintflutartigen Methoden irgendwie eine Fahrt zurück nach Philly verschaffen. *Heute ist nicht unbedingt mein Glückstag.*

Schnell sammle ich meine Sachen zusammen und erhebe mich genervt von der Sitzbank, auf der ich die letzten zwanzig Minuten gewartet hatte. Ich gehe hinüber zum Schalter und finde mich dort in einer so langen Schlange wieder, dass ich wohl noch übernächstes Jahr anstehen werde.

Ich glaube, mich erinnern zu können, dass es hier einen Busbahnhof in der Nähe gibt, aber wie man dort hinkäme, das kann ich mir beim besten Willen nicht erschließen. Nachdem ich mich ein wenig umgesehen habe, entdecke ich einen Hausmeister, der gerade einen Mülleimer ausleert. »Entschuldigen Sie?«, mache ich auf mich aufmerksam und frage ihn nach dem Busbahnhof.

Er ist etwas mürrisch, hilft mir aber mit einer Wegbeschreibung aus. Tatsächlich ist es nicht weit weg, doch ich brauche trotzdem zwei Anläufe und eine weitere Auskunft bis ich es endlich finde.

Als ich endlich im Bus sitze, schmerzen mir sämtliche Knochen und mein Nacken ist schon ganz steif von all der angestauten Wut. Mehr als vier Stunden Busfahrt ohne Musik. Wehmütig denke ich daran zurück, dass ich zuletzt mitten in »*Qi*« von *Phildel* versunken war, als mein Display plötzlich duster wurde und im selben Moment das Taxi zum Stehen kam. Ein leiser Seufzer entweicht mir und ich sinke tiefer in meinen Sitz. Gelangweilt werfe ich einen Blick aus dem schmutzigen Fenster. Aber außer der Betonfassaden zweier Gebäude und einer verdreckten, dunklen Gassen zwischen ihnen, gibt es nicht sonderlich viel zu sehen.

Nach und nach steigen immer mehr Personen in den Bus und zu meiner Verwunderung sind schließlich alle Plätze belegt. Wäre ich auch nur eine Sekunde zu spät gekommen, ich hätte gar keinen Fensterplatz mehr bekommen.

Vier Stunden Fahrt … Das ist ziemlich lang. Aber ich nehme das in Kauf. Hauptsache ich komme endlich irgendwann an.

Dafür wäre aber erforderlich, dass wir zumindest bald losfahren. Die Warterei erscheint mir eindeutig zu lange und ich bitte mich im Stillen darum, mir wieder eine Armbanduhr anzuschaffen. Nun wende ich mich aber an die ältere Dame, die sich mit einer freundlichen Begrüßung neben mich gesetzt hatte.

»Entschuldigung. Könnten Sie mir sagen, wie spät es ist?«

»Natürlich, Liebes.« Sie lächelt gütig und sieht dann auf die schmale Uhr an ihrem Handgelenk. »16.18 Uhr.«

»Müssten wir dann nicht schon längst abgefahren sein?«, frage ich laut, aber eher an mich selbst gerichtet.

»Keine Sorge, Liebes. Diese Busse fahren doch nie planmäßig ab«, lässt sie mich wissen. Schließlich verwickelt sie mich in eine Unterhaltung darüber, dass sie ihren Enkel besuchen fahren wolle. Ich höre ihr nur mit einem halben Ohr zu. Das ist zwar unhöflich, aber mit all den Gedanken und der Nervosität in mir, kann ich nicht anders. Außerdem scheint sie es auch nicht zu bemerken. Oder es stört sie schlicht nicht.

In meinem Augenwinkel scheine ich eine Bewegung wahrgenommen zu haben, denn automatisch drehe ich meinen Kopf, um wieder aus dem Fenster sehen zu können. Wie beiläufig richte ich meinen Blick auf die Lücke zwischen den beiden Gebäuden und kann ihn nun nicht mehr von ihr abwenden. Sie hat meine ungeteilte Aufmerksamkeit.

Denn dort im Schatten steht eine Statue, die mir zuvor nicht aufgefallen war. Eine groteske Statue. Verwundert, weil ich sie vorhin doch tatsächlich einfach übersehen hatte, und neugierig zugleich, mustere ich die Details, die die Dunkelheit mir gerade noch so gewährt.

Was für ein seltsamer Platz für einen Wasserspeier ..., ist mein erster Gedanke. Das Konstrukt muss an die zehn Fuß hoch sein und besteht aus einem dunklen, schlammfarbenen Stein. Helle Streifen durchziehen ihn und erwecken so den Eindruck von Marmor. Unwillkürlich vergleiche ich sie mit Venen und spüre eine Unruhe in mir aufsteigen. Der geduckte Kopf ist riesig und doch wirkt das Maul nicht proportional breit dazu. Es steht ein Stück vor und kleine spitze Zähne legen sich über die Lippen, wie bei einem Raubtier. Die kleinen Augen blitzen dämonisch und scheinen mich direkt anzusehen. Immens große, spitz zulaufende Ohren stehen links und rechts zu den Seiten ab. Eines der Vorderbeine steht ein Stück über dem schräg fallenden Schatten des Gebäudes daneben und für einen Augenblick glaube ich zu sehen, wie das Bein dampft.

Es ist spindeldürr und die Gelenke stehen knöchrig daraus hervor. Die Pranke hat dicke schwarze Krallen am Ende jeder der vier Finger, die noch dazu in der Sonne wie Klavierlack glänzen.

Ich will mich schon schaudernd abwenden, da erheben sich die Krallen plötzlich vom Boden. Das Bein knickt sich im Gelenk und verschwindet im Dunkeln. Und auch das Gesicht taucht ein bisschen mehr in den Schatten, während die Augen aber immer noch gefährlich blitzen.

Ein Schauer durchfährt mich. *Es ist am Leben*, denke ich und kann meine geweiteten Augen nicht davon abwenden. Stockend atme ich einen Schwall Luft ein und mein Körper beginnt zu zittern. Mein Kopf muss mir einen Streich spielen. Das kann nicht real sein. Ich bin übermüdet und aufgewühlt und bilde mir deshalb nun auch noch Dinge ein.

Lächelt dieses Ding etwa?!

Schnell presse ich die Augenlider aufeinander und schüttele mich. Ich wende mich der Dame neben mir zu.

Sie hält in ihrem Redeschwall inne und sieht mich mit Verblüffung in den Augen an. »Oh, Schätzchen! Du bist ja leichenblass. Alles in Ordnung?«

»Sehen Sie-«, weiter komme ich nicht, sondern kann nur geschockt zurück an die Stelle starren. Aber was auch immer dort gewesen war, ist nun verschwunden.

»Was ist denn da?«, fragt die Lady zögerlich und ich sehe Besorgnis in ihrem Gesicht, als ich mich verwirrt von der Gasse abwende.

Bevor ich ihr eine Antwort geben kann, ertönt plötzlich eine Stimme hinter uns und wir erblicken einen Mann, der erklärt, dass der Bus wohl einen Motorschaden erlitten hat und wir deshalb nicht losfahren können. Seltsamerweise bin ich weder überrascht, noch wütend. Ich habe das Gefühl, dass mich am heutigen Tag ein Muster verfolgt, ich es aber noch nicht so richtig erkennen kann. Die alte Dame gibt bestürzt von sich, dass sie doch so gern zu ihrem

Enkel fahren würde. Aber ich bin zu abgelenkt, als dass ich ihr hätte antworten können.

Ich schnappe mir meinen Koffer, sobald er in Sicht kommt und steige in den nächsten Linienbus, der an den Stadtrand fährt. Mein Körper ist ganz unter Strom. Hier stimmt irgendwas nicht. Auch wenn sich mir einfach nicht erschließen will, was eigentlich.

Aus einem Gefühl heraus entscheide ich zu Will zu fahren und ihm zu erzählen, was passiert ist. Es fühlt sich an, als hätte es mit dem gestrigen Abend zu tun und dieser ist noch nicht lang genug her, als das es ein Zufall sein konnte. Alles in mir drängt darauf zurück zu dem alten Haus zu fahren. Ich bin überzeugt davon, sie würden mir dort helfen können. Selbst, wenn ich lediglich bestätigt bekäme, dass ich völlig übergeschnappt bin.

5

Ich könnte jetzt einfach ohne Probleme durchdrehen.

Auch mit einigen Umstiegen bringt mich der Bus nicht ganz an den Stadtrand und ich muss erneut eine lange Strecke zu Fuß hinter mich bringen. Mein Orientierungsvermögen ist glücklicherweise sehr gut ausgeprägt. Zwar habe ich es nicht darauf angelegt, mir den Weg einzuprägen, finde ihn aber dennoch die Straße entlang. Langsam beginnt es zu dämmern und die Temperatur fällt leicht ab. Deshalb ziehe ich mir geistesabwesend meine Jacke über.

Ohne Musik in meinen Ohren, veranlasst mich die Stille, ununterbrochen über viel zu viele Dinge nachzudenken. Meine Gedanken drehen sich im Kreis und der Mittelpunkt ist diese grässliche Fratze. Es beschäftigt mich so sehr, dass ich gar nicht bemerke, dass meine letzte Mahlzeit das unangenehme Frühstück gewesen ist.

Ich bemerke auch den rostbraunen alten Pickup nicht, der mich überholt. Er wird langsamer und bleibt ein Stück vor mir am Straßenrand stehen. Trotzdem sehe ich erst auf, als der Motor abgestellt wird.

Automatisch bleibe ich stehen und schaue Jay dabei zu, wie er aussteigt und die Tür hinter sich zuschlägt. Sein Blick fixiert mein Gesicht, als könnte er so meine Gedanken lesen. Trotzig wie ich bin, halte ich dem stand, aber werde immer nervöser, mit jedem Schritt, den er näher kommt. Fast unmerklich verlagere ich mein Gewicht immer wieder von einem auf den anderen Fuß. Ein zartes Flattern macht sich in meiner Magengrube bemerkbar. Vielleicht ist es Panik, die mich ergreift.

Kurz huscht sein Blick zu meinem Koffer, den ich den ganzen Weg über hinter mir hergezogen habe und der nun, immer noch angeschrägt, meine Hand am Griff, neben mir ruht.

»Wo gehst du hin?«, fragt er und sein Kiefer spannt sich an, während er eine Armlänge vor mir endlich wieder zum Stehen kommt. Mir ist klar, dass seine Frage nicht wirklich ernst gemeint ist. Natürlich weiß er, wohin ich will.

»Hat dir irgendetwas die Sprache verschlagen?« Sein Ton ist nun eine Spur ungeduldiger.

Und er hat Recht. Etwas hat mir die Sprache verschlagen.

»Ich wollte zu Will.« ... *Glaube ich.*

Seine Augen schließen sich einen Moment und nach einem Atemzug, sieht er mich wieder an. Der harte Zug in seinem Gesicht wird ein wenig weicher. Er seufzt. »Pass auf. Ich weiß, mein Bruder kann ziemlich-«

»So ist das nicht«, unterbreche ich ihn sofort, als sich bei seinen Worten in mir ein ähnliches Gefühl einstellt, wie ich es schon bei Haley hatte. Nur intensiver.

Sofort legt sich sein Kopf schräg und seine Augenbrauen hüpfen nach oben. »Wieso bist du dann hier?«

Genau, ich bin hier. Und jetzt? Wie macht man so etwas? Wie erklärt man so etwas?

»Das weiß ich nicht so genau«, gebe ich ehrlich zu, doch er verschränkt nur die Arme. »Ich schwör's«, sage ich nun mit Nachdruck und verschränke ebenfalls die Arme. »Ich bin hier weg mit der Überzeugung, dass ich nie wieder herkommen würde.«

»Ist das so?«, fragt er und ich kann nicht wirklich deuten, was er damit ausdrücken will.

»Ja. Wäre alles einfach nach Plan gelaufen, dann wäre ich jetzt gar nicht hier. Eigentlich wollte ich die Stadt verlassen. Aber«, ich unterbreche mich und suche einen Moment nach etwas, das diesen Satz vervollständigen könnte, ohne mich wie eine Idiotin dastehen zu lassen, »das gestaltete sich etwas schwierig.«

»Inwiefern schwierig?«, Jay runzelt die Stirn und scheint nicht sehr beeindruckt von meinen Erklärungsversuchen.

Ich hadere mit mir. Irgendwie ist es mir unangenehm darüber zu sprechen. Aber bin ich nicht genau deshalb hergekommen?

»Irgendetwas sagt mir, dass ihr mir helfen könnt.«

»Gestern habe ich wohl mehr als klar gemacht, was ich von Fremden halte, oder?« Er hält kurz inne. »Du sagst mir im Grunde gar nichts. Wenn du so sehr davon überzeugt bist, wir könnten dir helfen, dann könntest du mir auch einfach sagen, worum es geht. Sonst gehe ich einfach nur davon aus, dass du dich verknallt hast. Ich werde nicht Amor spielen. Damit will ich nichts zu tun haben. Dann kannst du auch direkt wieder gehen.«

Eine Welle der Wut durchströmt mich und manifestiert sich in einem Schnauben. »Ich bin nicht verknallt«, sage ich dann bockig und fühle mich noch im selben Moment wie in der Grundschule. Sofort bremse ich mich ein wenig. Ich strecke den Rücken durch und versuche so ernst zu wirken, wie nur irgend möglich. Schnell überbrücke ich den Abstand, der noch zwischen uns herrscht und sehe dann etwas ungemütlich, aber mit entschlossenem Blick zu ihm herauf. »Ich habe etwas gesehen.« Meine Stimme ist dennoch kaum mehr als ein Flüstern.

Kurz zucken seine Augen zu Schlitzen und sein Gesicht bewegt sich kaum merklich ein Stück nach vorn. Jetzt kann ich seinem Blick einfach nicht mehr standhalten, ich schaue zu Boden und spiele mit den Fingern an dem Stoff meines Ärmels herum. »Ich bin nicht verrückt. Und ich bilde mir nichts ein. Für *so etwas* habe ich wohl auch nicht genug Fantasie. Dass das direkt nach gestern passiert ist, kann kein Zufall sein.« Ich zwinge mich, ihn wieder anzusehen. »Ich weiß, was ich gesehen habe!«

Schon wieder spannt er den Kiefer an und diesmal ist es an ihm wegzusehen. »Komm mit«, sagt er dann völlig unvermittelt und geht zum Wagen.

Zuerst stehe ich noch unschlüssig da, aber ich folge ihm. Er nimmt mir schweigend den Koffer ab und wirft ihn auf die Ladefläche. Ohne mich noch einmal anzusehen, geht er zur Fahrertür und steigt wieder ein. Ich gehe um das Fahrzeug herum und klettere kurze Zeit später neben ihn auf den Beifahrersitz.

Während er fährt, stützt er einen Arm beim Fahrerfenster auf und reibt sich mit den Fingern über die feinen Bartstoppeln an seinem Kinn. Mein Blick wechselt immer wieder schüchtern von meinen Händen zu seinem Gesicht und wieder zurück.

»Wieso hat dich das umgestimmt?«, unterbreche ich schließlich die Stille.

Er wirft mir einen kurzen Seitenblick zu und setzt sich ein Stück auf. »Inwiefern?«

»Ich habe nicht mal gesagt, *was* ich gesehen habe«, versuche ich meine Verwunderung zum Ausdruck zu bringen.

»Nennen wir es einfach mal Intuition.«

»Intuition?«, wiederhole ich und runzele die Stirn.

Langsam biegt er auf einen Feldweg ein und manövriert dann den Wagen über die Unebenheiten. Sein Kopf neigt sich ganz leicht. »Bei dem, was ich tue - was wir tun -, ist meine Intuition das Beste, auf das ich mich verlassen kann.«

»Und was tut ihr?«

Der Pickup hält und durch die Windschutzscheibe kann ich das Haus sehen, das ich gestern noch mit dem Gedanken verlassen hatte, es nie wieder zu sehen. Etwas wie Vorfreude überkommt mich bei dem Anblick. Jetzt, in den letzten Sonnenstrahlen sieht das Gebäude auch lange nicht so unheimlich aus wie gestern. Die taubenblaue Verkleidung wirkt sogar fast schon einladend.

Jay dreht den Schlüssel im Schloss und sieht mich an. »Wenn sich mein Gefühl bestätigt, dann wirst du das alles schon ganz bald erfahren«, lautet seine verheißungsvolle Antwort und nach einem weiteren intensiven Blick steigt er aus.

Nachdenklich muss ich noch eine Sekunde im Auto verweilen, bevor ich ihm schließlich folge.

»Was- Du warst doch schon weg!«, werde ich von Barnes' un-
glücklichem Ruf begrüßt.

Ich habe ihn zuvor gar nicht bemerkt, doch nun kommt er von
der Veranda aus auf uns zu.

Jay hebt meinen Koffer von dem Auto runter. Er sieht ein klein
wenig ramponiert aus, aber das kann auch durch meinen Fußweg
entstanden sein. Als ich ihm diesen aber abnehmen möchte, hält er
mich mit einer Handbewegung davon ab. »Ich mache das schon.«

»Nein. Nicht du auch noch! Tinkerbell zieht jetzt ein, oder
was?«, Barnes sieht aus, als würde er seine Hände über dem Kopf
zusammenschlagen wollen.

»Sie zieht nicht ein«, ist Jays Antwort, als er an ihm vorbeigeht.
Aber ich habe das Gefühl, dass das nur die halbe Wahrheit ist.

Ich habe nur ein sarkastisches Grinsen für Barnes übrig, während ich an ihm vorbei hinter Jay durch das hohe Gras stapfe. In
der Ferne sehe ich Will durch die Haustür auf die Veranda treten.

»Abby?«, fragt er ungläubig, als wir nah genug sind. »Was tust
du hier?«

Mit offenem Mund sieht er Jay an, der durch die Tür ins Innere
des Hauses verschwindet. Sofort greift er nach meinen Oberarmen
und sieht mir tief in die Augen. »Was hast du gemacht, dass du
herkommen durftest?«

»Ich grüße dich auch«, lache ich nervös, um das Thema zu umschiffen. Am liebsten würde ich ihn jetzt ganz fest umarmen.

Es ist seltsam. Ich kenne diese Leute nicht und augenscheinlich
wollten sie mich gestern alle so schnell wie möglich loswerden. Aber
auch wenn Barnes gerade eben noch seine Missgunst dazu preisge-
geben hat ... Es fühlt sich an wie »*Nach Hause kommen*«.

Er erwidert mein Lachen und rückt wieder ein Stück von mir
ab. »Kim wird sich freuen«, grinst er mit einem Zwinkern.

Mit einer Armbewegung bittet er mich ins Haus, aus dem bereits
einige Stimmen zu mir durchdringen. Kurz darauf stehe ich wieder in

dem Wohnzimmer, in dem ich keine vierundzwanzig Stunden zuvor bereits gewesen bin. Dort entdecke ich Kim, die auf einem der Sofas neben einem mir unbekannten Mann sitzt. Er hat etwas längeres, braunes Haar, das er fast schon wie eine Tolle nach hinten gegelt hat. Sein Gesicht ist lang und kantig und seine Augenbrauen sind fein, aber nicht gezupft und haben eine stark ausgeprägte Spitze. Am auffälligsten jedoch sind die vielen verschnörkelten Tattoos, die seine Arme und sogar Teile seines Halses bedecken und die Narben, die sein Gesicht zieren. Die eine zieht sich schief über seine Oberlippe und die zweite sitzt direkt in einer seiner Wangen und wirkt fast wie ein Grübchen, wenn er lächelt. Wie die anderen drei, trägt auch er einen feinen Bart und dunkle multifunktional wirkende Kleidung.

Sobald sie mich erblicken, halten die beiden inne und eine der Hände des Mannes friert sogar mitten in der Bewegung zu seinem Ohr ein. Seine Augen sind klein, dunkelbraun und ungläubig auf mich gerichtet.

Ich will eine Begrüßung aussprechen, aber bekomme nichts weiter zustande, als stark zu schlucken.

Kim erhebt sich langsam und blinzelt ein paar Mal. »Du bist wieder da ...«, sagt sie überflüssigerweise und sofort fällt ihre Stirn in Falten. »Ist was passiert?«, vermutet sie sofort richtig.

Jay stellt neben mir meinen Koffer auf dem Boden ab und sieht mich an. »Setz dich.« Er nickt zu den Sofas rüber.

Ich folge seiner Aufforderung und bemerke schließlich, dass noch eine weitere Person im Raum ist. Ein Mann sitzt vor den Monitoren und tippt so schnell auf der Tastatur herum, dass mir davon schwindelig wird. Er wirkt absolut unbeteiligt, während sich die anderen langsam um mich scharen.

»Chris, kommst du auch?«, sagt Jay an ihn gewandt und dieser lässt ein »Sofort« verlauten, ohne aufzusehen.

Will setzt sich zu mir auf das Sofa, während Kim und Jay stehen bleiben. Die anderen beiden Männer ziehen sich jeweils einen Stuhl heran und nehmen darauf Platz. Es ist mir unheimlich unangenehm, wie sie mich alle anstarren, aber niemand etwas sagt. Ich reibe mir über die Oberarme und sehe mich hilfesuchend zu Will um.

In dem Moment stößt sich Chris von seinem Tisch ab und die Rollen seines Schreibtischstuhls machen einen ohrenbetäubenden Lärm. Mit erhobenen Armen rollt er sich direkt zwischen Barnes und den Mann, dessen Name ich noch nicht kenne und strahlt mich an.

Auf seiner Nase sitzt eine dunkle Brille mit großen runden Gläsern. Das Braun seiner Augen blitzt unter seinen Schlupflidern hervor und sehr kurze, schwarze Haare stehen etwas wirr von seinem Kopf ab. Die Stirn legt er in tiefe Furchen, die schon fast umgedrehte »*U*«'s bilden. Er hebt sich äußerlich ein wenig von den anderen ab, da er ein weißes Hemd mit einer hellbraunen Weste darüber trägt. Vor der Kulisse des alten Wohnzimmers und inmitten der anderen dunklen, zum Teil ledernen Kleidung, wirkt er ein wenig zu förmlich und fast schon fehl am Platz, als wäre er aus einer anderen Szenerie hergebeamt worden.

Ich sehe Jay an und er nickt, um mir zu bedeuten, dass ich ruhig anfangen könnte zu erzählen.

Die Anderen sehen mich interessiert, aber auch ein wenig misstrauisch, an. Außer Barnes. Sein Gesichtsausdruck wirkt müde, genervt und gelangweilt.

»Eigentlich wohne ich in Philadelphia«, beginne ich. »Heute hat meine Schwester Geburtstag. Deshalb bin ich hier. Ich wollte sie besuchen.« Bei dem Gedanken daran, wie ich mit Haley auseinandergegangen bin, wird mir ganz flau im Magen. »Aber nach dem, was auch immer gestern passiert ist« - *unter anderem* - »wollte ich heute nur noch nach Hause. Jetzt gerade müsste ich eigentlich in Philadelphia aus dem Zug steigen.«

Ich atme tief durch und beginne dann von meinen Pannen zu erzählen. Mehrmals betone ich, wie seltsam das alles auf mich gewirkt und was für ein ungutes Gefühl sich bei mir eingestellt hat. Als ich an der Stelle ankomme, an der ich ihnen von der Statue erzählen müsste, stocke ich jedoch und bin plötzlich wie gelähmt.

»Dafür willst du jetzt unsere Hilfe?« Barnes schürzt die Lippen.

»Ja, das ist gar nichts.«

»Isaac«, ermahnt Kim den Mann gutmütig und offenbart mir so seinen Namen.

»Nicht ganz«, wirft Chris ein und hebt dabei theatralisch einen Finger, um ihn dann kurz darauf schwungvoll auf mich zu richten. »Du sagtest, dein Handy wäre ausgegangen? Darf ich mir das mal ausleihen?«

Ohne auch nur darüber nachzudenken, dass ich es ihm nicht geben könnte, streckt er mir bereits fordernd die Hand entgegen. Ein wenig verwirrt greife ich nach dem Gerät in meiner Jackentasche und gebe es ihm.

»Danke«, tönt er, hat nur noch Augen für das Mobiltelefon und rollt zurück zu seinem Schreibtisch. Sofort kramt er einige Kabel hervor und beginnt sie überall anzuschließen.

»Ich denke, das war alles nur Zufall.« Wills Stimme lässt mich den Blick von Chris abwenden. »Nach gestern warst du sicher ein wenig paranoid und hast vielleicht etwas falsch interpretiert oder so-«

»Du sagtest, du hättest etwas gesehen«, fährt ihm Jay dazwischen. »Davon hast du noch nicht erzählt ...«

Ich sehe ihn lange an, unsicher, ob ich es wagen soll. Fast hoffe ich, er würde es an meiner Stelle sagen. Fiebrig versuche ich zumindest einen Anfang zu finden.

»Was hast du gesehen?«, hakt jetzt auch Kim nach.

Aber »*Da war ein Monster vor meinem Fenster*« scheint mir nicht unbedingt eine passende Erklärung zu sein. »Wasserspeier«, bringe ich hauchend hervor und muss schlucken, weil meine Kehle plötzlich so trocken ist. »Ich habe einen Wasserspeier gesehen und-«, wieder muss ich schlucken, bevor ich ausspreche, was ausge-

sprochen werden muss. »Und ich glaube, das Ding war lebendig.«
So. Nun ist es raus.

Eigentlich warte ich fast schon sehnsüchtig darauf, dass sie nun alle in schallendes Gelächter ausbrechen und den Kopf über meine Verrücktheit schütteln. Aber sie wechseln nur flüchtige Blicke und scheinen mir damit ausweichen zu wollen. Jay jedoch sieht weiterhin mich an. »Kannst du uns genau beschreiben, was du gesehen hast?«

Unsicher mustere ich ihn einen Moment. Er wirkt ganz ruhig, als wüsste er schon lange, was sie alle zu erwarten haben. Und ich spüre, wie ein Teil seiner Entspanntheit auf mich übergeht. Als wäre er ein Ruhepol. Ein Fels in der Brandung. Schließlich senke ich den Blick, starre einen Moment ins Leere und versuche mir widerwillig wieder ins Gedächtnis zu rufen, was ich gesehen habe. Zögernd und auch ein wenig stotternd beginne ich das Ding zu beschreiben. Erzähle sogar von der vermeintlichen Bewegung. Als ich endlich fertig bin, ist es immer noch still in dem Raum. Jetzt starren sie mich nur an. Sogar Chris hat dafür alles liegen lassen.

Beinahe flehend sehe ich Will an. *Sag' mir, ich bin verrückt. Sag' mir, ich habe mir das nur eingebildet. Bitte.*

Er wirkt überrumpelt, überlegt kurz. »Mach dir keine Sorgen. Okay? Du hast die Nacht über nicht geschlafen und dir dann sicher irgendwas eingebildet. Es ist-«

»Das gefällt mir nicht«, wird er erneut unterbrochen, diesmal von Kim. Ihre Stimme klingt alarmiert und ihre Stirn liegt besorgt in Falten.

»Ja, mir auch nicht.« In Jays Gesicht ist nun ebenfalls ein Ausdruck von Besorgnis getreten. Er - mein Ruhepol. Sofort macht mich das unheimlich nervös. Ich weiß nicht wieso, aber ihn das sagen zu hören, lässt mich augenblicklich alle Hoffnung verlieren.

Will schürzt die Lippen und sieht die beiden verständnislos an. »Wie wär's, wenn wir sie erst einmal beruhigen? Anstatt sofort vom Schlimmsten auszugehen? Ihr zwei seid keine große Hilfe.«

»Seid doch nicht albern, Leute«, erklingt Isaacs melodische Stimme. Er hat lässig die Arme verschränkt, doch auch seine Stirn ist von Sorgenfalten bedeckt. »Das kann unmöglich ein *Gargoyle* gewesen sein, den sie gesehen hat.«

So wie er es sagt, bleiben meine Gedanken sofort an dem Wort hängen.

»So detailliert kann sie sich das nicht ausgedacht haben«, meint Kim vorwurfsvoll und am liebsten würde ich sie jetzt dafür drücken, weil sie mich verteidigt.

»Wie Will schon gesagt hat: Sie hat wenig geschlafen. Ein Tagtraum oder so was«, meint Barnes leichthin und streckt den Rücken durch, als die anderen von seinem Einwand nicht sehr beeindruckt sind. »Was? Findet ihr eure Vermutung besser? Wollt ihr etwa wirklich andeuten, dass so ein Ding sie *mitten am Tag* durch die ganze Stadt verfolgt hat?!«

»Meine Rede«, bekräftigt ihn Isaac.

»Aber vielleicht waren es wieder mehrere. So wie gestern«, grübelt Will laut vor sich hin und sofort werde ich hellhörig.

»Gestern?«, piepse ich nun dazwischen, aber keiner scheint davon Notiz zu nehmen.

»Das klingt wirklich ziemlich eigenartig. Es sieht ihnen nicht ähnlich, ein entwischtes Opfer einfach weiter zu verfolgen. Da muss ich Barnes schon Recht geben - Und das tue ich ja nun wirklich nicht oft«, ruft Chris grinsend von seinem Platz aus zu uns rüber, ohne von den Bildschirmen aufzublicken. »Normalerweise ziehen sie weiter und suchen sich jemand anderes. Aber alle Indizien deuten genau das Gegenteil an ...«

»Also was? Dürfen wir uns jetzt darauf einstellen, dass sie auf einmal besonders wählerisch sind?«, fragt Isaac mit einer fuchtelnden Handgeste.

»Hallo!«, rufe ich nun laut aus. Erst jetzt merke ich am heftigen Heben und Senken meiner Brust, dass mich dieses Gespräch völlig frustriert. Mir schwirrt nun gehörig der Kopf und langsam wird mir mein Unwissen lästig. »Hier sitzt jemand, der absolut keine Ahnung hat, wovon ihr da eigentlich redet und dem gleich der Kopf platzt.« Ich wende mich nun direkt an Will. »Was hast du da gemeint wegen gestern? Da war dieses Ding auch schon bei mir?«

Kurze Stille.

»Nicht zwangsläufig.« Er verzieht das Gesicht.

»Was soll das heißen?«, will ich sofort wissen, aber er druckst nur herum.

»Das wir hier in Baltimore im Moment ein Ballungsgebiet haben«, versucht Kim nun Will zu Hilfe zu kommen, doch sie zaubert mir lediglich mehr Fragezeichen ins Gesicht. »Gargoyle-Angriffe sind eigentlich recht selten. Sie sind auch keine Rudeltiere und bleiben nie lange an ein- und demselben Ort. Aber hier ... sie brechen alle ihre typischen Verhaltensmerkmale.«

»Was seid ihr für Leute?«, unterbreche ich nun verzweifelt ihren Redefluss.

»Ich sagte dir doch, ich würde jagen. Aber ich sagte dir nicht was.«

»Ihr jagt also diese Gargoyle-Dinger?«

»Sonst dauert die Erklärung an dieser Stelle immer länger«, sinniert er, statt einer richtigen Antwort. »Ich schätze, da du ja schon selbst einen gesehen hast ...«

»Aber was genau habe ich da denn nun gesehen?!« Ich habe das Gefühl, dass wir eindeutig ein paar zu viele Etappen übersprungen haben.

»Das, was du gesehen hast, war ein Gargoyle. Aber keiner im klassischen Sinne. Du findest sie nicht auf Kirchtürmen oder so«, erklärt Isaac und an dieser Stelle übernimmt Kim wieder.

»Genau genommen sind sie auch keine Gargoyles. Wir nennen sie bloß so. Aufgrund ihres Aussehens und des Umstands, dass sie nachtaktiv sind. Und in Ermangelung einer besseren, kreativen

Bezeichnung. Tatsächlich wissen wir gar nicht, was sie genau sind. Vielleicht sind sie einfach eine Art Tier, nur mutiert oder-«

»Vielleicht sind sie auch eine Art außerirdischen Lebens«, wirft Chris ein, doch Kim übergeht das mit einem Augenrollen.

»Oder ein irgendwie lebendig gewordenes Fabelwesen. Denn eins wissen wir ganz genau. Im Gegensatz zu ihren steinernen Artgenossen, sind sie vor allem eines: -«

»Verdammt lebendig«, beendet Will ihren Satz auf seine Weise und sie nickt verständig.

»Sie sind gefährlich«, ertönt nun zum ersten Mal wieder Jays Stimme und er stellt klar: *Das* wissen wir vor allem über sie. Sie sehen Menschen als ihre Hauptnahrungsquelle und als nichts sonst. Sie trinken unser Blut und manchmal fressen sie sogar bestimmte Organe.«

Ein unangenehmer Schauer bedeckt meinen Rücken. »Diese brutalen Morde ...«

»Es gab schon sieben dieser Art«, bestätigt Kim meinen Gedanken mit einem traurigen Nicken. »Die Bevölkerung wird langsam aufmerksam. Wir haben zwar schon einige erledigt, aber es sind immer noch so viele.«

»Okay, okay. Stopp ...«, ich wedele kurz mit den Händen vor meinem Gesicht und klemme mir dann die Haare hinter die Ohren. »Seid ihr euch im Klaren, was ihr mir hier gerade erzählen wollt? Irgendeine Art Killerbestie streift durch amerikanische Lande und bis zu diesem Tag weiß eigentlich keiner Bescheid?«, gebe ich stark gestikulierend zu bedenken.

»Es gibt Jägergruppen, wie unsere, auf der ganzen Welt«, ist Isaacs nüchterner Beitrag.

»Auf der ganzen Welt?«, wiederhole ich und realisiere erst den Bruchteil einer Sekunde später, was das bedeuten muss. »Überall auf der Welt. Also wissen alle Regierungen dieser Welt davon? *Unsere* Regierung weiß davon?«

»Klar weiß die Regierung davon. Deshalb sind wir auch eine staatlich geförderte, top ausgerüstete Spezialeinheit und leben nur aus Spaß wie aussätzige Kriminelle«, grummelt Chris mit einem Lächeln auf den Lippen.

»Chris«, ermahnt ihn Jay nüchtern.

»Also weiß die Regierung nichts?«

»Hör' zu, Süße. Ich mache das hier schon ziemlich lange. Länger als irgendeiner von diesen Clowns hier. Es ist mir ziemlich scheißegal, ob die Regierung davon weiß oder nicht. Ich weiß nur, dass diese Viecher ausradiert gehören. Schnell und Schmutzig. Und wir kümmern uns darum«, ist Barnes' Antwort und seine Brust scheint mit jedem Wort mehr anzuschwellen. »Mehr musst du auch nicht wissen.«

Durch die Gesichter der anderen wandert ein Schmunzeln, gefolgt von einem Augenrollen.

»Komm schon, Barnes. Aufgeblasener ging's jetzt echt nicht«, lacht Isaac und klopft ihm dabei freundschaftlich auf die Schulter.

Eigentlich ist mir absolut nicht danach und trotzdem schließe ich mich dem Gekicher an, das nun auf Barnes' verwirrten Gesichtsausdruck folgt.

»Abby, ich will dir wirklich keine Angst machen«, bringt Kim das Gespräch wieder unheilvoll auf Kurs. »Wir haben zwar schon einiges an Erfahrungen gesammelt. Aber mit einer Situation wie hier in Baltimore, hatten wir noch nie zu tun.«

»Aber wieso tun die das? Warum verändern sie ihr Verhalten?«, frage ich verständnislos. »Und wieso verfolgen die mich?«

»Sie verfolgen dich nicht. Das ist sicher nur Zufall«, meint Will, aber das überzeugt mich nicht im Geringsten.

»Um ehrlich zu sein: Wir haben nicht mal den blassesten Schimmer, warum die Gargoyles gegen ihre Natur handeln.«

Nachdem sie das gesagt hat, sieht Kim Jay an, als würden sie in Gedanken ein kurzes Gespräch führen.

»Okay. Für heute Nacht bleibt Abby auf jeden Fall erst einmal bei uns«, sagt dieser dann mit verschränkten Armen. »Bis wir genau wissen, was eigentlich los ist.«

Er wendet sich nun an seinen Bruder. »Will? Kümmerst du dich bitte darum, dass sie heute bei Kim im Zimmer schlafen kann?« Sein Blick huscht kurz zu mir. »Am besten jetzt gleich.«

Will nickt zur Antwort. »Gut. Dann folgen sie mir doch bitte, Madam.« Er zwinkert mir zu, aber ich sehe zuerst zögernd seinen Bruder an. Der hat sich jedoch schon abgewendet und winkt Chris zu sich heran.

Mit einem seltsamen Gefühl in der Magengrube folge ich Will also schließlich zurück über den Flur und durch einen direkt gegenüberliegenden Türrahmen. Dahinter liegt ein dunkler Raum mit abgedeckten Möbeln und zu unserer Linken entdecke ich eine Tür, auf die er auch prompt zusteuert. Das Zimmer dahinter ist nicht sehr groß und fast leer. In der Mitte steht ein Doppelbett mit nur einem Nachttisch und an der einen Wand gibt es einen Schrank. Will kramt daraus eine Decke und ein Kissen hervor und wirft sie auf das zerwühlte Bett. Dann stemmt er die Hände in die Hüften.

»Das Flurlicht ist die ganze Nacht an. Das ist so eine Tradition bei uns.« Er schmunzelt. »Deinen Koffer hole ich dir gleich«, bietet er mir an, während ich mich wie in Trance langsam auf das Bett setze.

»Was denkst du wirklich darüber?«, frage ich ihn.

»Worüber?«, fragt er bloß zurück.

»Ohne mich zu schonen: Warum passiert das?«

Er zögert, dann setzt er sich neben mich aufs Bett und zusammen starren wir eine Weile auf die gegenüberliegende Wand. »Keine Ahnung. Wirklich. So einen … *Fall* hatten wir noch nie.«

»Aber du hast doch sicher eine Theorie?«

»Hör zu. Das ist alles sehr eigenartig, aber ich glaube wirklich nicht, dass es tatsächlich etwas mit dir persönlich zu tun hat.« Er greift nach meinen Händen und drückt sie. »Und überhaupt: Du bist jetzt bei uns. Du musst keine Angst haben.«

6

»*Abigail.*«

Ganz plötzlich sitze ich kerzengerade im Bett. Die Decke bis zum Kinn gezogen, starre ich orientierungslos in die Dunkelheit, um herauszufinden, was mich geweckt hat. Hier ist ein Knacken, dort ein Knarren zu hören. Ganz so, wie für alte Häuser üblich, aber ansonsten ist es still. Neben mir liegt Kim und schläft tief und fest.

In dem Moment, in dem Will das Zimmer verlassen hat, muss ich sofort eingeschlafen sein, sobald ich mit den Kissen und Decken allein war. Ich habe mich nicht einmal umgezogen, muss einfach an Ort und Stelle umgefallen sein. Der Tag und der Schlafmangel hatten mich wirklich geschafft. Aber ich fühle mich noch immer nicht vollständig erholt. Mir ist ganz schummerig und ich wundere mich träge, dass ich einfach hier in einem Bett schlafe, mit einem Mädchen neben mir, das ich kaum kenne. In einem Haus voller Menschen, die ich kaum kenne. Und doch rühren mein Unwohlsein und die Gänsehaut auf meinem Körper eindeutig nicht davon.

Und dann ertönt es erneut. Diesmal ganz klar.

»*Abigail.*« Es ist ein ganz leises Flüstern, nicht mehr als ein Zischen, aber ich verstehe ganz deutlich meinen Namen.

Langsam, und obwohl sich mir die Nackenhaare aufstellen, schiebe ich mich unter der Bettdecke hervor. Ich tapse vorsichtig auf die Tür zu, die nur etwas angelehnt ist. Um Kim nicht zu wecken, entscheide ich, mich so gut wie möglich durch die Lücke zu quetschen, damit die alten Scharniere nicht quietschen.

Im Vorraum ist es stockfinster. Es fällt kein Licht aus dem Flur durch den Türrahmen. *Meinte Will nicht, nachts würde immer Licht im Flur brennen?*, glaube ich mich erinnern zu können und runzele die Stirn. *Ist es doch nur ein Scherz gewesen?*

»*Abigail.*« Das langgezogene Zischen erklingt erneut und ich bleibe stehen. Horche und versuche in der Schwärze, die vor mir liegt, etwas zu erkennen. Aus dem Wohnzimmer erklingt ein Poltern, bei dem ich zusammenzucke. Nachdem ich einmal so fest die Fäuste balle, dass der Druck schon wehtut, zwinge ich mich weiter zu gehen. Bei jedem Schritt knarrt der Boden leise unter mir und lässt eine Welle Adrenalin nach der anderen durch mich hindurchschießen. Mir ist selbst nicht so recht klar, woher diese Angst in mir rührt. Es kann sich hierbei ja eigentlich nur um einen der anderen handeln, aber …

Kaum, dass ich die Türschwelle betrete und dann in den Flur hinaustrete, schiebt sich eine Hand fest um meine Taille und eine über meinen Mund. Meine Augen weiten sich, doch ich bekomme keinen Mucks heraus. Mit einem leichten Schwung werde ich seitlich nach hinten gezogen und höre ein leises Geräusch, als die Person hinter mir gegen die Wand kommt. Gerade als ich beginnen will, wild um mich zu strampeln, taucht Jays Gesicht in meinem Blickfeld auf. Eine Welle der Verwunderung überkommt mich, als ich die Verwirrung in seinem Blick sehe, die sich kurz über seine angespannte Konzentration legt. Langsam und vorsichtig löst er seinen Arm um meine Taille und bewegt einen Finger an die Lippen. Er lässt mich nicht aus den Augen, während er sich ein Stück zurücklehnt und die Hand zum Lichtschalter führt. Ich folge der Bewegung mit den Augen und in meinen Ohren beginnt es zu rauschen. Er betätigt den Kippschalter mehrere Male, ohne dass etwas passiert.

Meine Augen werden noch größer. Es trifft mich wie ein Schlag. Sie sind hier. Im Haus. Mit uns.

Jay führt den Finger wieder zurück an seine Lippen und wartet, bis ich vorsichtig nicke. Erst dann nimmt er endlich die Hand von meinem Mund. Aber mein Atem klingt so laut, dass ich mir wünsche, er hätte es nicht getan. Als er nun auch noch einen Schritt zurück macht, wird mir plötzlich ganz kalt.

Unmerklich nickt er mir zu und lässt dann seinen Blick einmal quer über den Flur gleiten. Mit der Hand formt er irgendwelche stummen Zeichen und ich drehe mich zögerlich um, um zu entdecken, wem sie gelten. Barnes steht dort vor einer offenen Tür, die etwas Mondlicht hereinlässt und streckt einen Daumen nach oben. Ein feines Aufblitzen macht mich aufmerksam auf das, was er in der Hand hält. Zuerst habe ich Probleme damit, es zu erkennen. Es ist ein langes Messer mit breiter Schneide. Er hält eine Machete in der Hand!

Ich muss mich bis fast zum Zerreißen anstrengen, um nicht laut aufzuschreien. Sofort weiche ich an die Wand zurück und schlucke schwer. Meine Atmung beschleunigt sich dramatisch. Jay geht neben mir ein wenig in die Knie und hebt eine weitere Machete vom Boden auf.

»Hey, habt ihr das auch gehört? Was ist denn hier los?«, höre ich Wills Stimme laut hinter mir auf der Treppe und wir alle drei zucken zusammen.

Ich sehe noch, wie Jays Mund das Wort »Nein« formt, da steht keine Sekunde später plötzlich ein Gargoyle im Eingang zum Wohnzimmer. Mit einem entsetzten Ausruf presse ich mich sofort fest gegen die Wand. Bis ins Mark erschüttert starre ich auf das Monstrum, das etwas geduckt, fast den gesamten vorderen Bereich des Flurs einnimmt. Es hat Ähnlichkeit mit dem, welches ich beim Busbahnhof gesehen hatte, aber ich erkenne augenblicklich, dass es nicht derselbe ist. Bebend öffnet es sein Maul und lässt ein vibrierendes Knurren verlauten, während es gleich mehrere Reihen spitzer Zähne entblößt. Die kleinen Pupillen reflektieren das Mondlicht und mustern uns gefährlich. Jay ist sofort dem Vieh zugewandt und schiebt mich hinter sich. »Sobald du kannst, rennst du nach oben.«

Ich nicke hastig zur Antwort, obwohl ich mir bewusst bin, dass er es nicht sehen kann.

Will ist auf der Treppe erstarrt und lässt das Wesen nun ebenfalls nicht mehr aus den Augen. Gleichzeitig scheint er aber auch den Raum nach etwas abzusuchen.

Ein ohrenbetäubendes Krachen ertönt, als plötzlich aus der Tür hinter Barnes ein weiterer Gargoyle zum Vorschein kommt. Dieser reißt den Mann prompt mit sich zu Boden. Allerdings kann ich nicht mehr sehen, wie es ausgeht, denn es scheint ein Zeichen gewesen zu sein und der Gargoyle auf unserer Seite des Raums geht nun ebenfalls zum Angriff über. Kopfüber stürzt er sich auf uns und ich ducke mich vor Schreck unter Jay zur Seite weg, sodass ich zu Boden falle. Mit den knöcherigen Fingern hat das Monster seine Hand umklammert, die die Waffe hält und versucht seinen Kopf zwischen die Fänge zu bekommen. Jay stemmt ihm seinen freien Arm gegen die Brust, während er gleichzeitig nach hinten taumelt. Es ist so grausig. Ich versuche mich aufzurappeln und überlege, wie ich ihm zu Hilfe kommen kann. Aus dem Nichts steht Will plötzlich hinter den beiden und schwingt einen Stuhl in Richtung des Angreifers. Das Holz zerspringt in tausend Teile, als es hart auf dessen Rückseite trifft. Aber die Aktion verfehlt sein Ziel nicht. Der Gargoyle wird ein Stück zur Seite geschleudert und auch, wenn er sich doch schnell ziemlich gut abfangen kann, lässt er von Jay ab, der sogleich die Machete hebt.

Ich nutze diesen Moment zum Aufatmen und wirbele wie von der Tarantel gestochen herum, um die Treppe in den ersten Stock zu nehmen. Am oberen Ende kommt Isaac gerade um die Ecke gestolpert und hält einen sichelartigen Gegenstand in der Hand. Mit den Augen versucht er schnell die Situation zu prüfen, bereit zum Kampf. Wir sind auf der Treppe beinahe auf gleicher Höhe, als sich hinter ihm im Fenster ein Schatten erhebt. Sofort erstarre ich in der Bewegung und hebe reflexartig einen Arm vor mein Gesicht. Krachen und Klirren übertönt für eine Sekunde die Kampfgeräusche und ich spüre, wie kleine Glas- und Holzsplitter um mich herumfliegen. Dann werde ich plötzlich von den Füßen gerissen und finde mich in einem Wirbel aus Holz, Armen und dunkler Masse wieder. Abwechselnd spüre ich die Stufen und die raue Haut des Gargoyles. Mit einem dumpfen Aufprall komme ich auf dem Boden an und ächze schmerzerfüllt auf. Eine Woge aus Unwohlsein rollt über mich hinweg. Mein Körper gehorcht mir nur widerwillig, als ich mich, einen Arm schützend über meine Mitte gelegt, auf den Rücken drehe. Jeder Zentimeter scheint zu schmerzen und ein heftiges Pochen dröhnt in meinem Kopf. Ein Stück vor mir rappelt sich Isaac mit gehetztem Gesichtsausdruck auf. Ich folge seinem Blick zu einem Punkt in meiner unmittelbaren Nähe und sehe in das Gesicht des Gargoyle-Ungetüms, das mit uns zusammen die Treppe hinuntergefallen ist. Er schüttelt mehrmals den Kopf, aber scheint sich dennoch sichtlich schneller zu erholen als wir. Fast schon mit graziler Leichtigkeit erhebt er sich aus seiner seitlich liegenden Position zurück auf alle Viere, sodass ich aus meiner Position unbequem zu ihm hochsehen muss. Ungeschickt robbe ich mich über den Boden, der über und über von Trümmerteilen des Fensters, der Wände und der Treppe übersät ist. Weg von ihm.

Wütend grunzt er vor sich hin und stößt dann ein kurzes Gebrüll aus. Mit blitzschnellen Bewegungen springt er an die Wand und vergräbt dort einen Teil seiner Krallen, während der Rest in den Überresten der Treppe verschwindet. Das Maul vibriert und trieft vor Speichel. Mit derselben Schnelligkeit ist das Tier wieder am Boden und verpasst Isaac einen festen Tritt in die Magengrube. Er fliegt quer durch den Raum, schlägt gegen die Wand und fällt zu Boden. Aus den Augenwinkeln kann ich beobachten, wie er sich damit abmüht wieder auf die Beine zu kommen, doch es wird zu spät sein. Ich kann nirgendwo hin. Ich bin schon an der Wand und der Gargoyle versperrt mir jeden Ausweg. Trotzdem versuche ich mich noch mehr in das Holz an meinem Rücken zu drücken und sehe mit schreckgeweiteten Augen dabei zu, wie er sich mir nun wesentlich langsamer nähert.

Er ist nicht einmal mehr einen Schritt entfernt, da springt Kim aus dem Nebenraum heraus und windet einen Arm um seinen Hals. In einer fließenden Bewegung rammt sie ihm ein Messer von oben durch den Schädel und eine dunkle Flüssigkeit spritzt davon in alle Richtungen. Ein letzter langer Schrei ertönt und die Bestie sackt schließlich unter ihr zusammen.

Mir entweicht ein spitzer Schrei der Erleichterung und ich schnappe gierig nach Luft. Kim hilft Isaac dabei aufzustehen. »Einer ist erledigt!«, ruft sie. »Abby! Geh zurück ins Zimmer und verriegele die Tür.«

Ich kann sie hören, aber nicht verstehen, noch dem Folge leisten, was sie mir gerade befohlen hat. Gebannt starre ich auf den Leichnam zu meinen Füßen und kann doch nicht ganz glauben, dass er wirklich tot ist.

Etwas greift mich fest an der Schulter und sofort versuche ich panisch auszuweichen. Als ich realisiere, dass es Kim ist, beende ich diesen Versuch jedoch sofort. Sie wiederholt ihren Befehl und etwas in ihrem Blick verleitet mich dazu, tatsächlich unbeholfen aufzustehen. Ich bin wackelig auf den Beinen und stütze mich so gut es geht an der Wand ab. Meine Atmung ist nicht kontrollierbar. Es ist, als könnte ich nicht schnell genug entscheiden, ob ich einatmen oder ausatmen möchte und so tue ich abwechselnd entweder beides oder nichts davon.

Überall um mich herum knarrt und kracht es. Das ganze Haus scheint in Bewegung zu sein. Die animalischen Rufe der Gargoyles mischen sich unter die Kampfrufe der Jäger, sodass ich nichts wirklich verstehen kann.

»Chris! Das Licht!«, höre ich in der Ferne Jays Stimme rufen, aber keine Antwort.

In dem Vorzimmer stütze ich mich an die verhangenen Möbel, während ich mich mehr und mehr vorwärtsschleppe. Die Tür steht jetzt sperrangelweit offen und ich kann dadurch direkt auf das Bett sehen. Dort werde ich mich verstecken und in Sicherheit alles ausstehen können. Das glaube ich wirklich.

Doch ich werde erneut enttäuscht. Donnernd bricht ein Gargoyle neben mir aus der Wand und duckt sich keine drei Fuß von mir entfernt auf alle Viere. Holzlatten fliegen durch den Raum und kommen scheppernd auf dem Boden auf. Während ich mich eine Sekunde von dem Schreck erholen muss, winkelt mein gegenüber fast schon lässig eins seiner Vorderbeine an und mustert mich unheilvoll.

Binnen eines Wimpernschlags wirbele ich herum und sprinte aus dem Raum hinaus, über den Flur, ins Wohnzimmer. Mir ist dabei gar nicht richtig bewusst, wo ich eigentlich hinrenne. Hauptsache weg. In dem Raum komme ich erst einmal schlitternd zum Stehen, da hier ebenfalls eine Schlacht tobt.

Barnes tritt gerade einen Gargoyle heftig von sich und zieht plötzlich eine kleine Handfeuerwaffe, um sie auf eben diesen zu richten. Jay zieht eine Machete durch die Brust eines anderen Angreifers. Die resultierende Wunde ergießt sich in einer riesigen Blutfontäne. Sein Gegner ist noch nicht ganz zu Boden gegangen, da dreht er sich bereits in einer fließenden Bewegung zu Barnes um und drückt die Waffe nach unten.

»Keine Schusswaffen!«, schreit er.

Doch, doch! Schusswaffen!, denke ich und obwohl ich bei dem Gedanken daran normalerweise nur Abscheu empfinde, glaube ich plötzlich, das wäre die Lösung für unser Problem.

Das Monster prallt hart gegen die beiden und hätte sie damit beinahe zu Boden gerissen, doch sie können sich gut abfangen.

Anders als ich. Ich werde an den Knöcheln weggerissen und falle seitlich mit dem Gesicht auf den harten Boden, dass es mir Sterne in die Augen treibt. Ein Schmerzensschrei entweicht meiner Kehle. Sogleich werde ich über den Boden geschleift und wende mich umständlich zu meinem Entführer um. »Nein«, bringe ich unter stockendem Atem hervor. Ich versuche mein Bein aus seinem Griff herauszuschütteln und rutschte am Türrahmen ab, als ich versuche mich daran festzuhalten. »Nein! Nein! NEIN!«, schreie ich und werde bei jedem Wort lauter und flehender.

Endlich bekommen meine Hände eine Strebe des Treppengeländers zu fassen und ich klammere mich mit aller Kraft daran. Es bremst uns ein wenig aus und ich versuche erneut meine Füße aus dem Griff zu befreien, versuche erneut irgendwie nach dem Gargoyle zu treten. Erfolglos.

Bitte, hilf mir doch jemand!, flehe ich gedanklich und bin schon völlig verzweifelt, als sich der Druck an meinem Knöcheln plötzlich noch einmal erhöht.

Schon im nächsten Moment, werde ich von der Treppe weggerissen. Meine Finger rutschen unsanft über das Holz und beginnen sofort schmerzhaft zu pochen. Und dennoch greifen sie auch nach dem Türrahmen des Nebenraums, als wir ihn passieren.

Fauchend dreht sich der Gargoyle zu mir um. Dass ich uns erneut gestoppt habe, gefällt ihm wohl ganz und gar nicht. Ohne meinen Knöchel loszulassen, bewegt er sich ein Stück vorwärts auf mein Gesicht zu und presst dann eine Pranke auf meinen Oberschenkel. Ihm entweicht ein Zischen, gefolgt von einem besonders einschüchternden Gebrüll, das schmerzhaft in meinem Kopf dröhnt. Mit geweiteten Augen und am ganzen Körper zitternd, starre ich auf die langen Speichelfäden in seinem Maul, die sich zwischen den vielen Zahnreihen bilden. Die Haut zwischen den Fingerknöcheln seiner Pranke teilt sich plötzlich an zwei Stellen und klingenähnliche Krallen schieben sich jeweils daraus hervor. Sie funkeln silbern im Mondlicht und ich beginne unkontrolliert zu zucken, während sie sich langsam auf mein Bein zubewegen. Der Gargoyle kommt meinem Gesicht immer näher. So nah, dass ich seinen heißen, fauligen Atem auf meinen verschwitzen, mit Tränen überlaufenen Wangen spüre. Nun presse ich fest die Augenlider aufeinander, weil ich nicht mehr ertragen kann, was gleich passieren wird.

»*Abigail*«, zischt das Vieh und mich überkommen Schauder, Übelkeit und grausige Erkenntnis.

Die Krallen berühren meine Haut und stechen dann langsam hinein. Ein sengender Schmerz durchschießt mich und ich muss einen gellenden Schrei ausstoßen.

Ich höre ein langes, schmatzendes Geräusch und glaube, der Schmerz würde für einen Augenblick pausieren. Automatisch öffnen sich meine Augen wieder und ich sehe gerade noch so, wie der Kopf des Gargoyles zur Seite wegrollt. Die Machete trieft vor Blut und verteilt überall kleine Tropfen auf dem Boden. Jay tritt den restlichen Körper von mir herunter und er kommt mit einem dumpfen Aufprall neben mir auf dem staubigen Boden zum Liegen. Ungläubig schluchze ich auf. Ich erhebe mich ein Stück und lehne mich dann erschöpft gegen den Türrahmen. Durch mein vibrierendes Sichtfeld hindurch starre ich auf die Überreste des Monsters.

»Es ist vorbei«, höre ich Jay sagen. Er lässt sich neben mir auf den Boden fallen und ringt immer noch nach Luft.

Ich japse unkontrolliert und mustere sein erschöpftes Gesicht. Kraftlos hebe ich eine Hand in seine Richtung und kralle meine Finger in seinen Arm. Aber ich schaffe es einfach nicht, ihn zu mir zu ziehen. Zum Glück scheint er mein stummes Flehen verstanden zu haben. Er rückt ein Stück näher an mich heran, schiebt einen Arm hinter meinen Rücken und hebt mich ein Stück an, sodass ich mich in einer fließenden Bewegung in seine Umarmung begeben kann.

Völlig entkräftet vergrabe ich mein Gesicht in seiner Halsbeuge und kann die Tränen nicht mehr zurückhalten. Wie ein Puzzlestück schmiege ich mich an seine warme Haut und genieße den herben Duft, den sie ausstrahlt. Es hat etwas Tröstliches in seinen Armen zu liegen. Ich fühle mich beschützt und geborgen.

»Es ist vorbei«, wiederholt er flüsternd an meinem Scheitel. »Jetzt wird alles wieder gut.«

Bekommt man so etwas in so einer Situation nicht immer gesagt? Und ist es normalerweise nicht immer bloß Gerede? Aber jetzt, aus seinem Mund, glaube ich jedes Wort. Eine Wärme greift nach mir und ich will augenblicklich, dass sie nie wieder geht.

In dieser Sekunde geht das Licht plötzlich wieder an und ich muss heftig blinzeln, während Jay lächelnd an die Decke sieht. »Siehst du? Sogar das Licht geht wieder.«

Zitternd erhebe ich mich ein Stück, um meinem Retter ins Gesicht sehen zu können. Er ist über und über mit Blutsprenkeln und dunklen Dreckspuren bedeckt. Ich nicke und versuche mich an einem zittrigen Lächeln, als er zu mir sieht. Er erwidert es und legt den Kopf ein wenig schräg. Wir sitzen mit angewinkelten Beinen auf dem Boden und Jay macht gar keine Anstalten, mich wieder loszulassen. Zögernd, fast fragend, hebt er eine Hand und wischt mir damit eine Träne von der Wange.

Vom Flur dringt Gefluche zu uns heran und lässt uns beide heftig zusammenzucken.

»Chris und Isaac haben das Licht wieder angekriegt«, bemerkt Kim freudig.

»Bloß keine Sekunde zu früh«, grummelt Barnes.

Erneutes Fluchen ist zu hören und ich erkenne Wills Stimme. »Hab ich ein Memo verpasst oder so? Seit wann können die Dinger auch noch reden?!«, schreit er aufgebracht.

»Sie können noch immer nicht reden«, erklärt Kim und bevor er etwas anderes sagen kann, fährt sie fort. »Das waren Zischlaute. So aneinander gereiht, dass sie Abs' Namen ergeben.«

»Gruselig«, knurrt Barnes und ich kann sein zerknautschtes Gesicht unmittelbar vor mir sehen.

Jay löst sich von mir und rappelt sich auf. Sofort spüre ich eine Welle der Enttäuschung, als er ohne Vorwarnung die Umarmung löst. Er reicht mir eine Hand und will mir dabei helfen aufzustehen. Doch kaum das ich mein Bein anwinkele, um mich hochzustemmen, erinnert es mich mehr als deutlich daran, dass keine zehn Minuten zuvor noch Krallen in ihm gesteckt haben. Ich unterdrücke erfolglos einen Schmerzensschrei und sacke gleichzeitig zurück auf den Boden. Sofort fällt sein Blick auf die blutdurchtränke Stelle kurz oberhalb meines Knies. »Du bist verletzt«, sagt er gehetzt und ruft dann nach Kim. »Abby braucht Hilfe.«

Schon im nächsten Moment steht sie im Raum und geht neben mir auf die Knie. »Ich kümmere mich darum«, versichert sie ihm.

Er nickt, wirft mir einen kurzen, besorgten Blick zu und erhebt sich dann. »Wo bleiben Chris und Issac?«, fragt er jemanden, der hinter mir zu stehen scheint und geht dann auf diesen Jemand zu. Ich höre Bewegungen und nehme an, dass Barnes und Will Kim gefolgt sind.

Gerade, als ich mich umdrehen will, um zu sehen, ob ich mit meiner Vermutung Recht habe, greift Kim an den Saum meines Hosenbeins und scheint ihn durchreißen zu wollen. Sofort ergreift mich Panik. »Nein«, rufe verzweifelt aus und packe ihre Hände, um sie abzuhalten.

Sie zieht die Augenbrauen zusammen. »Deine Jeans ist sowieso ruiniert.«

»Das ist nicht-«

Kim entspannt ihre Hände ein wenig unter meinem Griff. »Abby.« Sie sieht mich eindringlich an. »Du erinnerst dich, wie sehr es beim letzten Mal geschmerzt hat. Ich komme so nicht an die Wunde. Und wenn ich sie nicht behandele-«

»Ich weiß. Aber ich-«, ich breche ab. Rational gesehen hat sie Recht. Natürlich hat sie Recht.

Langsam lasse ich sie los, lege meine Hände in meinen Schoß und bereite mich auf eine Welle der Scham vor.

»Ich fange jetzt an«, erklärt sie mir und wartet einen Moment, ob ich sie wieder aufhalte. Aber ich starre gebannt auf meine Hände.

Wieder greift sie an den Saum und ein unangenehmes Kribbeln wandert durch meinen Körper, während sie mein Hosenbein an der Naht entlang bis kurz über der Wunde auftrennt.

Sie hält inne, als ihr Blick auf die lange hässliche Narbe fällt, die sich einmal quer über mein Schienbein zieht und mir wird schwindelig. Ich sitze den Moment aus. Warte auf die Frage und glaube, dass ich es diesmal kaum ertrage, sie zu beantworten. Solange sie verdeckt ist, kann ich mir einbilden, die Narbe wäre nicht da. Aber wie kann ich sie jetzt verleugnen?

Doch Kim lässt es unkommentiert, sie lehnt sich zu ihren Utensilien und beginnt dann damit die kleinen Wunden zu säubern, so wie sie es schon einmal gemacht hat.

»Danke«, höre ich mich flüstern, bevor ich es richtig realisieren kann.

Sie sieht mich an, aber dann werden wir alle von einem Poltern dazu veranlasst, in die Richtung der Küche zu sehen. Die drei Männer gehen automatisch wieder in Kampfstellung, aber entspannen sich beinahe sofort wieder, als Chris und Isaac zum Vorschein kommen. Aber der Moment der Erleichterung ist nur kurz. Isaac kann sich kaum auf den Beinen halten. Eine Wunde klafft an einem seiner Unterarme und die beiden Männer sind völlig mit Blut besudelt. Die anderen drei stürzen sofort auf sie zu, um sie zu unterstützen und löchern sie aufgeregt mit Fragen.

Kims Gesicht wird ganz blass. Langsam erhebt sie sich. »Dafür brauche ich meinen größeren Koffer«, sinniert sie verstreut und eilt in unser Zimmer.

Die anderen platzieren Isaac direkt neben mir auf dem Boden. Seine Atmung geht flach und stockend. Immer wieder verzieht sich sein Gesicht und er scheint seinen Oberkörper nicht ruhig halten zu können.

Jay wendet sich an Will und Barnes und trägt den beiden auf, schon mal die Kadaver der Gargoyles fortzuschaffen. Sie zögern, werfen besorgte Blicke zu Isaac, aber schließlich tun sie, was ihnen befohlen wurde. Dann beugt Jay sich zu dem Verletzten herunter, dessen Schulter er nicht loslässt, um ihn zu stützen. »Hey, Kumpel. Alles klar? Kommst du durch?«

Er bekommt ein angestrengtes Nicken zur Antwort. »So schnell bin ich nicht kleinzukriegen.«

»Draußen war auch einer«, erklärt Chris und fährt sich zittrig durch die Haare. »Er hat uns überrascht. Ist einfach aus dem Nichts gekommen. Isaac hat ihn zwar ausgeschaltet, aber da hatte der Mistkerl ihn schon verletzt.«

»Alles gut, Chris. Das wird schon.«

Seine Stimme ist so ruhig. Jay scheint der einzige zu sein, der es schafft einen kühlen Kopf zu bewahren. Chris hingegen kaut lange auf seiner Unterlippe, dann reibt er sich über den Mund und nickt übertrieben oft. »Ja. Ja, ich weiß.«

»Hol ihm doch ein wenig Wasser? Zum Säubern der Wunde und damit er etwas trinken kann«, biete ich an. Vielleicht hilft ihm die Beschäftigung etwas und lenkt ihn von seiner Nervosität ab.

»Ja, das mache ich«, er lächelt, aber seine Augen sind immer noch schreckgeweitet und erst einige Sekunden später kann er sich endlich aufraffen.

»Das war ein guter Einfall«, lobt mich Jay ohne von Isaacs Gesicht aufzusehen und redet dann leise auf diesen ein.

Ich glaube, ich werde rot und muss ein Schmunzeln unterdrücken, weshalb ich ganz froh bin, dass er mich in diesem Moment nicht ansieht. Gerade ist absolut nicht die Zeit, um zu präsentieren, wie stolz ich auf mich selbst bin.

Chris und Kim betreten beinahe im selben Moment wieder den Raum. Er stellt Wasser in jeder erdenklichen Form zu uns auf den Boden und sie ist ebenfalls schwer bepackt und braucht einen Moment, um alles so zu verteilen, dass sie gut damit arbeiten kann. Als ihr bewusst wird, dass für Wasser bereits gesorgt ist, dankt sie Chris und macht sich endlich ans Werk. Keine Sekunde zu früh, fürchte ich. Isaac presst zwar tapfer eine Hand auf seinen Unterarm, aber überall ist Blut. Frisches wie auch bereits getrocknetes. Sein Kopf schwankt bedenklich und er schluckt schwer, als sie den Gürtel löst, den er oder Chris an seinem Oberarm angelegt haben musste, um die Blutung etwas einzudämmen.

Für die anderen unmerklich, rollt mir ein Schauer über den Rücken. Gemessen an den Schmerzen, die ich den Abend zuvor verspürt hatte, muss ich mir plötzlich vorstellen, was er wohl gerade durchmacht. Er hat sich deutlich besser im Griff, als ich gestern, aber es muss die Hölle sein.

Gleichzeitig ist mir klar, dass es sich bei mir auch nur noch um eine Frage der Zeit handelt, bis sich das dumpfe Pochen in meinem Oberschenkel ebenfalls in ein Inferno der Schmerzen verwandelt.

»Jay? Wir brauchen dich.« Es ist Will sichtlich unangenehm, dass er Jay aus dieser Szene reißen muss.

Dieser spannt den Kiefer an und schiebt die Augenbrauen aufeinander zu. Er sieht seinen Bruder an und scheint gleichzeitig mit sich zu ringen.

»Willst du dich bei mir anlehnen?«, frage ich an Isaac gewandt.

Sofort hebt er den Kopf und mustert mich prüfend. Ich bin mir schon sicher, er würde mein Angebot ablehnen, da beugt er sich plötzlich nach vorn und bettet seinen Kopf an meiner Schulter. »D-Danke«, krächzt er und ich lege vorsichtig einen Arm über seinen Rücken, um ihn zu stützen.

Ich signalisiere Jay mit einem Blick, dass er nun loslassen kann und er nickt, bevor er sich erhebt und mit Will aus dem Raum verschwindet.

Chris hält Isaac ein Glas Wasser an die Lippen. Nachdem dieser einige Schlucke genommen hat, legt er ihm eine Hand in den Nacken und drückt seine Stirn gegen seine. »Danke, Kumpel. Ohne dich, gäb's mich jetzt nicht mehr«, flüstert er mit geschlossenen Augen.

Ich fühle mich wie ein Eindringling. Als würde ich einen besonderen Moment stören. Aber Chris achtet nicht auf mich und auch Kim fährt mit ihrer Arbeit fort, als wäre nichts passiert.

Ihre Hände zittern, was ihrer Geschicklichkeit aber keinen Abbruch tut. Zwischendurch hält sie immer mal inne und atmet auffallend tief durch. Als sie allerdings beginnt, die Wunde zu nähen, muss ich den Kopf abwenden und hoffe inständig, dass meine Wunden wieder nicht genäht werden müssen.

Sobald sie mit Isaac fertig ist, entspannt sie sich sichtlich. Er lässt einen lauten Seufzer erklingen und schließt mit einem Lächeln die Augen. Der Schweiß, hat den Saum seines T-Shirts durchtränkt und seine Brust hebt und senkt sich auffallend.

»Ich bringe ihn mal ins Bett.« Chris wirkt abgekämpft, aber glücklich und hilft seinem Freund auf die Beine.

»Wie sehen deine Schmerzen aus?«, fragt mich Kim, während sie schnell alles zur Seite räumt.

»Haben noch nicht eingesetzt.«

Sie wirft mir einen Blick zu und sofort ist mir klar, dass sie weiß, dass ich lüge.

»Es ist auszuhalten«, revidiere ich deshalb.

»Entschuldige, dass es so lange gedauert hat.«

»Es hat mir nichts ausgemacht zu warten«, erkläre ich mit weicher Stimme.

7

Der heftigste Muskelkater meines Lebens beherrscht meinen Körper. Meine Schultern wissen nicht mehr so richtig, wie sie die Impulse meines Gehirns verarbeiten müssen. Und ich bin über und über mit Blutergüsse und Schrammen in sämtlichen Farben bedeckt.

Widerwillig rappele ich mich unter der Bettdecke hervor und starre dann einen Moment lang vor mich hin. Als hätten sie in einer Ecke des Raumes auf mein Erwachen gewartet, beginnen die Erinnerung an die gestrige Nacht am Rande meines Bewusstseins zu zerren und um Aufmerksamkeit zu bitten. Es ist einfach zu unglaublich und wäre da nicht der kratzige Verband an meinem Oberschenkel, ich hätte es als Traum abgetan.

Neben mir ist das Bett leer. Kim musste also bereits aufgestanden sein. Wie in Trance rutsche ich über die Bettkante und beginne dann die Decke glatt zu streichen. Ich angele ein T-Shirt und eine Hose aus meinem Koffer und ziehe mich schnell um. Dann trete ich barfuß aus dem Raum heraus und verspüre plötzlich einen immensen Durst. Noch immer liegen Holzteile und umgestoßene Möbel herum und zeugen von dem gestrigen Kampf. Aber jemand musste bereits versucht haben, dass Blut wegzuwischen, denn an einer annähernd kreisförmigen Stelle, war der Boden dunkler als sonst. Vor meinem inneren Auge, kann ich dort noch immer die dämonische Fratze liegen sehen.

Im Flur kann ich leise Stimmen miteinander sprechen hören und will ihnen schon über die halb zerstörte Treppe nach oben folgen, doch ich halte inne. Vielleicht wäre das unhöflich. Darauf bedacht, nicht allzu viele Geräusche zu machen, gehe ich leise Zimmer für Zimmer ab. Die restlichen Räume zeugen ebenfalls von

Zerstörung. Ansonsten herumliegende Teile waren an die Seite geräumt worden, damit man gefahrlos hindurch schreiten kann.

Beide Türen des Wohnzimmers führen in den Flur, von dem aus eine Tür nach hinten in eine Art Garten zu führen scheint und eine weitere in ein kleines, antikes WC. Der Bogen, durch den ich in der Nacht zuvor den Mondschein hatte strahlen sehen, bildet den Eingang zu einer rustikalen Küche. Die Ausstattung in diesem Raum wirkt so alt, dass ich glaube, sie würde zu Staub zerfallen, wenn ich sie berühre und die Schränke erinnern mich an das Design, das auch in der Küche meiner Großeltern zu finden ist.

Ich durchforste sie nach einem Glas und als ich fündig werde, gehe ich rüber zum Spülbecken. Der Wasserdruck ist ziemlich schwach und ich massiere mir eine Schläfe, während ich darauf warte, dass sich mein Glas füllt. Direkt über dem Spülbecken befindet sich ein Fenster, sodass sich mein Blick wie von selbst nach draußen bewegt.

Einige Schritte vom Haus entfernt, lässt Jay dort gerade eine Axt auf einen Holzscheit heruntersausen. Meine Ohren werden schon heiß, während mein Bewusstsein aber noch einen Moment braucht, um zu begreifen, dass er dabei kein Shirt trägt.

Während er den nächsten Holzscheit platziert und dann zum Hieb ausholt, beobachte ich wie hypnotisiert das Spiel der Muskeln, die sich stark unter der gebräunten Haut abzeichnen. Selbst aus der Entfernung kann ich die zahlreichen kleinen Schweißperlen sehen, die in der Morgensonne glitzern.

In meinen Ohren höre ich das Blut rauschen und mein Herz hüpft ganz aufgeregt in meiner Brust herum.

Erst das überlaufende Wasser reißt mich aus meiner Starre. Schnell drehe ich den Wasserhahn zu und betrachte dann meine tropfende Hand.

»Willst du das wirklich trinken? Die Rohre sind ziemlich alt«, erklingt neben mir plötzlich eine Stimme und lässt einen Ruck durch meinen Körper fahren.

Ein kurzer, spitzer Schrei ertönt und das Glas fliegt in einem hohen Bogen über mich hinweg, während ich schnell herumwirbele.

Will steht mit verschränkten Armen an den Türrahmen gelehnt und hebt amüsiert die Augenbrauen. »Ich habe dich da gerade doch nicht etwa gestört?«

Erleichtert atme ich auf. »Nein«, grummele ich etwas zu harsch. Bei dem Gedanken daran, wie lange er wohl schon da gestanden hat, überkommt mich die Scham in heißen Wellen. Mein Gesicht läuft rot an und ich beuge mich schnell hinunter, um die Scherben aufzusammeln, damit er das nicht auch noch sieht.

»Hey, warte! Du schneidest dich noch«, ermahnt er mich und zaubert dann Handfeger und Kehrblech aus einem der Schränke hervor.

Gepolter erklingt aus dem Flur und keinen Moment später steht Jay plötzlich im Eingang zur Küche. Sofort senke ich den Blick, aber komme trotzdem nicht umhin, die vielen Narben auf seinem Oberkörper zu bemerken.

Oh, Gott. Bitte nicht, flehe ich stumm. Ich spüre, wie mein Gesicht immer heißer wird und etwas in meiner Magengrube vergnügt umherhüpft. *Bitte, nicht auch das noch …*

»Ist was passiert?«, ruft er etwas außer Atem und sieht sich hektisch im Raum um.

»Alles in Ordnung«, schmunzelt Will. »Ich habe nur gerade herausgefunden, dass unsere liebe Abby hier, ein wenig ungeschickt ist.«

»Okay«, Jay zieht das Wort in die Länge.

»So ist das eben manchmal, wenn man so vor sich hinträumt«, meint Will schulterzuckend und hält dann einen Moment inne, um mich fast schon herausfordernd anzusehen. Ich verdrehe die Augen und sehe ihn ein wenig wütend an.

Sein Grinsen wird noch breiter, dann wendet er sich wieder an Jay. »Hey, Bruder. Wie wäre es wenn du-«, er unterbricht sich, um dann etwas energischer hinzuzufügen. »Zieh dir doch ein T-Shirt an, Mann!«

»Was-«, beginnt Jay zu stottern.

Noch immer kann ich nicht aufsehen und lege die bereits eingesammelten Scherben auf das Blech, während Will zu fegen beginnt. Aber ich merke, wie sich ein Schmunzeln auf meine Lippen schleicht. Niemals wäre ich wohl auf die Idee gekommen, etwas könnte Jay aus der Ruhe bringen. Aber sein Bruder scheint es besser zu wissen ...

»Räumt das auf«, höre ich ihn dann in seinem gewohnten Befehlston grummeln und sehe im Augenwinkel, wie er geht.

»Gern geschehen.« Will lässt seine Augenbrauen hüpfen. »Hast du jetzt deine Stimme wieder gefunden?«

»Können wir das Thema wechseln?«, knurre ich und entreiße ihm den kleinen Besen.

Er lacht kopfschüttelnd und erhebt sich, um sich die Hände zu waschen. Gerade fege ich die letzten Scherben auf das Blech und sehe angewidert auf die nassen, schmutzigen Borsten hinab, da ergießt sich plötzlich ein Schwall Wasser über meinen Kopf und ich schnappe nach Luft. Ungläubig starre ich den lachenden Will an. »Ich dachte, du könntest eine Abkühlung gebrauchen«, meint er dann zwinkernd.

Langsam, Tropfen von Händen und Gesicht schüttelnd, erhebe ich mich und hole mir ein neues Glas aus dem Schrank.

»Was denn? Hast du etwa immer noch Durst?« Er grinst und schüttelt verständnislos den Kopf.

Ohne ihm zu antworten, fülle ich das Glas mit Wasser und lasse ihn dabei keine Sekunde aus den Augen.

»Pass aber auf, dass du das Glas da diesmal heile lässt.«

Meine Augen blitzen herausfordernd und verschränken sich dann zu Schlitzen, als er beginnt zu ahnen, was ich vorhabe. Langsam stelle ich das Wasser wieder aus. Er drückt sich von dem Tresen ab, an den er sich gelehnt hat und hebt ermahnend eine Hand, während er einen Schritt nach hinten tut. »Das willst du doch gar nicht tun.«

Mit einem gespielten Kampfschrei spritze ich ihm einen Teil des Wassers ins Gesicht und jage ihn damit lachend in den Flur hinaus. Er duckt sich ein paar Mal und so bleibt ein zweiter Treffer aus. Leider ist das Glas zu schnell leer und ich stehe schon wieder ohne Waffe da. Während ihm das auch klar wird, knurrt er ein »Na, warte« und stürzt sich dann lachend auf mich.

Ich versuche ihm auszuweichen, aber er erwischt mich an der Taille und wirft mich mit fast schon erschreckender Leichtigkeit über die Schulter. Mein Muskelkater protestiert zwar vehement, aber ich kann nicht aufhören zu lachen. Die zerzausten Haare schwingen vor meinem Gesicht, während ich zappelnd versuche, mich wieder zu befreien.

»Du brauchst wirklich eine ordentliche Abkühlung. Ich halte mal lieber gleich deinen ganzen Kopf unter den Wasserhahn«, überlegt er laut.

»Nein! Lass mich sofort runter, Will!«, rufe ich.

Plötzlich bleibt er abrupt stehen. »Hey, sieh mal an. Unser Held ist ja wieder auf den Beinen.« Er lässt mich langsam wieder runter, damit ich sehen kann, was er meint. Mit strahlendem Gesicht sieht er mich an und wischt sich dabei über das tropfende Gesicht. Bevor er den Blick auf die Treppe richtet, zwinkert er mir noch zu. Ich brauche einen Moment, um mein T-Shirt zu richten und mich halbwegs zu beruhigen, aber ich strahle dabei wohl nicht minder.

»Was redest du denn da?«, lacht Isaac gedämpft. Er und Kim kommen gerade die Treppe herunter. Sie beobachtet dabei kritisch jeden seiner Schritte, als würde sie gleich entscheiden, ob er doch wieder zurück ins Bett muss. Sein Arm ist zwar in einer Schlaufe um seinen Hals befestigt, aber ansonsten hält er sich mühelos aufrecht.

Will winkt ab. »Chris hat uns erzählt, was gestern passiert ist-«

»Deshalb bin ich doch kein Held«, meint Isaac gutmütig und lässt es dabei ohne große Reaktion über sich ergehen, wie Kim ihm den Verband zurecht zupft.

»Also ich finde schon, dass das ziemlich heldenhaft war.«

»Da kann ich nur zustimmen.« Ich wirbele sofort herum, als hinter uns Jays Stimme erklingt. Nun trägt er *glücklicherweise* ein verwaschenes T-Shirt und reibt sich eins seiner Handgelenke. Sein Blick huscht kurz zu mir und er bedenkt mich mit einem schiefen Lächeln, bevor er sich wieder an Isaac wendet. »Wirklich gut gemacht, mein Freund.«

Dieser senkt augenrollend den Blick.

»Wollen wir jetzt frühstücken?«, fragt Jay dann und erhält allgemeine Zustimmung aus der Runde. Kim führt Isaac behutsam ins Wohnzimmer und als Jay den beiden folgen will, fällt sein Blick auf einen der Wasserspritzer auf dem Boden. Er mustert uns mit einer Spur Strenge im Blick, aber ein Schmunzeln tanzt auf seinem Gesicht. »Ihr zwei. Sorgt aber noch dafür, dass es hier wieder trocken ist.«

Die Dusche gibt nicht mehr her als einen dünnen Strahl. Und selbst dem misstraue ich, nach dem, was Will über das Wasser und die alten Rohre angedeutet hatte. Aber es reicht aus, damit ich mich etwas frischer fühle und die Gedanken ein wenig sortieren kann.

Als ich wieder nach unten komme, sind alle anderen wie vom Erdboden verschluckt. Lediglich Chris findet sich im Wohnzimmer, wo er emsig auf seiner Tastatur herumtippt.

»Wo sind denn alle?«

»Trainieren«, antwortet er mir, ohne aufzusehen.

»Draußen?«

Aber auch mit dieser Frage schaffe ich es nicht, ihn aus der Reserve zu locken.

»Draußen.«

Natürlich bin ich mir bewusst, dass ich ihn eventuell störe, aber um ehrlich zu sein, weiß ich sonst nichts anderes mit meiner Zeit anzufangen. »Und wieso trainierst du nicht mit?«

Plötzlich hält er inne und lässt die Schultern sinken. Er legt den Kopf schräg und dreht sich mit dem Drehstuhl zu mir herum. »Wieso tust du es nicht?«, fragt er verschmitzt zurück.

Um etwas zu entgegnen, öffne ich schon mal den Mund, aber mir will einfach nichts darauf einfallen. Ich fühle mich irgendwie vor den Kopf gestoßen und kann nichts weiter tun, als einige Male zu blinzeln.

Sein Lächeln wird immer breiter. »Entschuldige. Das ist eine gemeine Angewohnheit«, sagt er, dreht sich wieder zu den Monitoren zurück und tippt was das Zeug hält. »Jay und ich haben da so eine Abmachung.« Er wirft mir einen schnellen Blick zu und sagt im nahezu selben Tempo: »Irgendwas sagt mir, dass er nicht so glücklich darüber ist.«

Ich sehe, wie sich mehrere Fenster hintereinander öffnen, die jeweils nur eine schwarze Fläche zeigen und mehrere kryptische Aussagen in weißer Schrift. Sie öffnen und schließen sich so schnell, dass ich gar nicht richtig lesen kann, was dort steht, geschweige denn das, was er dazu tippt. »Ich bin das Computergenie der Gruppe - falls du dir das nicht sowieso schon denken konntest. Du weißt schon: Ich habe einen Ruf zu verlieren.« Er zwinkert mir zu. »Da sind genug wichtigere Aufgaben für mich, als Bauch-Beine-Po - Nichts für ungut.« Wieder einer dieser schnellen Seitenblicke, während ich nur irritiert den Kopf ein Stück zurücknehmen kann. »Ich bin sozusagen vom Sport entschuldigt. Den Irrsinn muss ich zum Glück bloß einmal die Woche mitmachen.«

Er hält inne und ich erschrecke mich fast, als die lauten Tastengeräusche und das Fenstergeöffne urplötzlich stoppen. Ein Seufzer ertönt und er zieht eine Grimasse. »Was auch schon zu oft ist, wenn du mich fragst.«

Ich stutze ganz schön. An die Art, mit der er spricht, muss ich mich erst einmal gewöhnen. *Sind Computergenies für gewöhnlich nicht eher ruhig? Und was sind das überhaupt für wichtige Aufgaben, die er zu erledigen hat?* Er hat auf jeden Fall meine Neugier geweckt.

»Wozu braucht eine Gruppe«, ich stocke und suche kurz nach einer halbwegs passenden Beschreibung, auch wenn ich mir dessen selbst noch nicht wirklich klar geworden bin, »*euren Formats* denn eigentlich ein Computergenie.«

Als Antwort werde ich lediglich eingängig gemustert.

»Erm. Ich wollte dir nicht auf die Füße treten-«

»Oh, das hast du nicht. Keine Sorge«, er grinst kurz.

Unbewusst verschränke ich die Arme und runzele die Stirn.

Nun verengt er nachdenklich die Augen. »Ich überlege nur, ob du uns gegenüber loyal genug bist.«

»Das ist das Problem?!« Mir fällt wohl alles aus dem Gesicht. Ich reiße die Augenbrauen hoch und schürze die Lippen. »Dann haben wir kein Problem. Ihr habt mich hier bleiben lassen. Und spätestens seit gestern, sollte klar sein, dass ich sonst wohl tot wäre.« Noch während ich es ausspreche übergießt mich eine Kälte. Natürlich war mir der Gedanken bereits zuvor schon gekommen, aber es Chris gegenüber laut zuzugeben, macht es so real; so unausweichlich. »Bestimmt verstehe ich nicht einmal einen Bruchteil von dem, was hier abgeht. Aber ich denke, ich schulde euch weitaus mehr, als bloß meine Loyalität.«

Auch wenn meine Stimme über das Stocken etwas an Kraft verloren hat, scheint er mir zu glauben. Seine Augen blitzen auf, dann wendet er sich ab. »Hol dir einen Stuhl und setz dich.«

Als hätte er mich im Regen stehen lassen, stehe ich kurz einfach nur da. Ich bin etwas verstimmt, aber hole mir schnaubend einen Stuhl.

In dem Moment, in dem ich mich zu ihm setze, dreht er mir einen der Bildschirme zu. »Und? Was sagst du?«, fragt er und lehnt sich mit verschränkten Armen zurück.

Ich mustere ihn noch einen Augenblick, dann sehe ich mir an, was er mir zeigen will. Es ist eines der Fenster mit dunklem Grund. Nur, dass hier ein wenig mehr los zu sein scheint. Eine Ansammlung unsinniger Sätze findet sich dort. Unsinnig deshalb, weil die Kombination der Wörter keine Aussagen treffen und immer wieder seltsame Abkürzungen hineingestreut sind. Im Sekundentakt bilden sich immer mehr Sätze unten am Block, der mit konstanter Geschwindigkeit nach oben wegrollt. Hier und da ist ein Wort rot, gelb oder grün markiert und mehrere Zahlen finden sich ebenfalls.

»Ich sage: ›Ich habe keinen Schimmer, was ich mir da gerade ansehe.‹«

»Das dachte ich mir schon.« Er führt es nicht weiter aus, aber ich habe seltsamerweise das Gefühl, ich müsste mich eigentlich angegriffen fühlen. »Das ist die Ausführung eines Programms. Ein Programm, das ich entworfen habe. Ich hole ein wenig aus, damit du nicht gleich denkst, wir wären ein Haufen Irrer.«

Ich kann nicht anders als zu schmunzeln und warte interessiert auf seine Aussage.

»Wir haben keinen festen Wohnsitz, weil wir den Gargoyles quasi durchs Land folgen. Wir bleiben nirgendwo länger als ein paar Wochen. Immer zwischendurch brauchen wir neue Papiere oder Essen, Trinken. Du weißt schon, Dinge, die einen eben am Leben erhalten. Fließend Wasser, Strom, Wärme. Und ich bin dafür zuständig, dass wir das alles bekommen.« Er sieht mich eine Weile an, um sicher zu gehen, dass ich ihm folge.

Mir gefällt nicht, in welche Richtung das geht. Unglücklich verziehe ich das Gesicht. »Und das ist nicht unbedingt legal, oder?«

Er nimmt seine Brille ab und säubert sie an seinem T-Shirt-Saum, während er mir seufzend ein müdes Lächeln zuwirft. »Was hast du erwartet? Neben der Gargoyle-Geschichte - und der lästigen Vorbereitung dazu - haben wir weder die Zeit noch die Möglichkeit irgendwelche Jobs zu machen.«

Das ist tatsächlich nachvollziehbar. Allerdings habe ich dennoch Bauchschmerzen bei dem Gedanken, sie könnten ihr Geld auf eine kriminelle Weise erwirtschaften. Sicher retten sie mit ihrer Jagd einige Leben und ich bin eindeutig die Letzte, die sich so pikieren sollte. Aber etwas in mir besteht darauf, dass man sich an das Gesetz halten sollte. Etwas, das Anwältin werden will. »Und was kann dein Programm also genau?«, frage ich, obwohl ich noch nicht richtig entschieden habe, ob ich bereit bin für das, was er mir jetzt erzählen wird.

Bevor er antwortet, setzt er die Brille wieder auf seine Nase und rückt sie zurecht. »Dieses Programm ist dafür zuständig, unser Geldproblem zu lösen. Es geht jede Bank Amerikas durch. Dort, wo es möglich ist, wählt es zufällig ein Konto aus und überweist uns ein paar Cents auf ein gefälschtes Konto.«

Mir klappt die Kinnlade herunter. »Du hast jede Bank Amerikas gehackt?!«

»Nicht jede. Aber viele. Und du solltest erschrockener darüber sein, wie wenige es eigentlich gemerkt haben.«

Soll mich das beruhigen? Mittlerweile habe ich es geschafft, meinen Mund wieder zu schließen, aber meine Augen sind immer noch weit aufgerissen.

»Genau das ist eben eine meiner Aufgaben. Ich pflege die Algorithmen, wenn es sein muss und kümmere mich um ähnliche Dinge. Und da sind wir ziemlich verwöhnt. Andere Jägergruppen haben es mit ihren Lebensstandards nicht so leicht.«

Ich stütze die Ellenbogen auf der Tischplatte ab und halte mir die Händen über den Mund, während ich einen Augenblick an die Decke starre. Kann ich mir denn wirklich anmaßen, ein Urteil zu fällen? Schnell entscheide ich mich dafür, das Thema lieber zu wechseln und mich später in Ruhe damit auseinander zu setzen. Falls ich das denn könnte. Aber für den Moment wollte ich erst einmal verhindern, dass ich Chris durch meine Reaktion gegen mich aufbringen könnte.

Also lehne ich mich wieder in meinem Stuhl zurück. »Habt ihr denn viel Kontakt zu anderen Jägergruppen?«

Er reibt sich über den Unterarm und seine Augen bewegen sich, als würde er die einzelnen Gruppen in Gedanken zählen. »Definiere viel. Mit einigen halten wir ab und zu E-Mail-Kontakt. Übrigens auch eine meiner Aufgaben. Wir helfen einander aus und setzen uns über neue Erkenntnisse ins Bild. Aber wirklich viele Gruppen gibt es jetzt nicht unbedingt und nicht mal die kennen wir alle.« Er klopft sich mit einem Finger gegen die Lippen.

»Hm«, mehr bekomme ich als Antwort nicht zustande. Meine Gedanken bewegen sich in anderen Gefilden.

»Übrigens!«, ruft er plötzlich klatschend aus und ich zucke heftig zusammen. »Ich habe dein Handy repariert.«

»Es war kaputt?« Ich fühle mich, als wäre ich gerade aus dem Tiefschlaf geweckt worden.

Er nickt langsam und runzelt schmunzelnd die Stirn über mich. »Hier muss ich wohl auch etwas ausholen. Sicher hast du behalten, dass die Gargoyles nachtaktiv sind?«

Verwundert nicke ich. »Erm. Ja.«

»Also das liegt daran, dass Sonnenstrahlen toxisch für sie sind - jede Art von Licht eigentlich. Die Überbleibsel von gestern, haben wir auch bloß auf den Rasen gelegt und die Sonne hat sie zu so etwas wie Asche zerfallen lassen. Sie sind also nicht so *heiß* auf Licht.« Er zwinkert mir mit einem leisen Lachen zu, aber ich kann nur irritiert die Stirn runzeln. »Als Selbstschutz können sie eine Art EMP aussenden. Kannst du mit dem Begriff etwas anfangen?«

Bei der Abkürzung regt sich dunkel etwas in meiner Erinnerung. Aber ich kann es nicht wirklich einordnen. Ich glaube es hat etwas mit einem Computerspiel zu tun, das Haley und ich in frühester Kindheit einmal gespielt haben. »So etwas wie ein Störsignal?«, rate ich.

»Oh. Wirklich gut. So ähnlich, ja.« Er lacht. »*Elektromagnetischer Puls*. Oder Elektromagnetischer *Im*puls. Um genau zu sein. Es führt zu elektrischen Fehlfunktionen. Manchmal temporär und manchmal von Dauer. Gargoyles können so etwas erzeugen, nur eben nicht in genau dieser Art und Weise. EMP erzeugt wiederrum auch gerne mal Licht, deshalb fällt das eigentlich raus. Allerdings können sie mit ihrer Methode aber sehr wohl Geräte in einem bestimmten Bereich stören oder gleich völlig außer Gefecht setzen. Aber es ist ihnen auch möglich den Effekt gezielt auf, von ihnen taktisch auserwählte, Geräte anzuwenden. Sie haben ihre Schwäche also zu einer Waffe gemacht, die sie nachts zum absolut tödlichen Raubtier macht. Ziemlich faszinierend.«

Ich halte mir eine Hand über den Mund, damit er nicht sieht, wie ich über das »*faszinierend*« schmunzeln muss. »Das erklärt die Ausfälle und das Lichterflackern.«

»Genau.« Er grinst. »Das ist auch, was mich zu der Vermutung inspiriert hat, dass die Gargoyles eventuell einfach nur eine Form außerirdischen Lebens sind-«

»Richtig. *Das*.« Wir wirbeln sofort beide zu Will herum. »Oder einfach nur deine absurde Liebe zu Filmen wie ›*Alien*‹.«

Chris rollt mit den Augen. »Das ist ein sehr guter Film.«

Will ist von oben bis unten durchnässt und ein eindeutiger Geruch, der sich langsam im Raum verbreitet, sagt mir, dass es nicht geregnet hat. Seine Haarspitzen tropfen und sein Gesicht ist rot wie eine Tomate. »Hat er dir schon das Diagramm gezeigt?«, fragt er mich und wackelt mit den Augenbrauen, während er einen Schluck aus der Wasserflasche in seiner Hand nimmt.

»Diagramm?«, frage ich an Chris gewandt, doch er winkt nur ab und beginnt wieder zu tippen.

Also frage ich Will stattdessen, wie das Training war. Er grinst, aber wirkt eher wenig begeistert. Es dauert noch einen Moment, bis er runtergeschluckt hat, bevor er mir antworten kann. »Oh. Jays Bootcamp ist ein einziger Traum. Wie eine Kreuzfahrt in die Karibik. Cocktails und Geigenmusik inklusive.«

8

Jeder scheint eine Aufgabe zu haben und ganz genau zu wissen, wann er was zu erledigen hat. Den ganzen Tag über folge ich entweder Will oder Kim, sehe ihnen über die Schulter und helfe wo ich kann. Die meiste Zeit reparieren die beiden etwas von der zu Bruch gegangen Einrichtung und setzen vor allem die Treppe - mehr oder weniger - wieder instand. Auch wenn ich mich halbwegs beschäftigt halte, erwische ich mich immer wieder dabei, wie ich *ganz zufällig* nach Jay Ausschau halte. Heimlich frage ich mich, wieso er sich die meiste Zeit außerhalb unserer Reichweite aufhält.

Nur einmal kurz während einer Essenspause, sehe ich Jay, als er Kim holt, damit sie die Besorgungen gemeinsam durchgehen können, die er getätigt hat, um den Medizinbestand wieder aufzufüllen.

In den Abendstunden türmen Will und ich einige Holzscheite für ein Lagerfeuer auf. Isaac macht es sich auf einem der Baumstümpfe gemütlich, die bereits in einem Kreis um uns herum angeordnet sind.

»Der andere Arm ist doch noch gesund, oder?«, fragt ihn Will und stemmt die Fäuste in die Hüfte. »Du könntest uns damit ja auch ein wenig helfen.«

Isaac lacht und lässt die Augenbrauen wackeln. »Der Doc hat mich von jeder körperlichen Anstrengung frei gesprochen.«

Will rollt die Augen und wirft noch ein Holzstück auf den Haufen, bevor er sich nach unten beugt, um die Steine ordentlicher um die Feuerstelle zu drapieren. »Das gilt aber auch immer nur für dich«, grummelt er so leise, dass nur ich es hören kann und fügt dann lauter hinzu: »Gibt es keine buddhistische Weisheit dazu? Helfe immer deinen Mitmenschen oder so was Ähnliches?«

»Netter Versuch.« Isaac lacht erneut und tut so, als würde er sich sonnen.

»Du bist Buddhist?«, frage ich ihn, während ich mir ein Lachen verkneife.

Sein Mund wird zu einem Strich. »Ich versuche es - manchmal. Gargoyles zu jagen ist nicht unbedingt Teil des Dharmas.« Er kneift ein Auge zu und schenkt mir ein schiefes Grinsen. »Aber ein paar Weisheiten im Leben zu haben, kann ja eigentlich nur gut sein.«

Will hält inne und sieht ihn emotionslos an. »Geht der Seitenhieb etwa in meine Richtung?«

Ich sehe ein paar Mal zwischen ihren plötzlich lachenden Gesichtern hin und her. Das war dann wohl ein Insiderwitz, den ich nicht verstehe. Isaac zuckt mit den Schultern und schüttelt sich dann die Haare aus dem Gesicht.

Wenig später finden sich auch die Anderen aus der Gruppe an der nun entzündeten Feuerstelle ein und wir rösten gemeinsam Würstchen und Brote. Nachdem nun jeder die Aufgaben des Tages hinter sich gebracht hat, ist die Stimmung auffallend entspannter, um nicht zu sagen: Ausschweifend. Die meiste Zeit verbringe ich damit ihren Anekdoten zu lauschen und sporadisch an dem Bier zu nippen, das mir, ohne zu fragen, in die Hand gedrückt worden ist. Ich erfahre von vergangenen Gargoyle-Kämpfen, wer sich wann einen besonders einprägsamen, peinlichen Ausrutscher geleistet hat und wundere mich gleichzeitig, dass sich eine Gruppe, die schon so lange auf engstem Raum zusammen lebt, immer noch so viel zu erzählen hat.

Kim lässt einen enttäuschten Ausruf verlauten und sieht traurig auf das Stück Brot, das sie gerade verbrannt hat.

»Ist das nicht seltsam? Du versorgst Wunden mit penibler Genauigkeit, aber verbrennst dein Brot?«, bemerkt Chris und ein Lachen geht durch die Gruppe.

»Beschwerst du dich etwa?« Sie verengt die Augen und grinst ihn herausfordernd an.

»Nein«, kommt es wie aus der Kanone geschossen, nachdem ihm geschockt das Lachen aus dem Gesicht fällt. Darauf folgt noch lauteres Lachen von allen.

»Hier. Du kannst meins haben«, sagt Isaac in gutmütigem Ton und beugt sich vor, um ihre Brotstücke auszutauschen. Etwas zu lang halten sie daraufhin Blickkontakt und etwas zu lang berühren sich ihre Hände. Außer mir scheint das jedoch niemandem sonderlich aufzufallen. Mich jedoch lenkt es so sehr ab, dass ich dem weiteren Gespräch nicht mehr wirklich folgen kann.

»Was ist?«, fragt mich Kim stirnrunzelnd als sie bemerkt, wie ich sie mustere.

Ich lehne mich ein Stück nach vorn, um sie diskret auf meine Vermutung anzusprechen, da werden wir plötzlich aufgeschreckt, weil Will sich auf Isaac stürzt und diesen in den Schwitzkasten nimmt. Lachend werfen sie sich Drohungen zu, bis Isaac sich endlich freizappelt und versucht davon zu laufen. Kim und ich müssen weiträumig ausweichen, als Will ihm hinterher flitzt.

Sie jagen sich eine Weile umher, bis sie sich schließlich gegenseitig unter Rufen der restlichen Leute am Lagerfeuer zu Boden ringen.

Zuerst wundere ich mich ein wenig, dass Kim so ruhig bleibt und die beiden nicht auffordert aufzuhören. Immerhin ist Isaac verletzt. Doch dann bemerke ich, was sie schon vor mir bemerkt haben musste: Die beiden scheinen besonders darauf zu achten, seinen Arm dabei nicht zu belasten.

Jay trägt nur ein stummes Lächeln auf den Lippen, das er hinter einer lockeren Faust zu verstecken versucht, während er den beiden Streithähnen dabei zu sieht, wie sie sich über den Rasen rollen. Dabei lehnt er sich auf die Lehne des Campingstuhls, auf dem er Platz genommen hat, nachdem Barnes und er sich jeweils einen in den Kreis gestellt haben.

Erst zu diesem Zeitpunkt wird mir auch bewusst, wie viel dunkler es mittlerweile geworden ist.

»Jungs.« Kim stupst mich mit der Schulter an, rollt die Augen und reißt so meinen Blick von Jay los. Ich verbreitere mein Lächeln und stimme in ihr Kichern ein, während sie an ihrem Bier nippt.

»Glaub ihr ja kein Wort!«, ruft Will laut und lässt mich zusammenzucken. Dann schiebt er mich etwas unsanft zur Seite, sodass ich Kim beinahe von dem Baustumpf reiße und nimmt neben mir Platz. »Das war ja klar, dass sich die beiden Mädchen sofort gegen uns verschwören.«

»Spinn doch jetzt nicht rum!«, sagt sie und kräuselt gespielt empört die Augenbrauen.

»Nur damit du es weißt:«, er lehnt sich ein Stückchen näher zu mir heran, hält sich eine Hand neben den Mund und fährt aber mit immer noch lauter Stimme fort. »Bevor du hergekommen bist, war sie männlicher drauf, als wir alle zusammen.«

Kim beugt sich hinter mich und boxt Will hart gegen die Schulter. Woraufhin er versucht in Deckung zu gehen. »Das bin ich immer noch«, ruft sie mit einem Lachen aus.

»Will. Ärgere das Mädchen doch nicht!«, versucht Chris zu Hilfe zu kommen, woraufhin sie ihn böse anfunkelt. »Was? Was hab ich jetzt schon wieder getan?!«, ruft er mit etwas höherer Stimme aus und hebt verwirrt die Hände, was wieder einmal alle schallend lachen lässt.

Mein Blick trifft auf Jays und er zwinkert mir zu, während er an seinem Bier nippt. Sofort muss ich den Kopf senken, weil ich spüre, wie meine Wangen zu glühen beginnen. *Himmel. Was ist denn bloß los mit mir?*

»Abs, du bist die ganze Zeit über so ruhig. Erzähl uns mal etwas von dir«, schlägt Chris plötzlich vor.

Ich spüre alle Augen erwartungsvoll auf mich gerichtet und zucke mit den Schultern. »Über mich gibt es eigentlich nicht so viel zu erzählen«, versuche ich es schüchtern.

»Ach, komm schon. Es ist ja nicht so, als hättest du vor uns gar nicht existiert ...«, bemerkt Isaac und sammelt immer noch Gras aus seinen Haaren.

»Das wäre aber ein riesen Kompliment, oder? Fühlt ihr euch jetzt auch so besonders?« Chris bauscht seine Stimme absichtlich feierlich auf, beugt eine Schulter und hebt den Kopf etwas höher, um seine Aussage zu unterstreichen. Ich kann nicht anders als über ihn zu lachen.

»Sie studiert Jura«, kommt mir Will zuvor und ich sehe ihn verwirrt an, weil ich durchaus auch selbst hätte antworten können.

»Freiwillig?!«, ruft Barnes aus und sieht mich ungläubig an.

»Tut es deinem Image als angehende Anwältin denn gut, wenn du hier mit einem Haufen Krimineller abhängst?«, stellt Chris dann wohl die etwas interessantere Frage.

Ich verkneife mir den Kommentar, dass ich ja genau genommen nicht freiwillig hier bin. Aber ich kann dennoch nichts darauf entgegnen, weil Will nun geheimnisvoll verlauten lässt: »Das ist ja nicht, was sie gern tut ...« Dann wirft er mir einen entschuldigenden Blick zu. »Entschuldige. Ich dachte, du könntest einen kleinen Schubser gebrauchen.«

Mit einem Schmunzeln lege ich den Kopf schräg und rolle die Augen. »Okay. Das klingt jetzt wie ein Klischee«, warne ich alle und atme erst einmal tief durch. »Ich konnte tanzen, bevor ich laufen konnte. Meine erste Ballettstunde hatte ich, glaube ich, mit fünf Jahren. Es war einfach etwas, das mir ganz gut lag. Ich habe einen Haufen Auszeichnungen bekommen und stand ständig in der Zeitung ...« Ich muss lächeln. Schon lange ist es her, dass ich darüber gesprochen habe und ich habe schon fast die Wärme des Stolzes vergessen, der mich erfüllt, wenn ich über mein früheres Ich nachdenke.

»Also bist du auch Tänzerin?«, fragt Barnes mit einem schon beinahe gelangweilten Gesichtsausdruck, um mich wieder daran zu erinnern, dass ich gerade etwas erzählt habe.

Ich sehe auf meine Finger und schüttele kaum merklich den Kopf. »Es war immer mein großer Traum, einmal als Primaballerina bei einer großen Company zu sein. Ballerina zu sein verlangt einem zwar viel ab. Aber ich wusste immer, dass es das wert ist.« Ich schiebe die Augenbrauen zusammen und das Folgende klingt härter, als ich es wohl hätte sagen wollen. »Ich hätte einfach alles dafür gegeben.«

Das Feuer gibt ein lautes Knacken von sich und es sprühen ein paar Funken auf.

»Du hattest einen Unfall, oder?«

Ich brauche einen Moment, bis ich Kim einen traurigen Blick zuwerfe. Sie legt mir eine Hand aufs Knie und versucht sich an einem aufmunternden Lächeln.

»Ein paar von meinen Freunden und ich kamen gerade aus einer Probe ... Und ich hatte meine Augen überall - nur nicht auf der Straße.« Ich schlucke schwer. »Ich habe eine Sekunde nicht aufgepasst.«

»Das tut mir leid«, sagt sie verständnisvoll und ich nicke dankbar.

»Es war ein komplizierter Bruch. Seit dem macht mein Bein nicht mehr so richtig das, was ich will. Die meiste Zeit über habe ich es so weit unter Kontrolle, dass ich wenigstens nicht humpeln muss. Aber jedes noch so unkontrollierte Zittern ist beim Ballett hochgradig unprofessionell und so musste ich mir eine Alternative suchen. Mein Dad ist Anwalt. Da lag es irgendwie nahe-«

»Deshalb machst du jetzt also etwas, das du hasst?«, fragt Will verständnislos.

»Ich hasse es nicht.« Sofort lächele ich kopfschüttelnd - ohne, dass das Lächeln meine Augen erreicht. »Ich bin traurig, ja. Es war nicht meine erste Wahl. Aber ich hasse es nicht.«

»Du musstest auf jeden Fall mit dem Ballett aufhören?«

Ich überlege einen Moment. »Nicht ganz. Ich habe einen Nebenjob und unterrichte eine kleine Gruppe Mädchen darin. Es ist nicht mehr wie früher, aber es ist okay. Ich tanze jetzt eben nur noch für mich allein.«

»Hast du denn im Moment frei? Ich meine, es ist ja wahrscheinlich nicht so gut, wenn du dort nicht auftauchst, oder?«, merkt Isaac an.

»Die Kinder gehen gerade in die Sommerferien, also-«

»Und die Uni? Du solltest wohl eher nicht am Campus fehlen, oder?«

Ich sollte wohl auch nicht am Geburtstag meiner Schwester von irren Fabelwesen fast umgebracht werden. »Das regelt sich schon«, versuche ich ihn zu beruhigen.

»Aber deiner Familie hast du doch sicher etwas erzählt, warum du so früh abreisen musst? Das du zurück zur Uni musst?«, fragt Kim nachdenklich und ich nicke zur Antwort.

»Aber werden sie sich keine Sorgen machen, wenn sie dort anrufen oder so und du bist nicht da?«, gibt Will zu Bedenken.

Ich lache unwillkürlich laut auf. »Meine Eltern rufen mich eigentlich nie an. Und meine Schwester und ich sind im Streit auseinander gegangen ... Glaub mir. Mich ruft niemand an.«

»Und wenn doch? Manchmal überraschen einen die Menschen.« Ich glaube, er versucht mich ein wenig aufzuheitern. Aber er interpretiert meinen Zynismus völlig falsch. Schon lange habe ich mich damit abgefunden, wie die Dinge zwischen uns stehen. *Ja, es belastet mich. Ja, ich habe ständig ein schlechtes Gewissen. Aber es ist nichts Neues.*

»Wenn meine Schwester anruft, dann wird sie das auf mein Handy tun. Und das hat Chris ja für mich repariert.«

»Und deine Eltern?«

Jetzt halte ich doch inne und sehe wieder nachdenklich auf meine Finger. »Wir haben ein schwieriges Verhältnis«, sage ich seufzend.

»Inwiefern?«, fragt Kim schnell, bevor ich aus dem Redefluss herausfallen könnte.

»Meine Mutter ist schwierig. Sie glaubt, ich hätte dem Druck nicht mehr standgehalten oder so etwas.« Meine Kehle wird trocken. »Und hätte deshalb den Unfall provoziert. Sie hat mir nie verziehen, dass ich mit dem Tanzen aufgehört habe und glaubt, ich hätte mein Leben weggeworfen-«

Ein empörtes Schnauben unterbricht mich. »Oh! Boohoo!«, ruft Barnes laut und verzieht das Gesicht. Alle sehen ihn geschockt an.

»Wie bitte?!« Ich kann die Entrüstung nicht verstecken.

»Süße. Was glaubst du, wo du hier bist?«

Sofort werden ihm missbilligende Blicke zugeworfen und Jay sagt ermahnend seinen Namen, aber er redet weiter. »Ihr Heuchler! Wollt ihr mir wirklich weiß machen, ihr könnt euch dieses Geheule einfach so reinziehen?!«

Ich atme hörbar aus und starre ihn fassungslos an.

»Weißt du, was jeder einzelne von uns dafür geben würde, so reden zu können, wie du jetzt?« Er sieht mich herausfordernd an. »Mit dem Unterschied, dass wir über unsere Eltern, Geschwister oder Lebenspartner wohl weitaus nettere Dinge zu sagen hätten! Mach deine Augen auf! Meinst du wir sind freiwillig hier?« Leicht wankend erhebt er sich.

»Und dann, wenn wir nach dem zweiwöchigen *Jagdurlaub* nach Hause kommen, erzählen wir unseren Familien davon, wie wir mal wieder unser Leben riskiert haben, um ein paar stinkende Gargoyles umzunieten? Nein. Sicher nicht.«

Jay steht nun auch und greift ihn am Ellenbogen. »Barnes. Das reicht jetzt. Du bist betrunken.«

So viel scheint in diesem einen Moment über mich zu kommen. *Natürlich. Wieso war ich nicht sofort darauf gekommen.*

Er reißt sich los und beugt sich ein Stück zu mir vor. »Willst du einmal etwas Tragisches hören? Dann sehen wir mal, wie das so mit deinem *Unfall* mithalten kann.« Er spuckt mir die Worte beinahe entgegen. »Ich wurde vom Stützpunkt geholt, um die Leiche meiner Frau zu identifizieren. Nachdem ein Gargoyle mit ihr fertig war. Und bei der Gelegenheit wurde mir auch gleich eröffnet, dass sie zu dem Zeitpunkt, als sie starb, schwanger war. Mit *unserem* Kind.«

»Barnes! Es reicht jetzt!«, schreit Jay nun fast und packt ihn kräftig an der Schulter, um ihn herumzureißen und mit sich weg zu führen. »Wir gehen jetzt eine Runde ums Haus«, fügt er dann etwas ruhiger hinzu.

»Lass mich los!« Barnes schüttelt grummelnd seine Hand ab und weicht einen Schritt zur Seite, aber geht folgsam neben ihm weiter.

Ich habe währenddessen vergessen, wie man richtig funktioniert. Ein Rauschen macht meine Ohren taub, während ich in die entsetzten Gesichter der anderen schaue. Jeder starrt vor sich hin und bewegt sich kaum. Jeder einzelne überschüttet mit einer Vielzahl schwerer Gedanken.

»Ich bin so blöd«, lasse ich schließlich mit belegter Stimme verlauten. Ich sehe wie die Ränder meines Blickfelds verschwimmen und halte mir geschockt eine Hand an den Mund.

»Du konntest es nicht wissen«, widerspricht Kim.

»Und Barnes hatte eindeutig nicht das Recht, dir gegenüber so auszurasten.« Will reibt sich mit geschlossenen Augen über die Stirn und schüttelt den Kopf.

»Doch hatte er.« Ich stehe auf. »Er hatte jedes Recht der Welt.« Noch einmal lasse ich meinen Blick über ihre Gesichter schweifen. Und mit einem Mal scheint sich meine ganze Sicht auf sie zu ändern. Sie alle. Sie alle haben eine Geschichte, wie die von Barnes, die zu diesem Leben geführt hat. Und nun helfen sie mir, damit mir und meinen Angehörigen das erspart bleibt. Als ich nach oben sehe, sehe ich die Sterne und suche dort nach etwas, das ich sagen könnte. Etwas, das entschuldigen könnte, wie gedankenlos ich mich aufgeführt habe. Aber ich finde nichts.

Enttäuscht seufze ich. »Ich glaube, ich bin müde.« Ein kläglicher Abschied. Ich drehe mich um und gehe schweren Schrittes zum Haus. Ich höre, wie Kim meinen Namen ruft, aber ich drehe mich nicht um und sie holt erst auf, als ich schon im Zimmer auf dem Bett sitze.

»Mach dir keine Vorwürfe«, bittet sie mich und setzt sich zu mir.

»Das mache ich nicht«, versuche ich zu lügen, um dem Moment zu entfliehen. Aber Kims Gesicht sagt mir sofort, dass sie mir nicht glaubt. »Wie könnte ich nicht? Ich verstehe nicht, wie ich so unaufmerksam und naiv sein konnte.«

Sie streicht mir mit einer Hand über den Rücken und lächelt gutmütig. »Es ist doch bloß natürlich, dass du nicht gleich vom Schlimmsten ausgehst. Du hast eben mit uns gesprochen, wie du wohl mit jedem gesprochen hättest, den du erst einen Tag lang kennst. Zwar weißt du, dass wir Jäger sind, aber es erwartet doch niemand, dass du sofort weißt, was das bedeutet. Die Art, wie wir leben, ist nicht sehr verbreitet und du kennst sie nicht.«

Ich mustere sie nachdenklich. Was sie sagt ergibt Sinn. Auch wenn ich die ganze Zeit, die ich hier bin, nichts anderes gemacht habe, als sie dabei zu beobachten, wie sie ihren Alltag bestreiten, weiß ich doch so wenig über sie. »Ihr«, ich zögere, »habt alle so etwas durchgemacht, oder?«

Sie senkt den Blick und atmet tief durch. Bedächtig nicke ich mit dem Kopf und kämpfe gleichzeitig die Tränen nieder. »Deshalb jagt ihr sie also?«, schlussfolgere ich. »Um euch zu rächen.«

»Ich denke, so hat es für jeden von uns angefangen«, überlegt sie laut. »Abs.« Sie nimmt meine Hände in ihre und sieht mich an. »Wir haben mit der Zeit gelernt, mit dem Schmerz umzugehen. Jeder von uns. Du musst niemanden von uns in Watte packen. Und niemand von uns erwartet das von dir. Auch Barnes nicht. Er ist manchmal einfach nur etwas zu aufbrausend.« Sie lacht leise.

Jetzt muss auch ich lächeln. Unfassbar, wie stark sie ist.

Bevor noch jemand von uns etwas sagen kann, klopft es plötzlich an der Tür. »Herein«, sagen Kim und ich wie aus einem Munde und müssen kichern.

Jay räuspert sich, als er den Raum betritt. »Barnes hat sich wieder beruhigt«, lässt er uns wissen. Dann wendet er sich direkt an mich.

»Alles klar bei dir?«, fragt er mich mit einem Blick, der es mir warm ums Herz werden lässt.

Kurz sehe ich zu Kim und nicke.

9

Die darauffolgenden Tage vergehen schleichend. Ich versuche weiterhin mich irgendwie einzubringen und helfe wo ich kann. Manchmal fühle ich mich sogar fast wie ein Teil der Gruppe, aber in eben diesem Moment werde ich wieder daran erinnert, dass dem nicht so ist. Dann kommt es vor, dass mich ein Einzelner bei einer banalen Tätigkeit vertröstet oder ich einfach irgendwo warten muss, bis etwa eine wichtige Versammlung oder Training oder Anderes vorbei ist. Auch lerne ich, dass sie eben nicht immer nur aufeinander hocken. Manche von ihnen ziehen als Gruppe los und kommen erst gegen Mittag des nächsten Tages wieder. Sie machen ein Geheimnis daraus, aber ich vermute, dass sie dann auf der Jagd sind.

Von Allem, was mit dem direkten Kampf gegen die Gargoyles zu tun hat, werde ich, mehr oder minder, geschickt ausgeschlossen. Selbst auf so unscheinbare Dinge, wie Zeitungsartikel, kann ich nur einen flüchtigen Blick werfen, bis sie wie geheime Artefakte mit in eine der berüchtigten Besprechungen genommen wird.

In meinem Kopf erinnert mich eine leise Stimme immer wieder daran, dass ich eigentlich Verpflichtungen habe. Dass ich mich eigentlich um Uni-Angelegenheiten kümmern müsste. Aber ich kann sie gekonnt ignorieren. Die Jäger schicken mich nicht weg und so nehme ich an, dass sie noch immer eine Bedrohung für mich sehen. Und ich spreche sie nicht darauf an, weil ...

Nun. Warum eigentlich? Vielleicht habe ich Angst, sie würden mich dann doch wegschicken.

Heute gibt es kein gemeinsames Frühstück. Der Großteil der Gruppe hat irgendetwas zu erledigen und so nehme ich die Mahlzeit lediglich mit Chris und Kim ein. Danach helfe ich Kim bei den Einkäufen in einem Supermarkt, der sich in der Nähe des Hauses befindet. Zwischen den Gesprächen wundere ich mich immer wieder wie harmonisch wir miteinander umgehen. Als wären wir schon ewig Freundinnen und ich fühle mich geschmeichelt. Es ist schon sehr lang her, dass ich jemandem so nah kommen konnte.

Und das sogar, obwohl ich die ganze Zeit eher in Gedanken bin. Immer wieder spiele ich im Kopf Szenarien durch und versuche irgendwelche Rätsel zu lösen, die mir der Alltag der Jäger aufwirft. Ich ertappe mich auch immer häufiger dabei, wie ich über die Gargoyles nachdenke. Zwar ist nach dem letzten Angriff nichts weiter passiert, aber trotzdem läuft es mir allein bei dem Gedanken an sie kalt den Rücken hinunter.

Als wir wieder auf das Haus zukommen, beobachte ich Jay dabei, wie er gerade seinen Motorradhelm abnimmt. Er geht hinter das Gebäude und ich nehme mir vor ihn endlich darauf anzusprechen, was mir schon seit einiger Zeit im Kopf herumschwirrt.

Ich helfe dabei den schwarzen Jeep, der das vierte und letzte Fahrzeug im Besitz der Gruppe zu sein scheint, auszuladen und die Einkäufe reinzutragen. Isaac hilft wie selbstverständlich dabei, alles zu verstauen und mir bleibt nicht verborgen, wie er und Kim sich immer wieder anlächeln. Jedes Mal muss ich kopfschüttelnd schmunzeln, aber sie bemerken meine wissenden Blicke gar nicht.

Als nur noch wenige Gegenstände fortgeräumt werden müssen, mache ich mich klammheimlich aus dem Staub. Ich gehe durch die Tür, die nach hinten in den wilden Garten führt und sehe mich nach Jay um.

Es dauert nicht lange, da entdecke ich ihn neben Barnes am Rande des Waldstücks, das in den Garten überwuchert. Bei Barnes' Anblick seufze ich innerlich. Mein Gang versteift sich ein wenig, aber ich zwinge mich nach vorn. Auch wenn ich den Gedanken hasse, vor ihm mit Jay zu sprechen.

Die beiden stehen mit dem Rücken zu mir und gehen immer wieder mal ein, zwei Schritte zur Seite oder zeigen wahlweise auf etwas. Sobald ich in ihrer Nähe bin, räuspere ich mich geräuschvoll, um auf mich aufmerksam zu machen. Sie stehen gerade beide mit verschränkten Armen da und starren auf eine, für mich nicht auszumachende Stelle im Wald. Barnes bewegt seinen Kopf nicht einmal richtig zur Seite, bevor er sich augenrollend wieder den Bäumen widmet. Jay hingegen dreht seinen ganzen Körper zu mir, nachdem er mich erblickt hat. Allerdings behält er seine Armposition inne und mustert mich wachsam.

»Kann ich dich kurz sprechen?«, frage ich.

Wir beide sehen kurz zu Barnes, als er ein verächtliches Schnauben verlauten lässt.

»Klar«, erwidert Jay kurz angebunden, nachdem sich unser Blick wieder trifft, macht aber keine Anstalten sich zu bewegen.

Also würde Barnes wohl dabei sein müssen, während ich mein Anliegen vortrage. Bei dem Gedanken hätte ich beinahe laut aufgestöhnt und brauche jetzt einen Augenblick, um mich dazu zu überreden, nicht sofort wieder umzudrehen. Nervös reibe ich mir den Nacken.

Ich atme tief durch und versuche meine Worte in eine sinnvolle Reihenfolge zu bringen. »In der Zeit, in der ich schon hier bin, habe ich irgendwie versucht, mich einzubringen. Ich will euch nicht unnötig zur Last fallen« - ein verächtliches Kichern von Barnes bleibt mir nicht erspart - »Ich möchte auch feste Aufgaben zugeteilt bekommen und mittrainieren.«

Jay löst die verschränkten Arme und runzelt die Stirn. »Wieso willst du das?«

Jetzt dreht sich auch Barnes zu mir herum. »Du willst ziemlich viel«, grummelt er und hebt das Kinn noch ein wenig, sodass er noch schneidender auf mich herabblicken kann. Deshalb konzentriere ich mich darauf, ihn nicht zu viel anzusehen.

»Wie gesagt: Ich bin schon seit einiger Zeit hier. Und ich werde sicherlich noch ein paar Tage bleiben. Das ist bestimmt nicht, was ihr vorher geplant habt und ich verstehe, wenn euch das nicht so gefällt.« Ich werfe einen giftigen Blick in Barnes' Richtung, um das Gesagte zu unterstreichen. »Es ist mir lieber, ich falle so wenig zur Last wie möglich. Ich will etwas beitragen. Irgendwie gut machen, dass ich hier bin.«

Er sieht kurz zu Boden und spannt dabei den Kiefer an. »Gut. Ich überlege mir eine Aufgabe für dich.« Damit scheint das Gespräch für ihn beendet zu sein und er will sich schon umdrehen.

»Und was ist mit dem Training?«, frage ich und er hält inne.

»Was soll damit sein? Du brauchst kein Training, um dich einzubringen«, erklärt er nüchtern.

»Aber ich brauche es, wenn ich von einem Gargoyle angegriffen werde.«

»Wir kümmern uns schon darum-«

»Nein«, grätsche ich dazwischen und es klingt harscher als beabsichtigt. Die Köpfe der beiden Männer bewegen sich ein Stück nach hinten und ihre Augen weiten sich verblüfft. Ich atme einmal tief durch und beruhige mich ein wenig. »Ich werde nicht wieder hilflos von einer Ecke in die andere rennen. Diesmal hatte ich Glück. Beim nächsten Mal vielleicht nicht. Ich will mich nicht wieder verzweifelt an Türrahmen oder Treppengeländer fest-klammern müssen. Ich will etwas tun. Mich wehren.«

Die beiden mustern mich und wirken ein wenig vor den Kopf gestoßen. Besonders Jays Blick ist nicht deutbar für mich. Seine Stirn ist in Falten gelegt und seine Augen zucken, während er die Arme wieder verschränkt. Er bewegt seinen Blick langsam über mich hinweg zum Haus.

Barnes führt eine Hand ans Kinn. »Klingt nachvollziehbar.«

Verwundert blinzele ich unkontrolliert und auch Jays Aufmerk-samkeit scheint ihm augenblicklich zuzufliegen, damit wir ihn ge-meinsam irritiert ansehen können. Könnte er wirklich gerade etwas Unterstützendes in meine Richtung gesagt haben?

Jays Kiefermuskel zucken und er mustert mich mit einem intensiven Blick. In diesem Moment sehe ich genau, dass er es eigentlich nicht will. Ich bin eine Gefahr. Die Jäger sind seine Familie. Mich mit ihnen trainieren zu lassen bedeutet, mich nah an diesen heiligen Kreis heranzulassen. Und ich spüre förmlich seine Gedanken auf meiner Haut, während er abwägt, ob ich würdig bin ... ob er es riskieren kann.

Ganz plötzlich wendet er sich ab. »Heute übernimmst du das Training«, sagt er barsch zu Barnes, dann zeigt er mit dem Zeigefinger auf ihn, um zu unterstreichen, was er noch hinzufügt. »Und - es ist mir egal, *was* er sagt - Chris trainiert heute mit. Hörst du? Er macht mit. Die ganze Zeit.«

Zur Antwort führt er zwei Finger an die Stirn, während er diabolisch zu grinsen beginnt. »Alles klar.«

Er nickt mir sogar zu, während er an mir vorbeigeht. Verwirrt sehe ich ihm nach.

»Du kannst beim Training noch nicht mit den anderen mithalten«, höre ich Jay sagen und die immer noch barsche Stimme, lässt mich meine Aufmerksamkeit sofort wieder auf ihn richten. »Deshalb wirst du mindestens Kim und Will ablenken. Das können wir uns nicht leisten.«

Enttäuscht senke ich den Blick und fange sofort an, mir zu überlegen, was ich noch anbringen könnte, um ihn zu überreden.

»Für's Erste heißt das Einzeltraining. Und das beginnt heute. Zieh dir Sportklamotten an. Wenn du keine hast, wird dir Kim sicher aushelfen. Wir treffen uns in einer Viertelstunde vor der Haustür.« Damit löst er seufzend die verschränkten Arme und geht los.

»Du trainierst mich?«, frage ich und drehe mich langsam um die eigene Achse, während ich ihm mit den Augen folge.

Sofort bleibt er stehen und sieht mich ernst an. »Hast du ein Problem damit?«

Eine Welle der Freude rauscht durch mich hindurch und ich lächele ihn zufrieden an. »Absolut nicht.«

Oh, ich habe ein Problem damit, dass er mich trainiert. Schon nach kürzester Zeit bin ich völlig durchgeschwitzt und erschöpft, während Jay noch völlig entspannt wirkt.

Schwer atmend unterbreche ich den Dauerlauf und halte mir keuchend die Seiten. Langsam beuge ich meinen Oberkörper nach vorn und beobachte die Schweißtropfen, wie sie auf der Erde aufkommen. Jay reicht mir eine Wasserflasche und ich gehe automatisch einen Schritt zur Seite, bevor ich sie entgegennehme. »Eigentlich bin ich ziemlich sportlich«, lasse ich ihn wissen, nachdem ich einen Schluck daraus genommen habe.

»Nur ›sportlich‹ rettet dich nicht vor einem Gargoyle.« Er hebt die Brauen.

»Ein Vierundzwanzig-Stunden-Dauerlauf auch nicht«, halte ich dagegen und versuche genug Luft in meine Lungen zu drücken, bevor ich es sofort wieder ausatme.

Jay verschränkt die Arme und sieht zu Boden, während er ganz eindeutig versucht ein Schmunzeln zu unterdrücken. »Kannst du die Ausdauer eines Gargoyles denn beziffern?«, fragt er mich mit schräggelegtem Kopf.

Ich mustere ihn eine Weile, vor allem, um die Pause noch weiter auszudehnen. »Also wenn das wirklich bei Vierundzwanzig Stunden liegt, erklärt das auf jeden Fall, weshalb Gargoyles so gut wie kein Körperfett haben.« Ich hebe die Brauen und nicke bedächtig.

Ein kurzes gedämpftes Lachen ertönt und er muss grinsen. Sofort glaube ich, dass es das schönste Geräusch ist, das ich je gehört habe.

Er beißt sich auf die Unterlippe und versucht dann wieder ein ernstes Gesicht aufzusetzen. »Selbst geübte Läufer können mit diesen Monstern nicht mithalten. Aber manchmal bleibt einem nichts anderes übrig, als wegzulaufen. Das ist keine Schande. Es geht dann eben nicht anders. Und es wird der Sprint deines Lebens sein. Wie willst du das meistern, wenn du nach den ersten drei Metern Seitenstiche bekommst?«

Natürlich macht es Sinn was er sagt, aber jetzt gerade würde ich gerne in eine dicke Decke gewickelt auf der Couch sitzen und einen Film streamen. »Aber wir laufen doch schon seit Stunden«, merke ich an, auch wenn es maßlos übertrieben ist. »Wenn wir so weiter machen, haben wir keine Zeit mehr, damit ich lerne, wie man einen erlegt.«

Er gibt ein belustigtes Schnauben von sich. »Das Erlegen eines Gargoyles ist nochmal eine ganz andere Geschichte.« Mit einer Hand deutet er auf meine Beine. »Zuerst lernen wir das. Dann das andere.«

Enttäuscht schürze ich die Lippen. Ich will mich allein beschützen können und er hat gerade selbst gesagt, dass Weglaufen mich wohl nicht retten wird. Wieso ist es dann nicht schlauer, zuerst zu lernen, wie man mit einer Machete umzugehen hat? Wir könnten schon heute Nacht wieder angegriffen werden und ich könnte nichts anderes tun, als erneut darauf zu hoffen, dass mich jemand retten wird. Unbewusst verschränke ich die Arme vor der Brust und sehe in die Dunkelheit zwischen den dichtstehenden Bäumen, die zusammen ein kleines Waldstück bilden, durch das der Feldweg führt, den wir für das Lauftraining auserkoren haben. Plötzlich fühle ich mich ganz unbehaglich.

Jay berührt mich sanft am Arm und sofort legt sich eine wohlige Gänsehaut über die Stelle. Eine Art elektrischer Impuls scheint all meine Sinne augenblicklich aus meinen Gedanken zu ziehen. Er sieht mich gutmütig an und ich kann nicht anders, als gebannt zu ihm hochzusehen.

»Bald«, sagt er leise. »Sei geduldig. Lass dir Zeit, es zu lernen, sonst wirst du doppelt so lange brauchen, um es zu beherrschen.«

Ein leises Lächeln stiehlt sich auf mein Gesicht. *Als hätte er meine Gedanken gelesen ...* »Woher wusstest du-«

Er lässt mich los, aber hält dabei den Blickkontakt. »Dein Gesichtsausdruck hat dich verraten.« Eine Spur Traurigkeit scheint sich in seine Augen zu schleichen, auch wenn er immer noch lächelt. »Ich war auch einmal da, wo du jetzt bist.«

Er dreht sich herum und geht ein paar Schritte. »Wollen wir weitermachen?«, fragt er und beginnt schon einen langsamen Trab.

Aber ich brauche noch einen Augenblick. Mit gerunzelter Stirn senke ich den Blick und versuche bereits zu interpretieren. Dabei bin ich so gedankenversunken, dass ich gar nicht mitbekomme, wie ich langsam zu ihm aufschließe. Irgendwann gebe ich das Rätseln auf, als das Laufen wieder einmal seinen Tribut an meiner Ausdauer fordert. Jay läuft still neben mir her und ich werde das Gefühl nicht los, dass er meinen Blick zu meiden versucht. Es hätte sicher keinen Sinn, ihn darauf anzusprechen. Dass er überhaupt *irgendetwas* angedeutet hat, ist schon mehr als er zulassen würde.

Als ich aus der Dusche komme, sind meine Beine ganz wackelig. Schon jetzt setzt der Muskelkater ein und mischt sich unter all die anderen körperlichen Leiden, die ich noch von dem Gargoyle-Angriff mit mir herumtrage. Völlig ausgelaugt werfe ich mich wenig später auf das Bett und stöhne vor lauter Schmerzen.

Ein glockenhelles Lachen ertönt. »War's schön mit Jay?«

Ich hatte gar nicht bemerkt, dass sich Kim auch im Raum befindet. Sie kauert vor dem offenen Kleiderschrank und durchsucht die unteren Fächer. Aus unerfindlichen Gründen lässt ihre Aussage meine Wangen heiß werden.

Mit einem hilflosen Stöhnen setze ich mich, mehr schlecht als recht, auf und ziehe die wärmende Decke über meine Beine. »Es graut mir schon vor morgen.«

Kim stellt sich auf und sieht mit einem schadenfrohen Schmunzeln auf mich herab. »Jay ist nicht unbedingt dafür bekannt, dass er zimperlich ist.« Sie wirft sich zu mir auf das Bett und der Muskelkater brennt höllisch auf. »Ehrlich gesagt, hätte ich nicht gedacht, dass du das mitmachst.« Ein entschuldigendes Lächeln stiehlt sich auf ihr Gesicht.

»Glaub mir. Ich bereue es auch schon ziemlich«, sage ich nüchtern und rolle dann die Augen.

Sie lacht. »Aber du machst weiter, oder?«

Ich senke den Blick und lasse die belegten Gedanken in mich einströmen. »Natürlich«, flüstere ich und lächele sie an.

Die Matratze bewegt sich geräuschvoll, als sie sich nach hinten ins Kissen legt und die Hände über ihrem Bauch übereinander faltet. Sie bewegt ihren Blick von mir zur Zimmerdecke und atmet tief durch.

Einen Augenblick mustere ich sie und wäge ab, ob wir schon so weit sind, dass ich ihr die Fragen stellen könnte, die mich beschäftigen und sie würde mir eine ehrliche, ausführliche Antwort geben. Unter kleinen Schmerzensstichen drehe ich mich auf die Seite und stütze mich so ab, dass ich von oben auf sie hinab sehen kann. »Wie lange seid ihr als Gruppe schon zusammen?«, frage ich und versuche mein Gesicht zwar ernst wirken zu lassen, aber bin gleichzeitig darauf bedacht, dass meine Stimme betont beiläufig klingt.

»Hm«, macht sie und ihre Augen zucken ein wenig, während sie ihre Augen über die Decke schweifen lässt. »Jay und Will sind vor sechs, sieben Jahren in eine andere Gruppe aufgenommen worden. Da haben sie Barnes kennengelernt - Aber wie lange der eigentlich schon dabei ist, weiß ich nicht genau. Er muss vorher schon in zwei Gruppen gewesen sein. - Etwa zwei Jahre später kam ich dazu, allerdings hielt es uns dort nur noch ein Jahr, bis diese Gruppe zerfiel. Wir haben es zunächst zu viert versucht, aber es dauerte nicht lange, da kam Chris dazu und etwa ein Jahr später Isaac. Seitdem sind es drei Jahre.«

Die Intensität mit der sie verbunden sind, hätte ich wohl kaum auf drei Jahre datiert. Sie wirken wie eine verschworene Familie. Als würden sie sich schon ewig kennen. Ich lasse mir ihre Informationen ein paar Augenblicke durch den Kopf gehen. »Was war mit der anderen Gruppe?«

Plötzlich verklärt sich ihr Blick ein wenig und sie lässt ihn nach unten sinken. »Du kannst es dir sicher denken. Wir sind gut ausgebildet, aber manchmal-« Kim hält einen Augenblick inne. »Die Jagd fordert ihre Opfer.«

»Du willst damit sagen-« Ein Kloß bildet sich in meiner Kehle und ein ungutes Gefühl erfüllt meine Magengegend.

»Der Fairness halber, sollte ich noch erwähnen, dass es auch vorkommt, dass man eine andere Gruppe trifft und dann einige Leute gerne wechseln wollen-«, wieder eine unheilvolle Pause. »Aber aus meiner ersten Gruppe lebt außer uns nur noch eine Person.«

Ich schlucke schwer. Natürlich habe ich die Gargoyles gesehen. Aber die anderen haben sich so gut geschlagen, dass mir der Gedanke noch nicht gekommen ist, es hätte auch anders ausgehen können. Oder vielleicht wollte ich bloß gar nicht daran denken.

»Er jagt allerdings schon lange nicht mehr. Mittlerweile müsste er so an die fünfzig sein und beim letzten Mal, als wir von ihm hörten, war er in Florida und hat es sich gut gehen lassen«, redet sie weiter ohne meine Bestürzung bemerkt zu haben.

»Wie kommt man dazu, sich so einer Sache zu verschreiben? Ohne Belohnung, aber mit der ständigen Angst, es könnte mit dem eigenen Tod enden?«, frage ich mehr mich selbst als sie.

Jetzt setzt sie sich auf und stützt sich auf ihre Unterarme, um mir direkt ins Gesicht zu sehen. Sie lächelt traurig. »Wie war es bei dir?«

»Was meinst du?«, frage ich irritiert.

»Du hast wohl kaum geplant, hier bei uns zu landen, oder?«, hilft sie mir auf die Sprünge. »Man schlittert da so rein. Schmerzhaft und ohne, dass man es beabsichtigt. Und dann kann man irgendwie nicht mehr damit aufhören.«

Eine Gänsehaut legt sich über mich, aber ich versuche mit aller Macht die Frage zurück zu halten, die mir auf der Zunge liegt. *Schmerzhaft und ohne, dass man es beabsichtigt.* Es ist ein einfacher Satz und doch weiß ich sofort, dass so viel mehr Grausamkeit darin liegt, als es zunächst den Anschein hat.

»Kim-«, fange ich an, aber breche ab, während ich eine Hand auf ihren Unterarm lege. »Was ist-«, versuche ich es erneut, aber kann nicht mehr herausbringen. Wie soll man so eine Frage stellen? Ich will ihr nicht wehtun. Ich will nicht, dass sie sich an etwas zurück erinnert, das sie schmerzt.

Also atme ich tief durch, nehme die Hand wieder weg und versuche mich halbwegs galant aus dem Bett zu erheben. Dabei spüre ich ihren Blick auf meinem Rücken.

»Ich war Krankenschwester. Die Art von Krankenschwester, die noch immer versuchen wollte, jemandem zu helfen, während alle anderen schon aufgegeben haben.«

Zögernd wende ich mich wieder um und setze mich mit sorgenvoller Miene auf die Bettkante.

Kims Mund zuckt kurz zu einem Lächeln, dann sieht sie auf ihre Hände hinunter, die sie in ihren Schoß gelegt hat. »Ich war recht jung, hatte gerade die Nursing School abgeschlossen und lebte noch bei meinen Eltern, zusammen mit meinen jüngeren Brüdern.« Sie hält inne. »Eines Morgens kam ich nach der Nachtschicht nach Hause und ...« Ihre Stimme bröckelt. Ihre Augen schließen sich und sie hält sich eine Hand an den Mund. Als sie die Hand wieder zurück auf ihren ursprünglichen Platz legt, muss sie schniefen und atmet geräuschvoll aus, bevor sie die verhangenen Augen wieder öffnet. Die einsetzende Stille legt sich schwer über uns, aber keine von uns sagt ein Wort, um sie aufzulösen. Es ist fast, als genießen wir sie.

Als Kim wieder zu sprechen beginnt, ist ihre Stimme monoton. »Anfangs dachte ich, es wäre nur richtig, wenn ich meine Familie räche. Dass sie es so gewollt hätten. Dass meine Ehre es mir gebührt. Aber als der Gargoyle tot war und ich meine Rache hatte, musste ich erkennen, dass es sie mir nicht zurückbringen wird. Sie werden nie wieder zurückkommen.« Sie schluckt schwer. »Ich weiß mittlerweile, dass sie sich dieses Leben wohl niemals für mich gewünscht hätten. Aber ich denke, sie würden es verstehen.« Nun blickt sie auf und sieht stur geradeaus, während ein schwaches Lächeln auf ihren Lippen erscheint.

Endlich kann ich meine Versteinerung lösen und krabbele über die Bettdecke zu ihr. Fest schlinge ich meine Arme um sie und bette meinen Kopf auf ihrer Schulter, sodass er sich gegen ihre Wange schmiegt. Zunächst glaube ich, zu weit gegangen zu sein. Da legt sie ihre Hand sanft auf einen meiner Arme. Ihr Kopf senkt sich ein wenig nach unten und näher an mich heran.

»Es ist schon gut, Abs«, flüstert sie, aber das Rasseln ihrer Stimme deutet genau das Gegenteil an. »Vergangenes ist vergangen. Es ist nicht zu ändern. In Gedanken und in meinen Erinnerungen ist meine Familie immer noch bei mir. Das kann mir niemand nehmen.«

In meiner Brust brennt es schmerzhaft und keine Sekunde später spüre ich eine feine Träne, die langsam über meine Wange rinnt.

10

Am nächsten Tag nimmt mich Will gleich nach dem Frühstück mit in die Stadt. Diese Aufgabe hätte Jay sich heute für mich ausgesucht, hatte er erklärt. *Scheinbar hat Jay Probleme damit mich irgendwie unterzubringen …*

Wir beladen den Pickup mit sechs großen Wäschesäcken und ich überschlage, dass wir wohl Tage dafür brauchen werden, bis wir alles gewaschen und getrocknet wieder aus dem Salon getragen bekommen. Es kommt noch erschwerend hinzu, dass mein Körper bei jedem Schritt, bei jeder Bewegung - ja, sogar bei jedem Atemzug, schmerzt. Während ich Kims Sack zum Auto schleppe und ihn auf die Ladefläche hieve, hat sich Will schon längst um die anderen fünf gekümmert.

Statt mich auszulachen, bedenkt er mich lediglich mit einem schiefen Grinsen und einem Gesichtsausdruck, der sogar noch eine größere Wirkung hat, als das Auslachen jemals hätte haben können. Er drückt die Klappe nach oben und lacht dann doch auf dem Weg zur Fahrertür. Ich werfe den Kopf in den Nacken und ziehe eine Grimasse, bevor ich ihm ins Fahrzeug folge.

Will ist ein Profi in Smalltalk. Nicht, dass ich das nicht schon gewusst habe, aber spätestens nach dieser Autofahrt würde mir gegenüber niemand mehr das Gegenteil behaupten können. Wie beiläufig lenkt er das Gespräch immer von einer in die andere Richtung, bleibt dabei aber immer eher bei seichten Themen. Genau das kommt mir gerade gelegen, nach dem gestrigen Gespräch mit Kim, das mich auf jede nur erdenkliche Weise ausgelaugt hat. Noch immer verspüre ich innerlich diesen Kloß. Ebenso wie die Wut, dass ich ihre Erlebnisse nicht rückgängig machen kann.

Dann ist da auch noch immer wieder dieses Gefühl, das mich überkommt, wenn ein bestimmter Gedanke wieder in meinem Bewusstsein einschlägt. Ein Gedanke daran, dass auch bei den anderen der Gruppe ein ähnlich schreckliches Schicksal vorangegangen ist. Während Will von einem Vorfall am Grand Canyon erzählt, kann ich ihm nicht wirklich zuhören. Ganz automatisch nutze ich den etwas ausgedehnteren Moment, in dem ich nicht reden muss und frage mich plötzlich sorgenvoll, was ihm und Jay wohl zugestoßen sein muss, dass sie sich vor sieben Jahren der Gargoyle-Jagd verschrieben haben. Will ist zwei Jahre jünger als ich. Demnach muss er damals erst vierzehn Jahre alt gewesen sein. Eben in diesem Moment lacht er los und ich kann mir einfach nicht vorstellen, dass ihm so etwas passiert sein könnte.

Schlagartig verstummt er und sieht mich mit gerunzelter Stirn an. »Was ist?«

»Oh.« Sofort reiße ich mich von den Gedanken los, aber es fällt mir dennoch irgendwie schwer den Anschluss in das Gespräch wiederzufinden. »Entschuldige. Ich war in Gedanken.«

Das scheint ihn nicht wirklich milde zu stimmen. »Okay«, antwortet er gedehnt und sieht wieder auf die Straße.

Zum ersten Mal während der Fahrt entsteht eine Stille und ich drehe meinen Oberkörper auch wieder langsam nach vorn. Weil mir nichts einfällt, um den Moment zu überspielen, sehe ich aus dem Fenster und betrachte die belebten Straßen. Nach allem, was in den letzten wenigen Tagen passiert ist, kommt mir dieser Anblick schon beinahe fremd vor.

»Und? Wie hast du dich gestern so geschlagen?«, fragt er schließlich und ich hätte mich am liebsten überschwänglich bei ihm bedankt.

Stattdessen gebe ich ein nervöses Lachen von mir und beobachte dabei eine kleine Gruppe Senioren, die wohl gerade ihren vormittäglichen Spaziergang absolvieren. »Ich schätze, eher nicht so gut.«

»Sei doch nicht so bescheiden.« Kurz wirft er mir einen Blick zu und zwinkert. »Also Jay schien nicht so unzufrieden mit dir gewesen zu sein.«

Na toll ...

Ich kenne den Waschsalon, wenn auch nur von außen. Eine Grundschulfreundin von Haley wohnt nur ein paar Straßen weiter. Ich war öfters daran vorbeigefahren, als ich sie zu ihrer Freundin gebracht hatte. Damals lebte ich noch zu Hause und meine Schwester hatte noch keinen Führerschein. Bei dem Gedanken, ich könnte Haleys Freundin hier über den Weg laufen, wird mir ganz anders. Was sollte ich dann tun? Sie würden ihren Gruß an mich wahrscheinlich nicht mal ausgesprochen haben, dann hätte sie mich schon an meine Schwester verraten. Und wie sollte ich das dann wieder geradebiegen? Immer wieder sehe ich mich paranoid nach ihr um. So oft, dass Will mich schon mit einem Witz darauf aufmerksam macht. Erst als wir die Eingangstür hinter uns schließen und damit beginnen die Waschmaschinen zu beladen, beruhige ich mich langsam. Die Wahrscheinlichkeit, dass besagte Freundin in den Waschsalon kommt, ist dann doch ziemlich gering.

Der Laden scheint schon etwas in die Jahre gekommen. Die überschaubare Anzahl an Geräten weist einen Gelbstich auf und ist über und über mit Kratzern und Beulen jeder Art versehen. Dafür sind wir zwei aber auch die einzigen im Laden. Nur der Besitzer lässt sich immer mal wieder desinteressiert blicken. Fragen nach dem riesigen Wäscheberg, den wir zu bewältigen haben, wären wohl auch mehr als unangenehm. Will wechselt am Münzautomaten Geld und beginnt dann sie in die Maschinen zu werfen, um eine nach der anderen anzustellen.

»Wie fühlst du dich?«, fragt er ohne mich anzusehen und wirft eine Münze in den Schlitz.

»Ich habe tierischen Muskelkater«, lache ich und knete demonstrativ meinen Oberarm.

Ein belustigtes Schnauben, dann betätigt er den On-Knopf und sieht mich an. »Nein. Ich meine: Geht's dir gut?«

Ich runzele die Stirn und ziehe irritiert den Kopf ein wenig zurück. »Ja.« Dann hebe ich mich auf die eben angeschaltete Waschmaschine und beobachte ihn dabei, wie er das Prozedere bei den nächsten drei wiederholt. »Wieso fragst du?«, erkundige ich mich, als er es nicht weiter ausführt und lasse die Beine baumeln.

Langsam kommt er wieder zu mir zurück und lässt dabei beiläufig einen prüfenden Blick über die arbeitenden Geräte schweifen. »Na ja ... Bei uns rumzuhängen ist wohl eher nicht die typische Beschäftigung, mit der du sonst deinen Tag füllst.« Bei der Maschine neben mir bleibt er stehen. Er beugt sich darüber und stützt sich auf seine Unterarme, sodass er nun zu mir hochsehen muss. »Hast du keine Studiensorgen? Vermisst du deine Freunde nicht? Ist da keine beste Freundin, die schon tapfer einen Polizeisuchtrupp nach dir angeführt?«, fährt er mit einem leichten Grinsen fort.

Ich sehe ihn lange an. »Das beweist nur, wie wenig du über mich weißt.«

»Ach«, ruft er lachend aus. »Klär mich auf.«

Mein Blick senkt sich auf meine Finger und ich puhle seufzend an einem der Fingernägel. »Versteh mich nicht falsch. Ich habe schon Bekannte; Kommilitonen und so weiter. Aber eigentlich ... stehe ich keinem von denen so wirklich nahe. Das letzte Mal, dass ich eine beste Freundin - oder einen besten Freund - hatte, liegt schon ein paar Jahre zurück.«

»Und was ist aus denen geworden?«

Einen Augenblick hadere ich mit mir und versuche einen Weg zu finden, es ihm zu erklären, ohne, dass er mich verurteilen würde. Aber so einen Weg gibt es nicht ... »Du wirst mich für eine blasierte Ziege halten-«

Er runzelt die Stirn und hebt den Oberkörper ein Stück. »Wer sagt denn, dass ich das nicht schon tue?« Jetzt hat er ein breites Grinsen im Gesicht.

Mit weit aufgerissenen Augen öffne ich in gespieltem Schock den Mund. Als er über mein Gesicht laut losprusten muss, schürze ich die Lippen und knuffe ihn fest in die Schulter.

»Autsch! Hey.« Er weicht einem weiteren Angriff von mir aus, während er wild mit den Händen herumfuchtelt. Schließlich lehnt er sich mit der Hüfte gegen die Maschine und nimmt so eine entspanntere Position ein. »Also? Wieso soll ich dich für eine blasierte Ziege halten?«

Ich seufze. »Es war kurz nach dem Unfall … und alles war ein bisschen schwierig. *Ich* war schwierig. Eigentlich waren alle meine Freunde Ballerinas und wenn sie keine waren, dann waren sie zumindest bestens darüber informiert, dass ich eine war.«

»Also hast du sie alle von dir gestoßen, um deinen eigenen Schmerz zu minimieren«, schlussfolgert er und klingt fast schon ein wenig gelangweilt.

Natürlich liegt er damit völlig richtig und doch wehre ich mich gegen den Gedanken. Aber ich möchte ihn auch nicht anlügen. »Ja und nein«, gebe ich langgezogen als halbe Lüge von mir, um Zeit zu schinden.

»Aber eigentlich nur ja.«

Ich knete meine Hände und beiße mir auf die Unterlippe, während ich ihn ansehe. Doch schließlich muss ich mich geschlagen geben. »Ja«, flüstere ich. »Vielleicht weißt du doch das eine oder andere über mich.«

»Diesen Wunsch kenne ich gut.« Seine Aussage verblüfft mich und ich sehe ihn fragend an, aber er sieht nur stur auf die vergilbte Oberfläche des Waschmaschinendeckels. »Manchmal wird mir bei uns einfach alles zu viel. Dann würde ich auch am liebsten alle von mir stoßen und den ganzen Dreck mit der Jagd hinschmeißen«, erklärt er.

»Aber du tust es nicht?« Ich habe sorgenvoll das Gesicht verzogen. In diesem Moment würde ich ihn am liebsten vor seinem eigenen Leben beschützen.

»Natürlich nicht. Sie haben am wenigsten Schuld an der Situation.« Die Härte seiner Worte nimmt mit jedem Wort wieder ab. »Aber ich gehe dann einfach ein bisschen raus. Unter Leute. Unter *normale* Leute. Führe *normale* Gespräche. Vielleicht trinke ich mir noch einen kleinen Schwips an und erinnere mich unterbewusst wieder an den Grund, aus dem ich das eigentlich immer noch mache.«

So kam er also in Haleys Geburtstagsgruppe.

Will scheint auf einmal ganz weit weg zu sein. Deshalb lasse ich ihn erst einmal einfach weiter reden. »Einmal«, grübelt er vor sich hin. »Einmal wollte ich wirklich endgültig aufhören. All dem den Rücken kehren. Aber es ging nicht.«

»Durftest du nicht?«

Das schüttelt ihn plötzlich aus seiner Starre. »Was?« Er sieht mich an, als hätte ich etwas völlig Unsinniges gesagt. »Wer sollte mich denn aufhalten?«

Sofort ohrfeige ich mich innerlich, dass ich das überhaupt fragen musste. Aber für mich scheinen die Jäger wie eine verschworene Bruderschaft. Irgendwie bin ich davon ausgegangen, sie hätten eventuell eine Art Kodex oder etwas Ähnliches. Stammelnd würde ich mich gerne erklären, aber ich bekomme kein einziges gescheites Wort heraus. Er beobachtet diese Peinlichkeit einen Augenblick lang, bevor er sich entscheidet mich zu erlösen und weiterredet. »Ich glaube, hätte Jay davon gewusst, er hätte mich mit Freuden in den Ruhestand entlassen, mich wahrscheinlich regelrecht dazu gedrängt.« Er schließt die Augen und reibt sich die Stirn, während er lachend den Kopf schüttelt. »Ich glaube, insgeheim hat er doch Angst um mich. Aber gleichzeitig braucht er mich - Brauchen wir uns.«

So ist das also. »Bist du deshalb nicht gegangen?«

Er nickt, sichtlich erfreut, dass ich zumindest das verstanden habe. »Er ist mein Bruder«, erklärt er mit einem schiefen Lächeln. »Und auch wenn er älter ist, ich kann ihn irgendwie nicht einfach sich selbst überlassen.«

Gerne würde ich ihn fragen, warum er damals eigentlich hatte aufhören wollen, aber irgendetwas hält mich zurück. Etwas sagt mir, es wäre nicht die Zeit dafür …

Und deshalb bleibt mir nichts anderes übrig, als seine Opferbereitschaft zu bewundern und die Innigkeit, die ihn mit seinem Bruder verbindet.

Ich hieve den letzten Wäscheberg aus dem oberen der übereinandergestapelten Trockner und platziere ihn zunächst in dem verblichenen grünen Wäschekorb, von denen noch einige mehr zur freien Verfügung im Salon bereitstehen. Jetzt kann ich die noch warmen Kleidungsstücke in aller Ruhe in den schon fast vollen Sack stopfen. Die anderen fünf hat Will bereits nach Draußen geschleppt und scheint dort schon auf mich zu warten, denn er ist schon seit einigen Minuten abwesend.

Zur Hälfte ziehe, zur Hälfte trage ich dann den Sack heraus aus dem Salon zum Pickup und erkenne dann angestrengt schnaufend, wieso Will nicht wieder reingekommen ist. Er lehnt mit verschränkten Armen am Wagen und unterhält sich mit einer Person, die ihm gegenübersteht. Sie hat mir den Rücken zugekehrt, aber an der Statur erkenne ich sofort, dass es sich um eine Frau handelt. Wills Gesichtsausdruck lässt mich stutzen, ganz eindeutig wollte er dieses Mädchen sofort loswerden. Plötzlich klärt sich sein Blick, als er an ihr vorbei mich erblickt. Genau in diesem Moment muss ich mich umdrehen, um den Sack anders zu greifen, weil er mir langsam zu schwer wird. Und kurz darauf trifft mich dann der Schlag.

Ich erkenne die Frau, mit der Will spricht, sofort als sie sich umdreht. Sie lacht und streicht ihm über den Arm, woraufhin er sich sofort versteift. Sein Blick ist fest auf mich gerichtet und er scheint mir damit etwas sagen zu wollen, aber ich verstehe zu spät.

Einige Schritte entfernt bemerke ich nun den Rest der Gruppe, dem das Mädchen angehört und inmitten dieser Gruppe steht meine Schwester.

»Oh. Scheiße«, entfährt es mir leise und keine Sekunde später fällt Haleys Blick auf mich.

Zuerst scheint sie mich nicht zu erkennen, aber dann weiten sich ihre Augen. Ich sehe, wie sie die Hände zu Fäusten ballt und schon kommt sie in meine Richtung gestampft. Mit einem Mal fühle ich mich ausgeliefert, schuldig und schwach und bin nicht mehr in der Lage, weiterhin die Wäsche zu halten. Der Sack kommt mit einem dumpfen Schlag auf dem Boden auf, während ich schon versuche einen Ausweg zu finden. Ich könnte weglaufen, ja. Aber das wäre feige und mein Stolz hält mich einfach an Ort und Stelle verwurzelt.

»Träum ich?!«, zischt Haley entgeistert zwischen ihren Zähnen hindurch, noch bevor sie mich ganz erreicht hat.

Meine Kehle wird ganz trocken und ich weiß nichts darauf zu antworten. »Was tust du denn hier?«, frage ich also lediglich zurück, obwohl ich die Antwort ja eigentlich schon weiß. Ihre Freundin, mit der Will gesprochen hat und die ihn aufgrund von Haleys Geburtstagsparty erkannt haben musste, war eben die Freundin, die bloß ein paar Straßen weiter wohnt.

Wieso heute? Wieso ausgerechnet heute?

»Ist das dein Ernst?!« Sie sieht mich schnaubend an. »Das müsste ich eher dich fragen, oder? Solltest du nicht eigentlich in Philly sein?!«

Ihre ganze Haltung versteift sich und ihre Wangen färben sich rot. Selbst ihre Freundin zieht sich mit geducktem Kopf von Will zurück, obwohl sie ihn gerade noch so angeschmachtet hat und stellt sich zu den drei anderen Mädchen, die uns mit weit geöffneten Mündern anstarren.

»Es gab da Schwierigkeiten mit dem Zug-«

»Nein, nein. Du bist unglaublich!«, ruft sie sofort dazwischen und ihre Stimme wird laut.

»Lass mich doch erst einmal ausreden«, versuche ich mich zu verteidigen, aber sie achtet nicht auf mich. Ihr abschätziger Blick fällt auf Will, dann sieht sie kopfschüttelnd wieder zu mir zurück. »So viel also zu: ›Er hätte dich nicht gefunden.‹«

Bei ihrer Aussage biegen sich augenblicklich meine Fußnägel nach oben und ich brauche einen Moment, um das zu verdauen. Das sie auch nur diesen Gedanken haben könnte, geht mir gegen den Strich.

Will wirkt da etwas gelassener, rollt mit den Augen und wirft dann die Stirn in Falten. »Beruhig dich doch erst 'mal, Mädchen.«

»Wie bitte?!«, blafft sie zurück.

Er sieht aus, als würde er etwas entgegnen wollen und lässt die verschränkten Arme sinken.

»Okay, okay.« Schnell gehe ich dazwischen, halte ihm eine Hand gegen die Brust und sehe dabei Haley an. »Lass mich erklären-«

»Hasst du uns so sehr?«, fragt sie und wirft mich damit ein wenig aus der Bahn.

»Was?«

»Willst du uns so dringend loswerden?«

»So ist-«

Aber sie fällt mir erneut ins Wort. »Es war mein Geburtstag, Abby. Du bist an meinem Geburtstag einfach abgehauen! Ich hätte dir so etwas niemals angetan!«

Nun erhebe ich auch ein wenig die Stimme, damit sie mich nicht wieder unterbrechen kann. »Können wir bitte in Ruhe darüber sprechen, ohne dass du mich ständig unterbrichst?!«

»Gut.« Sofort ist klar, dass es nicht das gewesen ist, was sie hören wollte. »Erklär's mir. Wieso bist du noch hier?«

Gerne würde ich mir schnell eine Lüge einfallen lassen, aber nichts in meinem Kopf scheint einen Sinn zu ergeben. Aber die Wahrheit ist auch nicht unbedingt etwas, das ich ihr einfach erzählen könnte. Kurz werfe ich einen Blick nach hinten auf Will. »Es ist kompliziert.«

Sie schüttelt den Kopf und schnaubt genervt. »Du denkst also wirklich, ich hätte dich noch nicht durchschaut?!«, spuckt sie aus und verzieht das Gesicht. »Zu kompliziert also für deine Schwester«, äfft sie meine Stimme nach.

»Argh. Wieso kann man nicht normal mit dir reden?!«, rufe ich und reibe mir über das Gesicht. »Will hat damit nichts zu tun!«

»Oh. Ach, komm schon! Natürlich hat er das.«

»Nein, hat er nicht«, schaltet sich Will nun selbst ein und seine Stimme bildet dabei einen harten Kontrast zu unserer lauten Diskussion.

»Halt dich gefälligst raus.« Sie stemmt die Hände in die Hüften und ihr Blick spuckt Feuer als sie ihn ansieht.

»Tut mir Leid, aber-«

»Will, bitte«, unterbreche ich ihn und tue mein Möglichstes, dabei so ruhig wie möglich zu klingen, weil ihn ja nun wirklich keine Schuld trifft.

»Du bist so egoistisch, Abby«, wendet sich meine Schwester nun wieder an mich.

»Könntest du *bitte* das Drama etwas herunterfahren?« Mein Geduldsfaden ist auf das Äußerste gespannt. »Dann könnten wir das in Ruhe klären.«

Jetzt glaube ich zu sehen, wie sie mit den Zähnen knirscht. »Natürlich kann ich das nicht!«, schreit sie schon fast, so wütend ist sie. Kaum merklich bewegt sich eines ihrer Beine nach hinten und sie hebt das Kinn. »Ich bin eine Ballerina! Vielleicht hast du das ja schon vergessen. Aber ich lebe für das Drama.«

Ich rolle mit den Augen und hole müde Luft.

»Du bist so eine Heuchlerin«, führt sie ihre Schimpftirade fort. »Ich kann nicht glauben, dass ich jemals zu dir aufgesehen habe.

Immer wieder habe ich versucht, das wieder zu bekommen, was wir mal hatten. Aber du ...« Sie macht eine Pause. »Weißt du was? Meine Geduld ist am Ende. Das ist mit Abstand das Schlimmste, das du mir jemals angetan hast - und noch dazu vor meinen Freundinnen.«

Ich will etwas entgegnen, aber sie bringt mich mit einer Handbewegung zum Schweigen. »Ich bin fertig mit dir. Wehe, du rufst mich noch einmal an!« Sie greift an den Ausschnitt ihres T-Shirts und bevor ich überhaupt erfassen kann, was sie da eigentlich tut, reißt sie die Kette von ihrem Hals. Erst als sie sie auf den Boden donnert, erkenne ich die kleine Schleife und die weiße Perle, die verloren und einsam über den Bürgersteig davonkullert.

Als sie sich umdrehen will, greife ich ohne groß darüber nachzudenken nach ihrem Handgelenk, um sie zurückzuhalten. Doch ich bereue es noch im selben Moment. Sie reißt ihr Handgelenk hart aus meinem Griff und schleudert mir ihre andere Hand ins Gesicht. Mein Sichtfeld schnellt zur Seite und ich sehe Sterne. Aber nur das laute, klatschende Geräusch, das ich gehört habe, ist mein Anhaltspunkt, während mir klar wird, dass sie mir eine Ohrfeige verpasst hat. Aber der Schmerz hat meine Sinne noch nicht erreicht. Ich bin zu perplex. Zu taub sind meine Gedanken.

»Hey!«, höre ich Wills wutentbrannte Stimme, aber ich halte ihn zurück. Dann beobachte ich, wie Haley mir, ohne ein weiteres Wort, den Rücken zukehrt und geht. Der Ausdruck auf ihrem Gesicht brennt sich in meine Erinnerung. Enttäuschung. Verachtung. Abscheu.

Mein Blick wird leer. Ich kann kaum fassen, was gerade passiert ist. Und dann setzt der Schmerz schließlich doch ein.

11

Ich spritze mir einen Schwall Wasser ins Gesicht und verharre dann einen Moment in der Bewegung. Meine Hände liegen ganz leicht auf meinem Gesicht und bedecken meine Augen.

Auf der Rückfahrt sprachen Will und ich kein Wort. Es gab ja auch nichts mehr zu sagen.

Langsam lasse ich die Hände sinken und stütze mich damit links und rechts am Waschbecken ab. Trotz seiner blinden Oberfläche, kann ich im Spiegel dennoch meine Augen hasserfüllt funkeln sehen.

Hass auf wen? Hass auf mich? Hass auf Haley? Hass auf Will? Hass auf die Gargoyles?

Das blasse Rot auf meiner lädierten Wange leuchtet verräterisch, trotz des spärlichen Lichts, das durch die Tür in den kleinen Waschraum fällt und das kaum reicht, um überhaupt auch nur einen Meter weit sehen zu können.

Das ist nicht richtig. Langsam verlieren meine Augen an Härte. *Natürlich bin nur ich es, die die Schuld an allem trägt.*

Wären wir uns schon vorher schwesterlich nah gewesen, ... es wäre nie so weit gekommen. Sicher hätten wir einen Weg gefunden, uns zu verständigen. Sie hätte mir in diesem Moment einfach vertraut. Vielleicht hätte sie mir sogar geholfen. Aber ich habe alles zerstört. Schon lange vor dem heutigen Tag.

Ich habe das tiefe Bedürfnis mich mit ihr auszusprechen. Ihr zumindest einen Teil zu erklären, andere Worte zu finden und ihr eine große Entschuldigung zu geben. Auch wenn mein Stolz mich ungeduldig an die Ohrfeige erinnert. Am liebsten würde ich zu ihr fahren, aber es ist schon dunkel draußen und ich bezweifele, dass ich jemanden von den anderen überredet bekomme, mich zu fahren. Deshalb würde ich sie erst einmal anrufen und morgen dann zu ihr fahren.

Vielleicht will ich mir aber auch einfach nur noch nicht völlig die Blöße geben.

Nachdem ich mir mit dem Handtuch über das Gesicht gewischt habe, trete ich langsam auf den Flur hinaus. Chris sitzt im Wohnzimmer vor seinen Monitoren und scheint gar nicht richtig zu bemerken, wie ich den Raum betrete.

»Hey, hat jemand von euch mein Handy gesehen?«, frage ich und er schüttelt nur abwesend den Kopf.

Auf dem Sofa sitzt Will gerade über eine Karte gebeugt und wird sofort hellhörig.

»Ja. Es lag in der Küche und ich hab's dann da auf den Sims gelegt«, sagt er und nickt zum Kamin.

Ich danke ihm für die Auskunft und hole es.

»Wer ist eigentlich Dylan?«, fragt er mit einem breiten, wissenden Grinsen.

»Jemand von der Uni«, erkläre ich unbeeindruckt und entsperre den Bildschirm.

»So? Und wieso will der Gute mit dir einen Kaffee trinken?«

»Und wieso schnüffelst du in meinen persönlichen Nachrichten?«, frage ich zurück, aber kann ihm trotzdem irgendwie nicht böse sein, als er nur mit den Schultern zuckt.

Ich gehe nach vorn zu den Fenstern und luge vorsichtig an der Gardine vorbei auf die Veranda. Sie ist hell erleuchtet und in der einen Ecke sitzen Barnes und Isaac auf der alten Bank. Zwischen ihnen liegt ein Stapel Spielkarten auf dem Holz. Also entscheide ich mich auf die andere Veranda am hinteren Teil des Hauses zu gehen.

»Ich gehe mal ein Weilchen nach Draußen«, lasse ich die Anwesenden wissen, auch wenn mir bewusst ist, dass sie zu vertieft sind, um es zu bemerken. Jetzt lassen sie auch nur ein bestätigendes

Grummeln verlauten, aber sehen nicht einmal auf, als ich den Raum verlasse.

Die Tür öffnet sich quietschend. Von dem Fliegengitter ist lediglich der Rahmen übrig, sodass ich einfach über diesen hinwegsteigen kann.

Hier hinten ist es finster und ich bin allein. Mit einem unbehaglichen Gefühl sehe ich mich um und versuche, unter anderem auch Drinnen, einen Lichtschalter zu finden. Ohne Erfolg.

Von vorne wehen in unregelmäßigen Abständen Isaacs und Barnes' Stimmen zu mir heran, aber ohne, dass ich etwas verstehen könnte. Wahrscheinlich sind das einfach ihre lauten Ausbrüche während des Kartenspiels.

Ich reibe mir den Arm, weil mich plötzlich eine Welle der Kälte überkommt, während meine Augen vorsichtshalber die Dunkelheit nach einer Bewegung absuchen. Vielleicht nicht meine beste Idee allein im Dunkeln telefonieren zu wollen. Aber im Haus verhält es sich wie in einem Insektenstock. Jemand ist immer auf einmal neben einem. Trotzdem entscheide ich mich dafür, mich mit meinem Vorhaben lieber zu beeilen und mich nicht allzu weit von der Tür zu entfernen. Ich wähle Haleys Kontakt aus und halte mir dann das Gerät ans Ohr. Das Freizeichen ertönt zwei Mal und dann höre ich ein Klicken, das mir schon Hoffnungen macht.

Aber augenblicklich setzt das Besetztzeichen ein.

Ich seufze enttäuscht und sehe auf das Display. Zuerst will ich sie noch einmal anrufen, aber überlege gleichzeitig, ob ich ihr erst einmal nur eine Nachricht sende und dann morgen zu ihr fahre.

»Kannst du nicht schlafen?«

Sofort schießt ein Blitz Adrenalin durch mich und ich wirbele herum. Ich erkenne Jays Stimme, aber ich kann ihn nicht lokalisieren.

»Ich wollte nur jemanden anrufen ...«, antworte ich vage und durchsuche weiterhin zuerst die dunkle Veranda und dann den Garten nach ihm.

Ich sehe, wie sich keine vier Schritte vor mir ein Schatten vom Gras erhebt und erkenne schwach seine Züge auf seinem Gesicht, als er wieder etwas fragt. »Wen?«

Darauf möchte ich nicht antworten und stelle stattdessen eine Gegenfrage, während ich langsam auf ihn zugehe. »Was machst du denn hier? Im Dunkeln?«

»Ich halte Wache«, ist seine gelassene Antwort.

»Wirklich? Machen Barnes und Isaac das nicht auch? Also die haben sich Licht angemacht.« Ich bleibe kurz vor ihm stehen und deute hinter mich.

Jay rekelt sich vor mir aus seiner liegenden Position in eine sitzende und sieht mit einem müden Grinsen und Kopfschütteln in die Richtung, in die ich gedeutet habe. »Eigentlich nur Isaac.« Jetzt sieht er wieder zu mir hoch. »Ich finde das Licht eher hinderlich. So sind meine Augen immer an die Dunkelheit gewöhnt und ich kann sogar die Schatten zwischen den Bäumen erkennen.« Er nickt mit dem Kopf zu den Ausläufen des Waldes.

Mein Blick folgt der Bewegung. Aufgrund der Kälte muss ich die Arme vor der Brust verschränken und mich erfasst ein Frösteln bei dem Gedanken, welche *Schatten* er da wohl gerade gemeint hat.

»Tut mir leid, was da heute mit deiner Schwester vorgefallen ist«, reißt er sofort wieder meine Aufmerksamkeit an sich. Fragend mustere ich sein Gesicht einen Moment, dann fügt er gutmütig hinzu: »Will hat's mir erzählt. Sei ihm nicht böse, er wollte mich nur davon abhalten, dich auch noch mit dem Training zu belasten.«

Ein leises Schmunzeln kommt mir über die Lippen. Heute war ich sehr in Gedanken und Will wollte mir eben diese Zeit lassen. »Ich bin ihm nicht böse«, meine ich augenrollend. »Aber vielleicht hätte mich das Training ja ein wenig abgelenkt.«

»Hättest du das denn gebraucht? Ablenkung?«

»Wer weiß schon, was ich brauche?«, sinniere ich und sehe seufzend zurück zum Wald.

»Ihr vertragt euch sicher wieder«, versucht er mir gut zuzureden und das halte ich ihm zu Gute, aber leider hilft es nicht wirklich.

»Das glaube ich eher nicht«, antworte ich wahrheitsgemäß und denke wieder an ihr wütendes Gesicht. »Danke, aber ... Was soll's. Man kann es ja nicht mehr ändern.« Langsam drehe ich mich um und tue einen Schritt in Richtung Haus zurück.

»Hey-«, fängt er an und lässt mich damit wieder umkehren.

»Hm?«

Sein Mund ist sogar noch geöffnet, aber er senkt den Blick und wendet sich ab. »Ach nichts«, erklärt er und kehrt in seine liegende Position zurück.

Mir ist kalt und ich sehne mich nach der Wärme im Inneren des Hauses. Aber eine Ahnung hält mich zurück. Statt zu gehen, setze ich mich im Schneidersitz neben ihn ins Gras und bemerke zufrieden, wie er mich anlächelt.

»Also: Warum liegst du hier im Gras und sitzt nicht auf der Veranda in einem bequemen Stuhl?«, frage ich ihn und beginne an einem Grashalm herumzuzupfen.

»Erm«, macht er und hebt den Oberkörper ein Stück. Er stützt sich mit den Armen ab, um mich ansehen zu können. Seine Augen funkeln herausfordernd. »Du musst mir aber versprechen, dass du es niemandem erzählst.«

Mit einem Grinsen runzele ich die Stirn. »Okay.«

»Ich meine es ernst«, knurrt er. »Versprich es.«

Ich muss schmunzeln und rolle mit den Augen. Eine Sekunde halte ich inne, dann hebe ich eine Hand nach oben. Mit der anderen male ich mir ein imaginäres X an die Stelle über meinem Herzen und lege sie schließlich dort ab. »Ich schwöre bei meinem Erstgeborenen.«

Jetzt muss er lachen und bei dem Geräusch scheint mein Herz unter meiner Hand zu hüpfen. Er hebt den Oberkörper noch ein

Stück, macht dabei die Arme lang und überkreuzt die ausgestreckten Beine. Sein Blick geht nach oben zum wild funkelnden Sternenhimmel und sein Gesicht wird eine Spur ernster. »Es entspannt mich die Sterne über mir leuchten zu sehen. Das erinnert mich daran, dass nie alles verloren ist«, erklärt er und seine Stimme klingt ganz sanft. »Als wir klein waren, hatten Will und ich uns einmal *König der Löwen* angesehen. Danach haben wir unseren Dad gefühlte Stunden dazu überredet, sich nachts mit uns in den Garten zu legen und in die Sterne zu sehen.«

Er pausiert einen Moment und sieht wieder zu mir. »Wir haben das später nicht regelmäßig wiederholt, aber ab und zu haben wir es dann doch immer mal gemacht.« Er schiebt die Augenbrauen zusammen und schüttelt den Kopf. »Bis ich zu alt und *zu cool* dafür geworden bin«, fügt er mit einem sarkastischen Ton hinzu und hält wieder einen Moment inne. Einen Augenblick später glätten sich seine Züge wieder und er sieht nach oben. »Die Sterne leuchten heller, je dunkler die Nacht ist.«

Der Satz macht mich nachdenklich. »Das ist ein schöner Gedanke«, flüstere ich und beobachte den atemberaubenden Blick auf die funkelnden Lichter über uns. *Wie tausend Brillanten …*

»Ich glaube, das habe ich mal auf einer Postkarte gelesen«, sagt er und zerstört damit den Moment.

Verwirrt sehe ich ihn an und blinzele auffällig. Dann grinst er verschmitzt und mir wird bewusst, dass er bloß einen Scherz gemacht hat. Ich schüttele den Kopf und lache leise, während ich mir unbewusst den Arm reibe.

»Oh, hier warte«, sagt er und zieht seine Jacke aus. Bevor mir bewusst ist, was er vorhat und ich ihn zurückhalten kann, beugt er sich zu mir rüber. Vorsichtig legt er seine schwarze Lederjacke um meine Schultern und kommt mir dabei ganz nah. Sein Geruch umhüllt mich und verdammt mich augenblicklich zum Schweigen. Wie eine sanfte Berührung streichelt die

Wärme seines Körpers meine Wange und meine Schultern kribbeln dort, wo er sie streift.

Erst als er sich wieder von mir entfernt, finde ich die Fähigkeit zu sprechen wieder. »Danke«, hauche ich dennoch eher, als dass ich es sage.

Er lächelt mich an und mein Magen macht Purzelbäume. *So seltsam. Dieses Gefühl.*

Ich kann nicht anders, als ihn anzustarren, während er sich wieder hinlegt und sorgfältig seine Hände unter seinen Kopf bettet. Endlich erwache ich aus meiner Trance und mir wird bewusst, wie eigenartig ich rüberkommen musste. Schnell mache ich mich daran zu schaffen, die Jacke richtig anzuziehen. Vorsichtig schiebe ich erst den einen, dann den anderen Arm in die Ärmel und wackele solange die Schultern, bis alles richtig sitzt. Sie ist mir viel zu groß. Im Brustbereich bauscht sie sich auf und ich muss die Ärmel ganz schön weit hochschieben, damit ich meine Hände wieder sehen kann. Das Innenfutter schmiegt sich dennoch warm und weich an meine Haut. Ich ziehe meine Haare hinten aus dem Kragen heraus und lege mich nun auch mit angewinkelten Beinen hin, um in die Sterne zu sehen.

Nur um eine Sekunde später zu merken, wie durcheinander ich auf einmal bin. Meine Handflächen sind ganz feucht und mein Herzschlag so laut, dass ich Angst habe, er könnte ihn hören. *Er …* Allein bei dem Gedanken daran, dass ich *seine* Jacke trage, versetzt es meinen ganzen Körper in Aufruhr.

»Wofür steht Jay eigentlich?«, frage ich gedankenverloren, um der Stille ein Ende zu bereiten.

Er schnaubt leise und lässt sich mit seiner Antwort Zeit. »Jadon«, gibt er mir dann zur Antwort.

Ich merke, wie ich langsam nicke. »Dein Vorname?«

Er holt tief Luft. »Ich habe einen Doppelnamen. George Jadon, eigentlich«, sagt er mit einem leisen Lachen. »George Jadon Carter«, wiederholt er mehr für sich selbst.

»Freut mich, George«, lache ich.

»Freut mich, Abigail.«

Plötzlich, wie von der Tarantel gestochen, schnellt Jay nach oben und bewegt hektisch den Kopf, während seine Augen über den Waldrand schnellen. Langsam hebe auch ich den Oberkörper, aber wage es nicht, ihn aus den Augen zu lassen. Ängstlich sehe ich kurz zu den Bäumen und suche die Zwischenräume zwischen ihnen nach einer Bewegung ab. Ein Windstoß geht durch die Blätter, aber sonst ist dort nichts. Besorgt sehe ich zurück zu Jay. »Was ist los?«

Er hebt einen Finger nach oben. »Sch«, macht er und etwas in der anderen Richtung scheint seine Aufmerksamkeit zu beanspruchen. Ich versuche still zu sein und herauszufinden, was ihn so aufgeschreckt hat. Obwohl ich es mir eigentlich schon denken kann. Langsam lässt er den Finger wieder sinken und seine Schultern entspannen sich.

»Was ist los?«, versuche ich nun erneut eine Erklärung zu bekommen.

»Nichts«, sagt er zwar, aber sieht dennoch weiterhin wachsam zum Waldrand.

»›Nichts‹ sieht anders aus ...«, gebe ich zu Bedenken.

Nun sieht er mich an. Seine Augen mustern mich lange. Er holt tief Luft. »Ich will dir keine Angst machen ...«, sagt er unheilvoll mit gedämpfter Stimme.

»Ich halte das schon aus«, *glaube ich* ...

Jays Augen zucken ein wenig und er spannt den Kiefer an. »Zwei Tage nach dem Angriff habe ich Spuren an den Bäumen entdeckt. Frische Spuren.« Er wartet.

»Du meinst-«

Seine Gesichtszüge verdunkeln sich. »Barnes und ich haben das ein wenig im Auge behalten und ... Sie beobachten das Haus. Jede Nacht versteckt sich mindestens einer zwischen den Bäumen.«

Ich lasse die Schultern hängen und meine Augen werden ganz groß. »Jetzt auch?«, flüstere ich und spüre, wie mir der Schrecken quälend langsam in die Knochen fährt.

Er hadert einen Moment lang mit sich. »Zwei«, ist dann seine Antwort.

Mir läuft es kalt den Rücken runter und ich kann nicht anders als zu den Bäumen zu sehen. Plötzlich hat die Dunkelheit zwischen ihnen einen bitteren Beigeschmack. Irgendwo verstecken sich zwei Augenpaare, die jeder unserer Bewegungen folgen.

»Jede Nacht?«, wiederhole ich und schlucke schwer.

Jay nickt bekräftigend.

»Aber sie greifen nicht an«, kombiniere ich verwirrt. »Worauf warten die?«

Er sieht nun auch zu den Bäumen. »Auf nichts Gutes, fürchte ich.«

12

Es vergehen ein paar Tage. Jay hat mein Lauftraining um weitere sportliche Aktivitäten, wie Seilspringen und Gewichtheben erweitert und überprüft penibel genau meinen Fortschritt. Jeden Tag quäle ich mich erneut durch die Etappen. Und jeden Tag gehe ich mit schmerzenden Gliedern ins Bett, um am nächsten mit einem Muskelkater aufzuwachen, der noch schlimmer ist, als der am Tag zuvor. Ich hasse es und tue es trotzdem. Denn die ganze Angst, die ich ansonsten ignoriere, erinnert mich gerade in diesen Momenten daran, wie meine Chancen ohne das Training stehen würden. Immer häufiger denke ich in letzter Zeit an die gefährlichen Ungetüme und die Verwüstung, die sie im Haus hinterlassen hatten. Nachts habe ich Albträume von ihren kleinen schwarzen Augen, hinter denen eine große Leere zu sein scheint. Den blutgefrierenden Geräuschen und den unendlichen, vor Sabber nur so triefenden, Zahnreihen, die ihre Mäuler spicken. Jedes Mal, wenn ich aus dem Schlaf schrecke, genau bevor sich ihre Krallen in meinen Körper bohren, wecke ich damit Kim. Nur dank ihrer beruhigenden Worte und viel Mühe, schaffe ich es irgendwann wieder die Augen zu schließen.

Ich weiß, dass sie da draußen lauern.

Es macht mich wahnsinnig.

Wenn ich nicht trainiere, erledige ich Arbeiten, die mir entweder direkt von Jay zugeteilt oder durch eine andere Person übermittelt werden. Isaacs Armverletzung verheilt gut, aber er muss sich noch immer etwas schonen. Zwar kann er ein paar leichtere Aufgaben erledigen, aber auf die Gefahr hin, die Wunde könnte sonst wieder aufplatzen, darf er zum Beispiel nichts Schweres heben. Langsam fällt das auch auf die Aufgabenverteilung zurück.

Ich denke, gerade deshalb ist es gut, dass ich noch eine helfende Hand anbieten kann.

Natürlich kann ich Isaac nicht ersetzen und somit nicht alle Aufgaben erledigen. Beispielsweise kann ich nicht gemeinsam mit Will und Barnes das Dach ausbessern und ganz sicher kann ich mich nicht an Chris' Stelle um die Computerprogramme kümmern. Aber ich kann andere Aufgaben übernehmen und so den anderen etwas Zeit verschaffen.

Jay hat mir sogar beigebracht, wie man Holz mit einer Axt spaltet. Auch wenn es bis jetzt noch nicht zum Einsatz gekommen ist, würde es wohl irgendwann für ein weiteres Lagerfeuer herhalten. Außerdem erklärte mir Jay, dass es nicht nur meine Arme stärken würde, sondern dass es sich damit auch ziemlich ähnlich zum Spalten eines Gargoylekopfes verhält. Also schlage ich damit gleich zwei Fliegen mit einer Klappe.

Den Esstisch hatte ich vor ein paar Tagen zusammen mit Will ins Wohnzimmer getragen, damit die Jäger einen Platz hatten, an dem sie ihre berüchtigten Besprechungen halten konnten, an denen ich bis jetzt noch immer nicht teilnehmen durfte ...

Deshalb stopfe ich das Brot, das mir als Mittagessen dient, im Stehen in meinen Mund. Vorhin habe ich all die Möbelstücke aus dem Raum neben unserem Zimmer nach Draußen getragen, damit endlich das Loch in der Wand repariert werden kann. Es handelte sich dabei lediglich um ein paar Stühle, zwei kleine Sessel und einen leichten Tisch und so konnte ich wieder einmal eine Aufgabe ganz allein erledigen. Schon bin ich voller Tatendrang, sogar das Loch selbst zu flicken. So etwas habe ich noch nie gemacht. Ich hatte lediglich Will dabei zugesehen und ihm die Bretter angereicht, als er das nicht mehr vorhanden gewesene Fenster im oberen Stock damit zugenagelt hat. Dennoch würde ich später Jay einmal fragen, ob ich das übernehmen darf.

In diesem Moment dröhnt Gepolter aus dem Flur zu mir heran und neugierig trete ich aus der Küche heraus.

Aufgeregte Stimmen prasseln aufeinander ein, aber bevor ich jemanden sehen kann, sind sie schon weiter ins Wohnzimmer gegangen. Dennoch erkenne ich sofort, dass es Wills und Barnes' Stimmen sind, die sich lautstark zanken. Ich habe meinen letzten Bissen noch nicht runtergeschluckt, als ich das Zimmer betrete. Chris wirft mir einen vielsagenden Blick zu und rollt dann mit einem Schnauben die Augen.

»Und daran bin natürlich ich schuld?!« Will gestikuliert wild mit einem Arm. Sein Gesicht ist gerötet und seine Nasenlöcher geweitet. Während er heftig den Kopf schüttelt holt er etwas vom Kaminsims runter.

»Ich wiederhole es gern noch einmal: Es war doch von Anfang an klar, dass dort nichts ist! Wir hätten uns einen arschvoll Zeit gespart!«, blafft Barnes und beugt sich über den Tisch, auf dem Will gerade eine große Karte ausbreitet.

»Ich bin eben gründlich«, knurrt dieser zur Antwort und an seiner Handbewegung erkenne ich, dass er ein »X« darauf malt. Dann knallt er den Stift mit der flachen Hand daneben auf den Tisch und seine Augen sprühen Funken, als er sich wieder Barnes zuwendet und ihn der wirrsten Dinge beschuldigt.

Ich nähere mich langsam, in der Hoffnung einen Blick auf diese Karte zu erhaschen und bin schon beinahe angekommen, als Kim und Isaac gemeinsam den Raum betreten.

»Wieder nichts?«, fragt sie und macht ein unglückliches Gesicht, woraufhin Will erschöpft den Kopf schüttelt.

Barnes erhebt sich vom Tisch und wendet sich ihnen zu. »Also wenn Will-«, fängt er an, aber Will fährt ihm augenblicklich über den Mund.

»Bullshit!«, schreit er und steht sofort neben ihm. Dann presst er zwischen zusammengebissenen Zähnen hindurch: »Barnes. Ich schwör' dir, wenn du noch einmal-«

Aber Barnes wirkt eher unbeeindruckt durch diese eindeutige Drohung. Will ballt fest die Fäuste und lässt dann mit einem tiefen

Seufzer die Finger wieder auseinanderfahren. »Bitte krieg' deinen Arm schnell wieder in Ordnung. Nie wieder gehe ich mit diesem Wahnsinnigen auskundschaften«, sagt er dann in einem sehr viel besonneneren Ton an Isaac gewandt.

Ich lasse währenddessen prüfend den Blick über die Karte wandern. Ziemlich schnell wird mir klar, dass es sich dabei um einen Stadtplan von Baltimore handelt. An manchen Stellen sind in unregelmäßigen Abständen rote Kreise gezeichnet. Die meisten davon sind noch dazu mit »X«-en versehen und ein paar zusätzlich mit schwarzen Kreisen. Das wenigste davon kommt mir bekannt vor. Und das, was mir bekannt vorkommt, lässt mich die Stirn runzeln. Eins davon ist ein verlassenes Fabrikgebäude, das ich immer auf der Busfahrt zur Schule gesehen hatte und ein anderes ein altes Filmtheater, mit dem der Onkel eines ehemaligen Freundes Pleite gegangen war.

»Wonach genau sucht ihr eigentlich?«, frage ich in den Tumult hinein, ohne dabei den Blick zu heben.

Aus dem Augenwinkel kann ich sehen, wie sich Barnes ganz langsam zurück auf den Tisch lehnt. Als ich ihn ansehe lächelt er mich mit einem falschen Lächeln über die Karten hinweg an. »Das geht dich gar nichts an, Süße.«

Meine Gesichtszüge erschlaffen. »Nenn mich nicht Süße«, sage ich in einem genervten Ton.

Bevor er etwas entgegnen kann, stößt ihn Kim mit einem Augenrollen zur Seite. »Nach dem Ort, an dem sich die Gargoyles aufhalten«, beantwortet sie dann fachmännisch meine Frage. »Oder zumindest einen Anhaltspunkt dazu.«

»Und was sind eure Suchkriterien?«

»Groß. Seit längerem verlassen. Oder über einen längeren Zeitraum ungenutzt. Irgendwas, in das wenig Licht reinkommt. *Nah am Futter*-« Sie verzieht das Gesicht.

»Die Kennzeichnungen«, ich deute mit dem Finger auf einen der Kreise. »sind überall dort, wo ihr schon wart?«

»Nicht ganz. Die roten Kreise beschreiben alle Stellen, die wir als Möglichkeit recherchiert haben. Jay hat das Meiste rausgesucht und selbst überprüft. Die Kreuze bedeuten, dass es dort nichts gab. Die schwarzen Kreise, dass wir mindestens Spuren gefunden haben. Die, allerdings, sind mittlerweile bereits alle erkaltet.«

»Kim? Sollten wir nicht lieber-« Will unterbricht sich, aber verzieht mit einem bedeutungsvollen Blick den Mund.

Sie sieht ihn an und zum ersten Mal, seit ich sie kenne, scheint ihr etwas unangenehm zu sein. »Ich weiß, was Jay gesagt hat, aber«, sie sucht nach Worten, »sie ist doch schon fast eine von uns. Und Abs ist hier aufgewachsen.« Sie wirft mir einen flüchtigen Blick zu, als sie meinen Namen sagt. »Vielleicht kann sie helfen. Vielleicht hat sie eine Idee, die wir bis jetzt nicht bedacht haben.«

»Aber-«, will ihr nun auch Isaac widersprechen, aber sie bringt ihn mit einem Blick zum Schweigen.

»Das ist keine normale Jagd. Wir wissen das schon seit wir hier sind. Also reicht es auch nicht, dass wir einfach nur so vorgehen, wie wir es immer tun.«

Ein Moment verstreicht, in dem sie geduldig abwartet, ob noch jemand etwas dazu zu sagen hat. Dann erst wendet sie sich wieder mir zu. »Vor einiger Zeit waren wir über die Überlegung gestolpert, dass es in Baltimore so etwas, wie ein ›Nest‹ gibt. Das würde nämlich erklären, warum so viele von ihnen hier sind und wo sie sich die ganze Zeit aufhalten.« Sie hält abrupt inne und sieht zur Tür.

Wir alle folgen ihrem Blick. Jetzt erst bemerke ich, dass Chris aufgehört hat, seiner Arbeit nachzugehen. Zwar sitzt er noch immer an seinem Platz, aber sein ganzer Körper ist uns zugewandt, die Ellenbogen auf die Knie gestützt und die Hände ineinander gefaltet. Etwas daran lässt mich stutzen. Die ganze Zeit über, musste er unserem Gespräch verfolgt sein und dennoch hatte er sich rausgehalten. Sein Blick geht zwischen uns und Jay, der gerade den Raum betritt, hin und her.

»Was ist los?«, fragt Jay lächelnd und reißt mich somit aus meinen Gedanken. Er stellt einiges an Putzutensilien an die Wand, während er die Gummihandschuhe auszieht und achtlos in den Eimer wirft. Als ihm niemand antwortet, stutzt er und scheint sofort alarmiert. Langsam neigt er den Kopf und sieht uns auffordernd an.

»Der alte Golfclub war eine Sackgasse«, erklärt Will nun und sein Bruder mustert ihn einen Augenblick mit sich langsam verengenden Augen.

»Nicht, dass ich das nicht schon vorher vermutet hatte«, klinkt sich Barnes wieder ein.

Will hebt seine Hände nach oben und dreht langsam den Kopf zu ihm um. »Wirklich?«, ruft er schnaubend.

Jay trocknet sich die Hände an dem Handtuch ab, das über seiner Schulter gelegen hatte und wirft dieses dann ebenfalls in den Eimer. Sein Argwohn scheint sich leicht verflüchtigt zu haben. »Es ist trotzdem gut, dass wir jetzt Klarheit haben.«

»Aber für die Anzahl an Gargoyles, die wir allein hier schon gesehen haben, war der Keller dort einfach zu klein«, beschwert sich Barnes und wirkt plötzlich unheimlich erschlagen.

Jay lächelt schnaubend und klopft ihm auf die Schulter. »Uns sind nur leider schon die Anhaltspunkte ausgegangen«, erinnert er ihn und kommt auf den Tisch zu. »Außerdem hat sich ja bereits das meiste als Sackgasse entpuppt.«

Als sein Blick auf mich fällt, hält er etwas irritiert inne, als hätte er mich erst jetzt entdeckt. »Was machst du denn hier?«, fragt er mit einem gutgemeinten Lächeln.

Aber ich bin plötzlich so perplex, dass ich ihm nicht sofort antworten kann. *Worte. Worte, schnell.*

Ohne mich aus den Augen zu lassen, legt er die Karte zusammen und runzelt dabei die Stirn. Um sie zurück auf den Sims zu legen, dreht er mir den Rücken zu. Erst als ich diesen vor mir habe, klären sich meine Gedanken.

»Es gibt da ein Einkaufszentrum«, platze ich nun heraus und der ganze Raum scheint den Atem anzuhalten. »Das ist auf der Karte nicht vermerkt.«

»Was ist damit?«, fragt Kim, gleichzeitig interessiert und beeindruckt.

Jay dreht sich langsam um und mustert mich.

»Die Mall ist kurz nach ihrer Eröffnung Pleite gegangen. Das Gebäude ist zwar nicht riesig, aber sämtliche Fenster und Türen sind mit Brettern zugenagelt - also wenig Licht im Inneren. Und so viel ich weiß, sind unter dem Gebäude noch eine große Parkgarage und Lagerräume.«

Alle Augen sind gespannt auf Jay gerichtet, der das wiederum nicht zu merken scheint und stattdessen mich ansieht. Hinter seiner Stirn arbeitet es und sein Kiefer spannt sich an. Er breitet die Karte wieder vor mir aus. »Wo?«

Ich zögere. Es dauert einige wenige Sekunden, bis ich meine Augen von ihm losreißen kann. Mein Herz schlägt mir bis zum Hals. Schnell lasse ich meinen Blick über die Karte schweifen, aber brauche einen Moment, bis ich den Ort finde, an dem die Mall steht. »Da«, rufe ich aus und lege meinen Zeigefinger auf den Standort.

Jay reibt sich das Kinn und auch die anderen Jäger sehen gespannt auf die Stelle, die mein Finger markiert. »Sehr gut«, sagt er nach einer Weile. »Das sollten wir uns ansehen.«

Wie aus dem Nichts zaubert Kim einen weiteren Stift hervor und malt einen roten Kreis auf die Stelle, während sie mir anerkennend zunickt.

Aber mein Gesicht bleibt ernst.

Sie ist doch schon fast eine von uns …

Ihre Worte scheinen etwas in mir ausgelöst zu haben. In meinem Inneren flammt ein Gefühl auf, das, wenn ich ehrlich bin, schon länger immer mal in meinen Gedanken aufgeblitzt ist.

Ich setze eine Miene auf, die keine Widerworte duldet. Eine Miene, die seit Ewigkeiten nicht mehr auf meinem Gesicht zu sehen gewesen ist. Es fühlt sich komisch an und gleichzeitig gut. Es fühlt sich an, wie der Teil eines früheren Ichs. Ein früheres Ich, auf das ich mal stolz war. »Ich will mitkommen«, entscheide ich kurzerhand.

Bei meinen Worten, fällt Jay buchstäblich alles aus dem Gesicht. Wäre er der Typ dafür, so würde ihm wohl der Mund offen stehen. Aber Jay ist nicht der Typ dafür. Stattdessen versteinert sich sein ganzes Auftreten von der einen auf die andere Sekunde. »Nein«, schmettert er mich ab.

Damit kann ich mich nicht zufrieden geben. »Ich komme von hier. Zwar kenne ich Baltimore wohl nicht wie meine Westentasche. Aber das ein oder andere weiß ich. Ich könnte helfen«, ändere ich Kims Worte ab.

Er sieht mich lange an. »Nein.« Für ihn ist das sein letztes Wort und er macht Anstalten zu gehen. »Will und Barnes, ihr-«

»Wieso nicht?«, unterbreche ich ihn und gehe einen Schritt auf ihn zu, sodass wir beinahe zusammenstoßen, als er herumwirbelt.

»Zum Beispiel«, er hält für eine dramatische Pause inne. Sein Blick ist ungehalten und er erhebt sich bedrohlich über mir. »Kannst du keine meiner Entscheidungen einfach hinnehmen, *ohne* sie zu hinterfragen.«

Ich fühle mich vor den Kopf gestoßen. Er hat Recht und auch nicht. Außerdem hatte ich entschieden, unbedingt dabei zu sein, ohne wirklich entschieden zu haben, ob ich weiß, worauf ich mich da einlasse. In meinem Inneren wühlen plötzlich wirr Gedanken und Gefühle auf.

Sie alle tun so viel für mich. Ohne Hintergedanken und ohne eine Gegenleistung von mir zu erwarten. Aber ich fühle mich fast schon dazu verpflichtet, ihnen etwas zurückzugeben.

Außerdem ist das eines der wenigen Dinge, die ich tun kann. Ich kann nicht mehr einfach tatenlos dabei zusehen, wie sie ihr Leben riskieren. Nicht mehr, seit ich weiß, was die Gargoyles tun. Ich will meinen Beitrag leisten und der sollte so groß wie möglich sein.

»Jay.« Kim bemerkt meinen schwachen Moment und möchte intervenieren. »Wieso eigentlich nicht?«

Er lässt die Schultern sinken und schließt genervt die Augen. Bevor er etwas dazu sagen kann, kommt mir nun auch Will zur Hilfe. »Ja. Lass sie mitkommen.«

»Habt ihr vergessen, wie gefährlich Gargoyles sind?« Barnes' Meinung klingt wie eine Stimme aus dem Off.

»Ich brauche auch Praxis im Training. Und bevor es brenzlig wird, bringe ich mich in Sicherheit«, werfe ich schnell ein, bevor Jay zu sehr davon abgelenkt werden kann. Er mustert mich und atmet hörbar aus.

»Lass mich helfen.«

»Ihr passiert schon nichts. Wir müssen das Gebäude doch sowieso erst einmal nur untersuchen. Gemessen an unseren bisherigen Erfolgen, wird dort mit hoher Wahrscheinlichkeit auch überhaupt nichts zu finden sein«, erklärt Will halb zynisch, halb witzelnd.

Jetzt sieht Jay einen Moment zu Boden. »In Ordnung«, gibt er sich geschlagen, als er wieder hochsieht. »Sobald es dämmert fahren Will, Abs und ich zu dieser Mall und sehen uns mal um.« Jetzt hebt er den Finger und sieht mich direkt an. »Nur Aufklärung. *Mehr nicht.* Wenn das Nest wirklich dort ist, gehen wir nicht rein.«

Ich nicke verständig und versuche meine Freude zu verbergen.

»Gut.« Dieses kleine Wort und das Seufzen dazu, scheinen nun für alle das geheime Zeichen zu sein, dass wir wieder zu unseren gewohnten Aufgaben zurückkehren können.

Erst als ich den Raum verlasse, erlaube ich mir ein zufriedenes Lächeln und bekomme kaum mit, wie sich Chris an ihn wendet. »Jay. Wir haben eine E-Mail bekommen.« Er macht eine Pause. »Das musst du dir ansehen.«

13

Mein Blick schweift über die Felder, während ich etwas nervös an dem Ärmel der Jacke nestele, die mir Kim gegeben hat. Sie hat mir auch eine ihrer Hosen überlassen. Beide Kleidungsstücke haben unendlich viele Taschen, sind multifunktional und scheinen jeder Wetterlage zu trotzen. Ihre Kleidung passt nicht ganz, aber meine ist wohl nicht geeignet für das Auskundschaften eines potentiellen Gargoylenests. Als sie mich mit allerlei Messern, und Stöckern ausgestattet hatte, musste ich das schließlich auch selbst einsehen. Statt einem der sehr professionell wirkenden Knicklichter, reichte sie mir allerdings nur eine Taschenlampe.

»Wieso nehmen wir keine von denen mit?«

»Die gehen langsam zur Neige und Nachschub zu besorgen gestaltet sich momentan etwas schwieriger. Da ihr nur Aufklärung betreibt, wäre es Verschwendung sie einzusetzen. Außerdem werdet ihr wieder auf dem Rückweg sein, sobald es *zu* dunkel wird.« Ihre Worte dämpften meine Nervosität etwas.

Schließlich wollte sie mir sogar eine Schusswaffe andrehen.

»*Nur als Absicherung*«, erklärte sie. »Wir halten den Einsatz davon generell eher gering. Davon abgesehen, dass Gargoyles im Nahkampf besser zu überwältigen sind: Der Lärm von Schüssen bleibt nicht gerade unbemerkt. Vor Allem hier im Versteck sind wir sehr vorsichtig, was das angeht, damit es zu keinem ungebetenen Besuch kommt.«

Beim Anblick der kleinen schwarzen Pistole, die sie für mich ausgesucht hatte, wäre ich dennoch beinahe in Ohnmacht gefallen. Deshalb war sie im Waffenlager der Jäger geblieben, das wohl besser ausgestattet ist, als die gesamte Army. Schon der Gedanke daran lässt mich mit einem unguten Gefühl in den Eingeweiden zurück.

Nicht weiter drüber nachdenken, ermahne ich mich und bin mir gleichzeitig doch der hohen Anzahl an Messern bewusst, die sich überall an meinem Körper befinden, damit ich mich im Zweifelsfall verteidigen kann, wenn ich muss.

Wir sitzen zu dritt auf der Bank im Pickup. Jay ist der Fahrer und Will sitzt zwischen uns in der Mitte. Die beiden unterhalten sich. Sie scherzen sogar brüderlich miteinander und umschiffen alle Themen bezüglich der Gargoyles. Trotzdem ist die Anspannung, die Erwartung des Unerwarteten, fast schon greifbar. Keiner weiß, was uns in der Mall erwartet. Aber die Jungs hoffen sicher, etwas zu finden. Zu lange schon sind sie den Gargoyles immer ein paar Schritte hinterher.

Worauf ich eigentlich hoffe, kann ich nicht wirklich sagen. Ich will, dass die Gargoyles so schnell wie möglich aus Baltimore verschwinden und ich keine Angst mehr haben muss. Aber dann ist da noch etwas anderes. Doch ich kriege es nicht zu fassen. Kann es nicht wirklich einordnen. Es ist wie eine tiefe, ganz leichte Neugier und gleichzeitig eine Art Bestimmtheit. Es ist, was mich angetrieben hat, mit auf diese Tour zu kommen.

Ich werfe einen flüchtigen Blick zu Jay. Er hört Will zu und sieht dabei konzentriert auf die Straße. Seit meiner Entscheidung vorhin, war zwischen uns kein Wort mehr gefallen und ich habe den leisen Verdacht, dass dies hier wohl mein einziger und letzter Ausflug sein würde.

»Da vorn«, unterbreche ich plötzlich ihr Gespräch und deute auf den grauen Steinblock, der sich hinter einer Reihe von Wohnhäusern und vor dem dunkler werdenden Himmel erhebt.

Die beiden Männer stoppen ihre Konversation und werfen einen Blick in die Richtung, in die ich zeige. Wir fahren zunächst eine Runde um das Gebäude herum. Jay parkt den Wagen einige Straßen abseits, damit niemand auf die Idee kommt, jemand könnte sich in dem verlassenen Betonklotz herumtreiben.

Zu dritt suchen wir uns einen Platz, der nicht einfach so von außen einsehbar ist und schlüpfen dann durch ein Loch im Zaun. Penibel achten wir darauf eher im Schatten zu bleiben, damit wir keine neugierigen Blicke der umliegenden Anwohner auf uns ziehen. Zum Glück begleiten uns noch die letzten Sonnenstrahlen, sodass wir gerade noch genug sehen können. Die Taschenlampen würden wir auf dem weitläufigen Gelände kaum nutzen können, weil ihr Schein uns sofort verraten würde. Aber im Schatten der Dämmerung sollten wir unbemerkt bleiben.

»Am besten wir teilen uns auf. Ich gehe links rum und ihr zwei rechts«, beschließt Jay und geht schon los. »Erklär ihr worauf sie achten muss«, ruft er noch gedämpft über die Schulter.

Ich weiß nicht so recht, was ich von dieser Aussage halten soll und fühle mich seltsam getroffen. Dennoch halte ich mich folgsam an Will, der bereits nach Spuren Ausschau hält. »Mach dir nichts draus«, sagt er beinahe beiläufig und beugt sich zu einer Stelle auf dem Boden hinunter, an der er mit den Fingern die Erde zu prüfen scheint.

»Was meinst du?«, frage ich und bin bemüht, verwundert zu klingen. Auch wenn ich noch nie gut darin war, meine Gedanken zu verstecken.

Mit einem Schwung erhebt er sich, legt den Kopf schräg und hebt eine Augenbraue. »Lass ihn ein wenig beleidigt sein. Das legt sich schon wieder.«

Ich will ihm glauben, aber in diesem Moment fällt mir das ungeheuer schwer. »Okay, wonach muss ich Ausschau halten?«, lenke ich stattdessen ab.

Er macht Anstalten etwas zu sagen, aber dann entsteht eine kurze Pause, als er abwägt, ob er auf den Themawechsel eingehen soll. Zum Glück tut er mir diesen Gefallen. »Kratz- und Fußspuren hauptsächlich«, seufzt er. »Die können sie am wenigsten verwischen. Ansonsten Abdrücke in Wänden, Bäumen, Gegenständen ... Bete, dass wir keinen Urin finden.« Er schüttelt sich heftig und verzieht das Gesicht. »Das Zeug ist verdammt eklig.«

Ihm zur Liebe versuche ich auch das Gesicht zu verziehen, aber es will mir nicht so ganz gelingen. Denn seine Reaktion bringt mich zum Lachen und auch er lächelt gutmütig auf mich herab.

»Such einfach nach allem, das dir verdächtig vorkommt und gib mir dann Bescheid«, erklärt er weiter fachmännisch. »Ich kann dir daran dann zeigen, ob es etwas mit einem Gargoyle zu tun hat, oder nicht.«

Er lässt den Blick über die Gebäudewand schweifen. »Am besten du suchst mal an irgendwelchen Öffnungen nach auffälligen Merkmalen. An Fenstern, Türen und so weiter und ich suche das Gestrüpp hier ab.«

Meine Augen mustern den heruntergekommenen Beton. Wenn ich glaube, dass mir die Schatten einen Streich spielen, lasse ich noch zusätzlich meine Finger über einige Stellen fahren. Dabei gebe ich besonders Acht darauf, wo ich hintrete, damit ich nicht versehentlich eine Spur vernichte. Ich konzentriere mich ganz auf die Arbeit, aber dass so lang Schweigen zwischen mir und Will herrscht, bereitet mir ein wenig Unbehagen. »Sie verwischen absichtlich ihre Spuren?«, bringe ich also zur Sprache, was mich vorhin stutzen ließ.

»Wären ja blöd, wenn sie es nicht tun würden«, meint er gedankenverloren und begutachtet dabei einen Ast.

»Ziemlich intelligent für ein Tier«, denke ich laut. Er zuckt mit den Schultern und wirft den Ast wieder zurück in das Gebüsch.

Dann kehrt für einen Moment wieder Stille zwischen uns ein, aber meine Gedanken arbeiten.

»Wieso hast du das unterstützt?«, frage ich unvermittelt.

Er hält inne und sieht mich an. »Hm?«

»Wieso hast du dich so dafür eingesetzt, dass ich mitkommen kann?«

Jetzt holt er einmal tief Luft und sieht in die Ferne, während er überlegt.

»Weil du Recht hattest: Ein bisschen Praxis kann in deinem Training nicht schaden. Gargoylespuren zu erkennen ist auch wichtig und das kann man nicht einfach in einem Buch lesen, oder erklärt bekommen. Man muss mit seinen eigenen Sinnen dabei gewesen sein. So haben wir alle das ja schließlich auch mal gelernt. Außerdem war mir klar, dass wir erst einmal bloß eine Aufklärung starten. Nimm's mir nicht übel, aber da passiert eigentlich nie etwas.« Er sieht mich an. »Es ist mir einfach hundert Mal lieber, wenn ich weiß, dass du vorbereitet bist und dich schützen kannst, falls es mal hart auf hart kommt.«

»Aber-«

»Jay denkt da anders«, lässt er mich gar nicht erst ausreden. »Die Vergangenheit hat uns gezeigt, dass man damit nicht so leicht wieder aufhören kann, wenn man erst einmal angefangen hat Gargoyles zu jagen. Er will dich einfach davor bewahren, dass du es unter Umständen nicht wieder in dein normales Leben zurück schaffst.«

Das klingt nach einer guten Absicht, aber dennoch fühle ich mich ausgeschlossen und abgewehrt.

»Ich sehe das etwas anders«, redet er weiter und plötzlich sind seine Augen unheimlich traurig. »Wir haben einfach nichts mehr, das uns in einem normalen Leben erwartet. Du allerdings, kannst wieder nach Hause gehen. Es hält dich nichts bei uns.«

Seine Worte versetzen meinem Herzen einen Stich. Sie sind so hart und unausweichlich. Er hat insofern Recht, dass sie nicht wieder zurück zu ihrer Familie können. Aber sie könnten dennoch ein normales Leben führen. Ohne die Gargoyles. Ohne das Jagen.

Gleichzeitig muss ich plötzlich über einen meiner Gedanken stolpern. Kann ich denn wirklich wieder zurück nach Hause? Zurück zu *meiner* Familie? Will ich das denn überhaupt?

Derweil glättet Will widerwillig seine Züge und lächelt müde. »Lass uns weitermachen.«

Ich bin zu abgelenkt, zu sehr in Gedanken, als das ich ihm widersprechen, oder etwas anderes sagen könnte. Deshalb schweige ich und wir suchen weiter. Ab und zu mache ich ihn auf etwas aufmerksam, aber es entpuppt sich immer wieder als etwas Harmloses.

Als wir wieder auf Jay zusammentreffen, ist es stockfinster und wir haben absolut nichts gefunden.

»Was gefunden?«, fragt er.

Will schüttelt den Kopf. »Du?«

Aber sein Bruder schüttelt ebenfalls den Kopf. »Da gab es was. Aber das sah ziemlich alt aus. Wahrscheinlich nicht mal von einem Gargoyle aus dem aktuellen Nest.«

»Also?«, fragt Will grinsend und wackelt mit den Augenbrauen. »Gehen wir uns drinnen ein wenig umsehen? Eine Erkundungstour im Dunkeln?«

Jay wirft ihm einen belehrenden Blick zu.

»Ach, komm schon«, lacht Will. All seine Anspannung ist auf einmal verpufft. »Wir wissen doch jetzt, dass da nichts ist. Zumindest theoretisch könnten wir Abs noch ein wenig Abenteuer bieten.«

Ich lache kopfschüttelnd ein leises Lachen, aber verstumme, sobald ich zu Jay sehe, der mich mit einem nachdenklichen Blick mustert. Dann sieht er wieder zu Will und reibt sich das Kinn. Schließlich nickt er widerwillig mit einem gequälten Lächeln.

Mich umfängt Nervosität. Nicht nur, dass es nachts ist, sondern vor allem, weil wir dabei sind, in ein leerstehendes Gebäude einzubrechen. Das gefällt mir überhaupt nicht. Und gleichzeitig bin ich seltsam aufgeregt.

Jay und Will brechen die Bretter von einer Tür und bei dem kleinsten Geräusch zucke ich immer wieder zusammen und sehe mich gehetzt um, ob uns jemand bei dem erwischt, was wir hier tun. Will schlüpft als erster in die Schwärze und dann ist es still. Sein Bruder ruft fragend seinen Namen, aber erhält keine Antwort. Besorgt sehen wir einander an und versuchen wieder etwas in der Dunkelheit auszumachen.

»Boo!«, ruft Will aus der Dunkelheit heraus und blendet uns gleichzeitig mit dem Schein seiner Taschenlampe.

Ich stöhne genervt auf und halte mir eine Hand vor das Gesicht, während Jay den Blick senkt und die Augen rollt. Schließlich richtet Will seine Taschenlampe endlich auf den Boden. »Na los, ihr Feiglinge!«, ruft er feixend.

»Nach dir«, lächelt Jay und hält mir eine Hand hin, damit ich mich daran abstützen kann, während ich über die Bretter ins Innere des Gebäudes klettere.

Es ist dunkel und stickig. Sofort greife ich in eine der Hosentaschen und hole die große Taschenlampe hervor. Will beleuchtet einige Schritte vor mir das Terrain und als ich den Einschaltknopf gefunden habe, kann ich mich ebenfalls umsehen. Hinter mir geht auch ein kleines Licht an. Ich folge Will mit etwa einer Armlänge Abstand durch umgeworfene Bänke und kaputte Vasen. Der Schein meiner Taschenlampe wandert dabei über die marmorierten Bodenplatten, die Scheiben der leeren Ladenzeilen, Gesichter von vergessenen Schaufensterpuppen, leere Wasserspiele, Spinnweben und Staub.

Wir unterhalten uns gedämpft, auch wenn eigentlich niemand von uns in dieser Umgebung wirklich den Mund öffnen möchte. Allein bei dem Gedanken, wie viel Staub und Dreck ich gerade einatme, möchte ich am liebsten würgen. Will gibt sich mit verstellter Stimme als eine Art Guide aus und denkt sich die wirrsten Geschichten zu den kleinsten Details aus. Immer wieder lache ich zustimmend über seine Anmerkungen und besehe gleichzeitig neugierig die Innenarchitektur.

Nach einer Weile stehen wir schließlich vor einer doppelten Feuerschutztür.

»Bereit für den Keller meine Damen und Herren?«, fragt er und ich glaube, schon vergessen zu haben, wie seine Stimme sonst eigentlich klingt.

»Will, du Spinner«, sagt Jay und ich kann sein Augenrollen sofort heraushören.

Will stemmt die schwere Tür auf und wir nehmen gemeinsam die Treppe nach unten. Bis zu diesem Zeitpunkt hatte ich eigentlich kein seltsames Gefühl. Aber bei dem Gedanken an den *Keller*, durchströmt mich plötzlich eine leichte Panik. Der Leuchtschein meiner Taschenlampe wackelt ein wenig, weil meine Hand einfach nicht aufhören will zu zittern. Ich schlucke, um meine immer trockener werdende Kehle zu befeuchten und muss angestrengt versuchen, meinen Atem ruhig zu halten.

Hier unten befinden wir uns direkt bei den Lagerräumen. Meine Taschenlampe erleuchtet immer wieder metallene Türen mit Nummern darauf und lange, schmale Gänge.

Mit all der Panik in den Knochen, übersehe ich, wie Will etwas ausweicht. Stattdessen stoße ich dagegen und stolpere. Mein Herz setzt eine Sekunde aus, als mir klar wird, dass ich fallen werde. Aber Jays Arm schnellt um meine Taille und wendet so das Unglück ab. Der Eimer, gegen den ich getreten war, rollt geräuschvoll gegen eine Wand und bleibt dann dort liegen. Erleichtert stoße ich einen Schwall Luft aus und sehe dann zu ihm hoch. »Danke«, flüstere ich und sehe, wie er im Schatten langsam nickt.

»Wieso haltet ihr an?«, höre ich Will fragen, der einige Schritte vor uns zum Stehen gekommen ist und sich zu uns umgedreht hat.

»I-Ich bin gestolpert«, stottere ich und winde mich aus Jays Umarmung, weil er gar keine Anstalten zu machen scheint, mich wieder los zu lassen. Eigentlich will ich es nicht und das verunsichert mich. Er tritt bereitwillig einen Schritt zurück. Ein paar Mal streiche ich mir über die Stirn, obwohl ich das Haar, das dort war, schon beim ersten Mal erwischt hatte. Nach einem Räuspern klopfe ich mir Staub von der Kleidung, den ich nicht einmal sehen kann. Das Licht meiner Taschenlampe bewegt sich dabei wild in alle Richtungen. Ich spüre die ganze Zeit über seinen Blick auf mir. Er steht dort im Dunkeln, sieht mich an und sagt nichts ... Und ich weiß rein gar nichts damit anzufangen. Es macht mich nervös und wirbelt meine Gedanken durcheinander.

Ein entferntes Geräusch lässt mich inne halten.

»Sch«, macht Jay plötzlich und durch den schwachen Schein meiner Taschenlampe erkenne ich, wie er seine Hand erhoben hat.

Das Geräusch war nicht besonders laut gewesen und schien von oben gekommen zu sein. Ich vermutete, dass vielleicht ein Windzug oder ähnliches etwas umgeworfen hat. Ich höre, wie Will sich auf leisen Sohlen zu uns gesellt. Zu dritt stehen wir nebeneinander und lauschen eine Weile.

»Ein Nachtwächter?«, fragt Will flüsternd.

»Wir würden seine Schritte hören«, erklärt Jay und hält einen Moment inne. »Lasst uns wieder verschwinden.« Langsam wendet er sich um und wir folgen ihm.

»Müssen wir uns Sorgen machen?«, flüstere ich mit einem leichten Zittern in der Stimme.

»Ich denke nicht«, versucht Will mich zu beschwichtigen. Aber Jay schweigt und das macht mich nervös.

Erst jetzt, auf dem Rückweg und mit der Möglichkeit im Hinterkopf, dass wir nicht mehr allein in dem Gebäudekomplex sind, wird mir bewusst, wie tief wir eigentlich in das Labyrinth aus Lagerräumen eingedrungen sind. Wahrscheinlich waren nur wenige Minuten vergangen, aber für mich fühlte es sich nun an, als wären wir eine Ewigkeit gelaufen. Auch wenn Jay uns ziemlich zielsicher durch die schmalen Gänge manövriert und ich ihm durchaus zutraue, dass er den Weg zurück findet, spüre ich nur zu deutlich die wachsende Panik in den Knochen.

Plötzlich flackert meine Taschenlampe. Einmal. Zweimal. Für eine Sekunde geht sie ganz aus.

»Wartet«, warne ich die beiden leise und bleibe stehen. Ich klopfe mit der flachen Hand gegen das harte Material. Sie flackert erneut auf und bleibt wieder konstant leuchten. Das lässt mich aufatmen und die anderen beiden sehen es ebenfalls als Zeichen an, weiter zu gehen. Aber kaum, dass wir einen Schritt gegangen sind, erlischt das Licht nun völlig. Wieder klopfe ich dagegen, aber dieses

Mal bleibt es aus. Ich hebe den Blick und sehe direkt in Jays ernste Augen, die etwas Unheilvolles vorherzusagen scheinen. Will und er sehen einander an und beinahe im selben Augenblick versagen auch ihre Lichtscheine.

Jetzt stehen wir drei in vollkommener Dunkelheit. Nicht der kleinste Lichtschein, nicht einmal ein Schatten ist noch zu sehen. Wenn mir nicht klar wäre, dass mein Kopf an meinem Körper festgewachsen ist, ich wüsste nicht ob er noch da ist.

Keiner von uns wagt es, einen Finger zu rühren. Wir sind mucksmäuschenstill. Eine Gänsehaut überzieht quälend langsam meine Haut und der Magen dreht sich mir um.

Jetzt sind wir in ihrem Reich …

Und kaum, dass mir das bewusst wird - wie auf Stichwort - erhebt sich leise ein Intermezzo aus Knurren, Gurgeln und Kratzen.

Sie sind hier und es gibt kein Entrinnen.

14

Ich spüre Jays Hand, wie sie sanft über meinen Unterarm streicht. Als er an meinem Handgelenk ankommt, umschließt er einen winzigen Augenblick später meine Finger fest mit seinen.

»Will.« Seine Stimme ist nicht mehr als ein Hauchen und ich wundere mich schon, dass ich es überhaupt verstanden habe. Aber schon spüre ich Wills Handrücken an meiner Taille. Ich greife rasch danach, nachdem ich die Taschenlampe zu Boden fallen gelassen habe.

»Augen zu!«, schreit er plötzlich und ich zucke heftig zusammen. Aber ich tue, was er befohlen hat und kneife die Lider so fest aufeinander, dass es schmerzt.

Darauf folgt ein Geräusch, das mir vertraut vorkommt und irgendwie auch nicht. Ich kann es nicht einordnen. Es klingt, als würde ein harter Gegenstand auf dem Boden aufkommen, gefolgt von einem Zischen. Ich öffne neugierig, aber auch widerwillig, die Augen und sehe überall weißes Licht. Außer einem lauten Klingeln hängt mir nichts weiter in den Ohren. *Bin ich tot?*

Aber bevor ich mich kneifen kann, erkenne ich in der weißen Wand feine Schemen. Ich benötige eine ganze Weile, bis ich endlich identifiziere, wovon ich da eigentlich gerade Zeuge werde. Am liebsten würde ich bei diesem Anblick die Augen ganz aufreißen, aber sie würden zu sehr geblendet. Mein Herz setzt einen Schlag aus.

Kaum eine Armlänge von Will entfernt, sehe ich verschwommen die Körper zweier Gargoyles, wie sie sich winden als würden sie einen seltsamen Tanz aufführen. Sie drücken sich gegenseitig an die Wände des schmalen Ganges und hinterlassen tiefe Furchen überall dort, wo ihre Krallen entlangschaben. Ihre Fratzen sind verzerrt und ihre Mäuler weit aufgerissen. Einer von beiden sackt immer weiter dem Boden entgegen und kann sich kaum auf den Beinen halten.

Ich bin so geschockt, dass ich gar nicht bemerke, wie ich von dem Schauspiel fortgezogen werde. Erst als wir um eine Ecke biegen und ich nur noch den Schein des Lichts in der Ferne an den gegenüberliegenden Wänden sehen kann, wird mir das klar. Jetzt beginne ich zu realisieren, wie laut mein Herz schlägt. Es übertönt sogar das Rauschen in meinen Ohren, das das Klingeln abgelöst hat. Mein Atem geht so schnell, dass ich Gefahr laufe zu hyperventilieren. Lediglich dem Umstand, dass ich mich mit eiskalten Händen an die beiden Männer klammern kann, ist es zu verdanken, dass mich das heftige Zittern nicht zu Boden ringt.

Immer weiter werde ich durch die scheinbar endlosen Gänge geschleift und um uns herum wird es immer dunkler. Das wütende, schmerzerfüllte Gebrüll der Gargoyles gräbt sich seinen Weg in mein Bewusstsein. Obwohl wir uns immer weiter entfernen, scheinen ihre Schreie immer lauter zu werden. Mit wachsender Besorgnis sehe ich, während des Rennens, immer wieder zurück zu dem schwächer werdenden Lichtschein.

»Treppe!«, gibt Jay gehetzt als Hinweis und erklimmt bereits die erste Stufe.

Dadurch aufgeschreckt, kann ich meinen Blick noch in letzter Sekunde herumreißen, sonst wäre ich wohl gestürzt. Oben angekommen, preschen wir mit voller Wucht durch die schwere Metalltür. Aber zum Verschnaufen ist keine Zeit. Wie auf Stichwort lassen wir einander los. Die Brüder ziehen jeweils ein Messer und rennen los. Ich versuche es ihnen gleich zu tun und fummele unbeholfen an der Halterung an meinem Bein herum, um das Messer daraus zu lösen. Leider falle ich dabei ein wenig zurück, aber meinen, vor Panik zitternden, Händen gelingt es schließlich doch.

Ganz nah bei mir ertönt ein vibrierender Aufschrei und kriecht mir unangenehm durchs Mark. Dadurch angefeuert ziehe ich mein Tempo wieder stark an. Kaum, dass ich Will einholt habe, bleibt dieser abrupt stehen. Aus Sorge werde ich augenblicklich langsamer und wirbele zu ihm herum.

Hier oben, zurück in den verlassenen Gängen der Mall, spendet uns das Mondlicht ein wenig Licht. Gespenstisch scheint es, in Streifen, durch die Lücken zwischen den Holzbrettern. Aber gerade wünsche ich mir eigentlich die wohlige, alles verbergende Schwärze zurück. Denn ich sehe uns vier Gargoyles gegenüber, die in rasantem Tempo auf uns zu galoppieren. Ihre Muskeln und Sehnen spannen und lösen sich kräftig unter der marmornen Haut. Jeder Bewegungsablauf für sich könnte ein grauenhaftes Gemälde darstellen. Wie sie dabei immer wieder die Lichtstrahlen brechen, unterstreicht erneut ihre Widernatürlichkeit.

Will duckt sich bereits unter der Pranke des ersten Gargoyles weg, der uns erreicht hat. Noch während er im Schwung ist, zieht er diesem sein Messer zwischen Schulter und Oberarm lang. Ein großer Schatten erhebt sich unheilvoll über mir und zwingt mich dazu, mich daran zu erinnern, dass ich nicht nur Zuschauer bin. Ich hebe bereits wenig überzeugend das Messer in meiner Hand, da kickt Jay das Ungetüm beiseite und wird sogleich von ihm und einem weiteren angegriffen. Gerade möchte ich ihm zu Hilfe springen, als ich plötzlich von den Füßen gerissen werde und schmerzhaft auf dem Rücken lande.

Der Gargoyle greift grob nach meiner Schulter und gibt ein Grunzen von sich, das meinen gesamten Körper erschüttern lässt. Als er versucht, mich hochzuheben, entfährt mir über den Schmerz ein Winseln. Es kostet mich jede Menge Anstrengung, aber ich hole mit dem Messer aus und steche es ihm durch den Unterarm, sodass es auf der anderen Seite wieder heraustritt. Sofort lässt er mich fallen und wir heulen gemeinsam auf, während ich erneut auf dem Boden aufschlage.

Mit aller Kraft versuche ich, den Schmerz zu ignorieren. Überall um mich herum herrschen dumpfe Kampfgeräusche. Ich ringe ein wenig mit mir selbst, während ich wieder auf die Füße komme. Orientierungslos laufe ich einfach nach vorn. Dabei versuche ich ein weiteres Messer aus einer Halterung an meiner Jacke zu befreien. Es ist zwar um einiges kürzer als das andere, aber ansonsten bekäme ich keins so leicht zu fassen. Als ich herumwirbele, um mich meinem Angreifer zu stellen, ist dieser näher, als ich es erwartet habe. Seine Metallkrallen glitzern im Mondschein, während er weit ausholt, um mich damit aufzuschlitzen. In der Ferne ruft jemand meinen Namen - oder zumindest bilde ich mir ein, dass es jemand tut. Aber entgegen meiner schreienden Gedanken, bin ich wie versteinert.

Das ist das Ende.

Wie aus dem Nichts kommt einer der anderen Gargoyles aus der Dunkelheit geschossen und rammt meinen Angreifer zu Boden, der aber sofort danach wieder auf die Beine springt. Die beiden Ungetüme beginnen voreinander hin und her zu pirschen, ohne sich dabei aus den Augen zu lassen. Sie fauchen und zischen sich an, als würden sie ein Gespräch führen und ich kann nur fassungslos dabei zusehen. Ich versuche irgendwie zu verstehen, was da gerade geschieht. Eins dieser Wesen hat mir doch tatsächlich gerade das Leben gerettet. Zumindest glaube ich das. Zugegeben, ich bin noch nicht lang im Kreis der Eingeweihten und trotzdem ist mir dieser Gedanke völlig absurd. Warum sollte er das tun?

Eigentlich sollte ich diese freie Sekunde lieber dazu nutzen, mich und die anderen beiden aus der Gefahrenzone zu schaffen. Aber mir fällt es schon reichlich schwer, auch nur den Blick abzuwenden.

Jay rammt einem Gargoyle sein Messer von unten durch den Schädel und ringt ihn mit viel Kraftaufwand zu Boden, bis alles Leben aus dessen Augen weicht. Als er schweratmend den Blick hebt, sieht er mir direkt in die verwirrten Augen.

»JAY!«, ruft Will plötzlich schrill und sofort gilt ihm unser beider Aufmerksamkeit. Gargoyleklingen schweben nicht einmal in einem fingerbreiten Abstand über seinem Gesicht. Mit aller Kraft versucht er den dazugehörigen Arm wegzudrücken, während der Gargoyle wiederrum mit seiner zweiten Hand noch zusätzlich Druck auf ihn ausübt.

Keiner von uns beiden scheint auch nur eine Sekunde Bedenkzeit einzulegen, da stürzen wir schon zu ihm. Jay ist schneller als ich. Doch kaum, dass er ihn erreicht hat, springt der Gargoyle dazu, der noch immer mein Messer im Arm stecken hat; der mich beinahe aufgeschlitzt hätte. Scheinbar haben sie ihren Streit beilegen können, denn der andere der Streithähne wirft mich zu Boden, obwohl er mich noch keine Minute zuvor gerettet hatte. Ich versuche mich unter ihm herauszuwinden und gleichzeitig ein Auge auf Jay und Will zu haben. Zumindest erkenne ich erleichtert, dass wieder etwas Abstand zwischen Will und seinem Kontrahenten herrscht.

Hektisch versuche ich irgendwie die Arme des Monsters zu verletzen, das mich fest im Griff hat. Aber es zieht immer in letzter Sekunde den Arm weg und lässt mir dennoch nicht die Möglichkeit mich aufzurappeln. Also ändere ich meine Taktik und erwische ihn schließlich an der dünnen Haut, die sich über den Zwischenraum zwischen Ober- und Unterkiefer spannt. Er reißt den Kopf herum und ich spüre einige Tropfen seines Blutes auf meinem Gesicht aufkommen. Als er mich mit hasserfüllten Augen anfunkelt, ergreift mich beinahe ein Gefühl von Schuld. Aber gleichzeitig legt sich auch Furcht kalt um mein Herz. Sein Unterkiefer erzittert, während sich aus seinem Inneren ein Grollen löst, das schnell immer lauter wird. Aber bevor er sich wieder auf mich stürzen könnte, sehe ich, wie Jay sich hinter ihm erhebt, seine Machete, wie ein Schwert durch die Luft wirbeln lässt und dann von oben durch seinen Rücken rammt. Das Ungetüm zieht ein letztes Mal hohl die Luft ein, ohne den leerer werdenden Blick von mir abzuwenden und sackt in sich zusammen. Der leblose Kopf kommt dabei auf meinem Unterschenkel auf und ich zucke schaudernd davor zurück.

Will gibt einen erstickten Laut von sich und fliegt, ein Stück von mir entfernt, gegen die Wand. Er krümmt sich hustend und spukt etwas auf den Boden, während er einen Arm um seine Mitte klammert. Ich robbe ein kleines Stück nach hinten. Angestrengt atmend und mit weichen Knien komme ich wieder zurück auf die Beine. Drei unserer Angreifer liegen schon in unregelmäßigen Abständen voneinander entfernt leblos am Boden.

Noch bevor ich wieder aufrecht stehen kann, hat Jay schon die Aufmerksamkeit des letzten Gargoyles auf sich gelenkt und zwischen ihnen entbrennt ein Kampf. Sein Gegner holt aus und er pariert den Schlag, indem er die blutige Klinge der Machete so in den Krallen verkeilt, dass er sie sich mit entsprechendem Druck vom Leib halten kann. Aber langsam zwingt ihn die Kraft des Gargoyles dem Boden entgegen und er muss sich auf ein Knie herunterlassen. Ohne einen weiteren Gedanken zu verschwenden, setze ich mich in Bewegung. Gerade als das Ungetüm die Klingen der anderen Hand ausfährt, springe ich diesem auf den Rücken, schlinge meinen Arm um den sehnigen Hals und versuche ihn so zur Seite zu reißen. Er schwingt wütend den Kopf nach hinten und trifft mich hart im Gesicht. Obwohl der Schmerz in meinem Kopf mit tausend Sternen explodiert, verstärke ich meinen Griff nur noch. Da bewege ich mich auch schon in die Höhe, als der Gargoyle sich schließlich ganz auf die Hinterbeine erhebt und einige Schritte gefährlich zur Seite wankt. Dann schwingt er plötzlich hart nach hinten und rammt mich gegen die Wand, dass mir alle Luft aus den Lungen weicht. Wie von selbst, lösen sich meine Arme von seinem Hals und schon falle ich dem Boden entgegen. Mein Sichtfeld pulsiert und verschwimmt immer wieder. Mit fest geschlossenen Augen schüttele ich den Kopf und versuche so wieder Herr meiner Sinne werden zu können. Als ein Pfiff ertönt, erschrecke ich und sehe mich sofort krampfhaft nach der Ursache um.

In der kurzen Zeit, die ich auf seinem Rücken verbracht habe, hatte der Gargoyle mich beinahe durch die gesamte Halle getragen.

Einige Schritte von mir entfernt, sehe ich Will an eine Wand gekauert sitzen.

Jay kommt schnell auf uns zu und ich erkenne verschwommen, dass er es war, der gepfiffen hat. Nun hat er die ungeteilte Aufmerksamkeit des Wesens, das jetzt wütend, fast schon herausfordernd, schreit. Es schüttelt sich bedrohlich und prallt dann, zwei Schritte von mir entfernt, auf Jay.

Geschickt weicht dieser den ersten zwei ausschweifenden Prankenhieben aus und pariert den dritten mit der Machete. Ich sehe feine Funken, da wo Metall auf Metall trifft und das Klirren schüttelt sich unangenehm durch meine Knochen. Im selben Moment holt er aus und tritt dem Gargoyle das eine Bein weg, sodass dieser kurz in die Knie geht. Jay umrundet ihn, wohl um ihm das große Messer durch den Rücken zu rammen, da wirbelt das Wesen aber ebenfalls herum und schlägt ihm in einer fließenden Bewegung die Waffe aus den Händen, die mit viel Schwung über den staubigen Boden schlittert.

Ich will mich aufrappeln und ihm zu Hilfe kommen, doch mein Körper gehorcht mir einfach nicht richtig und so bleibt mir nichts anderes übrig als dem grausigen Spiel weiter zuzusehen.

Jay kann sich gar nicht richtig fangen, weil der Gargoyle sofort wieder auf ihn losgeht. Er muss den flinken Bewegungen seines Gegners ausweichen und jedes Mal wird es knapper. Gerade so schafft er es einen Arm im Schwung zu halten und lässt über den Kraftaufwand einen angestrengten Ruf laut werden, da muss er schon den anderen Arm aufhalten, bevor er von den Krallen aufgespießt wird. Ein eiskaltes Gefühl ergreift mich, als die Möglichkeit, er könnte diesen Kampf verlieren, mein Bewusstsein zu beherrschen beginnt. Da verlagert er kaum merklich das Gewicht und kann dem Gargoyle einen kräftigen Tritt verpassen. Dieser stolpert nun ein wenig nach hinten und gibt wütende Schreie von sich, als er sich wieder fängt.

Plötzlich zieht Jay eine kleine Handfeuerwaffe, betätigt die Sicherung und zielt damit auf seinen Gegner. Das Geräusch, das sie dabei macht, scheint durch den Raum zu hallen. Sein Atem geht so stark, dass der Lauf der Pistole deutlich nach oben und unten ausschwenkt.

Die Entfernung zwischen Jay und dem Gargoyle wird immer kleiner, aber die Zeit scheint sich plötzlich zu verlangsamen. Jay hat einen festen Stand und zielt mit beiden Händen. Die Angst vor Verlust benebelt meine Gedanken und ich spüre Tränen in meinen Augen brennen.

Ich sehe, wie sich seine Brust hebt und wie sich sein Mund zu einem »O« formt, als er wieder ausatmet.

Auch wenn ich mehr als sehnsüchtig auf das Geräusch des Schusses warte, so zucke ich dennoch heftig zusammen, als es endlich ertönt.

15

»Sieht nicht aus, als wäre sie gebrochen. Sicher ist nur eine größere Vene geplatzt.«

»Blutige Nasen kommen bei euch wohl öfter vor«, vermute ich und sehe beschämt zu Jay hoch. »Da du dich so gut damit auszukennen scheinst ...«

Er lacht. Das Brummen, das er damit erzeugt, legt sich über mein Gesicht und erfüllt meinen Magen mit wild flatternden Schmetterlingen. Ein schüchternes Lächeln umspielt meine Lippen. Es ist mir nicht möglich es zu unterdrücken.

»Eigentlich nicht. In der Highschool war ich Quaterback.« Sein Lächeln wird schief und er presst fest die Lider eines seiner Augen aufeinander, was ihm, von einer Sekunde zur anderen, ein seltsam schelmisches, jugendliches Aussehen verleiht. »Da gab es noch ein paar mehr blutige Nasen. Besonders *nach* den Spielen ...« Er wäscht den Waschlappen unter einem dünnen Strahl Wasser aus.

Nach dem Schuss hatten wir wenig Zeit, um zu verschwinden. Wir hätten die Gargoyles nicht allesamt zum Pickup tragen können. Will war verletzt und auch wenn er uns beiden trotzdem half, sie wären einfach zu schwer gewesen. Deshalb versteckten wir sie vorerst in einem Nebenraum und blockierten die Tür möglichst geschickt.

Gerade als wir die Wagentüren hinter uns zugeschlagen hatten, ertönten in der Ferne die Sirenen und zum ersten Mal in meinem Leben hatte ich nichts dagegen, dass die Polizei immer so lange brauchte, um irgendwo aufzutauchen. So konnten wir sogar ohne große Hektik losfahren.

Selbst wenn die Polizisten den Ort durchsuchen, würden sie nichts Verräterisches finden. Etwas Vandalismus, ja. Eine Gruppe Jugendlicher, die leichtsinnig nach ein wenig Nervenkitzel gesucht hat. Anzeige gegen Unbekannt. Fall erledigt.

Und absolut nichts, über das ich mir in dem Moment Sorgen machen könnte, selbst wenn ich es müsste. Erst auf dem Beifahrersitz bemerkte ich, *wie viel* Blut mir eigentlich aus der Nase gelaufen und im Gesicht festgetrocknet war. Sofort versuchte ich, es von meinem Gesicht zu streichen, aber es verteilten sich nur kleine, metallisch riechende Brocken auf meinen Händen und der Jacke.

Also verbrachte ich den Rest der Fahrt damit, meinen Kopf den Jungs abgewandt zu halten und aus dem Fenster zu starren. Will klärte mich über die »*Lichtbomben*« auf, die er unten in den Gängen auf die Gargoyles abgeworfen hatte, und das, obwohl ich eigentlich nicht einmal danach gefragt hatte. Anscheinend hatte er sie auch damals verwendet, als er mich das erste Mal vor diesen Monstern rettete.

Nur am Rande bekam ich mit, wie sie aufgeregt darüber sprachen, lieber Knicklleuchten mitgenommen zu haben, statt der Taschenlampen. Und wie sie dann debattierten, dass sie ja eigentlich von einer Aufklärungsmission ausgegangen waren und Taschenlampen sonst immer völlig ausreichten.

Aber alles, was meine Gedanken regierte, waren die Gargoyles und mit ihnen die tausend Fragen, die sich nur immer weiter zu häufen scheinen, ohne dass sich auch nur eine zuvor beantwortet.

Kaum, dass wir beim Haus ankamen, eilte ich hinein und unten direkt in das kleine WC. Dabei blieb ich nicht stehen, um irgendjemanden etwas zu erklären, obwohl sie alle fragend am Rande meines Bewusstseins erschienen.

Eigentlich wollte ich zu diesem Zeitpunkt einfach nur allein sein und mein Gesicht säubern, aber Jay war mir unerbittlich auf den Fersen. Er bestand darauf mir zu helfen und aus irgendeinem Grund ließ ich ihn gewähren.

Und nun sitze ich hier und lasse ihn mir mit einem Waschlappen das eingetrocknete Blut abwaschen, das unangenehm an den feinen Härchen in meinem Gesicht ziept. So unruhig ich noch keine Minute zuvor war, so entspannt fühle ich mich jetzt, mit ihm so nah an meiner Seite.

»Du warst mal Quaterback?«, frage ich schmunzelnd und runzele die Stirn.

»Ist das so undenkbar?« Er wringt den Lappen aus und wendet sich wieder mir zu. »Ich war sogar gar nicht schlecht.« Sanft bewegt er den kratzigen Stoff über meine Wange hin zu meinen Lippen und scheint dort, nur einen winzigen Moment lang, schwebend zu verweilen. Seine Augen folgen dabei aufmerksam der Bewegung seiner Hand und meine wiederum mustern sie dabei eingängig. Ich beobachte das feine Glitzern und wie sich seine Pupillen - ganz leicht nur - verengen und wieder weiten, wenn er den Oberkörper so bewegt, dass mehr oder weniger Licht aus dem Flur zu uns hereinfällt. Er hat dunkle Schatten unter den Augen und scheint von oben bis unten mit Staub bedeckt zu sein. An einer Wange, sowie unter seinem Kiefer befinden sich zwei dunkellilafarbene Flecke.

»Ach was, du warst ja nicht dabei: Ich war der absolut beste Quaterback aller Zeiten!« Er lacht und beugt sich erneut über das Waschbecken. Das ziepende Gefühl auf meiner Haut hat endlich aufgehört.

»Ich sollte die Witze wohl lieber Chris und Will überlassen, oder?«

Ich sehe ihn gespielt zweifelnd an, muss aber trotzdem grinsen. »Das wäre tatsächlich besser.«

»Vermisst du es?«, frage ich nach einem Augenblick der Stille.

Er wirft mir einen kurzen Blick zu. »Was? Football?« Er scheint einen Augenblick zu überlegen. Schüttelt dann aber entschlossen den Kopf. »Nicht besonders. Wir könnten das hier nicht machen, wenn wir nicht gelernt hätten, unser altes Leben schnell hinter uns zu lassen. Manche Dinge streichen sich wie von selbst aus unseren

Leben. Dann müssen wir sie gehen lassen, sonst tun sie uns irgendwann nur noch weh.« Er sieht mich bedeutungsvoll an.

Unwillkürlich muss ich bei diesen Worten an mich und Ballett denken und an all die Schwierigkeiten, die diese Kombination in meinem bisherigen Leben verursacht hat.

»Ich habe lieber nur eine gute Erinnerung daran, als dass mich diese Erinnerung fertig macht.«

Bedächtig nickend mustere ich seine entschiedenen Züge. Mein gesamtes Gedankenkonstrukt scheint einen Moment zu wanken. Jede Einstellung, die ich in meinem Leben jemals bezogen habe, stellt sich plötzlich infrage.

»Abs. Ich-« Bei seinem ernsten Ton bin ich sofort wieder hellwach. Ein dunkler Schatten liegt auf seinem Gesicht. »Ich habe beschlossen, dass wir das Training wieder sein lassen.«

Ich fühle mich, als hätte ich gerade die Erinnerung an die vorangegangene Minute verloren. In der irgendjemand reingekommen, mich geohrfeigt hat und dann verschwunden ist, ohne dass ich jemals erfahren würde, wer das war. Sofort stehe ich auf, um mit ihm auf einer Augenhöhe zu sein. »Was?!«

»Nach heute ... Es wird das Beste sein«, versucht er seinen Entschluss ohne Erklärung zu rechtfertigen und erhebt sich ebenfalls.

»Gerade wegen dem, was heute war, sollten wir das Training fortführen!« Ich selbst merke kaum, dass ich mit jedem Wort lauter werde.

»Abs.« Seine Stimme ist streng und verständig zugleich. »Dir ist doch bewusst, wie knapp das vorhin war. Was wenn dir etwas passiert wäre-?« Er unterbricht sich und wendet schluckend den Blick ab. »Es ist besser so. Das musst du doch genauso sehen? Du musst nur ein wenig ausharren und warten, bis wir das Problem behoben haben. Und dann kannst du zurück in dein altes Leben.«

Da wartet nichts auf mich, in diesem ›alten Leben‹!, möchte ich ihm am liebsten entgegenbrüllen. Aber ich weiß, dass es mehr als respektlos wäre. Trotzdem wühlt mich sein plötzlicher Sinneswandel auf.

»Das möchtest du doch in einem Stück tun?« Seine Augenbrauen zucken ein Stück nach oben. Schon greift er nach der Tür und verlässt den kleinen Raum. Ich weiß sofort, dass er mir damit klar machen will, dass diese Entscheidung feststeht und nicht mehr zu ändern ist.

Aber das sehe ich etwas anders. Also folge ich ihm augenblicklich. »Erwartest du allen Ernstes von mir, dass ich ab jetzt einfach nur ruhig dasitze?!«

Er seufzt genervt, aber bleibt nicht stehen. »Lass es doch einfach gut sein.«

Im Vorbeigehen bemerke ich, wie zwei Personen, die im Wohnzimmer auf der Couch sitzen uns nachstarren. Jay ist schon fast am Fuße der Treppe angekommen, als Chris aus der Küche kommt. Ein labbriges Stück Toast hängt ihm aus dem Mund und er folgt mir mit einem geweiteten Blick, als ich an ihm vorbeigehe.

»Was ist los?«, höre ich ihn hinter mir mit vollem Mund fragen.

»Alles gut«, antworte ich kurz angebunden und mache eine wegwerfende Handbewegung.

Argh. Dieses Haus. Es hat mich nie sonderlich gestört, dass hier bei den Jägern immer jemand hinter der nächsten Ecke zu lauern scheint. Aber gerade in diesem Moment nervt es mich unwahrscheinlich. Es wäre mir lieber, wir könnten diese Diskussion ohne ein großes Publikum führen. *Es wäre mir lieber, Jay würde endlich stehen bleiben!*

»Jay, das kann ich nicht«, rufe ich ihm nach. Für mich ist das völlig klar. Warum für ihn nicht?

Es war eine lange Nacht und es ist schon früh am Morgen. Sicher ist er müde und möchte in sein Zimmer, um sich hinzulegen. Auch ich bin unwahrscheinlich müde und vielleicht ist das auch der Grund, wieso ich eigentlich schon gewillt bin, aufzugeben. Mit letzter Kraft haue ich gegen eine der Holzstreben, während ich zu ihm hinaufsehe. »Wieso willst du mich immer noch nicht bei euch haben?« Verblüfft halte ich inne. Solch einen Ausbruch hätte ich nicht von mir erwartet. Irritiert blinzele ich ein langsam verschwimmendes Sichtfeld fort und schreibe es der Müdigkeit zu.

Jay bleibt ganz plötzlich auf der Stufe stehen, auf der er gerade angekommen ist. Die Bedrohlichkeit, mit der er sich umdreht, lässt mich ein Stück zurückweichen. Beinahe im selben Moment steht er vor mir. Seine Augen sprühen Funken und für einen Moment fürchte ich, er würde mich anschreien. Er sieht kurz an mir vorbei zu Chris, der immer noch hinter mir stehen muss, dann packt er mich am Arm und zieht mich mit einem bestimmten, aber sanften Zug hinter sich her durch die Tür auf die hintere Veranda. Ich stolpere leicht nach vorn, als ich das Fliegengitter vergesse und sehe blinzelnd in den Garten. Der Sonnenaufgang taucht das alte Holz um uns herum in einen angenehmen Orangeton und die Strahlen fühlen sich warm auf meiner Haut an.

Jay schließt hinter uns sorgfältig die Tür.

»Ist ja gut«, versuche ich einzulenken und wende mich ab, um irgendwie die Kontrolle über mich zurück zu erlangen. Ich wende mich ab, damit er meinen inneren Kampf nicht sehen muss und lehne mich über das Geländer. »Ich verstehe das. Sobald ihr durch seid, werde ich gehen und nie wieder an euch denken. Versprochen. Aber bis es soweit ist, kann ich unmöglich einfach nur dasitzen und abwarten.«

Im Augenwinkel sehe ich, wie er mich lange mustert und geduldig darauf wartet, dass ich ausgesprochen habe. Dann lehnt auch er sich auf das Geländer und blinzelt mit verkniffenem Gesicht in das Licht der Sonne. Einen Moment scheint er zu überlegen, senkt kurz den Blick und sieht schließlich mit entschlossenerer Miene auf. »Die Mall war sauber. Diese Gargoyles sind nicht ›*einfach nur dort gewesen*‹. Sie sind uns dorthin gefolgt.«

Ich öffne den Mund, als wollte ich etwas sagen. Aber eigentlich weiß ich noch nicht einmal, ob ich das überhaupt verstanden habe.

»Wahrscheinlich haben sie gehofft, dass wir leichter zu besiegen sind als kleinere Gruppe.«

»Aber einer von ihnen hat doch sogar verhindert, dass ich-«, *getötet werde*. Ich stocke und schwenke im letzten Augenblick um, weil ich es einfach nicht über mich bringen kann, das Wort auszusprechen, »*verletzt* werde.«

Jay lehnt sich noch ein Stückchen weiter nach vorn und lässt seinen Blick über den Garten schweifen, ohne dass sein Gesicht irgendeine Regung zeigt.

»Das ergibt doch keinen Sinn. Warum sollten sie uns verfolgen und dann verschonen?«

»Nicht uns. Sie haben *dich* verfolgt.«

Es schaudert mich. Aber seltsamerweise überrascht mich seine Aussage nicht. »Aber warum?«, hauche ich verzweifelt.

Jay blickt zu mir auf und über all die Müdigkeit, hat sich nun auch noch ein Schleier der Traurigkeit über seine Augen gelegt. »Diese Situation ist anders als jede, die wir jemals zu bewältigen hatten. Deshalb bitte ich dich, dich zurückzuhalten. Selbst wir, für die Gargoyles schon seit Jahren konstante Begleiter sind, sind überfordert. Du hast keinerlei Erfahrung mit ihnen und das kann gefährlich enden.« Er erhebt sich ein Stück und seine Kiefermuskel spannen sich an. Ich möchte ihm widersprechen, aber er redet weiter. »Ich kann nicht zulassen, dass dir etwas zustößt, weil-«, er schluckt und senkt den Kopf, um fast demütig zu mir heraufzusehen. »Weil ich es dir versprochen habe«, und dann etwas leiser: »Nicht, weil ich dich nicht bei uns haben will.«

Die Schwere eines Geständnisses liegt über uns und ich weiß, dass gerade dieses gar nicht ausgesprochen wurde. Und ich weiß absolut nicht, was jetzt damit zu tun ist. »Ich bin gern hier«, schwafele ich daher vor mich hin und empfinde es als die selten-dämlichste Aussage der Welt.

Völlig unvermittelt tritt er einen Schritt näher an mich heran.

»Du verunsicherst mich«, denkt er laut mit sanfter Stimme und ich bin völlig überrumpelt. Seine Augen sind warm und ein kleiner Funke Verblüffung glitzert darin. Er sieht auf mich herunter und scheint gerade um Jahre jünger geworden zu sein.

»*Du* verunsicherst *mich*«, halte ich dagegen, aber meine Stimme raschelt bei jedem Wort ein wenig mehr. Mein Herzschlag beschleunigt sich und eine Hitzewelle rollt über mich hinweg. Eine wohlige Gänsehaut überzieht meinen Körper. Seine Augen sind wie Magnete. Ich kann einfach nicht wegschauen. Wie hypnotisiert bewege ich mich auf ihn zu und überwinde so die letzten Zentimeter, die uns voneinander trennen. Unsere Hände berühren sich ganz leicht.

Jays Lächeln nimmt langsam ab und es bildet sich eine feine Lücke zwischen seinen Lippen. Seine Brust hebt und senkt sich auffallend und er legt zaghaft einen Finger um einen der meinen. Wir sehen einander an, verwirrt und aufgelöst. Schließlich umgreife ich seine Hände, drücke sie sanft und streiche dann langsam seine Arme herauf. Zufrieden und zugleich verzaubert bemerke ich, wie sich dort die Härchen auf seiner Haut aufstellen, wo ich ihn berühre.

Als mir klar wird, dass er sein Gesicht langsam auf meines zubewegt, spielen die Schmetterlinge in meinem Bauch schon völlig verrückt. Ich habe das Gefühl, mein Körper würde Funken sprühen. Plötzlich bin ich mir der Sehnsucht eindeutig bewusst, die schon seit längerem auf diesen Moment wartet und nun in tausend Teile zerspringt, während sie ihre Belohnung einfordert.

Ich spüre seinen Atem auf meinem Gesicht. Unsere Lippen sind kurz davor sich zu berühren und meine Vorfreude spannt sich ins Unermessliche.

Da lässt Jay urplötzlich meine Hände los und bewegt sich ein großes Stück von mir weg. »Ich kann nicht«, stammelt er und sein Blick ist auf den Boden geheftet.

Ich muss mehrere Male blinzeln. Es ist, als würde meinem Körper alle Lebenskraft auf einmal entzogen. »Jay-«

»Es tut mir leid«, kommt er mir zuvor und sein Atem geht schwer, als er mich jetzt ansieht. »Seit ich ein Jäger bin, weiß ich ganz genau, was ich von meiner Zukunft will. Bis du aufgetaucht bist. Jetzt«, er atmet tief durch, »bin ich mir nicht mehr so sicher. Plötzlich wanken meine Entschlüsse und ich will so viel mehr von meinem Leben. Da gibt es nun Gedanken, die meinen Zielen im Weg stehen könnten. Egoistische Gedanken. Ich darf mir nicht erlauben, schwach zu werden.« Die Worte sprudeln nur so aus ihm heraus und seine Augen sind schmerzerfüllt, aber entschlossen. »Nicht einmal für eine Sekunde. Alle verlassen sich auf mich. Will. Die anderen.«

»Jay-«, versuche ich erneut ihm zu widersprechen; versuche ich ihn zu erreichen. Ich will ihm sagen, dass es sein gutes Recht ist, mehr von seinem Leben zu wollen, als bloß die Jagd.

Aber er hebt abwehrend eine Hand. »Nein. Es geht nicht.«

Auf seltsame Weise bin ich froh, dass er mich nicht sagen lässt, was mir auf den Lippen brennt. Es wäre heuchlerisch aus meinem Mund. Es wäre nicht glaubhaft.

Ich spüre die Tränen der Enttäuschung in meinen Augen brennen und senke den Blick, bevor er sie bemerken kann. Wir sind gerade beide geschwächt durch die vergangenen Stunden und die Müdigkeit verklärt unsere Gedanken.

Das Schmerzhafteste daran ist, … »Ich kann dich verstehen.«

Schnell, bevor er noch etwas sagen kann, drehe ich mich um und eile in den Schutz des Jägerstocks.

16

»Gehst du einmal hoch und schickst Kim nach unten?«, trägt Will mir auf.

Mit einem Nicken hüpfe ich die Stufen nach oben und rufe oben am Absatz ihren Namen. Aber ich erhalte keine Antwort. Quer über den Flur steht eine Tür offen und ich entscheide mich dazu, dort als Erstes nach ihr zu sehen.

Am Türrahmen halte ich inne. Der Raum geht etwas um die Ecke und ich klopfe zunächst gegen das alte Holz und frage erneut nach ihr. Ich versuche etwas mehr von dem Raum zu erspähen und erblicke sie schließlich zusammen mit Isaac auf einem Bett sitzend. Für den Bruchteil einer Sekunde erhasche ich noch einen Blick darauf, wie die beiden sich bei den Händen halten. Kim hält ihren Kopf abgewendet und starrt auf ihre verschränkten Finger, während Isaac versucht ihr in die Augen zu sehen. Der Anblick der beiden versetzt mir einen Stich. Kaum, dass sie mich bemerken, springt Kim auf und fährt sich mit der Hand durch die Haare. Mir fällt die Kinnlade herunter, bevor ich wirklich bemerke, was los ist. Sofort sehe ich rüber zum Fenster und räuspere mich.

Warum konnte sie mir nicht einfach antworten?! »Ich hatte gerufen«, beginne ich gedehnt. »Du wirst unten gebraucht, Kim.«

»Natürlich«, antwortet sie kurz angebunden und hetzt an mir vorbei. »Kannst du Isaac bitte einen frischen Verband ummachen?« Sie wartet meine Antwort gar nicht ab, sondern ist schon im Flur verschwunden.

»Aber- aber-«, stammele ich. Zaudernd bewege ich mich einen Schritt hinter ihr her, bleibe aber an der Ecke stehen und lege zur

Stütze eine Hand an die blätternde Tapete. Eine sorgenvolle Welle rollt mir über den Rücken bei dem Gedanken, was ich alles falsch machen könnte, während ich Krankenschwester spiele. »So etwas kann ich doch nicht ... glaube ich ...«

»Du schaffst das schon«, ruft sie mir von unten herauf, als wäre es nichts Besonderes.

Ich setze ein wenig überzeugendes Lächeln auf und wende mich an Isaac, der beim Anblick meines unglücklichen Gesichts leise zu lachen anfängt. »Wir machen das schon. Ich helfe dir«, verspricht er heiter.

Seufzend ergebe ich mich meinem Schicksal und setze mich zu ihm auf die aufgewühlte Decke. Er setzt sich in den Schneidersitz und ich greife nach Kims Medizinköfferchen, das zu unseren Füßen auf dem Boden ruht.

»Das klappt schon«, versucht er mich erneut zu beruhigen und deutet in den Koffer. »Als Erstes solltest du eines der großen Pflaster über die Wunde kleben.«

Mein Herz schlägt schneller bei dem Gedanken an die Verantwortung. Aber ich bringe besagtes Pflaster zwischen all den anderen Utensilien hervor und platziere es auf Isaacs Narbe, die, soweit meine Augen dies beurteilen können, sehr gut zu verheilen scheint.

»Ich hoffe, ich bin da nicht gerade in *Etwas* hineingeplatzt ...?«, murmele ich.

»Neugierig?«

Erschrocken hebe ich den Kopf. »Nein.«

Isaacs Grinsen wird noch eine Spur breiter. »Um ehrlich zu sein, hast du tatsächlich etwas gestört ...«

Ich presse die Lippen zu einem Strich und greife nach der Verbandsrolle. »Das tut mir leid.« Meine Stimme klingt rau, aber er scheint es zum Glück nicht zu bemerken. Jede Kleinigkeit an der gesamten Situation und auch dieser winzige Schimmer in seinen Augen, erinnern mich augenblicklich an die Gefühle, die ich verspüre, seit Jay mich abgewiesen hat.

Allein daran zu denken, flutet mein Bewusstsein mit unsichtbaren Tränen. Den ganzen Tag schon war ich ihm um jeden Preis aus dem Weg gegangen. Dabei hatte Jay sogar mehr als bloß einmal versucht mich anzulächeln. Zumindest glaube ich das. Denn ich war ja nie länger als eine Sekunde mit ihm im selben Raum, bevor ich wieder geflüchtet bin. Wie ein Feigling. Nur ich selbst mache die Situation zwischen uns so unangenehm und *komisch*. Natürlich verstehe ich seine Beweggründe. Natürlich verstehe ich es *überhaupt*. Aber in gerade diesen Momenten, scheinen wir doch alle immer noch zu pubertieren, oder?

Wir alle, außer Jay ganz offensichtlich. Ihn scheint es kein bisschen aus der Bahn geworfen zu haben. Er macht weiter, als wäre nichts gewesen. Als hätte es diesen Moment gestern, vor der malerischen Kulisse des Sonnenaufgangs, gar nicht gegeben.

Vielleicht ist es ja gerade das, was mich so fertig macht? Vielleicht könnte ich besser damit umgehen, wenn ich wüsste, dass auch Jay seine Probleme damit hat, wie es gestern zwischen uns ausgegangen ist …?

»Das muss dir nicht leid tun«, seufzt Isaac und lenkt mich so ein wenig von meinen Sorgen ab. - *Oder doch nicht?*

»Vielleicht war es auch gar nicht so schlecht, dass du plötzlich da warst.«

»Wie meinst du das?«

Er mustert mich lang. »Ich denke, es überrascht dich nicht, wenn ich dir sage, dass-«

»Ja«, unterbreche ich ihn schnell, weil ich es wohl nicht ertragen könnte, es ihn jetzt aussprechen zu lassen. Auch wenn er damit keine Probleme zu haben scheint. Dafür bin ich momentan zu durcheinander und ich fürchte, er würde mich damit nur noch mehr aufwühlen.

Erneut seufzt er. »Sagen wir mal. Momente, wie diese, gibt es häufiger zwischen uns.«

Endlich kann ich mich dazu bewegen, etwas von dem Verband abzurollen und Isaac hilft mir ihn um seinen Unterarm zu binden. Aber seine Traurigkeit und die unerfüllte Sehnsucht umgeben seinen ganzen Körper, wie ein Tuch.

Beinahe habe ich das Gefühl, ich könnte sie berühren. Und ich wünschte, ich könnte es. Ich wünschte, ich könnte sie packen und von ihm losreißen.

Vorsichtig bringe ich das Endstück zurück zum Anfang und verbinde dort die losen Enden, so wie ich es früher immer bei den Tapes an meinen Knöcheln gemacht habe.

»Fertig«, lächele ich ihn an und er lächelt müde zurück. »Ich bin mir sicher. Eines Tages, werdet ihr ein tolles Paar sein«, sage ich mit größtmöglicher Entschlossenheit. Auch wenn es mir einen bösen Stich versetzt, weil ich mir gegenüber nicht dasselbe Versprechen machen kann.

Er versucht ein Schmunzeln zu unterdrücken und rollt mit den Augen. »Ziemlich optimistisch.« Er macht eine Pause und zwinkert mir schelmisch zu. »Eines Tages werden wir das vielleicht. Ich werde auf jeden Fall nicht aufhören, auf sie zu warten.«

Das lässt mich inne halten und ihn bewundernd mustern.

Plötzlich werden unten Stimmen laut und ich runzele irritiert die Stirn, als ich Kim meinen Namen rufen höre.

»Vielleicht sollten wir dem mal unsere Aufmerksamkeit schenken«, meint mein Gegenüber und springt sogleich auf.

Ich kann leider nicht den gleichen Elan an den Tag legen wie er, nicke langsam und folge ihm. Als wir endlich bei der Treppe ankommen, klopft mir mein Herz bis zum Hals. Ein Tumult und die verärgerte Art, mit der Kim mich ruft, können eigentlich nichts Gutes bedeuten.

Aber sie lächelt mich aufmunternd an, als sie mich erblickt. Während all die anderen direkt hinter ihr stehen, wild durcheinander gestikulieren und zum Teil auf sie einreden.

»Was ist los?«, frage ich das kleine Grüppchen der übrigen Jäger. Sofort verstummen sie und es schnellen auch die restlichen Augenpaare zu mir hoch.

»Es gibt da etwas, worüber wir mit dir reden sollten«, verkündet Kim und ihre Stirn legt sich in Falten.

»Das ist eine bescheuerte Idee«, grummelt Barnes im Hintergrund mit verschränkten Armen.

»Wir haben das noch nicht in Gänze besprochen«, knurrt Jay und versucht sich in Kims Sichtfeld zu schieben, aber sie winkt nur ab.

Meine Unbehaglichkeit steigert sich gerade in unermessliche Höhen. Mehrere Gedanken surren mir durch den Kopf, aber mir fällt einfach kein richtiger Grund ein, der die Angespanntheit der Gruppe erklären könnte. Außer … *Oh nein, bitte nicht.*

Mir steigt die Wärme ins Gesicht. Gerade Jays Nervosität irritiert mich, aber könnte es tatsächlich sein, dass sie wirklich *darüber* mit mir sprechen wollen.

Unten entbrennt erneut eine hitzige Diskussion darüber, dass sie nicht mit mir darüber sprechen sollten, worüber sie mit mir sprechen wollen.

»Kommst du runter?«, versucht Kim mich aus meiner Erstarrung zu lösen, nachdem sie sich wieder von den anderen losgezappelt hat.

Isaac lächelt mich an und wartet. Ich muss hart schlucken. Endlich kann ich mich in Bewegung setzen. Kaum, dass ich das getan habe, bewegt sich die Gruppe schon in Richtung Wohnzimmer. Aber Jay bleibt unten vor der Treppe stehen, bis ich mit ihm auf einer Höhe bin. Ich weiche seinem Blick aus, während er mich unverhohlen mit verschränkten Armen ansieht. Dabei kaut er scheinbar auf der Innenseite seiner Wange herum, was eine Geste ist, die ich noch nie bei ihm gesehen habe. Und das erhöht meine eigene Nervosität noch einmal um ein Vielfaches. Außerdem bin ich mir seiner Anwesenheit mehr als bewusst, während er mir folgt.

Wir sammeln uns zwar im Wohnzimmer, aber niemand setzt sich. Sogar Chris steht ausnahmsweise mal, sieht aber starr zu Boden. Ebenso wie Barnes, nur dass der sich hinter mir an den Türrahmen lehnt. Jay stellt sich mir gegenüber zu Chris und seine Miene ist sorgenvoll verzerrt, während sein Blick von einer Person zur anderen fliegt. Aber keiner scheint endlich mit der Sprache herausrücken zu wollen. Will und Kim wechseln unsichere Blicke, als würden sie ein Gespräch führen, dass nur sie hören können.

»Kann nicht endlich jemand sagen, was mit euch los ist?« Ich beiße fest die Zähne aufeinander. Meine Geduld und meine Nerven sind bis zum Zerreißen gespannt. Jetzt will ich es nur noch schnell hinter mich bringen.

Kim holt tief Luft und ist diejenige, die die Situation endlich erklärt. »Es gibt da etwas, dass wir dir erzählen müssen. Eigentlich wollten wir dich damit gar nicht belasten, aber es hat sich da etwas ergeben und nun«, sie zögert, »solltest du es erfahren.«

Will reibt sich den Nacken. »Du hast es ja selbst schon bemerkt: Wir treten in Sachen Gargoyles ein wenig auf der Stelle«, sagt er mit ernster Stimme und mustert mich, bis ich verständig nicke. »Aber es gibt jetzt vielleicht eine Möglichkeit, mit der wir das Problem doch noch schnell aus der Welt schaffen könnten. Und dabei kannst nur du uns helfen-«

Meine Augen weiten sich. »Wie? Ich werde alles tun«, sage ich sofort.

Kim hebt ihre Hand.

»Warte noch«, vertont Jay ihre Geste. Seine Arme sind immer noch verschränkt und er beobachtet mich so intensiv, dass ich plötzlich am ganzen Körper einen Juckreiz verspüre.

»Vor ein paar Tagen bekamen wir eine E-Mail von einem befreundeten Jäger und darin erzählte er von seinem letzten Fall. Er hatte dabei viele seiner Kammeraden verloren. Nur noch er und ein weiteres Mitglied seiner ehemaligen Gruppe sind noch übrig.« Kim hält kurz inne und scheint ihre Gedanken noch einmal neu zu sortieren. »Dieser Fall war unserem ziemlich ähnlich. Gargoyles haben verrückt gespielt und sich in einer größeren Gruppe formiert. Wie auch wir es bereits angenommen haben, berichtet er von einer Art ›Nest‹.«

Ich halte die Hände nach oben und runzele die Stirn. »Und was hat das jetzt mit mir zu tun?«

Erneut legt sich Stille über die Gruppe. Jay atmet geräuschvoll ein und reibt sich über den unteren Teil seines Gesichts. Sorgenvoll verfolge ich seine Bewegung, während er sich abwendet.

»Ein Nest ist nun mal ein Nest. Und dient damit einer ganz bestimmten Sache«, lässt Will unheilvoll verlauten. »*Der Fortpflanzung.*«

Ich sehe ihn verständnislos an. Das erklärt gar nichts.

...

Falsch. Es erklärt einfach alles.

Mit aller mentalen Kraft, die ich aufbringen kann, verdränge ich die Ahnung, die mir in die Knochen kriecht.

»Wir haben zuvor noch nie über die Art ihrer Fortpflanzung nachgedacht. Es war ja auch nicht nötig und sie haben uns auch nicht gerade mit der Nase darauf gestoßen.«

»Aber unser Bekannter wurde jetzt darauf gestoßen«, fängt Chris seinen Gedanken auf. »Gargoyles legen Eier, sind aber geschlechtslos. Damit ihre Eier sich entwickeln, brauchen sie einen Wirt und zwar einen menschlichen. Offenbar müssen sie für die Zeit der Fortpflanzung so viele wie möglich sein, um so eine Art Oberhaupt zu beschützen und zu versorgen. Ein Gargoyle, der nur für eben diesen Zweck zum Einsatz kommt, sodass wir einen solchen noch nie getroffen haben. Er scheint irgendwelche besonderen Fähigkeiten zu haben, aber unser Freund ist darauf nicht näher eingegangen.« Über diesen Umstand scheint er besonders unzufrieden. Er holt tief Luft und räuspert sich. Für das Folgende möchte er nicht derjenige sein, der es sagt.

Kim kommt einen Schritt zu mir heran und legt ihre Hand auf meinen Unterarm. Sie kräuselt die Augenbrauen, legt den Kopf ein wenig schräg und weiß ganz eindeutig nicht, wie sie es mir sagen soll. »Dieser besondere Gargoyle ist - Wie soll ich es sagen? - etwas *wählerisch* bei der Auswahl seines Wirtes. In welcher Art genau sich das äußert, wusste auch unser Bekannte nicht. Eventuell etwas im Blut oder genetische Eigenschaften.«

Spätestens jetzt kann ich nichts anderes tun, als mir einzugestehen, worauf sie alle eigentlich hinauswollen. Wieso sie mir alle diesen mitleidigen Blick zu Teil werden lassen. Aber ich will es nicht ausgesprochen hören. Ich will nicht, dass meine Befürchtung wahr wird. Mein gesamter Körper wird von einer kribbelnden Taubheit ergriffen und mein Atem geht flach. Langsam schüttele ich den Kopf, während sich ein Kloß in meinem Hals bildet.

»Die Gargoyles verschonen dich, weil sie dich brauchen. Weil sie dich mitnehmen wollen-«

»Ich bin der Wirt«, presse ich atemlos hervor und mein Mund bleibt offen stehen, während ich hilflos nach Luft schnappe. *Wieso? Wieso ich? Wieso passiert das?*

Kim drückt meinen Arm. »Es tut mir so leid«, flüstert sie und ich sehe, wie ihre Lippen zittern.

Übelkeit überkommt mich und ich halte mir eine Hand an den Bauch, während ich vorsichtig eines der Sofas ansteuere. Als ich mich darauf fallen lasse, bemerke ich die Erschütterung, die mir durchs Mark geht, gar nicht. Alles dreht sich und der Ekel übermannt mich beinahe.

Die anderen folgen mir und sehen nun auf mich herab, weil bei mir nur noch Platz für Kim übrig ist. Sie greift nach meiner Hand und drückt sie ganz fest.

»Ich sagte ja, dass das eine bescheuerte Idee ist«, klinkt sich Barnes plötzlich ein und wirft uns allen einen höhnischen Blick zu, obwohl er dafür prompt wütende Blicke erntet. »Dafür ist sie zu schwach. Allein diese Enthüllung überfordert sie doch schon völlig«, fährt er verächtlich fort.

»Das ist ja auch keine Kleinigkeit!«, zischt Kim ihm zu.

Zur Antwort rollt er die Augen und sieht mich dann direkt an. »Du hast doch schon gesehen, womit wir so fertig werden können? Wovor hast du also noch Angst?«

Ich lade all den Hass und all die Überforderung in meinen Blick ab und richte ihn direkt auf Barnes, als könnte ich so seinen Kopf sprengen. Natürlich ist mir in den hintersten Tiefen meines verblendeten Bewusstseins irgendwie bewusst, dass ich eigentlich nicht wütend auf ihn bin, sondern auf die Aussichtslosigkeit meiner Situation. Aber in diesem Moment tut es gut und fällt gleichzeitig so leicht, meine gesamte Wut auf ihn zu projizieren.

Jay sagt ermahnend seinen Namen und Will geht sogar noch ein Stück weiter: »Halt bloß die Klappe, Barnes.« Dabei kneift er die Augen zusammen und schüttelt den Kopf.

»Nein. Er hat doch Recht«, fauche ich und atme, mit geschlossenen Augen, erstmal die anfänglichen Tränen weg. Als ich sie wieder öffne, lasse ich sie mit noch mehr Feuer brennen als zuvor. »Macht euch keine Sorgen um mich. Was soll ich also tun?«

»Abs-«, fängt Kim an, aber ich bringe sie mit einem Blick zum Schweigen.

»Es geht mir gut. Wirklich. Sagt mir einfach nur, was ich tun muss.«

»Du musst das nicht machen-«, versucht es nun auch Will, aber er verstummt mit traurigem Blick, als ich auch ihm einen unbeugsamen Blick zuwerfe.

»Korrigiere.« In Jays Augen spiegelt sich dieselbe Bestimmtheit, wie auch in meinen. »Du *wirst* das nicht machen. Denn ich stimme diesem Plan nicht zu«, verkündet er knurrend.

Das ist sein Recht als Anführer. Wenn es etwas gibt, dass ich über diese Gruppe weiß, dann dass Jay sie streng diktatorisch regiert. Egal welche Entscheidung sie auch treffen, er hat immer das letzte Wort. Ansonsten gibt er sich zwar immer durchaus kompromissbereit. Aber jetzt gerade ist sofort klar, dass der Plan damit eigentlich Geschichte ist.

»Sehe ich auch so. Dieser Plan ist hirnrissig«, gibt Barnes seine Meinung zum Besten.

»Wir könnten den Plan doch wenigstens noch einmal besprechen«, meint Kim.

Zu wissen, dass zumindest sie hinter dem Plan steht, vermittelt mir ein fast schon gutes Gefühl.

»Das ist doch ein guter Vorschlag«, interveniert Will und wirft seinem Bruder einen Hundeblick zu. »Immerhin ist dir sicher bewusst, dass du in dieser Sache etwas voreingenommen bist …«

Jays Mimik bröckelt eine Sekunde und er lässt die Arme sinken. Warnend legt er den Kopf schräg und schießt stumme Blitze auf Will ab. Der pariert diese gekonnt mit einem frechen Grinsen. Zuerst meldet sich eine leichte Panik in mir und ich glaube, dass mein Gesicht rot anläuft. Aber außer bei uns dreien, sehe ich nur irritierte Gesichter.

Im nächsten Moment huscht ein Schatten der Kapitulation über Jays Züge und Chris fängt schließlich an, mir die einzelnen Stationen des Plans zu erläutern, um die unschlüssige Stille zu überbrücken. Als wir damit fertig sind, muss ich sagen, dass er eigentlich sehr vielversprechend klingt. Ich gehe noch alle Worst-Case-Szenarien durch, die mir einfallen, da hat die Jägergruppe darüber bereits wieder eine hitzige Diskussion begonnen.

»Ich mach's«, grätsche ich mit fester Stimme dazwischen. Sofort verstummen sie und sehen mich an. Will und Kim lächeln. Chris' und Isaacs Mienen sind eher unleserlich. Barnes runzelt mit einer Mischung aus Überraschung und Missgunst die Stirn. Aber die Hilflosigkeit in Jays Blick versetzt mir einen Stich und bringt meine Entscheidung für einen Moment ins Wanken.

»Das wirst du nicht«, sagt er, als könnte er das Unausweichliche abwenden.

»Ach, komm schon, Jay.« Will hebt die Augenbrauen und Hände in gleicher Weise. »Wir werden sie keine Sekunde aus den Augen lassen. Das ein oder andere Zwicken werden wir zwar in Kauf nehmen müssen, aber ihr wird nichts zustoßen. Sie ist doch eigentlich schon eine Jägerin. Sie schafft das.«

Seine Worte sind wie Balsam und schmeicheln mir sehr.

Jay fixiert mich mit seinem Blick und mustert mich lange, während seine Kiefermuskeln mahlen. In seinen Augen glitzert Sorge. Für die anderen beginnt es bereits komisch zu werden, da senkt er den Kopf endlich und atmet geräuschvoll aus. »Ich kann das nicht entscheiden«, erklärt er schließlich und fährt sich kopfschüttelnd durch die Haare.

Während die anderen sein Gehen als stille Zustimmung deuten und mit der Realisierung unseres Ziels beginnen, muss ich ihm noch lange nachsehen.

Alles, woran ich gerade denken kann, ist, dass unser Fast-Kuss ihn vielleicht doch mehr mitgenommen hat, als ich dachte.

17

Gedankenverloren ziehe ich ein Stück des knusprig gebratenen Brötchens ab und stecke es mir in den Mund, um dann eine halbe Ewigkeiten darauf herum zu kauen. Eigentlich habe ich gar keinen Hunger, aber stopfe trotzdem tapfer weiter.

Wir haben im Garten wieder ein Lagerfeuer aufgebaut, wie wir es schon an meinem ersten Abend hier gemacht haben. Aber es fühlt sich diesmal ganz anders an. Während des Aufbaus war ich nicht wirklich hilfreich und als es endlich ans Essen ging, setzte ich mich auf den Baumstumpf, der am weitesten von den anderen weg war.

Ich brauche einfach einen Moment für mich. - *Oder?*

In Gedanken gehe ich immer wieder den Plan durch, aus Angst, ich würde ihn sonst in einem ungünstigen Moment vergessen. Auch jetzt wiederhole ich noch einmal die einzelnen Etappen und versuche krampfhaft nicht an die Konsequenzen zu denken, die es nach sich ziehen würde, falls etwas schief geht.

»Wie fühlst du dich?«, reißt mich Jays Stimme aus den Gedanken und ich sehe träge zu ihm auf. Langsam tritt mir wieder ins Bewusstsein, dass die Welt um mich herum nicht aufgehört hat zu existieren. Er wartet noch einen Augenblick, ob ich vielleicht doch noch auf seine Frage antworte. Als er sich räuspert, rutsche ich ein Stück zur Seite und er setzt sich neben mich. Er stützt die Ellenbogen auf die Knie und legt die Handflächen aneinander. Beide bleiben wir zunächst stumm und sehen vor uns zu Boden.

»Du darfst nicht denken, dass ich gegen den Plan war, weil ich glaube, dass du das nicht könntest«, sagt er schließlich nach einer kurzen Weile und lässt seinen Blick wachsam über die Bäume gleiten. Interessiert wende ich ihm das Gesicht zu und auch er sieht mich an. »Ich will nicht, dass dir etwas passiert.« Bei seinen Worten wird mir sofort ein wenig wärmer.

Er hatte dabei ein wenig die Stimme gedämpft, was aber gar nicht nötig gewesen wäre. Die Anderen sitzen ein gutes Stück von uns entfernt und sind mit anderen Dingen beschäftigt, sodass sie uns gar nicht hören würden. Zur einen Seite des Lagerfeuers spielt Will eine Partie Karten mit Chris und Barnes und zur anderen sitzen Kim und Isaac und unterhalten sich. Auf den ersten Blick könnte man meinen, sie alle genießen eine absolut gelöste und heitere Abendstimmung, aber die Anspannung ist fast greifbar. Oder ich werde einfach nur durch meine eigene so sehr in Beschlag genommen, dass ich Anspannung sehe, egal wo ich hinsehe.

»Will hat Recht. Ich bin voreingenommen. Diese Entscheidung hätte ich einfach nicht fällen können. Rein vom Kopf her, ist mir natürlich absolut bewusst, dass du nicht allein bist und wir alles durchgeplant haben. Keiner von den anderen würde dich da mit-reinziehen, wenn sie nicht überzeugt wären, dass du da unversehrt wieder rauskommst«, er seufzt und schließt für einen Moment die Augen. »Aber da ist diese winzige Wahrscheinlichkeit, dass doch etwas schief geht und ich kann einfach an nichts anderes mehr denken.«

Ich versuche seinem Blick auszuweichen. In dem Moment sehe ich zu Isaac und erwidere sein aufmunterndes Lächeln. Danach wendet er sich wieder Kim zu. Sofort muss ich beim Anblick der beiden an seine Worte denken und daran wie ähnlich unser beider Situation ist. Bin ich auch bereit so lange zu warten, wie es nötig ist?

Nein. »Du wirst mich nicht umstimmen«, sage ich bestimmt und drehe mich wieder zu ihm.

»Das-«, möchte er widersprechen, doch ich unterbreche ihn sofort.

»Doch, du versuchst es. Sicher nicht absichtlich. Aber du tust es.« Ich hebe traurig die Brauen. »Du wolltest doch nicht mehr egoistisch sein ...«

Seine Züge glätten sich und er öffnet den Mund, um etwas zu entgegnen, aber überlegt es sich augenblicklich anders. Er lässt die Schultern hängen und senkt den Blick. Im nächsten Moment erhebt er sich und wir sehen einander an. »Lass nicht zu, dass die dich kriegen«, sagt er, als würde er mir nur einen guten Rat geben, aber sein Blick fleht mich geradezu an.

Kurz scheint es, als würde er auf etwas warten, aber dann geht er mit einem vorsichtigen Nicken zurück zu den Kartenspielern, bei denen er schon zuvor gesessen hatte. Sofort beschleunigt sich mein Herzschlag. Jetzt ist der Moment gekommen. Der Moment, in dem der Plan schließlich beginnt. Mir droht sich der Magen umzudrehen.

Vorsichtig erhebe ich mich und ziehe gleichzeitig mein Handy aus der Tasche. Die anderen schenken mir absichtlich keine Aufmerksamkeit, aber ich weiß, dass sie eigentlich genau das Gegenteil praktizieren. Ich entferne mich ein wenig und beginne wahllos auf dem Sperrbildschirm des Smartphones herumzutippen. Mein Weg führt mich vermeintlich orientierungslos in die Nähe des Waldrands. Dabei kann ich es mir gar nicht erklären, wie ich es eigentlich schaffe, mich vorwärts zu bewegen. In mir sträubt sich alles und meine Beine fühlen sich taub an.

Als ich nah genug an einer Wand aus Kiefern stehe, starte ich das Programm, das Chris für mich programmiert hat. In seiner Gänze bekomme ich es nicht mehr zusammen, aber er meinte, die Gargoyles könnten eventuell in den Frequenzen des Geräts lesen oder etwas ähnlich Verrücktes. Also simuliert mein Handy gerade einen Anruf.

Ich trete unbehaglich von einen auf den anderen Fuß, mein Atem rasselt und meine Hand zittert ganz leicht, während ich das Telefon ans Ohr führe. Im Augenwinkel bemerke ich eine Bewegung zwischen den Stämmen der Bäume. Sofort wird mir eiskalt und nur mit Mühe schaffe ich es, meinen Kopf in die Richtung zu drehen. Allerdings ist dort in den Schatten nichts zu sehen. Ich atme einmal tief durch und schließe dabei die Augen. *Mir passiert nichts*, wiederhole ich ein paar Mal, bevor ich den Kopf wieder nach vorn bewege und langsam die Augen öffne, um mich endlich dem Grauen zu stellen.

Vor mir sehe ich auf die marmorne Haut eines Ungetüms. Er steht auf den Hinterbeinen, die ein wenig gebeugt sind und seine Schultern stehen nach vorn, während seine Arme nach hinten außen ausgetreckt sind. Ich atme japsend ein, aber verlerne die Fähigkeit kurz darauf völlig. Wie in Zeitlupe bewege ich meinen Kopf nach oben. Eine lange dunkelgraue Narbe zieht sich über sein Auge hinunter zu seiner Oberlippe. Sein Kopf bewegt sich wie der eines Vogels. Die glänzenden Augen mustern mich, sehen kurz über mich hinweg und mustern mich dann weiter, als würde er etwas abwägen. Dabei stößt er immer wieder gurgelnde Laute aus und bleckt die Zähne.

Geschockt lasse ich mein Handy fallen. Der Fluchtreflex in meinem Inneren setzt ein und ich weiche zurück, wobei ich über eine Kuhle im Gras stolpere und mit einem spitzen Schrei nach hinten falle. Der Gargoyle knurrt und lässt einen hohlen Schrei verlauten. Hinter ihm springt sogleich ein zweiter heraus, der mich aber überhaupt nicht beachtet. Seine Augen sind auf etwas weit in meinem Rücken gerichtet. Auf die Jäger.

Das Narbengesicht beugt sich zu mir herunter und legt seine Hand fest um einen meiner Oberarme, sodass sich die kurzen Klauen daran in mein Fleisch bohren. Mir entweicht ein erstickter Schmerzenslaut und ich kann ein Winseln nicht unterdrücken, als er sich leicht umdreht, um mich so hinter sich her, in den Wald hinein-zuziehen.

In der Ferne werden Rufe laut, als die Jäger die Verfolgung auf-nehmen. Wie von selbst kneifen sich meine Augen zu und sofort schiebt sich Jays trauriges Gesicht vor meine Gedanken. Ich schlucke schmerzhaft, um mich daran zu erinnern, dass das alles zum Plan gehört. Und er funktionieren wird. Er muss einfach funktionieren.

Plötzlich heben sich meine Beine nach oben und mein unterer Rücken schabt schmerzhaft über den Waldboden. Als ich, mich windend, die Augen öffne, erblicke ich einen weiteren Gargoyle und im selben Moment kommen wir abrupt zum Stehen. Meine Entführer zischen sich unruhig an und krümmen sich einander zu, wobei sich ihre Griffe jeweils ein wenig lösen.

Mir kommt die Erinnerung an etwas, das Will mir während der Vorbereitung gesagt hat. »*Wenn du die Möglichkeit hast zu fliehen, musst du sie nutzen, damit sie keinen Verdacht schöpfen. Sie werden dich zwar in jedem Fall wieder einfangen, aber sie müssen in dem Glauben bleiben, du wärst ihnen unabsichtlich in die Finger geraten.*«

Also reiße ich mich mit einem Ruck aus ihrer Umklammerung und rolle mit einem kräftigen Schwung zur Seite. Ich kann mich nicht ganz aufrichten, da legt sich bereits von hinten eine kalte Hand um meinen Hals. Panik überrollt mich, während ich gurgelnd versuche Luft zu bekommen. Reflexartig schießen meine Finger noch oben und ziehen an denen des Gargoyles.

Es ist so einfach. Er muss nur richtig zudrücken oder die Hand ein Stück bewegen. Binnen einer Sekunde wäre alles vorbei.

Mit einem Ruck zieht er mich nach hinten und wirft mich zu Boden. Hustend und spuckend hole ich gierig Luft. Dabei drehe ich mich auf den Bauch und stütze mich auf alle Viere. Vor meinen Augen tanzen Sterne, aber ansonsten ist es schwarz. Zum Ausruhen bleibt mir nicht viel Zeit. Sofort greifen sie mich jeweils links und rechts an den Oberarmen und hieven mich in die Höhe, sodass nur noch die Spitzen meiner Sneaker den Boden berühren. Sie bewegen sich nach vorn - schneller diesmal.

Meine Auffassungsgabe kommt nur langsam wieder in ihre ursprüngliche Form zurück. Erst jetzt werde ich mir der menschlichen

Schreie bewusst, die sich unter die Laute der Gargoyles mischen. Und sie sind viel zu laut und viel zu nah dran. Der Plan war, dass sie sich bedeckt halten, bis das Nest in Sicht käme.

Eine Gänsehaut überzieht meinen Körper. *Etwas stimmt nicht. Etwas ist schief gegangen.*

Es ist, als würde ein Glockenschlag in meinem Kopf ertönen. *Nein.* Mich ergreift Schwindel, Übelkeit und meine Atmung wird noch heftiger. Mit Schwung reiße ich meinen Körper nach unten und versuche dabei meine Füße in den sandigen Boden zu rammen. Ich bringe uns damit aus dem Tempo heraus und zwinge die Gargoyles sogar, stehen zu bleiben. Aber nur, damit beide wütend zu mir herumfahren. Narbengesicht faucht mich an und holt mit der Pranke aus. Es geht so schnell, dass ich es gar nicht schaffe, noch die Augen zu schließen. Voller Angst kann ich nur akzeptieren, dass mich sein Schlag zur Ohnmacht zwingen wird. Da schreit er plötzlich schmerzerfüllt auf und wirft den Kopf dabei in den Nacken. Er lässt mich los und dreht sich so, dass ich dabei zusehen kann, wie er sich einen Dolch aus der Schulter zieht.

Vor Erleichterung entweicht mir ein Lachen und die Ränder meines Sichtfelds verschwimmen. Auch der andere Gargoyle lässt mich nun los und beugt sich auf alle Viere. Ich falle in den Dreck, weil mich meine Beine irgendwie nicht halten können und muss zunächst heftig den Kopf schütteln, bevor ich wieder normal sehen kann. Mit dem Unterarm wische ich mir energisch über die nassen Wangen. Gerade noch rechtzeitig, um Jay dabei zuzusehen, wie er dem einen Gargoyle eine Ladung Kugeln verpasst und Barnes, wie er mit viel Schwung den anderen enthauptet.

Ich drücke die flachen Hände auf den unebenen Boden und stemme mich wackelig auf die Füße. Jay ist noch gerade rechtzeitig da, um mich aufzufangen, als ich wieder umzufallen drohe.

»Was ist passiert?«, presse ich hervor und sehe an ihm vorbei auf rasende Bewegungen in der Dunkelheit. Wir sind beide außer Atem.

»Ein paar mehr Gargoyles als erwartet«, sagt er unheilvoll und seine Augen sind auf dieselbe Stelle gerichtet. »Fünfzehn.«

Ein Schwall Luft fällt mir geräuschvoll aus dem Mund und ich sehe ihn mit schockgeweiteten Augen an.

»Bitte sag mir, dass du laufen kannst?«, fleht er und ich nicke hastig, auch wenn ich mir da nicht so sicher bin.

Er mustert mich einen Moment und wirft dann Barnes einen Blick zu. Als er mich loslässt, schwächele ich, aber kann mich gerade noch so abfangen. Sofort stützt er mich und sieht sorgenvoll zu mir herunter. Ich nicke erneut. »Es geht schon«, sage ich heiser und lehne mich ein Stück zurück. Teste meinen Stand, aber greife trotzdem nach seiner Hand.

Dann rennen wir los. Genau im richtigen Moment, um zum Rest der Gruppe aufzuschließen.

Alle rufen einander etwas zu und mischen ihre Stimmen schwindelerregend mit denen der Gargoyles, während sich im meinem Kopf nur eine Wolke der Blindheit bildet. Allein Jays Hand ist alles, was mich führt und was mir noch wirklich bewusst ist. Mein Körper ist erschöpft, aber mein Lebenstrieb sagt mir, dass es noch nicht vorbei ist und ich mich vorwärts bewegen muss.

Plötzlich ertönt ein Schrei und ich bleibe augenblicklich stehen. Jays Hand rutscht aus meiner und ich beobachte, wie ein Gargoyle Kim zu Boden reißt. Ohne weiter darüber nachzudenken, laufe ich auf sie zu. Aber kaum bin ich ein paar Schritte gelaufen, prallt eines der Ungeheuer mit so einer Wucht gegen mich, dass es mir die Luft aus den Lungen drückt. Gemeinsam purzeln wir in reißerischem Tempo einen kleinen Abhang nach unten. Ich sehe Gargoylehaut, Waldboden, Baumkronen und ein Stück Sternenhimmel immer abwechselnd, bis wir schließlich irgendwann zum Liegen kommen. Ich kann mich kaum hochrappeln, da werde ich schon an den Schultern gepackt und gegen den Boden geschlagen. Bei jedem dumpfen Schlag atme ich noch einen weiteren Teil Luft aus und habe schon bald ein Rauschen in den Ohren.

Mit all der Kraft, die ich noch habe, forme ich eine Faust und hole damit aus, um sie dem Gargoyle ins Gesicht zu schleudern. Meiner eingeschränkten Bewegungsfreiheit ist es geschuldet, dass ich nicht genug Schwung bekomme. Trotzdem weicht er dem Schlag aus und ich verspüre nur einen brennenden Schmerz, während ich meinen Handrücken über Reihen scharfer Zähne ziehe. Ein langes Kreischen erklingt und ich brauche einen Moment, um zu realisieren, dass es aus meinem Mund kommt. Blut quillt aus der Wunde und fließt über den Unterarm, den ich mir an die Brust drücke. Fest umklammere ich mein Handgelenk mit meiner anderen Hand, in der Hoffnung, das könnte den Schmerz dämpfen. Der Geruch von Eisen steigt mir in die Nase und lässt meinen Magen rebellieren. Meine verletzte Hand zittert unkontrolliert und immer wieder kommen erstickte Laute zwischen meinen Zähnen hindurch.

Der Gargoyle lehnt sich zu mir hinunter und leckt sich triumphierend mit der langen, dunklen Zunge über die Zähne. Der Ekel übermannt mich beinahe. Ein wütendes Brüllen versteckt sich hinter meinen gefletschten Zähnen. Ich hole aus und trete meinen Fuß in eins seiner Beine. Ihm entfährt ein erschrecktes Zischen, dann fällt er neben mir zu Boden. Schnell rolle ich mich zur Seite und rappele mich hoch, während ich in einer fließenden Bewegung »das Messer für alle Fälle« aus meinem Stiefel ziehe. Meine Beine sind gebeugt und ich stütze mich zusätzlich mit einer Hand am Boden ab, während die andere zitternd und blutend die Waffe hält. Mein Gegner erhebt sich quälend langsam und dreht seinen Kopf unnatürlich weit, während seine Augen mich nicht aus den Augen lassen. Sein Maul bebt, während er es noch ein wenig mehr öffnet und ich schieße imaginäre Blitze auf ihn ab.

Auch wenn er mich immer noch um ein gutes Stück überragt, scheint er dennoch etwas kleiner zu sein als die anderen seiner Spezies. Fiebrig versuche ich zu überlegen, ob ich das irgendwie zu meinen Gunsten nutzen kann. Aber viel Zeit bleibt mir nicht, da er zum Sprung ansetzt. Sofort hebe ich den Oberkörper und wechsele das Messer in die andere Hand.

Schnell ducke ich mich zur Seite weg, sodass sein Arm über mich hinweg fegt und rolle über den Boden, um ein Stück hinter ihm wieder hochzukommen. Vor meinem inneren Auge blitzt ein Déjà-vu auf. Für einen kurzen Augenblick sehe ich ein Publikum und einen glatten Bühnenboden. Höre Applaus.

Bevor sich das Monster umdrehen kann, stürze ich auf seinen Rücken zu. Noch während ich mit dem Messer aushole, tritt es mit einem seiner Beine nach hinten und trifft mich so hart gegen die Brust, dass ich ein Stück durch die Luft fliege. Ich keuche auf und schlittere noch ein paar Schritte über den Boden. Kaum, dass ich die Augen öffne, kommt er schon in rasendem Tempo auf mich zuge-schossen. Ein Funkeln blitzt auf, als er die Krallen ausfährt und sie für eine Sekunde das Mondlicht spiegeln. Augenblicklich springe ich auf die Füße und weiche ihm stolpernd aus. Völlig außer Atem starre ich zu ihm hoch, während er mich wütend angrunzt. Ein lautes Gebrüll löst sich aus seiner Kehle und ich weiche panisch ein Stück zurück. Doch als er sich erneut auf mich stürzen will, stockt er. Sein Kopf fliegt herum und da erblicke auch ich, dass er die beiden silbernen Krallen nicht gelöst bekommt, die sich tief in einem Baum-stamm verkeilt haben. Seine Pranke krümmt sich angespannt und er grunzt verzweifelt. Aber die Krallen bleiben an Ort und Stelle.

Ich wittere meine Chance. Schnell überbrücke ich den Abstand zwischen uns, um ihm mein Messer tief in die Brust zu schlagen. Sobald ich kann, springe ich wieder zurück, um mich in Sicherheit zu bringen. Er jault auf und wirft dabei sein Haupt in den Nacken.

Dann sehe ich ihm zu, wie er es hin und her schwingt und lang-sam immer weiter zusammensackt. Ich sehe ihm zu, wie er stirbt. Erleichtert schluchze ich auf und presse wieder meine verletzte Hand an meinen Körper.

Mittlerweile liegt er seltsam verrenkt auf dem Boden, da die Krallen noch immer im Baum stecken. Seine Brust hebt und senkt sich unregelmäßig, während seine Augen noch immer auf mich gerichtet sind. Das angriffslustige Funkeln weicht Furcht.

Kampfgeräusche klingen an mein Ohr und ich weiß, dass die anderen auch ihre Probleme haben.

Ich sehe zu dem Monster und fasse einen Entschluss. »Das hast du eigentlich nicht verdient«, erkläre ich, auch wenn ich weiß, dass er mich nicht versteht. Dann ziehe ich das Messer heraus und steche es ihm mit einer kurzen schnellen Bewegung seitlich in den Kopf. Beinahe im selben Moment noch erschlafft sein Körper.

Ich sehe auf den Kadaver hinunter und ein Gemisch aus Ekel, Trauer und Enttäuschung überkommt mich. *Der erste Gargoyle, den ich getötet habe*, mache ich mir bewusst und spüre dabei nicht einmal einen Funken Freude oder Stolz. Nur unendliche Traurigkeit.

Ein menschliches Kreischen lenkt meine Aufmerksamkeit um. Zuerst versuche ich, den Hang hinaufzuklettern, aber meine Verletzung macht mir sofort einen Strich durch die Rechnung. Also mache ich mich stattdessen auf, um einen Weg zu finden, der daran vorbeiführt. Gleich eine ganze Reihe an Adrenalinschüben pulsieren mir durch den Körper und ich habe das Gefühl, noch nie so schnell gelaufen zu sein.

Die anderen kämpfen in einer Art halben Lichtung und ich registriere erleichtert, dass sie noch alle auf den Füßen sind. Mein Blick huscht über die Gargoyles. Fünf liegen bereits reglos auf dem Boden, die anderen fahren unerbittlich mit den Krallen durch die Luft. Nur wenige Schritte von mir entfernt, stößt Will gerade eine der Kreaturen von sich und lehnt sich dann mit schmerzverzerrtem Gesicht gegen einen Baum.

»Geht's dir gut?«, frage ich, als ich ihn erreiche.

Die eine Seite seines Kopfes ist blutüberströmt. Er stöhnt angestrengt auf und ich lege ihm eine Hand auf den Rücken, während er hustet. Schwer atmend stützt er sich auf seine Knie und spuckt auf den Boden. Mit geschlossenen Augen erhebt er sich dann wieder und grinst, als er mich ansieht. »Alles Bestens.« Seine Zähne sind ganz rot.

Ich möchte etwas sagen, aber plötzlich wird seine Miene wieder ernst und er rennt ohne weitere Worte los. Bevor ich überhaupt gesehen habe, was ihn dazu verleitet hat, folge ich ihm. Aber dann lenkt Isaac mich ab. Er wird von einem Gargoyle bedrängt und mein Blick geht kurz zwischen ihm und Wills Rücken hin und her, da entscheide ich mich jedoch schnell dafür, ihm zu helfen. Ich nehme etwas Anlauf und stoße mit meinem Körper gegen den Angreifer. Er fällt zwar nicht um, sondern strauchelt nur, aber es reicht, damit Isaac aufstehen und ihm eine Kugel verpassen kann.

Das Vieh geht zu Boden und er senkt langsam die Waffe, während er geräuschvoll ausatmet. Dann sieht er mich anerkennend an. »Danke.«

Ich nicke. Als wir uns nun umdrehen, können auch wir endlich sehen, was Will so abgelenkt hat. Chris und Kim sind von gleich vier Gegnern umzingelt und leisten sich einen unerbittlichen Schlagabtausch. Will kommt gerade dazu und wir setzen uns in Bewegung. Wir kommen an Jay vorbei, der gerade das Blut von der Machete an seinem T-Shirt abwischt, während er noch auf den Gargoyle hinuntersieht, den er damit gerade getötet hat. Sein Gesicht ist über und über von Blutsprenkeln benetzt und ein dunkler Blutfleck ziert, direkt unter seiner pulsierenden Brust, sein T-Shirt. Isaac ruft ihm etwas zu und er hebt augenblicklich den Blick, um sich kurz darauf in unsere Richtung zu bewegen.

Dem Gargoyle, der Kim gegenüber steht, wird von Isaac über die Arme gegriffen, um ihn so zu fixieren und während dieser noch verwirrt ist, stößt sie ihm ein Messer in die Brust.

In diesem Moment muss ich mich schnell wegducken. Will konnte einen der Gargoyles ein Stück herauslocken und dieser schlägt nun wild um sich. Er taumelt nach hinten, als Will ihm einen Dolch in die Schulter rammt und ich schiebe geistesgegenwärtig ein Bein nach vorn, damit er darüber stolpert und zu Boden geht. Sofort tritt Will einen Schritt vor und schießt ihm eine Kugel zwischen die Augen.

Und dann war's das plötzlich. Man hört nur das laute Hecheln von uns Menschen. Ich sehe mich um und sehe in, vom Kampf verzerrte, Gesichter. Barnes schien dazugekommen zu sein, während ich die Augen in unserem letzten Kampf hatte.

»Tja. Was für eine große Scheiße«, flucht er und wischt sich Blut vom Mund.

Chris setzt sich, dort wo er gestanden hat auf den Boden und starrt mit offenem Mund auf einen der Leichname.

Wir alle haben Schrammen, Schnitte und Dreck überall am Körper, scheinen den Kampf aber ansonsten unversehrt überstanden zu haben. Ein Lächeln der Erleichterung und der Erschöpfung kommt mir über die Lippen, während ich meinen, noch immer blutenden, Handrücken noch fester gegen mein Oberteil drücke. Als ich aufsehe, sehe ich mein Lächeln auf Jays Lippen gespiegelt.

Wir haben es geschafft. Noch immer ungläubig sehe ich über das Schlachtfeld und zähle unbewusst die toten Gargoylekörper.

… neun, zehn, elf. Mit meinen beiden Entführern und dem Toten am Abhang macht das jedoch nur vierzehn Gargoyles.

Sofort erstirbt mein Lächeln.

Mit gerunzelter Stirn sehe ich Kim dabei zu, wie sie sich zu Chris hinunterbeugt und seine Wunden besieht. »Hattest du nicht gesagt, es wären fünfzehn gewesen?«, frage ich an Jay gewandt und beobachte, wie auch Will sich zu den beiden gesellt und etwas sagt, dass sie zum Lachen bringt.

»Ja, stimmt«, bestätigt er und runzelt die Stirn.

Sofort wirbele ich den Kopf zu ihm herum. »Einer fehlt«, lasse ich unheilvoll verlauten.

»Was?«, er lässt den Blick schweifen und seine Augen weiten sich.

In dem Moment fällt mein Blick auf Barnes und Isaac, die sich unterhalten. Barnes zündet gerade die Zigarette an, die er sich in den Mund gesteckt hat.

Da erhebt sich hinter ihnen ein Schatten.

Mir entweicht ein erstickter Schrei und wir versuchen sie mit lautem verzweifelten Geschrei und ausschweifenden Gesten auf die Bedrohung hinzuweisen.

Ein widerlich schmatzendes Geräusch erklingt und hallt wie ein Echo über die Lichtung. Gefolgt von einem Rauschen in meinen Ohren, sodass ich den Schuss schon nicht mehr höre, als Jay ihn abfeuert.

Ich sehe, wie Barnes die Zigarette aus dem Mund fällt.

Sehe, wie der Gargoyle zur Seite kippt und mit einer Erschütterung auf dem Boden aufkommt, während sich seine rot schimmernden Krallen wieder aus Isaacs Körper zurückziehen. Mit einem verblüfften Gesichtsausdruck geht dieser in die Knie. Als er den Mund öffnet ergießt sich ein Schwall Blut über sein Kinn. Dann kippt auch sein Körper zu Boden. In dieselbe Richtung, in die zuvor auch sein Mörder gefallen war.

Immer noch höre ich nichts außer dem Rauschen und jede Bewegung scheint sich wie in Zeitlupe abzuspielen. Will greift Kim von hinten, während diese ihren Mund zu stummen Schreien verzieht. Sie schlägt und tritt um sich, aber kann sich nicht befreien. Die beiden bewegen sich langsam auf den Boden zu, aber als sie dort ankommen, gibt sie das Kämpfen noch immer nicht auf. Ihre Hände graben sich in den weichen Boden, während sie versucht Wills Umklammerung zu entfliehen.

Wills Gesicht ist nass und verzerrt. Ohne zu Blinzeln ist sein Blick fest auf die Stelle geheftet, zu der ich nicht mehr sehen kann.

Meine Hand schlägt sich wie von selbst vor meinen Mund und schließlich verschwimmt mein Sichtfeld ganz, als mich der Schock überwältigt.

18

In weiter Ferne sehe ich immer wieder den Lack von Autodächern aufblitzen, wenn sie die Straße entlang sausen. Ich höre Vögel zwitschern und ein lauer Wind bläst mir um die Nase, während ich wie hypnotisiert die vor mir liegenden Felder anstarre. Aber außer meiner Augen kann ich keinen Zentimeter meines Körpers bewegen. Die Zeit fliegt dahin, aber ich halte an der Überzeugung fest, dass sie stillsteht, wenn ich mich nur so wenig wie möglich bewege.

Auch nachdem ich mich gewaschen habe, fühle ich mich noch immer schmutzig und unter meinen Fingernägeln kleben noch immer Reste von Blut und Schlamm. Aber mein Bewusstsein ist zu taub, als das ich mich daran stören könnte. Nur als ich versuchte Kim den Dreck der vergangenen Stunden abzuschrubben, als könnte ich so auch die Realität von ihr waschen, war mir Hygiene das Wichtigste auf der Welt. Ihr wiederum war wahrscheinlich nicht mal bewusst, was ich da überhaupt tat.

Sofort muss ich die Augen schließen, als das Brennen einsetzt. Die Gedanken an die Leere in ihrem wässrigen Blick und die Tränen, die nicht zu versiegen schienen, halten mein Herz in einem kalten Griff gefangen.

»Hey.«

Mir fehlt die Kraft, um zu ihm hochzusehen, doch drehe ich zumindest meinen Kopf ein Stück in seine Richtung.

Jay setzt sich zu mir auf die alte Holzbank und nun beobachten wir gemeinsam ein vorbeifahrendes Autodach. Unter dem sitzt sicher eine glückliche Familie, deren Welt noch in bester Ordnung ist.

Bei uns aber ist überhaupt nichts in Ordnung.

Diese ätzenden ... verdammten Glückspilze.

»Wie geht es Kim?«

»Wir haben nicht viel geredet, bis sie mich weggeschickt hat, um ein bisschen allein zu sein.« Meine Stimme fängt monoton an, aber noch bevor ich zu Ende gesprochen habe, wird sie leicht schrill und meine Augen füllen sich mit Tränen. Ich habe nicht die Kraft, um mich zu beherrschen und ich bin sicher, dass Jay auch nicht erwartet, dass ich ihm etwas vormache. »Was hätte ich ihr auch schon sagen können?« - *Ich fühle mich so machtlos.*

Er schiebt seine Hand zwischen meine und verschränkt unsere Finger in meinem Schoß.

»Ich kann nicht glauben, dass er tot ist.« Ich bin der Verzweiflung so nah.

»Ich auch nicht.«

»Wie konnte das nur passieren? Es war alles geplant - Wir hatten doch einen Plan!« Meine Gedanken überschlagen sich und ich bekomme einfach nicht ausgedrückt, was ich sagen möchte. Mir entweicht ein bitterer Schluchzer.

»Sie haben uns ausgetrickst.« Die Wut in seiner Stimme, lässt mich zu ihm aufsehen, aber in seinem Gesicht ist nichts weiter als Traurigkeit. »Es waren zu viele. Das wäre schon ein ziemlicher Zufall, wenn sie gerade gestern auf einmal mehr Gargoyles geschickt haben. Nein, sie müssen uns über Wochen getäuscht haben. Sie haben falsche Fährten gelegt. Wenn wir gewusst hätten, wie viele es sind, wären wir die Sache ganz anders angegangen. Aber darauf waren wir einfach nicht vorbereitet«, erklärt er mir. Aber es klingt, als würde er es mehr zu sich selbst sagen. Für einen Augenblick glaube ich, er würde die Situation so vor sich rechtfertigen wollen. Doch mir ist bewusst, dass er es für sich wiederholt, damit er daraus lernt. Damit ihm ein solcher Fehler nie wieder unterläuft. Isaac ist ihm noch immer zu wichtig, als dass er seinen Tod einfach so *rechtfertigen* könnte. Er stellt sich seinem Vermächtnis.

Und ich? Kann ich mich dem stellen?

Eine Gänsehaut überzieht meinen Körper bei dem Gedanken, wie ausgeklügelt die Gargoyles vorgegangen sind. Wie hinterlistig sie sich einen Vorteil verschafft haben.

»Nein«, entweicht es mir, als mir etwas Schreckliches bewusst wird und Jay sieht mich fragend an. »Diese *verfluchten* ...«, ich breche ab und muss Tränen der Wut herunterwürgen. »Er hätte einfach weglaufen können. Wir waren in der Überzahl. Es war nicht nötig, dass er Isaac-« Ich muss schwer schlucken und überspiele es, indem ich schnell weiterrede, während mein Mund immer trockener und der Kloß in meiner Kehle immer dicker wird. »Er wusste, wir würden ihn sofort töten, wenn er auch noch nur einen von uns angreift. Aber er-«, weiter komme ich nicht. Angesichts dieses Grauens versagt meine Stimme nun völlig.

»Aber er wollte uns unbedingt noch weh tun«, beendet Jay den Satz für mich und schließt dafür kurz die Augen. Er wirkt nicht überrascht, nur traurig. Ihm war dieser Gedanke bereits ganz klar.

»Ich kann nicht glauben, dass er tot ist«, wiederhole ich. »Auch wenn mir eigentlich bewusst ist, dass er dort hinten liegt.« Ein Schluchzer unterbricht kurz meinen Redefluss. »Wenn ich ins Wohnzimmer gehe, habe ich das Gefühl er sitzt dort auf dem Sofa und spielt Karten mit Barnes.« Dicke Tränen kullern mir ohne Halten über die Wangen. Ohne, dass ich sie kontrollieren könnte, selbst wenn ich es wollte. Mit der freien Hand wische ich mir über die Tropfen am Kinn und meine laufende Nase. Dann sehe ich schließlich wieder Jay an.

Sein Blick ist in die Ferne gerichtet und ich sehe Tränen in seinen Augen. »An dieses Gefühl - wenn man einen geliebten Menschen verliert ...« Er hält kurz inne und sieht auf unsere Hände hinunter. »Daran gewöhnt man sich nie«, beendet er schließlich den Gedanken mit heiserer Stimme.

Mein Schmerz ist frisch und unerfahren. Aber wenn ich in sein Gesicht sehe, dann blicke ich auf unzählige Erinnerungen an all jene Menschen, die er bereits verloren hat. Unwillkürlich muss ich seine Hand drücken. Wieder fühle ich diese frustrierende Machtlosigkeit und würde am liebsten schreien.

»Erzähl mir bitte, was mit deiner Familie passiert ist.«

Seine Augen weiten sich angesichts meines völlig unvermittelten Wunsches. »Denkst du, jetzt ist der richtige Zeitpunkt, um darüber zu reden?«

Sicher nicht. Aber würde es so einen Zeitpunkt jemals geben? Ich bin so überwältigt von diesem Gefühl des Verlusts. Auf keinen Fall möchte ich Isaacs Tod in den Hintergrund drängen. Wenn Jay mir einen Einblick in seine Situation gewähren würde, vielleicht könnte ich dadurch auch einen Zugang zu meiner eigenen Trauer finden. Zwar wirkt er dennoch traurig und angeschlagen, aber nicht so aus der Bahn geworfen. Nicht so wie ich. Meine Gedanken scheinen nicht auf eine gerade Linie zu kommen.

Ich lasse meine Schultern sinken. »Wenn es einen Zeitpunkt gibt, der perfekt wäre, um in schmerzlichen Erinnerungen zu schwelgen, dann wohl dieser hier.«

Er mustert mich intensiv und mit undefinierbarem Ausdruck auf den Gesichtszügen. Plötzlich werden seine Augen so ernst und traurig, dass mir die Luft wegbleibt.

»In meiner Jugend war ich ziemlich rebellisch«, fängt er an und ich kann nicht anders als die Augenbrauen hochzuziehen. Bei meiner Reaktion muss er unwillkürlich schmunzeln und sein Gesicht wird dabei wieder etwas weicher, was die feste Umklammerung in meiner Brust etwas lockert. »Ich kann schon verstehen, dass du das nicht glaubst, aber so war's. In meinem Senioryear wurde es ganz besonders schlimm. Weil ich Quaterback war, musste ich schließlich unbedingt auch jedes Klischee erfüllen. Jedes Wochenende Party, ein Haufen Mädels und was meine Eltern auch zu sagen hatten, es interessierte mich nicht. Es färbte sogar schon auf Will ab. Aber der war einfach immer zu liebevoll, als dass er das durchgezogen hätte. Aber ich ...?« Er hebt den Blick und sieht einen Moment kopfschüttelnd zum Himmel. »Ich hatte eigentlich dauerhaft Hausarrest ... Mein Zimmerfenster aber, führte zum Garagendach hinaus.«

»Und du hast das als Sprungbrett in die Freiheit genutzt?«, bemerke ich nüchtern und muss schniefen. Jetzt in diesem Moment sind da so viele Gefühle, die wild in meinem Kopf umherwirbeln und gleichzeitig um zu viel Aufmerksamkeit betteln. Ein Fünkchen Freude erfüllt mich, weil er mir tatsächlich etwas ganz Besonderes anzuvertrauen sucht. Gleichzeitig habe ich aber große Sorge wegen dem, was sich da anzudeuten scheint. Dann ist da noch dieser winzige, aber seltsam giftige Stich von Eifersucht, der bei »ein Haufen Mädels« aufblitzte und sich seitdem - zu meiner Schande - hartnäckig hält.

Und schließlich wabert noch immer Isaacs Verlust über Allem.

Jay rollt unzufrieden mit den Augen und nickt mit einem verkniffenen Grinsen im Gesicht. Mit einem Mal scheint sich seine Laune zu verflüssigen. Sein Atem wird ruhiger und flacher und seine Augen werden von einem seltsam leeren Schleier überzogen. Ich muss unwillkürlich schlucken.

»Eines Nachts, kam ich leise durch das Fenster zurück in mein Zimmer gekrochen.« Er senkt seinen Blick auf seine Füße und nagelt ihn da fest. »Und da sitzt Will. Im Dunkeln auf dem Boden. Gegen die Tür gelehnt und sieht mich an. Er sagt nichts. Er macht nichts. Er hat nur seine Augen ganz weit aufgerissen, seine Beine umklammert. Starrt mich einfach nur an. Und bevor ich ihn überhaupt fragen kann, warum er in meinem Zimmer ist, höre ich Geräusche unten.«

Mein Mund öffnet sich wie von selbst, aber ich weiß nicht, was ich sagen könnte. Also sehe ich ihm lediglich dabei zu, wie er quälend langsam die Augen schließt. »Da war plötzlich dieses Gefühl. Ich hätte sie alle einfach im Stich und Will mit einer schrecklichen Situation allein gelassen. Noch keine fünf Minuten zuvor habe ich mich wie der König der Welt gefühlt. Aber ein Blick von Will und schon wurde mir klar, dass ich eigentlich nur ein Versager war.« Er tut einen schweren Atemzug. »Ich wusste überhaupt nicht, wie ich mit der Situation umgehen sollte und Will konnte mir einfach nichts erzählen. Und als ich ihn ... auf unsere Eltern angesprochen habe ... da war diese Furcht in seinen Augen.«

Sein Blick ist tief in der Erinnerung versunken und er macht eine kurze Pause, um die Qual auszusitzen, die ich ganz deutlich in seinen Augen glitzern sehen kann. »Also habe ich erst einmal meinen kleinen Bruder bloß irgendwie da rausgeschafft«, fährt er fort.

Mein Innerstes scheint sich zu überschlagen, als ich das Rasseln in seiner Stimme höre.

»Ich habe Will gesagt, er soll vorne am Haus warten und zu einem der Nachbarn laufen, falls es nötig ist. Um mehr Klarheit zu erlangen, wollte ich eigentlich durch den Hintereingang zurück ins Haus, aber -« Seine Stimme versagt nun ganz und sein Atem beschleunigt sich eine Spur. »Ich konnte durch eins der großen Fenster ins Wohnzimmer sehen und ... Da war ein Gargoyle und ...« Er räuspert sich mit einem gequälten Ausdruck im Gesicht.

Sanft lege ich meine freie Hand auf seinen Arm und warte, bis er den Blick hebt und mich mit Tränen in den Augen ansieht. »Ich weiß«, flüstere ich und kann einfach nicht fassen, welch eine Schmerzensflut mich bei der Erkenntnis überrollt, wie sehr er leidet.

Wieder schließt er die Augen und wendet dann das Gesicht ab, um in die Ferne zu blicken. »Will spricht nie darüber. Noch nie hat er mir erzählt, was eigentlich wirklich vorgefallen ist und wie er es in mein Zimmer geschafft hat.« Es ist als hätte er das Thema gewechselt. Von einem Moment zum anderen hat er wieder eine Mauer zwischen mir und seinen Gefühlen gezogen und offenbart mir jetzt ein Thema, dass ihn zwar auch belastet, aber auf eine gänzlich andere Art und Weise.

»Sicher verdrängt er es«, nehme ich an. »Das würden die meisten machen.«

Er seufzt. »Ja, in gewisser Weise hast du wohl Recht. Er verdrängt es - auf seine Art.« Seine Stirn legt sich in Falten. »Die drei Ringe, die er sich auf den Arm tätowiert hat?« Er sieht mich fragend an und spricht erst weiter, als ich verständig nicke. »Und auch das Dreieck? Sie symbolisieren die Menschen, die er verloren hat. Über die dritte Person spricht er auch nie. Dabei denkt er ständig an sie. Davon bin ich überzeugt. Aber er tut, als wäre es nicht so«, sagt er grüblerisch.

Also steht je ein Ring für eine ihm nahestehende Person, die gestorben ist, löse ich für mich das Rätsel um Wills Tattoos. »Wer war die dritte Person?«

»Sarah. Wills erste große Liebe. Sie starb letztes Jahr«, gibt Jay zur Antwort und kneift traurig ein wenig die Augen zusammen.

Der Schock trifft mich tief. Ich weiß nicht womit ich gerechnet habe, aber hiermit wohl nicht. Mir liegt die Frage schon auf der Zunge, doch ich bringe es nicht über mich, sie auszusprechen. Lediglich mein Mund öffnet sich, aber die Worte halte ich zurück.

»Es war kein Gargoyle«, antwortet Jay auf die unausgesprochene Frage. »Verrückt, nicht? Bei unserem Leben? Es ist eigentlich kaum vorstellbar, dass es auch andere Arten zu Sterben gibt.«

»Und wie-?«, hauche ich, aber meine Stimme versagt.

»Ein Autounfall.«

Bedächtig nicke ich. Wenn ich ehrlich bin, ... Müsste ich wählen auf welche Art ein Mensch sterben sollte - Ich müsste entscheiden, ob durch die Hand eines Gargoyles oder durch einen Autounfall ... Selbst für meinen schlimmsten Feind, würde ich das zweite Schicksal wählen. Und trotzdem hätte ich Will von Herzen etwas gänzlich anderes gewünscht. Ich hätte ihm Glück gewünscht. Ich hätte ihm ein Leben mit Sarah gewünscht.

Sie war damals also der Grund, warum er das Jagen aufgeben wollte.

Ich weiß nicht, wie oft ich mich schon zurück in die Vergangenheit gewünscht habe, um dieses oder jenes zu verhindern. Und das allein während der vergangenen Stunden. Könnte ich es ungeschehen machen, ich würde es tun.

Plötzlich löst Jay seine Hand aus meiner und reißt mich damit unsanft aus meinen Gedanken. Sehnsüchtig sehe ich zu ihm auf, während er sich erhebt.

»Ich denke, Will und Barnes sind mittlerweile fertig mit-«, er bricht ab, aber ich weiß auch so schon, wovon er spricht.

»Ich werde Kim holen«, beschließe ich und stehe ebenfalls auf.

Jetzt verlasse ich schließlich doch wehmütig den Platz, an dem für mich die Zeit still stand.

Die Vorhänge verdunkeln das Zimmer und die Luft ist schwer.

»Kim?«, frage ich vorsichtig und mustere dabei ihre kleine zusammengekauerte Gestalt auf dem Bett. Sie hat die Beine angezogen und umschlingt sie mit ihren Armen.

Ihr Kopf liegt dabei auf den Knien und ruckt schlagartig hoch, als sie mich hört. Sie gibt einen erschreckten Laut von sich und sieht mich stumm an, bis ich mich auf das Bett setze. »Es war wohl kein Traum?«, fragt sie wenig hoffnungsvoll.

Ihr Gesicht ist ganz aufgedunsen und fleckig. Ein glühender Rotton färbt ihre Augen und die Haut darum, die sich unter den getrockneten Tränen spannt.

»Wohl nicht«, muss ich ihr mit heiserer Stimme antworten und merke, wie mein Blick leer wird.

Sofort laufen ihr wieder Tränen aus den Augen und malen immer breiter werdende, glitzernde Streifen auf ihr Gesicht.

»Kim«, sage ich und hole noch einmal tief Luft, während der Schmerz wieder die Oberhand gewinnt. »Es ist Zeit.«

Ihr entweicht ein Schluchzer und ihr Mund verzieht sich. Sie wirkt so klein und zerbrechlich, wie eine besonders wertvolle Porzellanpuppe, dass ich Angst habe, sie zu berühren.

»Ich kann das nicht«, presst sie gequält heraus. »Wie soll ich das nur überstehen? Wie soll ich jetzt weiter machen? Jeder, der mir etwas bedeutet, muss sterben und wer es noch nicht ist, der wird es noch. Ich habe ihn zu nah an mich rangelassen. Ich bin schuld.«

Meine Augen füllen sich mit Tränen, die mir schließlich schwungvoll über die unteren Lider quellen. »Das ist die Trauer, die aus dir spricht. Du bist hier nicht der Todesengel. Es sind die Gargoyles. Sie sind gefährlich und manchmal-« Ich muss kurz abbrechen, wische mir über die nassen Lippen und bringe dann erst den Gedanken zu Ende. »Manchmal fordern sie ihren Tribut.«

»Doch, es ist meine Schuld.« Sie kneift fest die Augen aufeinander und drückt ihre Hände gegen ihren Kopf. »Ich halte das nicht mehr aus. Ich kann so nicht mehr weiter machen, Abs.«

Tief in mir verspüre ich den Drang sie zu trösten, ihr einen Ausweg aufzuzeigen. Ich will ihr sagen, dass all ihre Bemühungen nicht umsonst sind. Dass Isaac nicht umsonst gestorben ist. Und dass es so viele Menschen mehr gäbe, die Schreckliches durchmachen müssten, ohne die Jäger.

Aber ich kann nicht. Der Schmerz lähmt mich und die Empfindungen überfordern mich.

»Es gibt wirklich kaum etwas, dass ich dir mit Sicherheit sagen kann. Aber ich weiß, dass Isaac dich geliebt hat.« Kim hebt bei meinen Worten abrupt den Kopf und starrt mich mit leicht geöffnetem Mund an, ohne zu Blinzeln. »Er hat es mir nie direkt gesagt, aber ich hörte es in der Art, wie er über dich sprach. Ich konnte es in seinen Augen sehen, wenn er dich ansah. Und ich weiß, du liebst ihn. Noch immer. Das ist viel wert. Isaac misst sich nicht nach den Tagen, die er mit uns verbringen konnte. Er misst sich an den Gefühlen, die wir empfanden, als er bei uns war.« Ich halte inne und sortiere die folgenden Worte mit Bedacht. »Ich weiß, wenn du dich jetzt nicht verabschieden kannst, wirst du dir das selbst niemals verzeihen.«

Ihre Augen werden eine Spur klarer, während sie mich mustert. Dann wendet sie sich ab und sieht ins Leere. An dem Ausdruck auf ihrem Gesicht sehe ich, wie etwas hinter ihrer Stirn arbeitet. Hand in Hand mit ihrem schmerzenden Herzen.

So sitzen wir eine Weile schweigend da, während ich ihrem lauten und rasselnden Atem lausche. Ich habe alles gesagt. Mehr kann ich nicht hinzufügen. Die Entscheidung muss sie nun selbst fällen.

Ihre Tränen scheinen langsamer zu laufen und versiegen schließlich. Energisch reibt sie sich über die Wangen und schiebt sich vorsichtig über die Bettkante, um aufzustehen.

»Gehen wir«, flüstert sie schwach, aber hinter all der Traurigkeit, kann ich nun einen kleinen Funken der alten Kim erkennen.

Gemeinsam gehen wir stumm durch das Haus, das mit einem Mal völlig leer und abweisend wirkt. Ich geleite sie hinaus in den Garten. Während wir in die Sonne treten, bleibt mir sogleich der Atem stehen.

Mitten auf der Rasenfläche steht ein kleiner Berg aus Holzscheiten aufgebahrt und auf diesen Holzscheiten liegt Isaacs lebloser Körper. Mir wird ein wenig übel, als mir der Gedanke durch den Kopf schießt, dass ich also das ganze Holz gespalten habe, damit es nun diesem Zweck dient.

Erst jetzt wird mir bewusst, dass Kim und ich augenblicklich auf der Veranda stehen geblieben sind. Ihr ganzer Körper zittert und ihre Nasenlöcher weiten sich, während sie auf den Körper starrt, der einmal eine ganz wundervolle Persönlichkeit beherbergt hat.

Sie haben ihn mit einer Decke bedeckt und ihn so drapiert, dass nichts mehr an den Kampf erinnert und er wirkt, als würde er nur schlafen.

In diesem Augenblick stelle ich alles zurück, was meine Person betrifft. Blende meine eigenen Gefühle aus und greife entschlossen nach Kims Hand. Langsam dreht sie ihren Kopf zu mir herum und sieht mich verunsichert an.

»Du schaffst das«, versichere ich ihr und versuche so viel Zuversicht wie möglich in meinen Gesichtszügen zu verpacken.

Kurz schließt sie die Augen und wendet ihr Gesicht dem Garten zu. Als sie sie wieder öffnet, lässt sie meine Hand los und bewegt sich wackeligen Schrittes nach vorn. Ich atme tief durch, lasse sie aber nicht aus den Augen und folge ihr mit etwas Abstand.

Barnes steht ein wenig abseits, die Arme verschränkt und hält etwas in den Händen, womit sie wohl den Scheiterhaufen schließlich entzünden werden. Seine Augen sind fest auf Isaac gerichtet, der Blick unergründlich.

Ein paar Schritte entfernt steht Chris, der sich immer wieder mit der Hand über die Wange fährt, wobei seine Brille kleine Hüpfer vollzieht. Die andere Hand ruht auf Isaacs Schulter.

Ich bleibe stehen, als Kim Jay und Will erreicht, die auf der anderen Seite neben Isaac stehen und beobachte sie alle mit schwerem Herzen. Als sich Kim zu Isaac hinabbeugt und ihm etwas zu sagen scheint, treten die anderen alle einen Schritt zurück, um den beiden ein wenig Privatsphäre zu geben. Sie streicht ihm über das Haar und lächelt, während große Tränen aus ihren Augen kullern.

»Ich hasse Bestattungen«, sagt Will, als er sich zu mir stellt. Seine Stimme ist kratzig und er klingt ein klein wenig wütend.

Ich will Kim nicht aus den Augen lassen und vermeide es deshalb ihn anzusehen. »Meinst du, sie schafft das?«, frage ich ihn und bin beinahe erschrocken, als ich die Angst in meiner Stimme höre.

»Wer weiß das schon?«, fragt er zurück. »Sie wird Zeit brauchen und eventuell lernt sie irgendwann damit umzugehen. Auf ihre Art ...«

Jetzt muss ich ihn doch ansehen. Sein Blick ist stur auf den Scheiterhaufen gerichtet, aber seine Miene ist tief und unergründlich. Unwillkürlich frage ich mich, ob es ihm ähnlich geht und kann nicht anders, als einen Blick auf diesen einen, dritten Ring an seinem Arm zu werfen.

Schließlich sehe ich wieder zum Rest der Gruppe.

Kim dreht sich heftig schluchzend um und nickt Jay zu, bevor sie sich ihm in die Arme wirft. Es dauert einen Moment, bis ich begreife, was los ist. Ich bekomme nicht einmal richtig mit, wie Barnes das obere Ende des Stabes mit einem Feuerzeug in Brand steckt. Aber nun hält er es direkt in den Haufen.

Mit einem warmen orangenen Schein auf dem Gesicht sehen wir alle stumm dabei zu, wie sich das Feuer durch das Holz frisst. Bis der Rauch und die Größe der Flammen uns schließlich den Blick auf Isaac versperren.

19

Mein Smartphone hatte den Sturz leider nicht überlebt. Seltsamerweise trauere ich dem Ding und den damit verloren gegangen Kontakten und Fotos überhaupt nicht nach. Eigentlich hätte ich wohl auch gar nicht mehr daran gedacht, wenn ich nicht händeringend nach einer Beschäftigung für mich gesucht hätte und den Entschluss fasste, nach weiteren Möglichkeiten für Gargoyleverstecke zu suchen. Schließlich konnte ich irgendwann Chris dazu überreden mir seins zu geben.

Seit gestern ist die Stimmung im ganzen Haus gedrückt und jeder verkriecht sich irgendwo in einer Ecke, um für sich zu bleiben. Jay habe ich seit Isaacs Bestattung gar nicht mehr gesehen und eins der Motorräder ist mit ihm verschwunden.

Mithilfe der Suchmaschine lese ich mich durch sämtliche Artikel, die mit großen leerstehenden Gebäuden und ihren Hintergründen zu tun haben. Wer hätte gedacht, dass ich den Großteil meines Lebens inmitten dieser Stadt verbracht habe und doch so wenig über sie weiß. Zugegeben, auch jetzt, da es einem Zweck dient, finde ich es langweilig. Aber es ist schon erstaunlich wie detailliert ich suchen muss, um etwas zu finden, das unseren Ansprüchen genügt. Sobald ich etwas finde, schreibe ich es mir auf meinen Block und lese dann alles zum jeweiligen Ort durch, was ich finden kann. Alles zu dessen Vergangenheit, Gegenwart und Zukunft. Wenn ich den Ort bereits auf der Karte markiert finde oder die Artikel ihn doch wieder ausschließen, streiche ich den Namen von der Liste.

So sitze ich wohl ein paar Stunden, mit angezogenen Beinen, auf dem Boden im Wohnzimmer und habe mittlerweile an die fünfzehn

Namen auf meiner Liste stehen, von denen alle durchgestrichen sind, bis auf zwei. Das unaufhörliche Klicken von Chris' Tastatur habe ich dabei recht schnell ausblenden können.

Mein Kopf schnellt sofort nach oben, als ich Geräusche an der Haustür vernehme. Als ich Jays Umrisse an der Tür vorbei zur Treppe gehen sehe, rappele ich mich augenblicklich auf und rufe ihm nach.

Ich greife meinen Block und lasse noch einmal prüfend die Augen darüber schweifen. »Chris war so gut, mir sein Handy zu überlassen und ich konnte ein wenig nach weiteren Orten recherchieren, die für das Nest in Frage kämen«, informiere ich ihn, während ich auf ihn zugehe. »Ich-«

»Abs, bitte. Jetzt nicht«, unterbricht er mich und der Ton in seiner Stimme lässt mich schließlich zu ihm aufsehen. Er steht noch ein Stückchen vor der ersten Stufe, aber stützt sich schon mit einem Arm auf das Treppengeländer. Seine Augen sind müde und unendlich traurig.

»Aber ...«, fange ich an und beiße mir auf die Unterlippe. »Da ist diese alte Druckerpresse, die zwar klein ist, aber schon seit Ewigkeiten leer steht. Und dann gibt es noch eine Farm, die-«

»Abs«, sagt er jetzt mit Nachdruck und seine Augen stechen durch mich hindurch. Erst als ich einige Sekunden den Mund halte, seufzt er und senkt den Kopf. »Keiner von uns ist momentan in der Lage *irgendwas* zu tun. Isaac war-« Er lässt den Rest der Wörter in der Luft hängen, schluckt und dreht sich um, um seinen Weg fortzuführen.

»Isaac war euch allen sehr wichtig«, schließe ich. »Ich kannte ihn sicher nicht so gut wie ihr, aber er ist auch mir nicht egal!«

Jay bleibt bei meinen Worten auf der ersten Stufe stehen.

»Wir können jetzt nicht einfach aufhören. Sonst wird Isaac nicht ihr letztes Opfer gewesen sein. Während wir warten-«

Mit einem Ruck dreht er sich um. Sein Gesicht sprüht Funken. »Es gibt kein ›wir‹, das dich mit einschließt«, schleudert er mir entgegen und mein Herz sinkt ein Stück ab. »Ob du es glaubst, oder nicht: Gerade heute verspüre ich nicht unbedingt das Bedürfnis jemanden in ein Gargoylenest zu schicken, damit er dort *möglicherweise* sein Leben lässt.«

Ich kämpfe mit aller Macht dagegen an, aber ich kann nicht unterdrücken, dass meine Augen feucht werden. Also wende ich das Gesicht ab und möchte gehen. Jays Hand schließt sich fest um mein Handgelenk, aber ich komme nicht einmal dazu einen Laut von mir zu geben.

»Oh, Scheiße!«, hören wir Chris aus dem Wohnzimmer fluchen, gefolgt von Gepolter.

Augenblicklich lässt Jay mich los und wir stürmen beide ins Wohnzimmer.

»Was ist los?«, ruft er und zusammen beobachten wir Chris, wie er im Stehen und in einem Affenzahn auf die Tastatur einhämmert.

»Ich bin aufgeflogen. Wir sind aufgeflogen«, ruft er geschockt, beugt sich ganz nah über einen der Bildschirme und gleich danach über den anderen. »Scheiße. Scheiße. Scheiße. Ich krieg sie nicht raus.«

»Wie viel Zeit?«, bellt Jay und sein ganzer Körper steht plötzlich unter Strom.

Chris beugt den Kopf abwiegend zur Seite. »Etwa fünfzehn Minuten, dann wissen sie wo wir sind«, sagt er, aber ohne von seinem Arbeitsplatz hochzusehen. »Wenn wir Glück haben.«

Glück. Das hatten wir in letzter Zeit ja eher nicht.

»Chris, zerstör die Beweise.« Jay ist schon zur Tür raus.

»Bin schon dabei«, sagt Chris und sieht dann wehmütig zu den großen schwarzen Boxen. »Ihr werdet mir fehlen, Jungs.«

Ich sehe hektisch zwischen ihm und Jay hin und her. Bis ich es schaffe, mich aus der Erstarrung zu lösen, ist Jay schon auf die Veranda getreten. »Wir zwei laden die Motorräder auf den Pickup und holen die Waffenkisten. Wir müssen verschwinden«, höre ich ihn noch in seinem gewohnten Befehlston sagen, während ich zum Mädchenzimmer laufe.

»Kim«, rufe ich und fange schon damit an, Klamotten aus dem Schrank zu ziehen und auf das Bett zu werfen. »Wir müssen sofort hier weg!«

»Was?« Sie schiebt sich quälend langsam unter der Bettdecke hervor und ihre verquollenen Augen folgen mir, während ich durch den Raum hetze.

Ich ziehe meinen Koffer unter dem Bett hervor und stopfe alles an Kleidung hinein, was ich in die Finger kriege. »Chris sagt, sein Programm wurde entdeckt«, gebe ich ihr die Kurzfassung.

Sofort steht sie aufrecht und beginnt sich umzuziehen. Sie ruft mir Fragen zu wie »Was?« und »Wie?«, während sie in eine Hose schlüpft.

»Keine Ahnung«, rufe ich mit leichter Ungeduld in der Stimme, weil sich der Reißverschluss des Koffers in einem der Kleidungs-stücke verfangen hat und nicht weiter zugeht. »Ich bin nicht so gut in Techniksachen.«

Kim holt den Kleidersack und beginnt ihn zu füllen. Ich gebe meinen Koffer auf und ziehe ihn, halb offen, halb geschlossen, hinter mir in den Flur. Von oben rollen mir zwei Kleidersäcke über die Treppe entgegen und hinter ihnen prescht Will die Treppe herunter. Sofort beginnt er damit sie nach Draußen zu schleppen. »Kümmerst du dich um den Rest?«, ruft er mir entgegen und ich sprinte die Treppe, immer zwei Stufen auf einmal nehmend, nach oben.

Ich hole die Kleidersäcke und fange an, sie mit allem zu befüllen, was so aussieht, als müsste es mit und trage sie dann zum Treppenanfang. Auf das Pochen der Wunde an meiner Hand, kann ich dabei kaum achten, auch wenn der Verband schon bald eine rosa Färbung annimmt.

Ich bin so in Eile, dass ich gar nicht wahrnehme, wie ich auch Isaacs Zimmer betrete und seine Sachen zusammenpacke. Erst als ich den letzten Sack, so wie auch Will zuvor, die Treppe hinunterstoße, wird mir das bewusst und ich muss einen Moment inne halten.

Mit einer Hand stütze ich mich gegen die Wand und schlucke schwer. Die Ränder meines Blickfelds pulsieren und es sticht mir in der Seele.

»Alles okay bei dir?«, ruft mir Will von unten zu, der gerade einen der Säcke über die Schulter hievt und einen zweiten in die Hand nimmt.

»Ja«, gebe ich atemlos zurück und nicke hastig, während ich die Treppe hinunterkomme.

Ein lautes Krachen lässt mich erschrecken und ich sehe mit geweiteten Augen zum Wohnzimmer. Dann folgt ein weiteres Krachen, gefolgt von Klirren und Knacken und mir geht ein Ruck durch den ganzen Körper. Als ich eine Sekunde später im Zimmer stehe, sehe ich, wie Chris gerade etwas wegwirft, mit dem er auf die Boxen eingeschlagen haben muss. Er zückt ein Feuerzeug, entzündet es und wirft es in einen etwas kleineren Haufen Schrott, der sofort anfängt lichterloh zu brennen.

Schließlich sieht er mich mit einem Grinsen an und schiebt seine Brille ein Stück die Nase rauf. »Ich muss zugeben, die Umstände sind scheiße, aber das wollte ich irgendwie schon immer mal machen.«

»Hier«, sagt Will und hält mir eine von den Konserven hin, die er am Feuer warm gemacht hat.

Ich nehme sie dankend entgegen und begutachte dann wenig begeistert die helle Suppe darin.

»Kein Fünf-Sterne-Menü …« Er lässt sich neben mir auf den Boden fallen, obwohl auf dem umgefallenen Baumstamm, den ich mir mit Chris teile, eigentlich noch mehr als genug Platz für ihn wäre. Mit gerümpfter Nase und tief nach unten gezogenen Mundwinkeln sieht er in die Dose. »Aber es wird schon gehen.«

»Deine Kochkünste in allen Ehren. Aber das schmeckt einfach grässlich«, beschwert sich Chris und isst widerwillig den nächsten Bissen davon.

»Hey. Noch ein Wort und ich bewerfe dich damit«, droht Will und hebt den Löffel. »Und glaub mir, dass willst du nicht. Denn mit hoher Wahrscheinlichkeit ätzt dir das Zeug die Haut weg.«

Vorsichtig rieche ich an dem ersten Löffel und stecke ihn mir dann mit verkniffenem Gesichtsausdruck in dem Mund. Chris hat Recht. Es schmeckt einfach grässlich. Aber der Hunger treibt es rein - Bissen für Bissen. Und doch scheint der Inhalt der Dose nicht weniger werden zu wollen.

»Wie ist eigentlich der Stand der Dinge?«, frage ich und nicke in die Richtung der anderen, die über die Motorhaube des Jeeps gebeugt sind, wo sie eine Karte ausgebreitet haben und hitzig diskutieren.

Will rollt mit den Augen. »Egal wo wir waren, wir hatten immer noch eine Plan-B-Unterkunft. Also für den Fall, dass etwas schief geht. Diesmal haben wir entschieden, dass das nicht nötig ist und wir stattdessen sofort damit anfangen sollten die Gargoyles zu finden. Es ist ja auch noch nie etwas schiefgegangen.« Den letzten Satz gibt er knurrend von sich.

»Das ist nicht meine Schuld gewesen«, sagt Chris, aber sieht dabei nicht einmal auf, sondern lässt den Daumen seiner einen Hand über das Display seines Mobiltelefons huschen, während er mit der anderen die Konserve ein Stück von sich fernhält; wohl aus Angst, der Inhalt könnte ihn anspringen.

»Das sagt ja auch niemand«, interveniere ich und treibe das Gespräch schnell voran, für den Fall, dass es doch jemanden geben könnte, der das sagt. »Also keine alternative Bleibe. Und deshalb machen wir jetzt ... Was?«

»Schätze wir kuscheln uns in die Wagen und sehen dann morgen weiter.« Will verzieht unglücklich das Gesicht. »Unsere Kreditkarten zu benutzen wäre wohl eher unklug. Die haben sie sicher unter Beobachtung, wo sie ja mit Chris' Algorithmus zusammenhängen. Vielleicht funktionieren sie auch schon überhaupt nicht mehr. Und das bisschen Bargeld, das wir noch haben, sollten wir für andere Dinge nutzen.«

Mein Blick streift wie beiläufig Kims Gestalt. Sie gibt sich ganz geschäftig und ihre rot geränderten Augen fliegen nur so über die Karte, als hätte sie nicht gerade einen großen Verlust erlitten. Ihr Anblick versetzt mir einen besonders schmerzhaften Stich. Statt darüber zu debattieren, wie sie alle nun weiter machen oder auf unbequemen Rückbänken schlafen zu müssen, sollte sie eigentlich die Zeit und die Ruhe zum Trauern haben.

»Hm«, mache ich nachdenklich und rühre in meiner Suppe herum, während sich langsam, aber sicher, ein Gedanke in meinem Kopf formt, der mich unruhig auf der Stelle herumrutschen lässt. »Chris? Darf ich mir noch einmal dein Handy leihen?«, frage ich nach einer Weile.

»Jetzt gleich?«

»Es geht auch ganz schnell. Versprochen«, versichere ich ihm und halte die Hand auf.

Er verzieht das Gesicht zu einer unglücklichen Miene, aber dann schließt er ein paar Apps und legt das Gerät auf meiner Hand ab.

Sofort stehe ich auf und fange an zu wählen, damit ich es mir nicht doch noch anders überlegen kann. Dabei kann ich ganz genau Wills argwöhnischen Blick auf meinem Rücken spüren. Ich entferne mich ein Stück von der Gruppe und trete ganz an den Rand der kleinen Lichtung, die wir in einem Wald etwa zwanzig Meilen vom ursprünglichen Jägerversteck gefunden haben.

Auch wenn es sich keiner richtig anmerken lassen will: Wir sind alle mehr als geschafft. Die anderen noch mehr als ich. Weder meine Kreditkarte, noch mein Kontostand oder das wenige Geld, das sich in meiner Brieftasche befindet, kann mir liefern, was es kosten würde, ein Hotel oder ähnliches für uns alle zu organisieren. Das nächste Problem ist, dass ich zwar in Baltimore aufgewachsen bin, aber mit jedem gebrochen habe, den ich hier je gekannt habe. Wie könnte ich irgendjemanden davon um Hilfe bitten?

Mein Herz schlägt wie verrückt, als ich den Freizeichenton höre.

»Grant«, höre ich die Stimme meiner Mutter am anderen Ende der Leitung und bin plötzlich wie gelähmt. »Hallo?«, fragt sie verwirrt und als ich immer noch nicht antworte, fügt sie noch hinzu: »So, also ich werde jetzt wieder auflegen-«

»Mum-« Mehr bringe ich nicht heraus und weiß auch schon nicht mehr, was ich eigentlich tue. Auf ihrer Seite herrscht ebenfalls Stille. Es fühlt sich so seltsam an, ihre Stimme zu hören und ausnahmsweise mal nicht sofort wütend zu sein. Ja, es bildet sich sogar ein Kloß in meinem Hals und ich glaube einen winzigen Funken Freude zu spüren.

»Abigail«, sagt meine Mutter schließlich und ich kann durch den Hörer hören, wie sie die Lippen kräuselt. »Haley hat mir erzählt, dass du immer noch in der Stadt bist.«

»Ich weiß, ihr seid sicher-«

»Es ist mir egal. Ich rechne bei dir ja mittlerweile mit Allem«, unterbricht sie mich schnell. Hatte ich gerade noch etwas wie Freude verspürt? *Wann wäre das denn jemals gerechtfertigt gewesen?* Ein lautes beschämendes Lachen erklingt in meinem Kopf.

Sie seufzt. »Bei dir haben wir wirklich versagt ... Aber Haley hat mehr von dir erwartet. Das arme Ding. Wie kannst du deiner Schwester nur so viel Kummer bereiten?« *Und es geht los ...*

Ohne auch nur auf meine Meinung dazu zu warten, lässt sie eine Schimpftirade auf mich los und wirft mir vor, was sie kann. Und ich höre mir alles bereitwillig an. Bis sie mir schon beinahe das Hirn zu Brei zermürbt hat.

»Mum?«, grätsche ich also mit forscher Stimme dazwischen. »Ja, ich weiß: Ich bin so ein böses Mädchen. Kannst du mir bitte Dad ans Telefon holen?«

»Ich muss mich gerade verhört haben. Abigail Grant! Wie redest du mit deiner Mutter?!«, stottert sie empört. »Ich sollte einfach sofort auflegen.«

Erschöpft schließe ich mit einem Seufzen die Augen. »Bitte gib mir doch einfach nur Dad. Es ist wirklich wichtig. Sonst würde ich nicht anrufen.«

Sie sagt nichts mehr und fast glaube ich, dass sie ihren Worten wirklich Taten folgen lässt und auflegt. Aber dann höre ich gedämpft, wie sie mit jemandem spricht.

Es folgt Rascheln und ein Knacken. »Hallo, Prinzessin.«

Meine Augen füllen sich augenblicklich mit Tränen und ich muss mir eine Hand an den Mund drücken, damit er mein Schniefen nicht hört. »Hi, Daddy.«

»Deine Mum ist sehr aufgebracht.«

»Ich weiß. Und Haley hat dir sicher erzählt, dass-«

»Für die Streitigkeiten zwischen euch dreien hatte ich ja glücklicherweise noch nie viel übrig.«

Ich muss schmunzeln. Ausnahmsweise begrüße ich es, dass ihm immer alles so egal zu sein scheint. »Dad. Ich bin in Schwierigkeiten.«

»Was für Schwierigkeiten?«, fragt er und sofort ist er ganz der Anwalt, den ich gerade überhaupt nicht gebrauchen kann. Dann höre ich, wie er meiner Mutter im Hintergrund etwas Unverständliches zugrummelt.

»Nichts Schlimmes«, lüge ich. *Wir werden nur von der Polizei oder einem Geheimdienst gesucht, weil das Programm meines Freundes »ein bisschen Geld« gestohlen hat.* »Ich bin bei Freunden untergekommen, aber für heute Nacht haben wir leider keine Bleibe.« Ich warte, ob er versteht worauf ich hinauswill.

»Könnt ihr nicht in ein Hotel gehen?«

»Nein«, antworte ich gedehnt, aber mache keine Anstalten, ihm nähere Einzelheiten zu erklären.

Er ist einen Moment still und ich weiß, dass er nachdenkt. »Gut«, sagt er schließlich und mir fällt ein Stein von der Brust. »Ihr könnt für heute Nacht herkommen.«, Sogleich höre ich meine Mutter im Hintergrund loszetern. »Allerdings ist das mit Bedingungen verknüpft.« Ganz der Anwalt. »Deine Freunde müssen gleich morgen früh wieder gehen, aber du bleibst bei uns, verstanden? Und dann besprechen wir gemeinsam deine momentane *Situation*.«

Natürlich muss er denken, ich wäre eine »*gefallene Lady*«. Wer weiß, was Haley ihm erzählt hat. Verstohlen sehe ich zu der Gruppe hinüber und meine Augen bleiben an Jays breitem Rücken hängen. Er hat vorhin mehr als klar gemacht, dass ich kein Teil dieser Gruppe bin. Dass ich hier bleiben muss, wenn die ganze Sache vorüber ist. Ob er es nun im Ärger gesagt hat oder nicht. Das ist, was er mir schon die ganze Zeit klar machen will.

Also kann ich doch auch schon jetzt gehen, oder? Was macht das schon für einen Unterschied? So kann ich ihnen zumindest ein wenig Zeit geben und ein paar Sorgen ersparen. Nach Isaacs Tod …

Ich will ihnen die Zeit verschaffen, die sie nicht haben durften.

Trotzdem sticht es schmerzhaft, wenn ich daran denke, dass nun unsere letzten gemeinsamen Stunden angebrochen sind.

Und Jay …

Aber ich darf jetzt nicht egoistisch sein.

»Ja, das verstehe ich, Dad«, sage ich schweren Herzens. »Und ich bin mit den Bedingungen einverstanden.«

20

Nachdem ich mich verabschiedet habe, nehme ich langsam das Gerät vom Ohr und sehe es noch lange an, während es auf meiner Hand liegt. Der Kloß in meinem Hals will zwar einfach nicht verschwinden, aber ich habe noch im selben Moment Frieden mit meiner Entscheidung geschlossen.

Ich gehe rüber zu Barnes, Kim und Jay, die noch immer verschiedenste Szenarien durchgehen und räuspere mich verhalten. Kims und Barnes' Augen fliegen sofort zu mir, während Jay noch seinen Gedanken zu Ende spricht und sich dann erst zu mir umdreht, um zu sehen, was die anderen so ablenkt.

»Ich habe uns einen Schlafplatz für heute Nacht organisiert«, informiere ich sie mit einem Lächeln, das meine Augen aber nicht erreicht.

Barnes zieht eine Augenbraue nach oben und verschränkt die Arme vor der Brust.

Mit zackigen Bewegungen drehe ich das Smartphone in meiner Hand und senke dabei den Blick wie zufällig auf den Waldboden. Obwohl ich es eigentlich nur nicht mehr ertrage sie anzusehen. »Ich habe meine Eltern angerufen. Ihr müsst zwar gleich morgen früh wieder verschwinden und der Großteil eurer Ausrüstung«, damit meine ich natürlich ihre Waffen, »hier lassen. Aber es wäre ein Platz zum Schlafen. Und ihr könntet in Ruhe das weitere Vorgehen besprechen.«

»Hey! Das nenne ich mal eine gute Nachricht!«, ruft Barnes.

Kim klatscht in die Hände und lässt einen leisen Laut der Freude verlauten, was augenblicklich meine Laune hebt. Mit einem Lächeln im Gesicht beobachte ich sie, wie sie aufgeregt etwas zu Barnes sagt.

Was, ist mir in dem Moment nicht wichtig. Es fühlt sich an, als wäre eine Ewigkeit vergangen, seit sie das letzte Mal gelacht hat und es wärmt augenblicklich mein Herz aus seiner Vereisung.

»Was ist los?«, höre ich Will fragen und sofort wird die frohe Botschaft weitergereicht.

Jay hingegen sieht mich mit düsterer, gerunzelter Stirn an. »Alles in Ordnung?«, fragt er mit gedämpfter Stimme und tritt noch ein Schritt näher an mich heran, damit die anderen uns über ihre Freude nicht hören können.

»Ja«, sage ich betont beiläufig und lächele etwas breiter, um meinen Worten noch mehr Glaubhaftigkeit zu verleihen. Aber stattdessen schmerzen mir nur die Wangen.

Er legt eine Hand sanft auf meinen Oberarm und lehnt sich ein winziges Stück zu mir herunter. »Du musst das nicht tun.« Er deutet ein Kopfschütteln an und seine Augen scheinen meine Gedanken lesen zu wollen.

»Bitte zwing mich jetzt nicht dazu, noch einmal bei meinen Eltern anzurufen.«

Als sich die Tür öffnet, halte ich die Luft an. Dad zieht sie so weit nach innen, dass ich die Klinke gegen die Wand stoßen höre und hält sie dann mit einer Hand fest. Sein prüfender, sogar etwas misstrauischer, Blick gilt als Erstes mir und ich erwidere ihn, indem ich meinen Mund zu einem halbherzigen Lächeln forme. Dann mustert er meine fünf Begleiter eingängig. Die unangenehme Stille kriecht mir unter die Haut und lässt meine Kopfhaut kribbeln. Kaum vorzustellen, was er bei unserem Anblick denken mag. Mit unseren Verbänden und den zum Teil schmutzigen und völlig zerknitterten Klamotten.

»Hallo Dad«, sage ich also und ziehe so seine Aufmerksamkeit wieder auf mich. Seine Lippen teilen sich, aber er sieht mich nur stumm an.

»Mr Grant«, ergreift Jay schließlich das Wort. Sein Gesicht ist ernst und ganz das eines Anführers. Er streckt meinem Vater, stellvertretend für die ganze Gruppe, eine Hand entgegen. »Wir wissen es zu schätzen, dass Ihre Familie uns aufnimmt.«

Dad sieht von Jays Gesicht zu seiner Hand und dann wieder zurück. Seine Lippen kräuseln sich leicht, aber im nächsten Augenblick ergreift er die Hand schließlich und nickt einmal kräftig. »Abby hat euch gesagt, dass das nur für eine Nacht gilt und ihr gleich morgen früh wieder verschwunden sein müsst?«, geht er sicher, anstatt sich mit irgendwelchen Worten des Grußes aufzuhalten.

»Natürlich«, antwortet Jay pflichtbewusst, nachdem sich ihre Hände wieder lösen. »Wir sind über alles informiert.«

Nicht über alles, denke ich mit einem bitteren Geschmack auf der Zunge.

Dad nickt. Zwar ist diese Situation nicht ideal für ihn, aber er scheint zumindest über diesen Umstand zufrieden. Er tritt einen Schritt zurück und bedeutet unserer Gruppe mit einer Handbewegung einzutreten.

Ich warte ab, bis auch der letzte durch die Haustür getreten ist. Während sie einer nach dem anderen an meinem Vater vorbeigehen, sieht dieser stur nach unten auf den Boden und ich komme nicht umhin, zu bemerken, wie sich sein Kinn unaufhörlich vor- und zurückbewegt. Das macht er immer, wenn er sich etwas ergeben muss, was ihm eigentlich gar nicht gefällt. Was ziemlich oft vorkommt in Anbetracht des Umstands, wer eigentlich sonst immer sein Gegenüber ist. Nämlich meine Mutter.

Als ich nun schließlich auch, schweren Herzens, über die Schwelle trete, gehe ich sicher, dass mich niemand außer ihm hören kann. »Danke, Dad«, flüstere ich und warte, bis er aufsieht.

Vor der pastellfarbenen, leicht metallisch glänzenden Wand wirken die Jäger, mit ihrer schwarzen Kleidung und den Drei-Tage-Bärten, furchtbar deplatziert. Sie sehen aus, wie eine Hand voll Soldaten, die versehentlich und auf mysteriöse Weise in einen Trickfilm für Kinder gefallen sind.

»Du wohnst ja in einem verdammten Palast«, sagt Will mit großen Augen und versucht dabei eigentlich diskret zu sein. Was natürlich nichts bringt, weil es mucksmäuschenstill im Raum ist.

»Genau genommen, wohne ich hier nicht. Erinnerst du dich? Ich bin hier nur aufgewachsen.«

Er legt den Kopf ein wenig schräg und hebt die Augenbrauen. »Gut. Du bist in einem verdammten Palast *aufgewachsen*.«

Bei dieser Aussage kann ich nicht anders, als zu schmunzeln. Dabei wird mir trauriger Weise bewusst, dass es sich so anfühlt, als wäre es das erste Mal, dass ich in diesem Haus ein echtes Lächeln lächle.

Ich bin so sehr von den bewunderten Blicken abgelenkt, dass ich meine Mutter und Haley erst im letzten Moment erblicke. Mum hat ihre Hände um die Schultern meiner Schwester gelegt und ihre Augen, sowie Nasenlöcher sind so stark geweitet, wie ich es noch nie bei ihr gesehen habe. Ihre Brust hebt und senkt sich heftig, während Haley mit geschürzten Lippen demonstrativ die Nase nach oben streckt.

»Abigail«, sagt meine Mutter und ich weiß sofort, dass sie eigentlich am liebsten direkt losschreien würde. Mein Umgang muss auf sie wirken wie ein Haufen Wilder und doch versucht sie dennoch das Gesicht vor ihnen zu wahren.

Ich schiebe mich zwischen den anderen hindurch. »Wir reden morgen darüber«, halte ich sie hin und merke, wie sich in mir, bei dieser Aussicht, alles zusammenzieht.

Sie starrt mich lange an und ich habe schon das Gefühl, sie würde jetzt doch die Beherrschung verlieren. Aber dann wendet sie sich an den Rest der Gruppe. »Ich habe drei Zimmer vorbereitet, die ihr für diese Nacht beziehen könnt.«

»Wehe, ihr fasst in meinem Zimmer irgendwas an«, zischt Haley.

»Wir werden nur zwei davon brauchen. Danke«, erklärt Jay distanziert.

»Wie bitte?«, fragt Mum ihn völlig entgeistert und ihr Gesicht wird augenblicklich eine Spur blasser.

Sie lässt wirklich nicht viel Spielraum bei der Überlegung, was sie nun glaubt, was unsere Gruppe eigentlich so veranstaltet. Schon völlig genervt rolle ich mit den Augen. »Zwei von uns sind nachtaktiv«, bluffe ich, weil ich weiß, dass Jay definitiv Wachposten für die Nacht aufstellen wird. Aber als meine Mutter mich nun mit offen stehendem Mund anstarrt, weiß ich, dass ich es damit wohl nicht besser gemacht habe. Ich sehe sie mit einem Blick an, der aussagt »*Was denkst du eigentlich von mir?!*« und versuche etwas unschuldiger zu klingen, während ich sage: »Sie sind nachts nur wach, weil sie dann am produktivsten sind. Und schlafen am Tag. Du wirst sie gar nicht bemerken.«

Natürlich besänftigt sie das nicht im Geringsten. Aber sie scheint sich zumindest etwas zu fangen. Sie wendet sich wieder Jay zu. »Wenn euch auch zwei Zimmer reichen, noch besser. Ihr könnt das Gästezimmer nehmen und Abigail hat sicher kein Problem damit, in ihrem alten Zimmer zu schlafen.« Ihre Stimme ist nun nicht mehr ganz so hoch und zu ihrem gewohnten schroffen Ton zurückgekehrt, während sie den letzten Satz mit bedeutungsvollem Ausdruck in den Augen wieder an mich richtet.

Sicher fällt es wohl keinem anderen auf, warum dieser Satz absichtlich gegen mich geht. Aber jeder kann die Spannung spüren, die sich im Raum aufbaut, als sie im Stillen das Feuer auf mich eröffnet. Ich beiße fest die Zähne aufeinander, aber kann nicht unterdrücken, dass meine Atmung eine Spur schneller wird.

»Ich werde euch dann mal die Zimmer zeigen«, sagt Dad plötzlich, der es ja schon gewohnt ist, in so einem Moment einfach so zu tun, als wäre nichts gewesen.

»Dass ihr nichts anfassen sollt, gilt trotzdem.« Haley verzieht sauer das Gesicht und verschränkt die Arme, während die anderen sich langsam in Bewegung setzen und meinem Vater, an ihr vorbei, die Treppe nach oben folgen. Barnes schnaubt ihr mit einem schiefen Lächeln verächtlich zu und lässt sich ein wenig Zeit dabei, sich den anderen anzuschließen. Als ich mich in Bewegung setze, um ihnen auch zu folgen, hält Mum mich am Arm zurück und ich rolle entnervt mit den Augen. Allerdings folgt ihr Blick zunächst der Gruppe. Erst als sie alle außer Sicht sind (und ich habe das Gefühl, dass sich Barnes extra viel Zeit dabei lässt), wendet sie sich an mich.

»Was sind das für Leute?!«, fragt sie mich entrüstet und ihre Gesichtsfarbe verfärbt sich rot; wird sogar von Sekunde zu Sekunde noch dunkler. »Und dieses Pack ziehst du deiner Familie und dem Studium vor?!«

»Mum-«, fange ich an, aber sie unterbricht mich sofort.

»Und jetzt ziehst du uns da auch noch mit rein? Die Nachbarn haben sie sicher auch gesehen - Was sollen die jetzt nur von uns denken?!« Ihre Stimme wird kontinuierlich lauter und höher, bis sie schon fast ein Quietschen ist.

Natürlich haben die Nachbarn uns gesehen, so wie ich sie kenne. Sie hätten uns gar nicht *nicht* bemerken können. So wie wir aussehen.

Barnes hat uns recht bald einen kleinen Lieferwagen kurzgeschlossen, mit dem wir dann vom Stadtrand bis zu einem benachbarten Bezirk gefahren sind. Die Autos der Jäger hätten wir nicht nehmen können, da es eventuell eine Fahndung nach uns gibt und sie sicher dazu aufgeführt wären. Die restliche Strecke haben wir zu Fuß zurückgelegt. Schwer bepackt, allesamt dunkel gekleidet und wie Vollblutsoldaten im Zivilurlaub angezogen.

»Also heute habe ich endgültig allen Respekt vor dir verloren, große Schwester.« Haley ist einen Schritt an mich herangetreten und pfeffert alles an Überlegenheit auf mich ab, was sie mit ihrer Körpersprache aufbringen kann. »Keine Ahnung, was du da eigentlich für eine Tour fährst, aber ich hoffe sehr, dass das nur eine Phase ist und keine bleibenden Schäden hinterlässt. Ansonsten muss ich feststellen, dass du dein Leben wohl endgültig weggeworfen hast.« Sie schürzt die Lippen und wippt provokativ den Kopf, während sie spricht.

»Jetzt gerade bist du wütend«, sage ich und kämpfe gegen meinen inneren Groll an. In meinem Innern blubbert und kocht es, aber ich achte darauf, meinen Ausdruck besonders kühl und meine Nase ein Stückchen höher zu halten. »Hoffen wir mal, dass du nicht noch mehr sagst, dass dir später leidtun wird.«

Haley verzieht ihren Mund in einer Art und Weise, mit der ich nie gedacht hätte, jemals von ihr angesehen zu werden. Ihr Lächeln ist absolut falsch und in ihren Augen glitzert das Gefühl von Triumph. »Was dich betrifft: Wird mir nie wieder etwas leidtun.« Dann vollführt sie eine gekonnte, absichtlich geschmeidige Drehung und nimmt ebenfalls die Treppe nach oben.

Etwas in mir zerbricht in tausend Scherben, die mich überall in der Seele schneiden und stechen. In diesem Moment hatte meine Schwester so viel von unserer Mutter gezeigt, dass es mir die Sprache verschlägt. Von Mum war ich das gewohnt und gegen das meiste bin ich sogar schon abgestumpft. Aber Haley war immer meine Verbündete gewesen. Auch wenn sie mit unseren Eltern immer besser zurecht gekommen war als ich, so dachte ich dennoch stets, sie würde auf meiner Seite stehen. Ich sehe ihr trübsinnig nach und atme schwer aus. Wer hätte gedacht, dass ich sie jemals verliere? Mit einem dicker werdenden Kloß im Hals versuche ich mir einzureden, dass ich das noch kippen kann. Obwohl ich mich innerlich wie angeschossen fühle.

»Sie hat aber Recht, weißt du Abigail?«, zetert meine Mutter und zieht so wieder meine taube Aufmerksamkeit auf sich. »Wie diese Leute aussehen ... Auch wenn du es nicht zugeben wirst, aber das sind doch sicher *Kriminelle*! Warum sonst könnt ihr nicht einfach irgendwohin? Außerdem hat es sicher seinen Grund, dass *deren* Eltern euch nicht aufnehmen wollen.«

Ich schlucke eine pfeffrige Ohrfeige in Wortform herunter und presse stattdessen meine Hände so fest zu Fäusten, dass sie zu zittern anfangen. Mir zuckt durch den Kopf, dass sie technisch gesehen, im Angesicht unserer Gesetze, wohl tatsächlich Kriminelle sind. Wütend und verzweifelt muss ich an Isaacs Gesicht denken. Vor allem sind sie aber Helden.

»Wir sollten lieber die Polizei rufen, statt sie hier auch noch zu bedienen.« Sie hält sich eine Hand vor den Mund und schüttelt geschockt den Kopf. »Ist das deine Art mich zu bestrafen, weil ich so hart zu dir war? Hast du denn noch nicht genug Rache gehabt? Nur jetzt bestrafst du nicht mehr bloß mich! Jetzt wirfst du wirklich auch noch den allerletzten Rest von dem Leben weg, der dir noch geblieben ist.«

»Ihr müsst hier niemanden ›bedienen‹.« Die Wut presst mir Tränen in die Augen und ich hasse mich dafür, weil sie es mir sicher als Schwäche auslegen wird - oder als »*Hilfeschrei*«. »Das sind ganz großartige Menschen. Die selbst für dich schon mehr getan haben, als du wahrscheinlich jemals wissen oder begreifen wirst! Vielleicht könntest du es gerade mal erahnen. Aber auch nur, wenn du dich dazu erbarmen würdest, auch mal hinter die Fassade und die Vorurteile zu sehen.«

»Junge Dame.« Sie hebt bedrohlich einen Finger und ihr Kopf bewegt sich seltsam zackig. »So redest du nicht mit mir. Ich weiß nicht, was die dir beigebracht haben, wie du-«

»Mum, sei jetzt still. Wir reden morgen darüber«, würge ich sie ab.

Ich möchte mich schon umdrehen, als sie mich nur sprachlos und völlig entgeistert anstarrt, aber dann findet sie ihre Sprache leider doch wieder. Diesmal noch hitziger als zuvor. »Habe ich dich nicht immer unterstützt?! Wollte ich dir nicht immer den Traum erfüllen, den ich nicht einmal haben durfte?! Wie kannst du es wagen, so mit mir zu sprechen, nach all dem, was ich für dich getan habe?!«

Ich bin müde. Diese Frau wird mich niemals verstehen, noch die Tatsache, dass ich ihre Unterstützung offensichtlich anders in Erinnerung habe, als sie. Über solch unglaublich alte, banale Dinge zu streiten, erscheint mir in Anbetracht dessen, was ich in so kurzer Zeit, dank der Gargoyles, erleben musste, geradezu lächerlich.

Mum tut einen tiefen Atemzug und schließt dafür kurz die Augen. Sie sieht zur Seite, den langen Flur entlang. »Und das Alles nur, weil du ein wenig überfordert warst ...«, sinniert sie und lässt es so klingen, als hätte sie nur laut gedacht. Aber ich weiß, dass es ein taktisches Manöver ist.

»Ich war nicht ›ein wenig überfordert‹!«, stelle ich zum gefühlt hundertsten Mal klar. Aber sogleich steigt sie mit solch einem Eifer ins Gefecht, dass mir schwindelig wird.

»Ich verstehe das!«, kommt es aus ihrem Mund, aber ich weiß, dass es eine Lüge ist. Sie lässt es sogar absichtlich wie eine Lüge klingen und ich würde mich am liebsten selbst K.O. schlagen, damit ich es nicht mehr ertragen muss. »Wir haben dich zu sehr unter Druck gesetzt. Vielleicht- Wären wir nur früher zu einem Psychiater gegangen, dann wärst du damals nicht vor dieses Auto gelaufen. Und vielleicht hättest du jetzt auch einen besseren Umgang.«

Ich lache vor verzweifelter Wut laut auf. »Ihr hättet mir nicht mehr Druck machen können, als ich ihn mir selbst gemacht habe!«, rufe ich aus. »Und ich habe ihn mir gern gemacht! Denn nur so wird man Ballerina! Ballett war mein Traum. Mein Leben. Alles, was ich dafür getan habe, habe ich mit Freude getan. Und mit Liebe. Ich war unaufmerksam. Eine elendige Sekunde unaufmerksam. Daran könnt ihr nichts ändern. Daran könnte auch kein

Psychiater etwas ändern. Und ich kann daran auch nichts ändern. Und schuld bin ich daran auch nicht.«

»Aber jemand muss doch daran schuld sein!«

»Nein, Mum«, sage ich und packe so viel Nachdruck in meine Stimme, wie ich kann. »Ich will das nicht schon wieder durchkauen. Das führt doch sowieso zu nichts, solange du nicht lernst, zuzuhören!« Ich drehe mich um und es ist mir egal, dass sie mir noch etwas hinterher ruft. Es ist mir sogar egal, dass nun endgültig jeder in diesem Haus ihr Gezeter hören kann.

»Geh schlafen, Mum. Wir unterhalten uns morgen darüber«, rufe ich und mache mich auf den Weg zu meinem alten Zimmer.

Was mir meine Mutter noch alles an den Hinterkopf wirft, verstehe ich gar nicht.

Denn ich habe wieder begonnen zu zählen.

Mir schießen die ganze Zeit Alternativen durch den Kopf, wie das Gespräch mit meiner Mutter noch hätte laufen können. In manchen bin ich ruhiger, in anderen raste ich völlig aus und in wieder anderen stelle ich mir vor, was gewesen wäre, wenn wir gar nicht erst hergekommen wären. Und dann ist da noch die unangenehme Wahrheit, dass ich morgen früh in diesem Irrenhaus bleiben muss, während die Menschen, die mir in so kurzer Zeit so sehr ans Herz gewachsen sind, mich verlassen werden. Dass ich bereits die nächste Nacht allein hier verbringen muss, versuche ich so gut wie möglich zu verdrängen. Doch meine Atmung beschleunigt sich sofort bei dem Gedanken an den Abschied und die Gesichter der Jäger, wenn sie es erfahren. Wills Gesicht. Kims Gesicht ... *Jays Gesicht.*

Ich weiß nicht, wie lange ich schon daliege und in der Dunkelheit an die Decke starre. Kim schläft ziemlich unruhig neben mir, doch ich kann sie durch nichts von ihren dunklen Träumen erlösen. *Verdammt, ich kann ja nicht mal mich selbst erlösen.*

Der rosa Tüll an den Bettpfosten und die rosa Rüschenbettwäsche scheinen mich zu erdrücken. Ich glaube sogar, den Duft meines Teenager-Parfums in der Nase zu haben. Es hier im Zimmer versprüht zu haben, ist sogar etwas, dass ich meiner Mutter durchaus zutrauen würde.

Vorsichtig stehe ich auf und schließe leise die Tür, als ich auf den Flur hinaustrete. Ich tue einen tiefen Atemzug und spüre, wie der Druck auf meiner Brust etwas nachlässt. Aber es ist nicht genug. *Ich brauche mehr Luft.*

Auf leisen Sohlen und mit wachsendem Unwohlsein, steuere ich die Haustür an. Aus Angst, ich könnte jemandem über den Weg laufen, bin ich besonders darauf bedacht, gefasst zu wirken. Hinter mir ziehe ich die Tür zu und lehne mich dagegen. Ein kühler Luftstoß umweht meine Nase. Glücklicherweise hatte ich darauf verzichtet einen Pyjama anzuziehen und war mit meiner normalen Alltagskleidung ins Bett gekrochen. Sonst wäre mir jetzt sicher kalt. Erleichtert stelle ich fest, dass sich der wirre Nebel in meinem Kopf etwas lichtet.

Und dann fällt mir auf, dass ich nicht allein auf der Veranda bin. Barnes stößt sich leicht von dem Pfeiler, an dem er gerade noch gelehnt hat, ab und tut einen tiefen Zug an der Zigarette in seiner Hand.

»Lass dich dabei bloß nicht von meiner Mutter erwischen«, sage ich mit leisem Hohn in der Stimme und stoße mich von der Tür ab, um zu ihm rüberzugehen.

Er stellt sich lässig auf und schnalzt mit der Zunge, während er mich ansieht. Dann schnippt er die Zigarette in hohem Bogen von sich. Ich verschränke die Arme vor der Brust und beobachte den glühenden Punkt, wie er durch die Luft schwebt und schließlich ein gutes Stück von uns entfernt im Rasen verschwindet.

»Guter Wurf, Barnes«, sage ich anerkennend und kann die Augen nicht von der Stelle reißen. Ich kann ein Schmunzeln nicht unterdrücken, weil ich weiß, wie wahnsinnig es meine Mutter machen wird, wenn sie den Stummel findet.

»Nathan«, sagt Barnes völlig unvermittelt und ich muss ihn verwundert ansehen.

»Was? Wer ...?«, frage ich verwirrt und runzele die Stirn.

»Na, ich. Jeder nennt mich zwar Barnes - und das solltest auch du weiterhin tun -« Er hebt warnend den Zeigefinger, während er mit einem schiefen Grinsen auf mich hinuntersieht. »Aber nur zu deiner Information: Nathan. So heiße ich eigentlich.«

Also ist Barnes nur sein Nachname ... Ich beiße mir lächelnd auf die Unterlippe und muss den Kopf senken. *Das ist abgespeichert.*

Sein Gesicht wird eine winzige Spur ernster. »Du hast heute ganz schön was für's Team eingesteckt, Süße. Ich finde dich, deine Mutter und deine«, er hält kurz inne und lässt einen Finger neben seinem Ohr drehen, »hitzige Doppelgängerin zwar noch immer absolut lächerlich. Aber ich denke ... ich kann es durchaus nachvollziehen, sollte ich eure Streitigkeiten - *irgendwann einmal - eventuell* - nachvollziehen können.«

Ein belustigtes Schnauben entweicht mir mit einem Augenrollen. Er klopft mir im Vorbeigehen auf die Schulter und kurze Zeit später höre ich hinter mir, wie sich die Haustür öffnet und wieder schließt. Mit einem seltsamen Gefühl im Herzen lehne ich mich nun gegen den kalten weißen Pfeiler und sehe auf die beleuchtete Straße hinaus, während mein Lächeln langsam erstirbt.

»Er scheint dich lieb gewonnen zu haben«, ertönt nach einer Weile plötzlich eine Stimme hinter mir und ich wirbele herum. Die Hollywood-Schaukel, auf der er gesessen hatte, liegt völlig im Dunkeln, sodass ich zuerst nur seine Schuhe sehen kann. Jay erhebt sich langsam und kommt dann auf mich zu. »Ich glaube, das ist seine Art zu sagen, dass wir dich behalten dürfen«, lacht er heiser, stellt sich neben mich und sieht in die Ferne.

Meine Augen sind ihm den ganzen Weg hierher wie hypnotisiert gefolgt und auch jetzt kann ich nicht anders, als sein Profil anzustarren. »Und mit welcher Art, würdest du das ausdrücken?«

Sofort sieht er mich an, als müsste er sicher gehen, dass er sich gerade nicht verhört hat. Dann schieben sich seine Augenbrauen aufeinander zu und ich sehe die Qual in seinen Augen, als er mich erneut abweisen muss. »Abs ... Darüber haben wir doch schon gesprochen. Unser Leben ist nichts für dich.«

»Wieso? Bin ich zu schwach?«

»Nein.« Er wendet den Blick ab und schüttelt müde den Kopf.

»Was dann?«

Seine Kiefermuskeln spannen sich an und er sieht einen Moment zögernd vor sich hin. Aber dann sieht er wieder mich an und seine Augen funkeln ernst, schwach erleuchtet durch den Schein der Straßenlaternen. »Keiner von uns hatte damals eine Wahl. Und hätten wir sie gehabt, dann hätten wir uns sicher nicht hierfür entschieden. Auch wenn es *das* ist, was du hast.« Er macht eine ausladende Bewegung auf das Haus und ich weiß, dass er damit meine Familie meint. »Du hast *etwas*. Du hast eine Wahl und du solltest nicht einfach die falsche Entscheidung treffen.«

»Nein, ich habe keine Wahl. Ich kann keine Entscheidung treffen, weil du sie einfach für mich triffst. Woher willst du wissen, was die richtige und was die falsche Entscheidung ist?« Ich lege den Kopf ein wenig schräg, stemme eine Hand in die Seite und sehe ihn vorwurfsvoll an.

»Wieso vertraust du meinem Urteil nicht?«, fragt er genauso vorwurfsvoll zurück.

Ich bin zu verletzt, als das ich etwas entgegnen könnte und so sehen wir einander nur lange an. Dann seufze ich, weil mir etwas klar wird. Ein kurzes, kehliges Lachen bahnt sich seinen Weg aus meinem Mund heraus.

»Was ist so lustig?« Er erhebt sich ein Stück und seine Augen zucken verärgert.

»Weil das gar nicht mehr wichtig ist«, sage ich nüchtern, streiche mir eine Haarsträhne hinter das Ohr und halte sie dort fest, weil der Wind sie mir sonst nur immer wieder ums Gesicht pustet.

»Was ist nicht wichtig?«

Ich senke den Blick und spüre, wie der Kloß in meiner Kehle immer dicker wird. Zögernd atme ich noch einmal tief durch. Es jetzt auszusprechen, macht es wahr. Macht es unausweichlich. Und es gerade Jay zu sagen, macht es so ... *schmerzhaft.* »Natürlich haben meine Eltern uns hier nicht bloß aus lauter Herzensgüte aufgenommen ...«

»Es gab Bedingungen ...«

»Ihr müsst morgen früh verschwinden«, sage ich langsam und habe das Gefühl, dass jedes weitere Wort, wie ein Rasiermesser auf mich einschneidet. »Und ich muss morgen früh hier bleiben.«

»Das geht nicht«, kommt es wie aus der Pistole geschossen. »Du bist noch nicht außer Gefahr.«

»Das entscheidest nicht du.« Ich hebe den Blick und sehe ihn eindringlich an.

»Was ist, wenn die Gargoyles dich hier finden? Wie sollen wir dich beschützen, wenn wir nicht hier sind? Wenn du nicht bei uns bist?« Die Art und Weise, in der er den letzten Satz sagt, löst einen flatternden Wirbel unerfüllbarer Hoffnungen in mir aus, der gleich im nächsten Moment wieder zu Asche zerfällt.

Seine Bedenken sind absolut nachvollziehbar. Darüber habe ich mir auch schon meine Gedanken gemacht. »Ich bin aber nicht mehr ganz hilflos. Jetzt weiß ich ein paar Dinge und ich kann mich verteidigen. Schon zu lange habe ich euch aufgehalten. Ihr müsst die Gargoyles endlich loswerden.« Ich krame einen unendlich oft gefalteten Zettel aus meiner Hosentasche und halte ihn ihm hin. »Hier.

Das sind die beiden Stellen, die ich noch herausgesucht habe als mögliches Nest«, erkläre ich und beobachte ihn, wie er den Blick über das Papier schweifen lässt.

Er schließt die Hand ruckartig, mit der er den Zettel hält und knüllt ihn so fest zu einer ungeschickten Rolle. Sein Blick ist ernst, als würde er versuchen mich allein damit zu Vernunft bringen zu wollen. »Was ist, wenn dir etwas passiert? Deine Eltern werden dich kaum schützen können-«

»Ich kann mich selbst schützen«, stelle ich schroffer klar, als ich beabsichtigt hatte. »Außerdem: Wenn ihr das Nest morgen findet, dann wird das gar nicht mehr nötig sein.«

»Aber-«

»Wieso vertraust du meinem Urteil nicht?«, unterbreche ich ihn sofort und schlage ihn so mit seinen eigenen Waffen.

Er öffnet den Mund, aber sein Blick ist hilflos. Wie könnte er jetzt auch sein eigenes Argument entkräften?

Ihn so zu sehen, lässt mir die Tränen in die Augen steigen. »Ich habe noch eine Bitte.« Ich schlucke schwer und tue mein Möglichstes, um meine Stimme so neutral wie möglich zu halten. »Ich will mich nicht verabschieden. Das verkrafte ich einfach nicht. Wenn ihr morgen geht, dann geht einfach.« Ich muss inne halten, um das anfängliche Rasseln in meiner Stimme zu unterdrücken. »Weckt mich nicht.«

Ich kann ihn nicht ansehen, nicke ein paar Mal und wende mich dann ganz ab, um zu gehen. Aber ich komme nicht weit. Blitzschnell greift er nach meiner Taille und hält mich so zurück. Auch wenn ich mich jetzt ganz leicht wieder lösen könnte, tue ich es nicht. Ganz sanft zieht er mich langsam zu sich heran, bis ich ganz nah an ihn gedrückt stehe und meine Hände flach auf seiner Brust ablege. Ich sehe in der Dunkelheit auf den Stoff seines T-Shirts und konzentriere mich nur darauf, nicht in Tränen auszubrechen.

Diesen Abschied will ich nicht. So einen Abschied will ich nicht.
Keine Umarmung. Keine Nähe.

Zu einer Umarmung kommt es auch nicht.

Mein Atem beschleunigt sich. Als lange Zeit nichts weiter passiert, hebe ich langsam meinen Kopf, um fragend zu ihm hochzusehen. Darauf hat er gewartet.

Er nimmt mich gefangen. Wir sehen einander tief in die Augen, bis ich nichts weiter sehen kann, als die feinen Schatten über seinen langen Wimpern. Meine Lider schließen sich wie von selbst, als er sich endlich herunterbeugt, um seine Lippen sanft auf meine zu legen.

Es fühlt sich an, als würden hundert Luftbläschen von meinen Füßen aus, ganz nah an meiner Haut, bis zu meinem Kopf aufsteigen, wo sie in tausend Farben explodieren. Meine ganze Haut kribbelt und in meiner Brust pulsiert es heftig. Das Gefühl intensiviert sich noch, als er sich noch näher an mich presst, indem er mit einer Hand über meinen Rücken und einer über meinen Nacken streicht. Ich spüre, wie sich sein Mund ein kleines Stück öffnet und mein ganzer Körper wird von einer wärmenden Woge durchflutet. Daraufhin lasse ich unseren Kuss noch etwas fordernder werden und genieße die wohlige Gänsehaut. Meine Arme schließen sich in seinem Rücken. Fast fühlt es sich an, als könnte ich ihn so für immer halten.

21

Meine Augen öffnen sich plötzlich und ich kann mir einfach nicht erklären wieso. Es ist dunkel und ich brauche eine Weile, bis ich mich orientieren kann. Vorsichtig reibe ich mir über die Augen. Die Seite des Bettes, auf der Kim geschlafen hat, ist leer. Was mich augenblicklich ein wenig stutzig macht.

Da es noch nicht Morgen ist, nehme ich an, dass ich noch nicht lange geschlafen haben kann.

Wenn ich darüber nachdenke, was passiert ist, kurz bevor ich zurück ins Zimmer kam, muss ich so breit grinsen, dass mir die Wangen wehtun. Ich drücke mein Gesicht in die Bettdecke und presse die Lippen aufeinander, aber ich schaffe es nicht, es zu unterbinden.

Kann es denn wahr sein?

Augenblicklich setzen die Schmetterlinge wieder ein, die auch zuvor schon in meinem Magen verrückt gespielt haben. Eigentlich war ich so aufgeregt gewesen, dass ich nicht gedacht hätte, jemals wieder zu schlafen. Ich wäre nicht mal hier hoch gekommen, wenn Jay nicht darauf bestanden hätte, dass ich mich ausruhen müsste.

Jay … Wenn ich mich vielleicht noch einmal nach unten stehle …, ich bemerke kaum, wie ich mich schon aufsetze.

Ganz plötzlich friere ich mitten in der Bewegung ein. Durch mein Fenster fällt abwechselnd blaues und rotes Licht auf die Wände des Zimmers. Mir schlägt das Herz immer höher bis zum Hals, während sich langsam eine Ahnung in meinem Kopf formiert. »Nein«, hauche ich angestrengt, werfe schwungvoll die Decke zur Seite und stürme dann auf den Flur. Jetzt erst höre ich gedämpfte Stimmen und glaube, dass eine davon Dad gehört. Je weiter ich die Treppe hinunterkomme, desto lauter werden auch andere Stimmen und mir wird ganz schwindelig, während ich versuche sie zuzuordnen.

Endlich draußen angekommen, blendet mich das Polizeilicht, aber ich sehe ganz klar drei zugehörige Wagen. Ich sehe Chris, Barnes, Kim, Will und *Jay*. Alle in Begleitung mindestens eines Polizisten und ich sehe, wie sie in die Richtung der Wagen gezerrt werden. Einige bereits in Handschellen.

Sofort will ich auf sie zustürzen, aber jemand hält mich zurück, als ich mich hektisch umdrehe, sehe ich, dass es mein Vater ist. Erst jetzt als ich verstumme, merke ich, dass ich die ganze Zeit irgendwelche Worte in einer hohen Lautstärke von mir gegeben habe, in der Hoffnung, dass sie bewirken würden, die Situation ungeschehen zu machen.

Ich atme ein paar Mal, fast schon hyperventilierend, ein und aus, bis ich die grässliche Wahrheit verstehe. »Ihr wart das!«, schreie ich und schlage nach dem Arm meines Vaters.

Er versucht mich irgendwie zu beruhigen, aber ich höre ihm nicht zu. Hinter ihm sehe ich Mum und Haley stehen. Arm in Arm. Was mich irgendwie noch wütender macht. Mit einem aufwallenden Adrenalinschub schaffe ich es endlich mich loszureißen und renne zu der Gruppe vor den Polizeiwagen.

Jemand schlägt Will auf eine der Motorhauben und legt ihm Handschellen an, während er mit gefletschten Zähnen irgendwelche Flüche knurrt. Barnes ist ähnlich schwer unter Kontrolle zu bekommen. Die anderen jedoch lassen sich mehr oder minder ruhig abführen. Sie halten die Köpfe erhoben und lassen ihr Schicksal einfach über sich ergehen. Ein Polizist fasst Chris an den Kopf, um ihn auf die Rückbank zu befördern.

Kaum, dass meine Augen das erblicken, übermannt mich Panik. »Jay …«, rufe ich angsterfüllt und er dreht umständlich den Kopf zu mir herum, während ich auf ihn zukomme.

»Wir schaffen das«, sagt er und stolpert leicht, als er unsanft weitergezogen wird. »Mach dir keine Sorgen. Du weißt, wir haben schon Schlimmeres überstanden.« Dann zwinkert er, wie er es damals getan hat, als wir am Lagerfeuer saßen. Aber sein Lächeln wirkt eindeutig geschwächt.

Mir ist ganz schwindelig. Schon wieder versucht er mich zu fassen zu bekommen, aber ich schlage Dads Arme erneut weg und konzentriere mich ganz auf die beiden Polizisten, die Jay abführen.

Ich greife den einen am Arm und bewege sie so zum Stehenbleiben. »Sie dürfen sie nicht mitnehmen.«

Verwundert sieht er mich mit großen Augen an und bedeutet seinem Kollegen dann, alleine weiter zu gehen. »Miss-«, fängt er mit strenger Stimme an, als er sich wieder mir zuwendet.

»Sie haben nichts getan. Das sind keine Kriminellen«, unterbreche ich ihn sofort.

»Ihre Mutter gab in ihrem Notruf an, dass sie hier widerrechtlich eingedrungen sind und Ihre Familie bedroht haben«, erklärt er mir mit ruhiger Stimme, weil er augenscheinlich annimmt, ich wäre nicht ganz bei mir.

Und da hat er Recht. Ich bin nicht ganz bei mir. Meine Augenlider flackern in Anbetracht des Gefühls, das mich gerade übermannt.

Meine Familie und ich. Das war nie einfach. Aber das hier …

Fast glaube ich, ich könnte den Verrat sogar schmecken, bis mir bewusst wird, dass es eine Träne der Enttäuschung ist, die mir über die Lippen rinnt. Sofort wische ich mir über das Gesicht und sehe mit großer Entschlossenheit wieder den Officer an. »Dann müssen Sie mich auch fest nehmen«, erkläre ich mit fester Stimme und führe meine Fäuste vor meinem Körper an den Handgelenken zusammen.

»Abby«, ruft mein Vater atemlos hinter mir. »Was tust du da?«

»Lass mich in Ruhe«, schreie ich ihm entgegen und stoße ihn weg. »Na los«, knurre ich den Polizisten an.

»Ihre Mutter sagte-«

»Sie hat gelogen! Welches Verbrechen Sie diesen Leute auch anlasten wollen, Sie werden es auch mir anlasten müssen!« Meine Nasenlöcher erzittern, während ich stur auf meine Hände starre und abwarte.

Als er sich noch immer nicht rührt, stoße ich meine Hände gegen seine Brust und schubse ihn gerade so, dass er ein wenig zurück taumelt. Völlig entgeistert sieht er mich an und ich halte ihm wieder entschlossen die Hände hin. »Nun machen Sie schon!«, schreie ich und diesmal bleibt ihm keine andere Wahl.

Ich drehe mich um, damit ich meine Familie im Blick habe, während der Officer mir meine Rechte vorliest. Dad steht keinen Schritt von mir entfernt und sein Gesicht ist ein Gemälde aus Hilflosigkeit. Mum und Haley haben sich nicht von der Stelle bewegt, aber ich glaube Tränen auf ihren entgeisterten Gesichtern zu sehen.

»Siehst du das, Mum? Ich gehe lieber ins Gefängnis! Ich gehe lieber ins Gefängnis, als bei euch zu bleiben«, spucke ich ihnen die Worte förmlich entgegen und ein irres Lachen entweicht meiner Kehle bei dieser Erlösung. »Ihr seid so verlogen! - So falsch!«

»Abs ...«, höre ich Kims Stimme hinter mir, aber ich bin wie im Wahn.

Ich sehe nun direkt Haley an. »Ihr wollt, dass ich mich von euch fernhalte?! Ihr solltet euch lieber von mir fernhalten! Denn ich will *euch* niemals wiedersehen. Nach dem Unfall war ich für euch doch sowieso nichts weiter als ein unschöner Kratzer im Lack eurer perfekten Familie.«

»Das ist nicht wahr«, haucht Dad mir zu, aber ich sehe ihn nur verständnislos an.

»Abs ...«, schaltet sich Kim wieder ein, aber ich ignoriere sie noch immer.

»Diese Leute sind für mich die Familie, die ihr niemals sein könntet. Und wenn ihr versucht, sie mir wegzunehmen, dann müsst ihr dabei zusehen, wie ich mit ihnen gehe!«

»Abs.« Jays Stimme ist viel näher, viel härter und so eindringlich, dass ich mich diesmal einfach umdrehen muss.

»Was ist? Ich versuche hier gerade etwas klar zu stellen!« All die Wut manifestiert sich in dem Blick, mit dem ich ihn ansehe. »Ich-«, meine Stimme erstirbt und meine Wut verpufft. Voller Schrecken weicht mir jeder Rest an Luft aus den Lungen.

Auf der Straße geht eine Laterne nach der anderen aus. Und mit jeder durchbrennenden Birne, lässt das Geräusch meinen Körper mehr erzittern. Binnen eines Wimpernschlags erkenne ich, was für Probleme gerade auf uns zukommen.

Als der Polizist mich am Oberarm fassen will, um mich zum Auto zu bringen, hüpfe ich ein Stück zur Seite und halte ihm umständlich meine Hände hin. »Machen Sie mich sofort wieder los«, rufe ich verzweifelt und er sieht mich verwirrt an. »Machen Sie schon!«

Ich sehe, wie Barnes einem der Polizisten eine Kopfnuss verpasst und Kim den anderen umreißt, der daraufhin eine Waffe auf ihn richtet.

Eins der Polizeilichter geht aus und ich wende mich geistesgegenwärtig meiner Familie zu. »Geht sofort ins Haus zurück und verriegelt alle Türen und Fenster!«, schreie ich und gehe ein Stück auf sie zu, aber sie sehen mich nur verwirrt an. »Geht rein. Ihr-« Mir bleiben die Worte im Halse stecken, als die Lampe neben dem Kopf meiner Mutter ausgeht und wir plötzlich in völliger Finsternis dastehen. Auf dem Dach sehe ich, wie sich ein Schatten zwischen zwei der Spitzdächer erhebt und im Augenwinkel bemerke ich, wie meine Familie quälend langsam ins Haus verschwindet und die Tür hinter sich schließt.

Um mich herum scheinen alle Menschen zum Stillstand gekommen zu sein. Alle starren die Wesen an, die nun knurrend und zischend auf allen Vieren hinter Büschen hervorkriechen und die Zähne fletschen. Nur die Jäger machen sich emsig daran ihre Fesseln zu lösen, um den Kampf aufzunehmen.

Ich wirbele zu dem Officer hinter mir herum, der ungläubig nach oben starrt. »Öffnen Sie mir augenblicklich die Handschellen«, knurre ich zwischen zusammengebissenen Zähnen hindurch. Er scheint zu verstehen, dass wir nun das kleinere Problem sind und nach einem weiteren ungläubigen Blinzeln, greift er endlich meine Hände und steckt den Schlüssel ein.

Angsterfülltes Keuchen ertönt von allen Seiten und ich zucke heftig zusammen, als sich plötzlich ein Schuss löst. Darauf folgt ein schreckliches Kreischen. Als würde man Metall über Metall schaben und ganz leicht spürt man darin das Rasseln eines Atems.

Hinter dem Officer sehe ich gerade noch wie sich die Gargoyles von allen Seite auf die kleine Gruppe stürzen und dränge ihn dazu sich zu beeilen. Plötzlich fliegen wir auseinander, als der Gargoyle hinter mir vom Dach und gegen seine Brust springt.

Ich lande hart auf meinem Steiß und kämpfe daraufhin etwas damit, mich wieder aufzurappeln. Voller Grauen muss ich dabei zusehen, wie dem Polizisten das Herz direkt aus der Brust gerissen wird. Ein Rauschen belegt meine Ohren und ich bekomme keine Luft mehr. Meine Augen lassen sich einfach nicht mehr schließen. Es dauert einige wertvolle Sekunden bis ich endlich, trotz dieses Zustands, im Rasen nach den Schlüsseln suchen kann. Aber mein Sichtfeld verschwimmt zunehmend, sodass ich irgendwann nur noch eine graugrüne Masse vor mir sehe.

Jemand greift mich am Arm und als ich hochsehe, erkenne ich Wills verschwommene Umrisse. »Wir müssen verschwinden«, erklärt er dumpf und ich lasse mich von ihm vom Boden hochziehen, während sich meine Gedanken nur um das blutende Herz drehen.

Ich weiß nicht, wie lange wir schon wegrennen als sich meine Wahrnehmung endlich wieder normalisiert. Hinter uns hören wir das Knurren und Kreischen des Grauens, das uns verfolgt. Umständlich drehe ich den Kopf nach hinten, um den Abstand zu erfassen. Barnes verschießt mehrere Kugeln, bis die Pistole in seiner Hand seltsam aufklappt. Sie ist entladen und er wirft sie achtlos zur

Seite, wo sie auf dem Asphalt der Straße schlitternd zum Liegen kommt.

Leider scheint keiner der Schüsse zu sitzen. Die Gargoyles winden sich und weichen geschickt aus. Flüchtig registriere ich etwa acht, die schwer atmend zur Seite schleichen, die Zähne fletschen oder sich blutend vom Boden erheben.

Wir sind nur drei Nebenstraßen weit gekommen und auch hier sind noch immer die Straßenlaternen ausgeschaltet. Auch ist kein Fenster erleuchtet, obwohl sicherlich einige Leute gerade aus ihren Betten steigen und ängstlich aus ihnen herausschauen. Wachsam umherblickend rücken wir näher zusammen und bilden einen Kreis, weil wir langsam aber sicher von ihnen eingekesselt werden. Jede Seite wartet allem Anschein nach gespannt auf den Erstschlag. Zischen und Stöhnen vermengt sich um uns herum und lässt mir das Herz bis zum Hals schlagen.

Der Gargoyle direkt vor mir, hebt sich ein wenig von den anderen der Gruppe ab. Langsam, fast schon lässig, bewegt er sich ein winziges Stück vor. Jeder Muskel in meinem Körper spannt sich an und ein Adrenalinstoß lässt mich beinahe sofort nach vorn springen. Was absolut hirnrissig gewesen wäre, in Anbetracht der Tatsache, dass meine Hände noch immer unbequem in den Handschellen feststecken.

Er lässt sein Maul erzittern und die Speichelfäden pulsieren passend dazu. Dann lässt er einen blutgefrierenden Schrei verlauten, der mir die Knie weich werden lässt. Als seine Zähne direkt vor meinem Gesicht mit einem lauten Klappen wieder zufallen, habe ich das Gefühl er würde mich frech angrinsen. Aber dann zieht er sich langsam zurück und einen Augenblick später tun seine Gefährten es ihm nach.

»Was ist das denn für eine verdammte Scheiße?«, fragt Will laut und verlässt die Formation ein wenig. »Was ist hier los?«, schreit er, was wir alle denken. Verzweifelt hoffen wir auf irgendeine Antwort.

Starr vor Verwirrung können wir nur dabei zusehen, wie eine Fratze nach der anderen in den Schatten verschwindet.

Ich atme stoßweise, nachdem ich gerade die ganze Zeit über die Luft angehalten hatte. Dann falle ich hart auf die Knie und übergebe mich auf den Bürgersteig.

22

Müde fahre ich mir mit einer Hand über den Nacken. In meinen Eingeweiden wütet der Ärger, der Frust und die Verwirrung der vergangenen Stunden.

»Das Bett war so wundervoll weich.« Will hat die Augen geschlossen und hält sich den Kopf.

Die Handschellen hatte Kim mir schließlich öffnen können, weil sie sich geistesgegenwärtig ein Paar Schlüssel gegriffen hatte, als wir fliehen mussten.

»Ich hab schon lange nicht mehr so gut geschlafen«, quengelt er weiter. Er legt die Handflächen aneinander und schmiegt seine Stirn in die Kuhle zwischen Daumen und Zeigefinger.

Ich bin so wütend, dass ich nichts sagen kann und gleichzeitig so müde. Aber was sollte ich auch sagen? »*Ja, meine Eltern sind solche Monster, dass sie dich zu früh geweckt haben?*« Das ist mir gegenüber nicht fair. Ich bin diejenige die sie einfach hintergangen haben. Gut, zugegeben: Wir wurden alle hintergangen, aber …

Mit einem ärgerlichen Schnauben lasse ich meinen Kopf zur Seite fallen und kann ihn so an Wills Schulter abstützen. Dann fahre ich damit fort ins Leere zu starren.

Wie konnten sie mir das nur antun? Ja, ich hatte im Vorfeld schon Vieles erwartet … Aber das?!

Und dazu kommen noch die Gargoyles mit ihrem seltsamen Rückzug. Ich konnte mich nicht wehren und die Jäger waren quasi unbewaffnet. Sie hätten mich locker einpacken und die anderen erledigen können. Aber sie taten es nicht. Warum nicht?

Nachdem sie verschwunden waren, sind wir zurück zum gestohlenen Lieferwagen gelaufen und hatten uns so schnell wie möglich aus dem Staub gemacht. Gerade halten wir am Straßenrand neben dem Waldstück, in dem die anderen Fahrzeuge und die Waffen versteckt sind. Chris und Barnes sind seit einer gefühlten Ewigkeit draußen, um die Nummernschilder abzumontieren. Wir übrigen vier sitzen im Inneren auf dem Boden und ziehen lange Gesichter, nachdem die anderen mich darüber ins Bild gesetzt hatten, was eigentlich passiert ist.

Kim war wohl mitten in der Nacht aufgewacht, konnte nicht mehr schlafen und hatte deshalb Chris bei der Nachtwache abgelöst. Kurz darauf erschien auch schon die Polizei. Bei dem Gedanken daran verkrampft sich mein Magen. In dem darauffolgenden Chaos hätte keiner mehr auf die Gargoyles achten können und das kostete schließlich jeden der anwesenden Polizisten das Leben. Sie waren so voller Angst, Verwirrung und Ratlosigkeit. Sie waren schockiert ... Sie hatten keine Chance gegen die Gargoyles.

»Was ist das für ein Geräusch?«, fragt Kim mit gerunzelter Stirn und wir alle sehen auf.

Nun lauschen wir anstrengt, um herauszufinden, was Kim meint.

»Das klingt ...«, fange ich an und versuche angestrengt das Geräusch zuzuordnen. Plötzlich entgleist mir meine Mimik. »... wie ein vibrierendes Handy.«

Alle sehen mich einen Moment lang an und schließlich werden ihre Augen groß. Beinahe im selben Moment sind wir alle auf den Beinen. Als wir vorne bei der Fahrerkabine stehen, sehen die beiden Monteure mit gerunzelter Stirn und weit geöffneten Mündern von dem vorderen Kennzeichen auf, das nur noch an einer verrosteten Schraube hängt. »Was ist los?«, fragt Chris und macht ein Gesicht, als wartet er schon auf die nächste schlechte Nachricht.

Während die anderen noch reden, krabbele ich bereits halb über den Beifahrersitz und greife nach Chris' Rucksack. Nach dem Öffnen und Schließen von mehreren Taschen, finde ich es endlich. Auf dem Display steht ein verpasster Anruf. Mir entweicht ein ungläubiges Keuchen und wie hypnotisiert starre ich die Zahlen an, die ich nur zu gut kenne. Langsam komme ich wieder aus dem Fahrerraum heraus. Barnes greift grob nach dem Gerät und hält es Chris vorwurfsvoll unter die Nase. »Wieso hast du das noch?! Abs' verrückte Familie hat die Nummer! Gerade du weißt doch, dass die uns orten könnten!«

Dieser verschränkt die Arme und schürzt die Lippen. »Von euch hat doch auch niemand daran gedacht?! Wir hatten genug anderes zu tun ...«

»Das klingt nicht wie eine Entschuldigung!«

Ich kann dem Gespräch kaum folgen. Irgendwie fühle ich mich völlig aus der Bahn geworfen. Mein Gesicht muss kreidebleich sein. Wozu rufen sie jetzt noch an?

»Alles in Ordnung?«, höre ich Will neben mir fragen und er legt eine Hand auf meine Schulter, aber ich kann ihm nicht antworten. Ich kann ihn nicht einmal ansehen.

»Er muss sich auch nicht entschuldigen«, geht Jay mit ruhiger Stimme dazwischen und streckt fordernd die Hand nach dem Ding aus. »Noch sehe ich keine Hubschrauber. Du etwa?«, fährt er neckend fort. »Wir vernichten es einfach jetzt.«

Barnes gibt es ihm mit unglücklicher Miene. Gerade, als Jay seine Hand darum schließt, leuchtet das Display auf. Ein Ruck geht durch meinen Körper. Ohne darüber nachzudenken und ohne, dass ich die Nummer überhaupt richtig erkenne, reiße ich es ihm sofort aus der Hand. Unter Schreckenslauten und während ich Jay von mir drücke, der sich das Gerät wieder zurückholen möchte, tippe ich auf die Fläche, die den Anruft beantwortet und halte es mir ans Ohr.

»Seid ihr jetzt zufrieden?!«, sage ich mit deutlich erhöhter Lautstärke und beiße fest die Zähne aufeinander, um nicht einfach drauflos zu brüllen.

»Abigail?«, höre ich meinen Vater sagen und die Art, mit der er meinen Namen ausspricht, lässt meinen Ärger sofort in Luft aufgehen. Seine Stimme ist leise und zart, fast schon zerbrechlich. Darin ist kein Argwohn, keine Lüge, keine Wut. »Ist Haley bei dir?«

Die anderen bemerken meinen Stimmungswandel und verstummen, um mich gespannt anzusehen. »Wieso ... fragst du das?« Eine eisige Hand schließt sich um mein Herz und das Atmen fällt mir plötzlich schwer.

»Ihr Zimmer ist völlig verwüstet und ihr Fenster ist-« Er bricht ab, weil seine Stimme zu rau wird.

Alles um mich herum beginnt sich zu drehen, sodass ich die Augen schließen muss, um die aufkommende Übelkeit loszuwerden. »Wie kommst du dann darauf, dass sie bei mir ist?!«, zische ich wütend, damit er nicht weiß, dass mir die Tränen kommen.

»Abby, wo ist sie?«, schluchzt er und ich höre pure Verzweiflung auf der anderen Leitung. »Was waren das für Wesen?«

Natürlich hat er ganz richtig interpretiert, dass es sich um etwas Außergewöhnliches handelt und vielleicht verstehen sie nun zumindest im Ansatz, was ich die letzte Zeit über getrieben habe. Aber jetzt gerade ist es einfach viel zu wenig. Und viel zu spät.

»Dad. Ich kümmere mich darum - *Wir* kümmern uns darum. Aber euch sollte bewusst sein, dass sie ... dass sie vielleicht ...« Ich lasse die Worte unausgesprochen in der Luft hängen und weiß, dass er sie auch so hört. Einen Moment schweigen wir einander an. Dann lege ich auf.

Ein Zittern ergreift meinen Körper, während ich mich quälend langsam zu den anderen umdrehe. »Die haben meine Schwester.«

Meine Augen füllen sich mit Tränen des Grauens. Die anderen sind still und tauschen mitleidige Blicke aus.

Doch ich will ihr Mitleid nicht. Ich will ihre Hilfe.

»Ich weiß, was ihr denkt. Aber sie lebt noch. Sie ist noch am Leben. Ich bin mir sicher«, erkläre ich panisch und mustere jeden einzelnen eindringlich.

Wie aus dem Nichts steht Jay plötzlich an meiner Seite und belegt mich mit einem tieftraurigen Blick, während er meine Hand drückt.

»Ich bin mir sicher«, wiederhole ich und sehe ihn eindringlich an. Aber es scheint ihn nicht zu überzeugen. Er sieht mich nur weiter an. »Sonst hätten sie sie doch nicht mitgenommen! Sie hätten sie sofort getötet-«

Mir schießen Barnes Worte durch den Kopf, weshalb ich ihn augenblicklich grüblerisch mustern muss. Selbst er sieht mal so aus, als würde er Anteil an meinem Leid nehmen.

»*Deine hitzige Doppelgängerin.*«

»Was ist, wenn die Gargoyles sie mit mir verwechselt haben?«, versuche ich die Gruppe zur Einsicht zu bringen.

»Abs.« Jay legt nun sanft eine Hand auf meinen Arm. »Ich weiß, du möchtest es nicht wahr haben, aber …«

Sein einfühlsamer Versuch, mich zu trösten ist Balsam für meine Seele und macht mich gleichzeitig unfassbar wütend.

»Nein, wartet mal«, schaltet sich Kim plötzlich ein. »Überlegt doch mal. Phil schrieb, dass dieser *besondere* Gargoyle bloß einen bestimmten Typ bevorzugt. Was genau das ist, wissen wir nicht. Aber was, wenn es wirklich bloß das Äußere betrifft, ein bestimmtes Blutbild oder etwas Ähnliches«, denkt sie laut. »Das würde erklären, warum sie sich plötzlich zurückgezogen haben. Sie wollten eigentlich das Chaos nutzen, um Abs zu holen. Aber als sie ihre Schwester hatten, brauchten sie sie nicht mehr.«

»Das ist doch völlig verrückt«, entgegnet Will.

»Schon. Aber das ist ja selbst für uns Neuland«, hält sie dagegen und sieht mich an.

»*Danke*« forme ich stumm mit den Lippen und sie nickt lächelnd.

»Sie lebt noch«, bestätige ich laut für die anderen. »Ihr müsst mir helfen, sie zu retten.«

»Gut, gehen wir davon aus, es wäre so«, greift Will den Gedanken erneut auf, aber klingt nun etwas kooperativer. »Wo sollten wir jetzt anfangen zu suchen? Wir haben keine Anhaltspunkte. Wir haben gar nichts.«

»Bevor wir das Haus verlassen mussten, habe ich ein wenig recherchiert und weitere Möglichkeiten gefunden, die ihr noch nicht in Betracht gezogen hattet«, ich sehe Jay auffordernd an.

Er mustert mich kurz, während er sich über das Kinn streicht. Aber schließlich greift er in seine Hosentasche und holt den Zettel heraus, den ich ihm gegeben hatte. Schnell faltet er ihn auseinander und zeigt den Anderen seinen Inhalt, die prüfend ihre Blicke darauf werfen.

»Da sind bloß zwei Sachen nicht durchgestrichen«, bemerkt Barnes wenig erfreut.

»Es ist besser als nichts«, bestehe ich.

»Weißt du noch, wo das ist?«, fragt Kim und ich nicke entschlossen. Die Koordinaten haben sich in mein Gehirn gebrannt.

Einen Moment starren alle nachdenklich auf den Zettel, als würde er ihnen gerade einen langen Vortrag halten.

»Ich würde mit der Farm anfangen«, meldet sich Chris plötzlich zu Wort. Er scheint kurz verwirrt, als ihn alle sofort anstarren. »Das Gelände ist größer.«

»Und die Druckerpresse ist auch etwas weiter von den Mordplätzen entfernt«, unterstütze ich seinen Entschluss und hoffe inständig, dass die anderen es auch tun.

Ich bin voller Tatendrang und könnte ich mich jetzt nicht daran festhalten, würde ich wohl einfach in mich zerfließen.

Alle heben den Blick und sehen Jay erwartungsvoll an, dessen Augen noch immer fest an dem Papier haften. Er hat die Arme halb vor dem Körper verschränkt und eine Hand an den Mund gelegt. Wie in Zeitlupe hebt er den Blick und lässt die Hand schließlich sinken.

»Tun wir's.«

23

Die Jäger wissen, dass ab jetzt jede Minute zählt. Schnell laden wir die Ausrüstung vom Pickup in den Lieferwagen. Ich sitze vorne bei Chris und gebe ihm Anleitung, wo er hinfahren muss, während wir die anderen hinten gedämpft ein paar Schlachtpläne überschlagen hören.

»Wir holen sie da raus«, sagt Chris und ich hebe den Blick von der Karte.

Erst jetzt wird mir bewusst, wie ich auf ihn wirken muss. Mit meinem hüpfenden Knie und einem Fingernagel im Mund. Ich halte inne, senke die Hand und konzentriere mich darauf, meine Nervosität besser zu verstecken.

»Ich hoffe es«, ringe ich mir ein Lächeln ab.

Chris hält den Wagen auf der gegenüberliegenden Seite der Straße, die aber noch immer ein großes Stück von der Farm entfernt ist, damit wir alle aus der Ferne einen prüfenden Blick über das riesige Gelände schweifen lassen können, das durch die Dämmerung in goldenes Licht getaucht wird.

»Dann mal los«, sagt Jay schließlich, steht auf und schwingt die hinteren Türen auf. Als er auf den Boden springt, wackelt das gesamte Fahrzeug heftig, gefolgt von einem ohrenbetäubenden Poltern, das sich mit jeder Person wiederholt, die es ihm nachtut. Vereinzelt greift auch jemand nach einer der Taschen, von denen drei zusammen mit zwei militärgrünen Kisten direkt an den Türen platziert werden. Jay mustert erneut prüfend das flache Gebäude, wobei seine Kiefermuskulatur so kräftig zu arbeiten scheint, wie noch nie zuvor.

Mit weichen Knien springe auch ich aus dem Wagen heraus und gehe nach hinten zu den anderen. Aber ich kann meinen Blick nur widerwillig von der Farm losreißen. Vielleicht ist Haley da drin und wer weiß, was sie gerade durchmachen muss. *Wir müssen sie holen. Wir müssen sie unbedingt da rausholen.*

Die Gargoyles sind auch so schon furchterregend genug. Aber wenn man überhaupt nicht weiß, was eigentlich los ist ... Schaudernd erinnere ich mich an die Gefühle zurück, die ich durchmachen musste, als ich zum ersten Mal auf diese Wesen traf. Und Haley muss es nun noch um einiges schlechter gehen.

Als ich mich schwer schluckend umdrehe, beobachte ich, wie die Jäger bereits ihre Ausrüstung anziehen. So, wie sie jetzt die multifunktionalen Gürtel und schweren Westen anlegen, könnten sie tatsächlich eine Spezialeinheit der Regierung sein. *Eine Spezialeinheit, die Fabelwesen jagt ...*, denke ich wenig erfreut.

Barnes stemmt eine der großen Blechkisten auf, mit denen ich schon Bekanntschaft machen durfte, als Kim mich für meine »*erste richtige Mission*« ausstattete. Es fühlt sich an, als wäre seitdem eine ganze Ewigkeit vergangen. Trotzdem ergreift Unruhe von mir Besitz, beim Anblick des Inhalts.

Er entfernt den doppelten Boden, der aus schwarzem Schaumstoff besteht und Einbuchtungen für mehrere Messer hat. Ich möchte gerade den durchscheinenden Umriss einer Vermutung anstellen, wie die Gruppe überhaupt an diese Kisten gekommen ist, da zieht Barnes ein sehr viel schwereres Kaliber daraus hervor und ich entschließe mich augenblicklich dazu, dass ich gar nicht wissen will, wie sie da rangekommen sind. In seinen Händen hält er nun ein großes Sturmgewehr und neigt es etwas, um das Magazin zu laden. »A1, ja?«, fragt er dabei an Kim gerichtet ohne aufzusehen.

»Wir haben nicht die Zeit, das Gelände zu untersuchen. Sobald wir die Gargoyles finden, erledigen wir so viele wie möglich. Wir suchen das Zentrum des Nests und legen dann auf dem Weg nach Draußen den Sprengstoff aus«, wiederholt Jay noch einmal den Plan und justiert den Kragen seiner Weste neu. Es folgt bestätigendes Nicken.

Ich stehe zunächst unschlüssig da, etwas eingeschüchtert durch die Geschäftsmäßigkeit, mit der sie die Sache angehen. Schließlich greife ich nach einer der Westen. Jay, der gerade die Gürtelschnalle vor sich schließt, sieht ruckartig auf und schnellt ein Stück nach vorn, um die Weste wieder zurück in den Rucksack zu drücken. Seine Augen fixieren mich.

»Was soll das?«, frage ich aufmüpfig.

»Du kommst nicht mit.«

»Müssen wir dieses Gespräch schon wieder führen?«, quengele ich.

Barnes gibt die Waffe nun an Kim weiter und greift nach der nächsten, während sie das Gewicht und das Zielen testet. Will zurrt gerade die Bänder der Weste fest, damit diese sich passend an seinen Oberkörper schmiegt. Es scheint also keiner unseren Zwist zu bemerken. Oder sie halten sich schlicht raus.

»Sie ist meine Schwester«, erkläre ich und halte seinem Blick stand. *Das muss er doch verstehen können?!*

»Ich weiß, du willst ihr unbedingt helfen. Aber es hilft ihr nicht, wenn du dabei draufgehst«, sagt er mit Nachdruck, aber ich sehe in seinen Augen, dass das rein gar nichts mit der restlichen Rationalität zu tun hat. »Abs, bitte. Tu, was ich dir sage. Nur dieses eine Mal.«

Seine Worte zeigen Wirkung und mein innerer Kampf schwächt etwas ab. »Aber-«

Er legt seine Hände auf meine Schultern und ich verstumme augenblicklich unter der Berührung. Seit ich weiß, dass Haley in den Klauen der Gargoyles ist, stehe ich unter ständiger Anspannung. Zum ersten Mal wird eben diese durch seine Wärme und Sanftheit gestört. Seine Nähe erinnert mich an den Moment, den wir miteinander teilten, bevor die Hölle über uns losbrach. In meinem Kopf explodieren die Gefühle und legen meine Denkfähigkeit kurzzeitig lahm.

Der strenge Zug in seinem Gesicht verschwindet und seine Augen werden weich. »Wir wissen nicht, was uns erwartet. Und wir haben definitiv nicht genug Zeit, um jetzt noch darüber zu streiten.« Er tritt etwas näher an mich heran, sodass ich nur noch auf seine Brust sehen kann und der raue Stoff seiner Weste über meine Wange schabt. Dabei lässt er seine Finger über meine Arme gleiten und schließt sie um meine Handgelenke. »Ich will nicht, dass dir etwas passiert«, flüstert er an meinem Scheitel und mein Körper überzieht sich über und über mit Gänsehaut, während er mir einen Kuss auf das Haar drückt.

Als er sich wieder etwas von mir entfernt, wird mir ganz kalt und schwindelig. Er sieht mich erwartungsvoll an, aber ich beiße fest die Zähne aufeinander. Sie ist meine Schwester und ich kann doch nicht erwarten, dass sie alle ihr Leben für sie aufs Spiel setzen, während ich im Wagen Däumchen drehe. Aber Jays Augen sind so flehend, dass es physisch schmerzt. Schließlich siegt die Logik über meinen Märtyrerwunsch.

»Okay«, seufze ich und senke den Blick.

Erleichtert lässt er einen Schwall Luft entweichen. »Danke«, sagt er und drückt meine Hände. »Chris bleibt auch hier, für den Fall, dass wir schnell verschwinden müssen. Ich lasse euch eins der Walkie-Talkies hier, damit ihr mit uns in Verbindung bleiben könnt.«

Chris und ich bleiben also in der Fahrerkabine zurück und beobachten die schwer bewaffnete Gruppe, wie sie über das weite, freie Feld auf das hölzerne Gebäude zugeht. Erst jetzt, da sie unmittelbar am Eingang sitzen und sich verschiedene Handzeichen geben, registriere ich, dass das Konstrukt so hoch ist, wie ein dreistöckiges Gebäude. Als die Jäger schließlich im Inneren verschwinden, lehne ich mich angespannt etwas mehr in den Sitz hinein und umklammere das Walkie-Talkie. Das leise kontinuierliche Rauschen steigert meine Nervosität ins Unermessliche.

Chris fährt sich mit einer Hand durch die Haare und stützt dann seinen Ellenbogen auf dem Lenkrad ab. Er kaut seitlich auf seinem Daumen herum und seine Augen huschen konzentriert über das gesamte Gelände, das wir von hier aus perfekt im Blick haben.

Mit einem Klicken unterbricht sich das Rauschen. »Test. Test«, höre ich Wills Stimme deutlich, auch wenn sie ein wenig raschelt. »Wie viele Zuhörer folgen heute Abend denn unserem Programm?«

Ich kann ein Schmunzeln nicht unterdrücken. Es klickt erneut und das monotone Rauschen setzt wieder ein. Erst dann betätige ich die Taste, um zu antworten. »Wir können dich hören.«

»Perfekt«, antwortet er. »Ich versuche euch mal ein wenig auf dem Laufenden zu halten, solange wir das können. Gerade sind wir in einer riesigen Lagerhalle.« Auch trotz des Raschelns kann ich den albernen Unterton hören. »Man, die sollten unbedingt die Putzfrau feuern.«

Er meint es nur gut, das weiß ich. Aber in diesem Moment ist mir nicht nach Witzen zu Mute und ich verzichte deshalb darauf einzugehen.

»Will. Habt ihr was gefunden?«, drängle ich ihn, als er sich schon seit einer Weile nicht mehr gemeldet hat.

»Jede Menge.« Seine Stimme ist nun doch sehr viel ernster. »Scheint, als hättest du einen guten Riecher, was das betrifft. Viele alte Spuren, aber auch neue und ...«

Diese Aussage erleichtert mich in gewisser Weise und erschreckt mich gleichzeitig auf eine ganz andere.

»Yup, das ist Urin«, schließt er seinen Satz mit einem angewiderten Ausruf.

Einen kurzen Moment hören wir nur das Rauschen, dann meldet er sich erneut. »Allerdings fällt hier noch ziemlich viel Licht durch die Bretter. Wenn sie hier sind, dann muss es wohl noch einen Keller geben oder ähnliches. Ich melde mich nochmal.«

Wir verbringen die nächsten Minuten in völliger Stille. Man merkt, dass uns das beiden zusetzt, aber wir wagen es kaum zu atmen, um auf keinen Fall die nächste Nachricht zu verpassen.

Es fühlt sich schon an wie eine Ewigkeit, als das Gerät wieder klickt. »Abs?«, höre ich Jays Stimme, die aber sehr leise und abgehackt klingt. »Hier ist nichts.«

Ich schließe die Augen. »Aber die Spuren ...«

»Weder die Halle, noch die Nebenräume oder das Haupthaus wären für sie bewohnbar. Es ist sicher irgendwo hier in der Nähe. Aber hier ist es nicht.«

Enttäuscht streiche ich mir über den Nacken, schließe die Augen und bleibe still. *Haley, wo bist du?*

»Tut mir Leid.« Ich verstehe ihn kaum, als er das sagt.

»Wir finden sie«, antworte ich mit Tränen in den Augen und weiß selber nicht, ob ich daran glaube.

»... deshalb durchsuchen ... das Gelände ...« Es klickt und dann ist da nur noch Rauschen, als die Verbindung endgültig abbricht.

Ich sehe mich hilfesuchend zu Chris um.

»Er ist wohl gerade aus dem Empfangsradius getreten«, sagt dieser nüchtern, aber mit Sorgenfalten auf der Stirn.

Also heißt es wieder »Warten«. Ich beiße wenig begeistert die Zähne aufeinander und sehe ungeduldig zu dem Gebäude rüber, damit ich es nicht verpasse, wenn sie wiederkommen. Plötzlich habe ich das Gefühl eine Bewegung im Augenwinkel zu bemerken und wende meine Aufmerksam einem Stück Feld zu, das etwas abseits vom Haus ist. Dort bewegt sich natürlich nichts und ich bin schon dabei wieder wegzusehen, als mir Klappen auffallen, die dort in den Boden eingelassen sind. Sie sind nur ganz leicht erhöht, sodass ich sie beinahe übersehen hätte, doch ihre dunkle Farbe und die Struktur des Holzes haben sie doch verraten.

»Chris«, mache ich ihn darauf aufmerksam. »Siehst du das da hinten?«

Er lehnt sich leicht über mich, um sehen zu können, worauf ich da eigentlich zeige. Seine Augen suchen die Stelle ab, dann versteift er sich leicht, als er es ebenfalls erkennt. »Ist das der Keller?«

Ich schiebe ihn ruppig ein Stück zur Seite und versuche sofort Kontakt zu den anderen aufzunehmen. Aber selbst beim fünften Versuch erhalte ich nur das Rauschen als Antwort. Kurzerhand fälle ich eine Entscheidung und stoße die Tür auf, um auszusteigen.

»Was machst du?«, fragt mich Chris panisch.

»Ich gehe da jetzt runter«, erkläre ich nüchtern und schlage die Tür zu. Durch das Fenster erhasche ich noch einen kurzen Blick darauf, wie ihm die Kinnlade herunterklappt und sich seine Augen vor Schreck und Verblüffung weiten.

Ich lege bereits die Weste an, die Jay mir gerade noch aus den Hände genommen hatte, als Chris um die Ecke kommt und mich grob am Handgelenk packt. »Ich kann dich da nicht runter lassen«, sagt er mit einem Knurren in der Stimme. »Wir müssen warten, bis wir wieder Kontakt zu Jay und den anderen haben.«

»Das könnte aber schon zu spät sein«, erkläre ich patzig und entreiße ihm meine Hand. Die Weste liegt schwer auf meinen Schultern, ist viel zu groß und hat ein ungewohntes Gewicht. Selbst als ich die Schnallen fester ziehe, macht das nicht viel wett. Außerdem schabt der kratzige graue Stoff schmerzhaft an der Unterseite meiner nackten Oberarme.

»Bist du verrückt? Was glaubst du denn? Dass du da einfach reingehst und höflich fragst, ob du deine Schwester einfach wieder mitnehmen kannst? Und dass ihr zwei da dann fröhlich wieder rausspaziert?«

Ich beachte ihn kaum und versuche stattdessen den Gürtel anzulegen. »Das werde ich dann entscheiden.«

»Das ist doch Wahnsinn!«, Chris blinzelt ungläubig.

»Verstehst du das nicht?! Jede Sekunde, die verstreicht, könnte ihre letzte sein!« Frust und Wut verwandeln sich in eine gefährlichen Mischung. Irgendwo in den Tiefen meines Hirns, schreit eine Stimme nach Vernunft. Aber dieser Moment könnte über Haleys Leben oder ihren Tod entscheiden. Gerade jetzt kann und darf ich mich nicht auf meine Ängste versteifen. Ich muss gehen.

»Dann begleite ich dich«, beschließt er kurzerhand und will sich die letzte Weste greifen.

»Nein, du musst hier bei dem Walkie-Talkie bleiben und den anderen Bescheid geben, sobald du wieder Kontakt mit ihnen hast, damit sie nachkommen können.«

»Aber Jay-«, will er widersprechen, doch ich unterbreche ihn sofort.

»Chris.« Ich sehe ihm fest in die Augen, nehme ihm die Weste aus der Hand und lege sie zurück in die Kiste. »Wenn du in meiner Situation wärst, könntest du einfach hier herumsitzen und nichts tun, obwohl deine Schwester leidet?«

Sein Blick wird leer und er richtet ihn sofort zu Boden, ohne etwas zu entgegnen. Jetzt erst wird mir bewusst, dass ich gar nicht weiß, was eigentlich seine Geschichte ist und *wen* er verloren hat. Völlig unvermittelt trifft mich die beschämende Erkenntnis und fast wankt mein Entschluss. Meine Aussage könnte wahrer sein, als mir tatsächlich bewusst ist.

Ich packe ihn am Unterarm und sofort sieht er mich wieder an. »Bitte. Ich muss das tun. Wenn du helfen willst, dann versuch die anderen zu erreichen.« Es dauert einen Moment, aber er nickt stoisch.

»Jay wird mich vierteilen«, seufzt er resignierend.

»Und hilf mir diesen Gürtel anzulegen«, sage ich und sehe verzweifelt das Ding an, das beinahe zu Boden rutscht, als ich es mir um die Hüften schwinge.

Schlussendlich hängen zwei Messer daran und er sitzt leider trotz Chris' Hilfe noch immer viel zu locker. Ich nehme auch noch eine Taschenlampe und zwei Knicklichter mit. Chris lädt mir eine der Pistolen, die im Vergleich zu den Waffen der anderen, fast schon niedlich aussieht und gibt mir eine Kurzeinweisung zur Nutzung. »Das ist eine M9-Pistole. Das Magazin fasst 15 Patronen - behalte das immer im Hinterkopf.« Noch während er redet, sehe ich für mich selbst ein, dass ich sie wohl nicht verwenden werde. Aber es tut gut, zu wissen, dass sie da ist.

Mein Herz schlägt immer höher mit jedem Schritt, den ich näher an die hölzernen Türen herankomme. In einem Radius von zwei Schritten, ist dort wüst jedes Gestrüpp ausgerissen und die Erde ist aufgewühlt. Das alte Holz ist moosbewachsen und an vielen Stellen zerkratzt oder aufgeplatzt, sodass man dort sehen kann, welche Farbe es früher einmal gehabt haben muss. Es scheint sich dabei tatsächlich um einen Kellereingang zu handeln, da direkt daneben ein kleiner Rest der Mauer eines Hauses steht, das nicht mehr da ist.

Ich muss einige Überredungsarbeit leisten, bis ich mich selbst soweit habe, dass ich mich herunter beuge, um erst die eine, dann die andere Klappe aufzustemmen und vorsichtig auf den Boden zu legen.

Unruhig leuchte ich mit der Taschenlampe die Stufen hinab, die mit einer dicken Staubschicht überzogen sind. Aber ich kann auch nicht viel mehr sehen, außer eben die Stufen und dunklen Betonboden.

Ein tiefer Atemzug noch. Dann steige ich auf die erste Holzlatte, die daraufhin ächzend ein lautes Knarren von sich gibt.

24

Ich lasse das suchende Licht der Taschenlampe über Boden und Wände fahren. Der Raum ist klein. Eine Wand lässt sich ohne weiteres mit drei Schritten ablaufen.

Überall ist es übersäht mit Holzspänen und allerlei metallischem Gerümpel. Verrottende Kisten und sogar vereinzelt rostige Werkzeuge sind auf eine Art und Weise verteilt, dass ich die Annahme tätige, sie wären aus dem Weg gestoßen worden. Als ich dem folge, erblicke ich schließlich eine Metalltür, an der nur noch vereinzelt kleine Stückchen des alten Lacks hängen. Vorsichtig fahre ich mit den Fingern über den umliegenden Beton, der über und über von Kratzern übersäht ist.

Ich bin auf dem richtigen Weg, stelle ich ein wenig ängstlich, aber nicht weniger entschlossen, fest.

Nur mit großer Mühe schaffe ich es schließlich die schwere Tür aufzustemmen, die dabei immer wieder ein verräterisches Quietschen von sich gibt. Wenigstens sind die Scharniere so rostig, dass sie nicht zurückschwingt.

Mir stockt der Atem.

Vor mir erstreckt sich nur der Teil eines Raumes. Die mir gegenüberliegende Wand und auch Teile des Bodens, sind weggebrochen und geben den Blick auf einen unterirdischen Tunnel frei.

Aber dieser Anblick verblasst beinahe, in Anbetracht der seltsamen Lichtquelle, die alles um mich herum in einen blauen Schein taucht. Fasziniert trete ich auf den erdigen Teil des Zimmers zu und bücke mich langsam zu Boden. Ungläubig begutachte ich das kleine Steinchen, das ich nun zwischen Zeigefinger und Daumen in die Luft halte. Es sieht aus, als würde in seinem Innern eine pulsierende Perle sitzen, die mehrere Lichtscheine in sanften Wellen übereinander hinwegwogen lässt. Die Oberfläche ist scharfkantig, glatt und ziemlich kühl. Seine Geschwister liegen in unterschiedlichen Abständen und manchmal sogar als Haufen auf dem Boden. Mit ihrer Hilfe ist meine Umgebung ausreichend beleuchtet, sodass ich meine Taschenlampe löschen und wegstecken kann.

Ich erschrecke heftig, als mir das Echo eines Schreis aus dem Inneren der Tunnel entgegen peitscht. Langsam erhebe ich mich und lasse das Steinchen dabei unbewusst in meine Hosentasche gleiten.

Zögernd beginne ich einen Fuß vor den anderen zu setzen und sehe mich dabei misstrauisch um. Wenn ich meine Arme zu beiden Seiten ausstrecken würde, fehlen noch immer jeweils zwei ganze Schritte, bevor ich die Wände um mich herum berühren könnte. Ich gehe immer weiter und weiter, bis der Eingang nur noch eine blasse Erinnerung in meinem Hinterkopf ist. Plötzlich ertönt von irgendwo vor mir ein lautes Brüllen. Gefolgt von einem weiteren Echo, das mich in der Bewegung erstarren lässt. Es dauert einen Moment und ein besonders heftiges Schlucken, bis ich mich dazu durchringe, weiter zu gehen. Die Luft ist muffig und feucht, aber der Sauerstoffgehalt scheint dennoch ziemlich hoch zu sein. Ich wische mir ein paar Haarsträhnen von der schweißverklebten Stirn. Die Hitze ist unerträglich und scheint auch noch zu steigen, je tiefer ich in das Höhlengeflecht eindringe. Am Anfang versuche ich noch, mir zu merken, wie ich wo abgebogen bin. Doch schließlich muss ich eine anfängliche Panik verdrängen, weil die Begebenheiten dieser Umgebung stark an meiner Denkfähigkeit nagen und ich dadurch alles sofort wieder vergesse. Aber das erhabenere Ziel dieses Unterfangens treibt mich voran. *Ich muss Haley finden.*

Mit jedem Schritt, den ich tue, wird das Zischen und Knurren um mich herum lauter und scheint sich auch noch stark zu vermehren. Auch als ich schon am ganzen Körper zittere, zwinge ich mich immer weiter und horche angespannt. Unmittelbar neben mir ertönt ein kurzer, animalischer Schrei und ich wirbele, ein Messer aus dem Gürtel ziehend, herum. Der Gang, der jetzt vor mir liegt ist allerdings leer. Nervös beäuge ich den Weg, der in einer »T«-förmigen Abzweigung mündet, bevor ich ihn schließlich zögerlichen Schrittes betrete. Wieder ertönt der Schrei und instinktiv presse ich mich tief in die Erde der Wand neben mir. Mein Atem wird flacher und ich schiele an der unebenen Struktur vorbei auf einen Schatten, der immer größer wird. Plötzlich erscheint die Statur eines Gargoyles in dem Gang. Als er in meine Richtung sieht, drücke ich mich noch tiefer in den weichen Untergrund. Er grunzt und geht dann weiter. Ich lasse geräuschlos Luft durch meinen Mund entweichen und bewege mich langsam wieder vorwärts. Als ich an die Stelle komme, an der der Gargoyle gerade noch gestanden hat, gehe ich vorsichtshalber in die entgegengesetzte Richtung.

Nach einer Weile fühle ich mich schon völlig verloren. Ich sehe den Gang vor mir entlang und den hinter mir. Alles sieht gleich aus. Keine Räume, keine Türen, kein … *Gar nichts.* Nur Erde und blaue Steine, wo ich auch hinsehe.

Frustriert, aber auch ziemlich ängstlich, flüstere ich Haleys Namen in der Hoffnung, eine Antwort von ihr zu erhalten. Dann halte ich inne und versuche mich so wenig wie möglich zu bewegen. Ich will auf keinen Fall, dass ein Gargoyle auf mich aufmerksam wird. Erst als ich glaube, dass die Luft rein ist, gehe ich weiter und nach einer Weile flüstere ich erneut ihren Namen. Aber ich gebe diese Technik ziemlich bald wieder auf. Sie ist einfach zu riskant.

Außerdem wundere ich mich zunehmend darüber, wie tief und umfangreich das Tunnelsystem zu sein scheint und frage mich, wie Jay es schaffen will, das alles in die Luft zu sprengen. Aber ich begegne kaum Gargoyles, was mir Hoffnung gibt, dass ich Haley wenig kompliziert befreien kann und wir zusammen fliehen können. *Wenn ich sie denn erst einmal gefunden habe …*

Eine gefühlte Ewigkeit bewege ich mich schon durch die Tunnel, als ich plötzlich zwischen all dem Zischen und Knarren etwas anderes höre. Ein Wimmern. Zuerst bin ich mir nicht ganz sicher, aber dann ... Ein Wimmern. Ganz deutlich. Und es ist menschlich.

Nun orientiere ich mich daran und warte an Verzweigungen immer einen Moment, damit ich den Ursprung lokalisieren kann, erst dann gehe ich weiter. Je lauter das Wimmern wird, desto schneller wird mein Schritt. Ich muss mich sehr zusammenreißen, um nicht sofort laut ihren Namen zu rufen. Spätestens, wenn sie mich erkennt, wird sie mich unter Umständen verraten.

An einer Stelle renne ich fast einem Gargoyle in die Arme, aber kann mich noch im letzten Moment um eine Ecke retten. Damit mich mein lautes Atmen nicht auffliegen lässt, muss ich die Luft anhalten. Aber er übersieht mich glücklicherweise.

Das Geräusch ist mittlerweile so laut, dass ich es schon als Schluchzen erkenne, da laufe ich jedoch prompt in eine Sackgasse. Irritiert drehe ich mich einige Mal um die eigene Achse.

Ich höre sie doch ganz deutlich. Sie muss hier sein.

Beinahe hätte ich die kleine Öffnung an der Wand neben mir übersehen. Sie ist gerade mal so groß wie meine Hand. Vorsichtig spähe ich hindurch, aber kann keine der Kreaturen sehen. Auf der gegenüberliegenden Seite jedoch, kann ich etwas erkennen, das mich stark an Gitterstäbe erinnert. Das Weinen ist hier ebenfalls noch um einiges lauter.

»Haley?«, frage ich flüsternd und meine Stimme macht ungewollt Sprünge. Das Schluchzen überschlägt sich und verstummt. »Haley?«, frage ich erneut und schrecke etwas zurück, als sich plötzlich ein dunkler Schatten hinter der Öffnung erhebt.

»Abby«, kreischt sie und presst ihr Gesicht so fest gegen die Öffnung, dass es beinahe so aussieht, als würde sie daraus hervorquellen. Der blaue Lichtschein der Steine verzerrt ihre verzweifelten Züge zusätzlich und der Geruch von Erde, Blut und Urin steigt mir in die Nase. Sofort presse ich einen Finger auf meinen Mund und schiebe umständlich eine Hand durch die Öffnung, um sie ein Stück zurück zu schieben und ihren Mund damit zu blockieren. »Sch.«

»Aber-«, kreischt sie sofort weiter, als ich ihren Mund nur kurz wieder frei lasse.

»Haley! Du musst leise sein, sonst erwischen die uns!«, zische ich energisch und warte bis sie seltsam abgehackt nickt. Erst dann lasse ich sie frei und sie stößt einen tiefen Schluchzer aus.

»Ich hole dich hier raus, verstanden?«, verspreche ich und setze einen Schritt zurück, um die Wand nach einem Eingang oder ähnlichem abzusuchen.

»Das schaffst du nicht«, haucht sie unheilvoll.

»Doch das schaffe ich«, sage ich mehr zu mir selbst und ohne den Blick von der Wand zu lösen, auf der außer der kleinen Öffnung aber rein gar nichts zu sein scheint.

»Bitte, hol mich hier raus«, sprudelt es nun reichlich wässrig aus ihr heraus und sie hat hörbar Probleme damit, ihre Stimme leise zu halten. »Was sind das für Dinger?! Ich glaube die wollen mich töten. Du musst mich hier unbedingt rausholen.«

Die wollen etwas viel schlimmeres mit dir machen, denke ich bitter und mein Verstand arbeitet auf Hochtouren. Ich versuche nun sogar die Öffnung etwas weiter aufzubrechen, aber sie bewegt sich kein Stück. *Keine Chance*, begreife ich, als meine Fingernägel nur schmerzhaft über die Erde kratzen. Von dieser Seite aus werde ich sie nicht rausholen können.

»Haley, hör zu. Hier kann ich nichts tun«, sage ich. »Ich muss einen anderen Weg suchen-«

»Nein«, kreischt sie und lässt eine Hand aus der Öffnung herausschnellen, um damit nach mir zu greifen. Sie bekommt eine Schnalle der Weste zwischen die Finger und krallt sich daran fest. Ihr Gesicht presst sich neben ihren Arm und ihre Augen sind stark geweitet, während sie mich anflehen. »Bleib hier! Lass mich nicht allein!«

Ich versuche sie irgendwie zu beruhigen, indem ich immer wieder ihren Namen sage und sie mit Lauten zum Still sein animieren möchte. Aber mir bleibt nichts anders übrigen, als das Ende ihres Ausbruchs abzuwarten und nervös zu beten, dass kein Gargoyle auf ihr Geschrei aufmerksam wird.

»Haley«, zische ich etwas lauter, als sie nur noch unverständliche Worte gurgelt. »So kann ich dir nicht helfen. Du musst mich loslassen. Ich schwöre dir, ich hole dich. Aber du musst mich loslassen.«

Sie schnieft noch ein paar Mal und lässt mich endlich los. Erleichtert nicke ich. »Ich werde jetzt einen Eingang suchen, damit ich zu dir auf die andere Seite dieser Wand kommen kann«, erkläre ich ihr und sie schluchzt verzweifelt. Ich lege eine Hand um ihre. »Wir schaffen das, kleine Schwester. Wir schaffen das.« Dann drücke ich einen flüchtigen Kuss auf ihre schmutzigen Finger und setze mich mit flinken Hüpfern in Bewegung. Ein Blick zurück zeigt mir, wie Haley gerade noch ihre Hand zurück in ihre Zelle zieht und wieder hemmungslos zu weinen beginnt.

Die nächsten Gänge, die ich passiere, geben mir das Gefühl, ich würde nur immer weiter im Kreis um Haleys Zelle herum laufen. Mein Frust ist schon beinahe ins Unermessliche gestiegen, als ich plötzlich die Gitterstäbe vor mir auftauchen sehe. Als Haley mich sieht, krabbelt ihre winzige Gestalt augenblicklich auf mich zu und ich drücke einen Finger auf meinen Mund, damit sie gar nicht erst auf den Gedanken kommt, loszuschreien. Jetzt erst sehe ich das verkrustete Blut auf der einen Seite ihres Gesichts und überall auf ihrem Körper und ihrer Kleidung. Sie zittert wie Espenlaub und macht sich so klein wie möglich.

Ich begutachte die Stäbe. Sie sind aus derselben Erde, wie auch die Wände und auf dieselbe Art verstärkt. Fast so, als wären sie in Form gebracht und versteinert worden, damit sie jetzt so hart und unbeweglich sind. Eine Tür oder ähnliches kann ich trotzdem nicht finden. Mein Blick fällt auf ein Gitter im Boden der Zelle. Es sieht auf seltsame Art und Weise anders aus, als die Stäbe und ich vermute deshalb, dass das sicher der Eingang ist. Aber ich habe nirgends eine Möglichkeit wahrgenommen, um irgendwie eine Ebene tiefer zu kommen. Mein Herz schlägt ein wenig schneller. Ich glaube, schon jetzt viel zu viel Zeit vergeudet zu haben. Mir wird kaum noch genug davon geblieben sein, um eben diesen Weg auch noch zu finden.

Erfolglos versuche ich also, zwei der Gitterstäbe auseinander zu drücken, aber sie bleiben starr. Nachdem ich einen Moment überlege, ziehe ich schließlich eines der Messer heraus und fange an zu sägen. Aber auch das scheint nicht von Erfolg gekrönt zu werden.

Die Überlegung einer anderen Möglichkeit erfolgt gar nicht erst. In diesem Augenblick wird hinter mir ein Knurren langsam lauter und signalisiert mir so, dass wir nicht mehr allein sind. Ich halte inne und drehe widerwillig den Kopf in die Richtung, aus der das Geräusch kommt.

Egal wie sehr ich innerliche auch flehe, ich kann es nicht ändern, dass, keine drei Schritte von mir entfernt, ein Gargoyle langsam auf mich zukommt. Er hält seinen Kopf geduckt und fletscht die Zähne, während seine Augen mich zu durchbohren suchen.

Sofort versuche ich das Messer aus dem Stab zu lösen, aber wage es nicht den Blick von der Kreatur abzuwenden.

Als Haley ihn ebenfalls erblickt schreit sie los. Laut und schrill.

25

Augenblicklich stürzt er sich auf mich und ich kann mich nur im letzten Moment zur Seite wegducken. Trotzdem bekomme ich gleich darauf seine ausgestreckte Pranke ins Gesicht, sodass ich gegen die Wand strauchele. Die Gesichtshälfte, die er getroffen hat, brennt fürchterlich. Ich lege eine Hand darauf, um sie ein wenig zu kühlen und spüre etwas Nasses. Vor meinen Augen tanzen Sterne und ich muss mich hilflos an der Wand abstützen.

Zwischen all dem bewegt sich ein Schatten. Ich fange an mit dem Messer wild herumzufuchteln und wahllos zuzustechen. Haley kreischt, schreit und weint, was meine Konzentration zusätzlich stört und meine Wahrnehmung in einen schwindligen Strudel verwandelt. Sie wird noch andere anlocken, wenn sie so weiter macht.

Kaum, dass sich zumindest die Sterne verzogen haben, erwischt mich der Gargoyle allerdings an einem meiner Beine und mit einem Ruck verfrachtet er mich so auf den Boden. Ich spüre, wie mir mein eigenes Messer auf Hüfthöhe durchs Fleisch schneidet und jaule auf.

Als er sich grunzend über mich beugt, mobilisiere ich alle letzten Kräfte und ramme ihm die Klinge seitlich so tief in den Hals, dass sie dort stecken bleibt und nur der Griff noch herausschaut. Ich versuche meine Atmung so ruhig wie möglich zu halten. Mit schreckgeweiteten Augen presst er seine Finger darum, aber kann die Kraft, es herauszuziehen, schon nicht mehr aufbringen. Er stolpert benommen gegen die Wand, an der er langsam zu Boden rutscht. Hässliche gurgelnde Geräusche kommen dabei aus seinem Maul.

Ich lehne mich über meine nicht verletzte Seite und muss einige Anstrengung aufwenden, um mich aufzustellen. Dabei presse ich fest eine Hand gegen meine verletzte Hüfte. Meine Beine sind wackelig und so lehne ich mich zunächst gegen eine Wand. Meine beiden Hände sind völlig blutüberströmt und in meinem Kopf pocht es heftig. Mir entweicht ein weiterer erstickter Schmerzenslaut.

»Haley«, presse ich hervor. »Du musst still sein.«

»Aber du bist verletzt«, kreischt sie verzweifelt. »Wir kommen hier nie raus.«

Die Schmerzen lassen mich nur langsam vorwärts gehen. Im Laufen ziehe ich unbeholfen ein weiteres Messer aus dem Gürtel und fange wieder an, an dem Stab zu sägen, während Haley noch immer nicht still ist.

Mein Kopf wird mit einem Ruck ein kurzes Stück zurückgerissen und kracht dann mit voller Wucht in zwei der Gitterstäbe. Bevor ich überhaupt richtig erfassen kann, was eigentlich los ist, wird es für kurze Zeit schwarz um mich. In meinen Ohren höre ich lediglich einen langen, sehr hohen Ton. Das nächste, was ich sehe, ist der verschwommene Boden und wie sich mein letztes Messer, das dort liegt, immer weiter von mir entfernt. Hinter den Gitterstäben sehe ich verschwommene Bewegungen, aber dann wird es wieder schwarz.

Als ich das nächste Mal meine Augen öffne, kehrt auch mein Gehör wieder zurück. Die gewohnten Geräusche, die mich schon die ganze Zeit über so gequält haben, kehren ebenfalls zurück. Diesmal aber höre ich auch mein Ächzen und meinen Körper, wie er über den Boden geschleift wird. Ich versuche, mich frei zu zappeln, aber schon die kleinste Bewegung bereitet mir kaum auszuhaltende Schmerzen. Trotzdem gebe ich nicht auf. Wenn sie mich schon kriegen, dann nur mit dem größtmöglichen Widerstand.

Der Gargoyle schleift mich von einem Gang in den nächsten, ohne sich wirklich von meinen kläglichen Versuchen beeindrucken zu lassen. Seine Schultern sind um einiges breiter als die des Gargoyles, den ich gerade erst getötet habe und auch seine ganze Statur scheint etwas bulliger zu sein als gewöhnlich. Wir passieren eine Kurve und plötzlich wallen die uns umgebenden Laute immens auf. Das blaue Licht intensiviert sich einen Moment so stark, dass ich meine Augen kurz abschirmen muss und dann führt uns der Weg plötzlich nach unten. Erschrocken werfe ich einen Blick auf meine Umgebung und wünsche mir im nächsten Moment, ich hätte es nicht getan.

Ich bin im Herzen des Nests.

Vor mir erstreckt sich eine riesige Halle und in ihrer Mitte befindet sich eine runde Plattform, von der aus mehrere Wege abführen. Wege, wie den auf dem ich mich gerade befinde und die allesamt zu dunklen Bögen führen, die wiederum Eingänge in das Höhlengeflecht bilden. Zwischen den Wegen befinden sich Abhänge, bei denen ich den Boden nicht ausmachen kann. Beim Anblick dieser Schwärze wird mir ganz schwindelig.

Überall sind Gargoyles. Auf den Gängen und auf Plattformen in den Wänden. Es sind so viele, dass ich sie gar nicht zählen kann. Aber sie alle verblassen im Angesicht der Kreatur, die auf der Plattform steht und dessen blau leuchtende Augen mich nicht mehr hergeben wollen.

Sofort schießt ein Adrenalinschub durch meinen Körper und beinahe vergesse ich all die Schmerzen. Auch die Schlucht unmittelbar neben mir ist mir plötzlich egal.

Ich kämpfe. Ich schreie. Ich trete um mich.

Ich würde lieber sterben, als diesem Monster noch näher zu kommen.

Dieser Gargoyle sieht eigentlich kaum wie ein Gargoyle aus. Er ist um einiges größer und seine Arme, sowie Beine sind doppelt so dick. Die Krallen an seinen Pranken sind länger und er trägt einen Satz ledrige Flügel auf dem Rücken, die allerdings so durchlöchert sind, dass er damit wohl kaum fliegen kann. Auf seinem Kopf thronen zwei dicke, leicht gebogene Hörner, von denen auch ein Paar aus seinen Schultern ragt. In unregelmäßigen Abständen befinden sich kleine Zacken auf seiner Haut. Seine Gesichtsform ist ausgemergelt und wirkt beinahe menschlich. Er besitzt nicht das lange Maul der Gargoyles, wohl aber die Zähne. Seine Augen scheinen nur aus Pupillen zu bestehen. Allerdings sind sie blau und von einem feinen Leuchten umgeben, was mich unwillkürlich an die kleinen Steine erinnert, die überall in diesen Höhlen verteilt sind.

Ein Aufbrausen geht durch die Gargoyles. Sie kreischen, knurren und zischen wild durcheinander. Befremdlicher Weise erkenne ich es in meinen Gedanken als Jubel.

All meine Bemühungen sind umsonst. Mein Entführer dreht sich, packt mich am Arm und schleudert mich ohne große Mühen auf die Plattform. Schlitternd und mit einer langen Reihe von Schmerzensbekundungen, bleibe ich direkt vor den Füßen des seltsamen Gargoyles liegen, der mich intensiv mustert. Ich erhebe mich halb aus meiner liegenden Position und rutsche ein gutes Stück nach hinten weg. Mir ist ganz schwindelig und ich spüre dicke Schweißperlen auf meiner Stirn und Oberlippe.

Endlich lässt er den Blick von mir ab und stimmt mit einem viel tieferen Brummen in das Jubelgeheul ein. Doch sogleich ruckt sein Kopf so heftig zurück, dass ich mitten in der Bewegung erstarre. Mein Kopf beginnt zu vibrieren. Erst nur leicht, dass ich es kaum bemerke, aber es wird schnell immer stärker. Es vergehen mehrere Minuten bis ich verstehe, was dieses tiefe Brummen eigentlich ist. Ein Atmen. Ein Hauchen.

Verwirrt und sogar mit trotzigem Blick sehe ich ihn an. Doch sein Maul bewegt sich nicht und ich traue mich nicht, ihn aus den Augen zu lassen, um zu erfassen woher der Laut stattdessen stammt.

»*Endlich bist du mein*«, zischt es in meinem Kopf und löst gleichzeitig so viele Dinge in mir aus.

Noch immer bewegt sich sein Mund nicht, aber ich weiß trotzdem sofort, dass es seine Stimme ist. Jedes Wort erzeugt einen eigenen Druck auf meinen Ohren und Gänsehaut überzieht unangenehm meinen Körper.

»*Schon zu lange habe ich auf dich gewartet.*« Bei seinen Worten wird mir speiübel.

»Was bist du?! Wieso kann ich dich hören?«, frage ich atemlos.

»*Ich bin der Brüter dieser Familie*«, verkündet er. »*Im Gegensatz zu meinen Artgenossen, bin ich etwas Besonderes. Ich allein bin zuständig dafür, das Fortbestehen unserer Rasse sicherzustellen. Das ist eine wichtige Aufgabe.*«

Er umschleicht mich, während seine Augen gierig jede Facette meines Körpers einzusaugen scheinen.

»*Eure Sprache ist so primitiv. Sie zu imitieren und dir in den Kopf zu pflanzen ist mir ein Leichtes*«, lacht er und bleibt schließlich wieder vor mir stehen.

»*Du wirst eine perfekte Mutter sein.*«

Erschöpfung und Ekel mischen sich in meinem Kopf zu einer explosiven Mischung. Dieses Wesen allein ist für Isaacs Tod verantwortlich und für den so vieler Menschen.

»Und wenn ich das aber gar nicht will?« Meine Stimme zittert und ich höre mich überhaupt nicht so aufmüpfig an, wie ich es eigentlich beabsichtig hatte. Ich klinge eher wie der Schatten meiner Selbst.

Das tiefe Lachen, das als Antwort darauf folgt, lässt meinen Kopf schmerzhaft pulsieren. Ich presse stöhnend beide Hände dagegen und kneife die Augen zusammen. Es ist schon zu spät, als ich bemerke, wie der Brüter eine Hand um meinen Hals legt. Erst als er mich langsam auf die Beine hochzieht, erschrecke ich und versuche panisch seine Finger wieder zu lösen. Seine Haut ist ganz kalt und rau.

»*Diese Entscheidung obliegt dir nicht*«, erklärt er nüchtern und sieht mir tief in die Augen.

Alles in mir sträubt sich und ich winde mich wie ein Tier in der Falle. Presse eine Hand gegen seine harte Brust und stemme die Füße in den Boden, um so eventuell etwas mehr Abstand zu bekommen. Aber ich bewege mich kaum und er macht keine Anstalten mich loszulassen. Sein Mund öffnet sich langsam, während ihm dabei ein zischender Laut entweicht.

Ich weiche mit meinem Kopf so weit nach hinten, wie es mir in dieser Position eben möglich ist. Was auch immer jetzt folgt, ich will es so lange hinauszögern, wie ich kann.

Mit einem Ruck zieht er mich an sich heran, sodass unsere Gesichter nur noch eine Handfläche breit voneinander entfernt sind. Das blaue Leuchten seiner Augen sticht schmerzhaft in meinen, aber ich kann sie nicht mehr schließen. Sein Atem ist heiß und feucht. Der Geruch dreht mir den Magen um. Ein schnarrender Laut kommt aus seinem Mund, als er diesen leicht öffnet und zu einem fiesen Lächeln verzieht. Zwischen den vielen Zähnen kann ich einen Blick auf seine Zunge werfen. Sie wirkt beinahe schuppig und an der Seite sind mehrere schwarze Punkte aneinander gereiht.

Keine Sekunde später erkenne ich jedoch, dass es sich bei diesen Punkten eigentlich um Löcher handelt. Denn darin beginnen sich kleine leicht bläuliche Kügelchen zu bilden. Sie werden immer größer, je weiter sie aus den kleinen Öffnungen treten.

Plötzlich drückt mich der Brüter wieder von sich und der vorherige Anblick ist sofort vergessen. Er hebt die andere Hand hoch über sein Haupt und spreizt die Finger auseinander. Die Klingen kommen blitzschnell daraus hervorgeschossen und reflektieren das blaue Licht in alle Richtungen. Mir ist klar, dass er mich damit verletzen wird. Und das nicht wenig.

Die anderen Gargoyles erheben noch einmal ihre Stimmen. Mein Atem kommt rasselnd zum Stehen und ich fange an zu zählen.

Eins.

Zwei.

Drei.

Vier-

Aus dem Nichts sprühen plötzlich weiße Lichtscheine von allen Seiten auf uns ein. *Lichtbomben,* schießt es mir augenblicklich durch den Kopf.

Der Brüter brüllt und windet sich so heftig unter dem Licht, dass er mich loslässt und ich auf den Boden falle. Die Erschütterung bemerke ich kaum. Sie fügt sich nur nahtlos in all die anderen Schmerzen. Ich huste und sehe zu ihm auf, wie er die Hände auf sein Gesicht presst. Seine Stimme teilt sich in mehrere Oktaven und quietscht sogar schmerzhaft in mein Bewusstsein herein. Das Licht sticht in meinen Augen, aber ich will keinen Augenblick seines Leids verpassen. Es löst süße Genugtuung in mir aus.

Jemand greift mich am Arm und zieht mich hoch. Als ich den Kopf hebe, sehe ich in Jays verkniffene Gesichtszüge. »Komm. Wir müssen hier schnell weg.«

26

Jay ruft meinen Namen und zieht ungeduldig an mir. Wiederholt immer wieder, was er gesagt hat.

Ich würde ihm am liebsten um den Hals fallen, aber ich kann mich kaum bewegen. Unbeholfen stolpere ich hinter ihm her, während wir leidende Gargoyles passieren, von denen einer sogar über eine der Kanten in die Schlucht stürzt, weil er sich so stark unter den Schmerzen windet.

Träume ich? Kann ich gerade wirklich entkommen? Es ist unglaublich. Ich entgehe meinem Schicksal. Tatsächlich.

Langsam komme ich wieder zu mir. Meine Seite brennt und ich presse meine Hand fest auf die Stelle. Jay zieht mich in den Gang hinein und wir treffen ein Stück weiter drinnen auf die restliche Gruppe, die aufmerksam in Formation gegangen ist. Hier umfängt uns nur noch der blaue Schein der Steine und meine Augen beruhigen sich ein wenig. Erst jetzt wird mir bewusst, dass Jay gerade schon die dritte kleine Box auf den Boden wirft, auf der ein rotes Licht blinkt.

»Na, endlich«, ruft Barnes und setzt sich schon in Bewegung. »Lasst uns abhauen.«

Die anderen folgen schon, aber mir stellen sich panisch die Nackenhaare auf. Instinktiv greife ich nach Jays Unterarm und halte ihn zurück. »Haley. Wir müssen Haley holen!«, rufe ich mit schreckgeweiteten Augen, weil mir bewusst wird, dass er überall Bomben verteilt hat, aber Haley noch in ihrer Zelle ist.

»Aber-« Er sieht unschlüssig zu den anderen, die auch stehen geblieben sind. Dann sieht er wieder mich an. »In Ordnung. Wir holen sie, aber wir müssen uns beeilen.«

Ich nicke und laufe schon los, während ich höre, wie Jay den anderen noch etwas zuruft. Als ich bei einer Abzweigung ankomme, warte ich auf ihn. Die anderen laufen mit gehetzten Blicken in die entgegengesetzte Richtung davon.

»Gut. Wo ist sie?«, fragt er, als er zu mir aufgeschlossen hat und ich sehe ihn schuldbewusst an. »Du weißt nicht, wo sie ist?«, ruft er unglücklich aus. »Abs-«

»Ich habe sie gesehen«, unterbreche ich ihn schnell. »Sie ist in einer Zelle. Wir können das Nest nicht sprengen, solange sie noch hier ist.« Meine Stimme wird immer schriller und panischer.

Sofort legt er links und rechts seine Hände auf meine Arme. »Wir werden hier gar nichts sprengen, solange sie noch hier ist«, erklärt er ruhig und seine Worte beruhigen mich ein wenig.

Dann lässt er mich los und besieht das Magazin des Maschinengewehrs in seinen Händen. »Hast du eine Waffe?«, fragt er mich und ich nicke. »Gut. Dann los.«

Er geht voran und wir bewegen uns mit schnellen Schritten durch die Gänge. Lautes Geschrei hallt von den Wände zu uns herab, als die Lichtbomben scheinbar an Leuchtkraft verloren haben und die gesamte Gargoylemeute die Gänge bezieht. Es dauert nicht lang, bis Jay die ersten Kugeln abfeuern muss und ich ihn überhole, um weiter nach dem Gang mit Haleys Verlies zu suchen. Vor mir kommen plötzlich einige Gargoyles wie eine Flutwelle zum Vorschein und ich stolpere beinahe bei ihrem Anblick. Ich ziehe die Waffe, nachdem ich stehen geblieben bin und befolge die einzelnen Schritte, die Chris mir geschildert hat. Ich löse die Sicherung und ziehe das Schiff, damit sie lädt. Dann feuere ich mehrere Male in die Menge, bis das Magazin leer ist. Jedes Mal geht ein Ruck durch meinen gesamten Körper und das Gefühl bildet einen nebligen Schwindel in meinem Kopf. Auch als schließlich alle meine Kugeln schon verschossen sind, versuche ich noch den Abzug zu betätigen, aber die Waffe gibt nur immer wieder ein müdes Klicken von sich. Als Jay mich an der Seite berührt zucke ich erschrocken zusammen und hätte beinahe auf ihn gezielt. Er umfasst meine Taille, zieht mich so in einen Seitengang hinein und schiebt mich dann nach vorn. Ich werfe die Waffe achtlos zu Boden und gemeinsam rennen wir weiter. Immer wieder höre ich hinter mir das Maschinengewehr feuern und sehe das zitternde gelbe Licht, das davon ausgeht und sich über das Blau der Steine legt. Nach einer Weile scheinen wir sie, zumindest kurzzeitig, abgeschüttelt zu haben und lehnen uns, schwer atmend und mit Seitenstichen, an eine Wand. Wir sind beide über und über mit Staub bedeckt.

»Hast du nicht zumindest einen Anhaltspunkt?«, fragt er etwas ungeduldig. Sein Gesicht und seine Weste sind voller Blutspritzer. Dicke Schweißperlen laufen an seinem Gesicht entlang.

Mehr als ein Schulterzucken zur Antwort bekomme ich nicht zustande. Ich komme fast um vor Schmerzen. Während ich mir energisch mit einer Hand über die Stirn reibe, hinter der es schmerzhaft pocht, ruht die andere noch immer auf der Wunde. Zwischen meinen Finger kann ich nun neues Blut strömen spüren, weil unsere Flucht ihren Tribut fordert.

Da habe ich einen Einfall.

»Schleifspur«, rufe ich atemlos aus und Jay sieht verwirrt von dem Gewehr auf, bei dem er gerade das Magazin ersetzt. »Meine Wunde. Auf dem Boden muss eine Blutspur zu Haleys Zelle sein.«

»Du bist verletzt?«, fragt er sofort alarmiert und seine Augen suchen meinen Körper ab. Das blaue Licht und der Umstand, dass die Weste nun über der Wunde lag, bleibt ihm der Anblick jedoch verwehrt. Lediglich Blut überall an meiner Kleidung bezeugt meine Verletzung.

Ich winke ab. »Das ist jetzt nicht wichtig.«

Er mustert mein Gesicht einen Moment und wirkt nicht wirklich überzeugt. Aber dann beeilt er sich und zieht eine Taschenlampe heraus, um damit den Boden auszuleuchten. Die Steine bieten zwar genügend Licht, aber zwischen ihnen erscheint der Boden dunkler als dunkel.

Und tatsächlich finden wir nach einiger Zeit eine feine Blutspur, der wir folgen können.

»Abs, wenn du verletzt bist-«

»Wir kümmern uns später darum«, zische ich und werde mit jedem Schritt schneller. Es dauert nicht lange, bis ich endlich die verzweifelten Schreie meiner Schwester höre.

»Haley!«, rufe ich sie immer wieder und sie antwortet mir, indem sie meinen Namen zurückbrüllt. Ich hetze auf ihre Stimme zu und muss ein paar Mal im letzten Moment doch die Richtung wechseln, weil ich über die Aufregung Probleme mit dem Lokalisieren habe. Aber endlich erkenne ich die Gitterstäbe vor mir.

»Du bist wieder da!«, bröckeln die Worte lautstark aus Haleys Mund. Ihre Gestalt liegt zusammengekauert am Boden und sie streckt mir sehnsüchtig eine Hand zwischen den Erdstäben entgegen. Mit Tränen in den Augen schlittere ich auf sie zu und lasse mich auf meine Knie fallen, um ihre Hand zu nehmen.

»Ich habe es doch versprochen«, flüstere ich und weiß, dass sie mich über ihr Schluchzen gar nicht hören kann.

Erst jetzt kommt auch Jay in dem Gang an. Seine Augen fliegen über die Szene, sondieren die Lage. Er rüttelt an einem der Stäbe, tritt sogar einmal dagegen und sein Gesicht verrät mir, dass er versucht die Situation einzuschätzen. Geschickt zieht er ein langes Messer aus einer Halterung an seinem Bein. Während die eine Seite der Klinge glatt ist, weist die andere Zacken auf, wie bei einer Säge.

Schnell zieht er den Gurt der Waffe über den Kopf und reicht sie mir. »Wenn sie hier auftauchen, musst du schießen«, sagt er mit belehrendem Blick und zeigt mir mit kurzen Handgriffen, wie sie zu benutzen ist. »Pass auf den Rückstoß auf«, fügt er abschließend hinzu.

Ich lasse Haleys Hand nur widerwillig los und sie klammert sich an meine Weste, während ich den Lauf der Waffe ausrichte. Meine

Finger zittern und mein Atem geht in schnellen Stößen, während ich gleichzeitig stumm mehrere Gebete ausspreche.

Jay richtet seinen Stand aus und muss dann einiges an Kraft zum Sägen aufwenden. Noch mehr Schweiß tritt auf seine Stirn und sein Atem wird mit jedem Stoß keuchender. Aber schon bald schafft er es einen Teil des Stabs zu entfernen.

Mir entweicht ein erleichtertes, aber ungläubiges Keuchen und Haley schreit spitz auf. Der Platz reicht kaum für sie aus, doch sie drückt sich energisch hindurch und kann schließlich zögernd ihr Bein hinter sich herausziehen. Ein paar Mal scharren ihre Füße skeptisch über den Boden. Dann fällt sie mir stürmisch um den Hals. Ihr ganzer Körper bebt heftig und ich muss sie zusätzlich stützen, als ihre Beine plötzlich nachgeben.

Sie weint und quietscht, während sie unverständliche Sätze der Erleichterung von sich gibt. Geschickt fädelt Jay mir die Waffe aus den Händen und hängt sie sich wieder um.

»Es tut mir so leid!«, schluchzt meine Schwester und hebt ihr Gesicht wieder von meiner Brust, um mich anzusehen. »Was ich gesagt habe. Was ich getan habe ...«

»Wir können das später besprechen«, sage ich, aber sie redet einfach unbeirrt weiter.

»Ich habe sogar noch Mum gegen dich aufgehetzt. Es tut mir so leid. Und obwohl ich so ein Monster war-«

»Haley!«, donnere ich jetzt streng, weil ich mich nicht bewegen kann, wenn sie mich so festhält. »Das ist jetzt alles nicht mehr wichtig. Wir können hier nicht bleiben. Wir müssen hier raus, bevor die Gargoyles uns erwischen.«

Jay ist zwar still und lässt uns den Moment. Aber die nervösen Blicke, die er immer wieder in alle Richtungen wirft, verraten mir, dass er etwas gänzlich anderes denkt.

Aber sie macht keine Anstalten, mich loszulassen und so muss ich immer energischer werden, um sie von mir zu drücken. Ich kann kaum mich und meine Schmerzen tragen, geschweige denn ihr zusätzliches Gewicht. Schließlich nehme ich sie an der Hand und ziehe sie hinter mir her.

»Hier lang«, ruft Jay und geht zielstrebig voran. Ich kann kaum nachvollziehen, wie er es geschafft hat, sich sämtliche Abzweigungen zu merken. Aber ich bin mehr als dankbar dafür.

Plötzlich strauchele ich. Instinktiv lasse ich ihre Hand los, damit ich Haley nicht mit mir reiße. Vor meinen Augen dreht sich alles und ich merke kaum, wie ich mit meiner Schulter an einer der Wände entlangschabe.

Nur entfernt nehme ich wahr, wie ich zu Boden rutsche.

Die verschwommenen Umrisse von Jays Gesicht tauchen vor mir auf und ich kann gerade noch so erahnen, dass er etwas sagt, aber ich höre ihn nicht.

Ich höre nur *ihn*. Den Brüter.

»*Du gehörst mir*«, brummt es in meinem Kopf und legt alles andere lahm. »*Niemals wirst du mir entfliehen können. Ich werde dich finden, egal, wo du dich versteckst.*«

Der Schock sitzt mir tief in den Knochen. Ich kann ihn hören, aber nicht sehen. *Das bedeutet wohl, dass er hier irgendwo in der Nähe ist. Oder? Es bedeutet, dass er weiß, wo wir sind …*

»Abs!«, kann ich Jays Stimme wie durch Watte hören.

»*Du gehörst mir*«, wiederholt der Brüter.

»Nein«, krächze ich und schaffe es nur unter großer Anstrengung mich auf die Beine zu hieven. Als ich stolpere, fängt Jay mich auf.

»Was ist los?«, interpretiere ich aus den gedämpften Worten und seiner, sorgenvoll in Falten gelegten Stirn.

»Der Brüter.« Ich halte mir den pulsierenden Kopf. »Er ist hier irgendwo. Und er sucht uns.«

Er fragt nicht, wen ich mit dem Brüter meine. Stattdessen schwingt er sich meinen Arm über die Schulter und stützt mich, damit wir weiterkönnen.

»Ich halte euch auf«, sage ich und versuche noch immer den Brüter zu ignorieren, wie er mir, nach wie vor, sein Gift ins Ohr flüstert. »Du musst mich hier lassen. Bring Haley hier raus und zerstört das Nest.«

»Nein«, ist seine harte Antwort.

»Aber-«

»Das wird nicht diskutiert.« Er sieht stur nach vorn und lässt sich auch nicht davon beeindrucken, dass ich versuche, mich loszureißen.

Erst jetzt bemerke ich, dass Haley fest meine Hand drückt und sich ein kleines Stück vor uns durch den Gang zwängt. Sie wirft immer wieder einen nervösen Blick auf mich und durch all ihre Angst hindurch glitzert dennoch die Sorge in ihren Augen. Ihre Sorge um mich.

Vielleicht habe ich meine Schwester ja doch noch nicht ganz verloren …

»Er kommt immer näher«, vermute ich panisch, weil das Fauchen des Brüters immer erregter wird.

»Es ist nicht mehr weit«, erklärt Jay, aber zieht gleichzeitig merklich das Tempo an.

Hinter uns schwillt das Gebrüll der Gargoyles an und ein markerschütternder Schrei entweicht Haleys Kehle, als sie einen flüchtigen Blick nach hinten wirft. Der Schrecken verpasst ihr jedoch keinen Adrenalinstoß, sondern scheint sie zu lähmen. Sodass es schließlich wieder an mir ist, sie hinter uns her zuziehen. Ich sehe immer wieder zu ihr zurück und rufe ihren Namen, weil ihr Widerstand uns schnell langsamer werden lässt und der ganze Ballast schlussendlich auf Jay liegt. Eine riesige Welle Gargoyles folgt uns und sie kommen in rasendem Tempo auf uns zugeschossen. Sie kriechen über die Wände und den Boden ungebremst auf uns zu. Und irgendwo in ihrer Mitte ist der Brüter und bahnt sich seinen Weg zu mir durch.

»Haley! Wir haben es fast geschafft!«, rufe ich meiner Schwester über die Schulter zu, als das blaue Licht vor uns die Metalltür offenbart.

»Aufmachen!«, brüllt Jay und zieht mit der freien Hand etwas aus seiner Tasche. Er betätigt einen Knopf und auf dem Etwas beginnt eine kleine Leuchte rot zu blinken.

Eine der Bomben.

Er lässt sie zu Boden fallen, als sich keine fünf Schritte vor uns die Metalltür öffnet.

Ich spüre schon den Beton unter den Füßen und sehe mit einem Lächeln der freudigen Erleichterung nach hinten in Haleys angst-erfülltes Gesicht. Unsere Blicke treffen sich.

Hoffnung.

Aber …

Unmittelbar hinter ihr taucht plötzlich das teuflische Grinsen des Brüters aus der Dunkelheit auf. Er lässt seinen Arm um Haleys Mitte schnellen und reißt sie mit einem brutalen Ruck nach hinten. Ihre feinen Finger streifen über meine Handfläche. Ich krampfe meine Hand fest zusammen, doch trotzdem entwischt sie mir.

Sie schreit.

Ich schreie.

Dann sehe ich Wills Rücken, als er die Tür zudrückt und Jay wirft sich mit mir zu Boden, während Barnes in einer Ecke auf ein Gerät drückt.

Eine Explosion.

Ein langgezogener, hoher Pfeifton. Erschütterung. Überall Staub.

Und inmitten dieses Chaos' verliere ich meine Schwester. *Dieses Mal … für immer.*

In meinen Gedanken ist sie noch immer am Leben.

Keine Träne ist bisher auf meinem emotionslosen, völlig verdreckten Gesicht zu sehen gewesen.

Es ist schon weit nach Mitternacht. Ich sehe in die Sterne und hoffe darauf, dass sie meine Finsternis erleuchten. Aber es ändert nichts.

Wir hatten keine Zeit mehr, um lange auf dem Farmgelände zu verweilen. Das riesige, verwilderte Feld war völlig in sich eingefallen und nur so übersäht von Flammen und Rauch. Ich konnte ihren Körper nicht mehr aus den Trümmern graben.

Zwar war von Polizei oder Feuerwehr nichts zu sehen, als wir im Lieferwagen vom Gelände fortfuhren. Aber es war nur eine Frage der Zeit und wir hätten auf keinen Fall erwischt werden dürfen ...

Es wird mir niemals möglich sein, mich zu verabschieden. Es wird niemals eine richtige Beerdigung geben. Meine Eltern werden niemals erfahren, was mit ihrer Tochter passiert ist. Ich könnte es ihnen auch unter keinen Umständen irgendwie verständlich machen.

Mittlerweile sind all meine Verletzungen versorgt.

Trotzdem fühle ich tief in meinem Inneren eine neue - eine riesige, klaffende, besonders schmerzhafte - Wunde direkt in meinem Herzen. Sie pocht und kratzt. Sie nimmt mich, wirft mich, schleudert mich herum und katapultiert mich wieder achtlos in die Wirklichkeit zurück. Diese Wunde hat die Form von Haleys Lächeln, hat die Größe ihrer Umarmung und schickt die Erinnerung ihres Lachens in pulsierenden Wogen durch mein Bewusstsein, um mich unerbittlich daran zu erinnern, dass ich nichts davon je wieder erleben werde.

Ich fühle mich löchrig. Unvollständig. Leer.

Wie hypnotisiert starre ich auf die Erde, die ich immer weiter mit meinen Füßen aufwirble. Nur entfernt nehme ich den unbequemen Boden des Lieferwagens wahr, auf dessen Kante ich sitze. Die Decke, die um meine Schultern gelegt ist, kratzt an meinem Nacken und wärmt mich nicht im Geringsten. Mir ist so kalt. Ich glaube aber sowieso nicht, dass mir in meinem Leben jemals wieder warm sein könnte.

Es ist alles verloren. Es war alles umsonst.

Als sich Jay direkt neben mich setzt, lehne ich mich nur zu bereitwillig in seine Umarmung.

Er legt mir einen Finger unters Kinn und hebt so mein Gesicht, damit ich den letzten Rest meines Lebens, meiner Selbst, in seinen grauen Augen verlieren kann.

EPILOG

Drei Jahre später.

Haley,

seit meinem letzten Brief ist viel Zeit vergangen. Aber ich habe es einfach nicht übers Herz gebracht, dir zu schreiben.

Du weißt, es ist manchmal so.

Und wieder einmal beginne ich diesen ersten Absatz damit, eine Ausrede zu erfinden, warum ich mich noch immer nicht bei Mum und Dad gemeldet habe. Mit dem einzigen Unterschied, dass es diesmal keine Ausrede geben wird. Ihre beiden einzigen Kinder verschwanden beinahe am selben Tag vor drei Jahren. Auch, wenn ich schon seit einiger Zeit keine Suchplakate mehr gesehen habe, auf denen unsere Gesichter abgebildet sind: Sie sind sicherlich am Boden zerstört. Wie könnte ich ihnen jetzt, nach all dieser Zeit, einfach einen Brief zukommen lassen, in dem steht »Hi. Mir geht's übrigens gut. Eine von euren Töchtern lebt also noch. Habe bloß vergessen euch zu informieren ...«? Seit ich Baltimore verlassen habe, quält mich der Gedanke an sie und das, was ich ihnen angetan habe. Aber nichts quält mich so sehr wie der Gedanke daran, was ich dir angetan habe.

Mit jedem vergangenen Tag wird mir mehr und mehr bewusst, dass sie es auch nicht verdient haben, es zu wissen. Es ist hart, ich weiß. Und ich versichere dir, dass es keine einfache Entscheidung ist. Sie schmerzt mich. Aber ich werde damit leben. Sicher ist es das Beste, wenn sie nicht wissen wo ich bin oder was ich mache.

292

Das Leben als Jägerin ist noch immer ziemlich gefährlich. Eigentlich wird es sogar nur immer gefährlicher. Aber mit jedem weiteren Tag, der verstreicht, wird mir mehr und mehr bewusst, dass ich nirgendswo lieber sein würde.

(Ich weiß, ich sage es an dieser Stelle jedes Mal wieder, aber) Isaac fehlt uns sehr. Uns allen. Seit einigen Tagen kann ich mich nun auch mit Kim über ihn unterhalten, ohne, dass auf ihr leises Lächeln Tränen folgen. Tief in ihrem Innern leidet sie und macht trotzdem weiter.

Erinnerst du dich an die Zwillinge, die vor einigen Monaten zu uns gestoßen waren? Mittlerweile haben sie sich gut bei uns eingelebt. Jay lässt sie immer noch nicht mit uns anderen trainieren, aber sie werden besser. Jill ist immer eher für sich. Peter fällt nicht mehr sofort in Ohnmacht, wenn er auch nur an einen Gargoyle denkt und scheint sich langsam in die Gruppe zu fügen.

Die Suche nach weiteren Brütern läuft auf Hochtouren. Besonders Chris ist völlig aus dem Häuschen. Mittlerweile glaubt er dem Geheimnis hinter den blauen Steinen auf die Spur zu kommen. Er ist der Meinung, dass sie einen Wirkstoff in die Luft abgeben, der unserem Vitamin D ziemlich nah kommt. Ein Vorgang, den wir dann als Lichtquelle empfinden. Woraus sie genau bestehen, kann er nicht sagen, aber er glaubt, dass sie etwas mit den Brütern zu tun haben und überlegt sich die wirrsten Experimente, mit denen er das angeblich belegen könnte. Jeden Tag stellt er eine neue Vermutung zum Fortpflanzungshergang auf, weil wir (glücklicherweise) noch immer nicht Zeuge davon wurden. Aber die, in der er davon ausgeht, dass die Kugeln, die ich damals in der Zunge des Brüters sehen konnte, Eier sind und er sie möglicherweise über Wunden einpflanzen kann, scheint, laut Chris, noch immer am wahrscheinlichsten.

Seltsamerweise kommt er aber jeden Tag etwas mehr von der Überzeugung weg, die Gargoyles könnten eine Art außerirdischen Lebens sein. Seiner jetzigen Überzeugung nach, verbirgt sich in ihnen etwas Altes, etwas Mystisches. Er redet über Kulte und sogar Magie und ich bekomme jedes Mal Gänsehaut bei seinen Worten. Gar nicht auszudenken, was das bedeuten könnte. Was das für uns als Menschheit bedeuten könnte. Wenn er Recht hat ... Was wartet noch dort draußen? Was macht sich als nächstes bereit, um aus den Schatten zu kriechen?

Aber ich schweife ab.

Gerade haben wir ein drittes Nest ausfindig gemacht und der Verdacht, dass jeder Brüter seinen ganz eigenen »*Typ*« hat, hat sich nun endgültig bestätigt. Wie sie ihre Geschmäcker festlegen, wissen wir allerdings noch immer nicht. Es spricht viel für Willkür und Besessenheit.

Insgeheim ist diese nächste Mission auch der Grund, warum ich dir nun schreibe. Wer weiß, ob ich das danach noch kann ...

Aber Haley - Das verspreche ich dir hoch und heilig - es wird niemand mehr unser Schicksal erleiden müssen.

Dafür werde ich sorgen.

Ich vermisse dich, kleine Schwester,

Abby.

Ich falte die Blätter ordentlich übereinander und stecke sie in einen Umschlag. Den packe ich dann zusammen mit dem glänzenden, grünen Kugelschreiber zu den anderen, etwa zwanzig, Briefen in die kleine Holzschatulle. Natürlich bin ich mir mehr als bewusst, dass ich keinen einzigen davon jemals abschicken kann. Aber ich halte an der Vorstellung fest, meine Gedanken könnten Haley dennoch auf irgendeiner Ebene erreichen.

Langsam schließe ich den Deckel und schlinge dann die Arme um meine angewinkelten Beine. Nachdenklich sehe in das Tal hinaus, das vor mir liegt. Die sattgrünen Hügel werden gerade noch von den letzten Sonnenstrahlen des Tages in goldenes Licht getaucht. Der Wind weht mir von hinten die Haare ins Gesicht und ich kann nicht anders, als daran zu denken, wie schön dieser Ausblick ist.

Über die letzten Worte, die ich schrieb, haben sich wieder Tränen in meinen Augen gesammelt. Mit viel Mühe versuche ich sie nun wieder zu vertreiben.

Ich erlaube mir eigentlich nie an sie zu denken. Denn wenn ich es tue, dann überwältigt mich der Verlust jedes Mal und ich muss darüber nachdenken, was ich ihr noch alles hätte sagen müssen, bevor ...

Ich vermisse sie. Ich vermisse sie so schrecklich. Aber es macht keinen Sinn über Dinge nachzudenken, die sich nicht mehr ändern lassen.

Trotzdem würde ich wohl alles dafür geben, noch einmal ihr Lachen zu hören oder etwas von ihr zu besitzen, das mich an sie erinnert. Eine Nachricht, ein Bild, irgendwas. Hätte ich doch damals die Kette vom Bürgersteig aufgehoben und mitgenommen ...

»Hier bist du also«, höre ich Jay rufen und drehe mich zu ihm um. »Ich habe dich schon überall gesucht.«

»Du wusstest doch, dass ich Haley schreiben wollte.« Ich klemme mir die Schatulle unter den Arm und erhebe mich. Insgeheim seufze ich, weil ich den Anblick nun versäumen und die Gedanken an Haley wieder ruhen lassen muss.

»Ja, aber das war vor drei Stunden«, gibt er mit einem schiefen Kopfnicken zu Bedenken, als er mich endlich erreicht hat.

»Es war nicht so leicht.«

Er drückt meine Hand und seine Augen sehen liebevoll zu mir herunter. Unwillkürlich muss ich daran denken, wie unnahbar er einst gewirkt hat und wie wichtig er mir nun ist. Ich habe großes Glück. Sanft lege ich meinen freien Arm um seine Taille und ein feines Lächeln umspielt meine Lippen.

»Ich liebe dich, Jay.«

»Ich steh drauf, wenn du diese Briefe schreibst. Dann wirst du immer so sentimental.« Ein zuckersüßes Lächeln liegt auf seinem Gesicht. Er versucht witzig zu sein, um mich aufzumuntern. Aber ich kenne ihn schon zu lange. Seine Sorge bleibt mir nicht verborgen und ich muss schmunzeln.

Kopfschüttelnd knuffe ich ihn liebevoll zwischen die Rippen. Doch er weicht kein Stück von meiner Seite. Nicht einmal spielerisch. Stattdessen zieht er mich noch näher an sich heran und gibt mir einen Kuss aufs Haar.

»Ich liebe dich auch«, flüstert er und beugt sich schließlich zu mir herunter, um seine Lippen auf meine zu drücken.

ENDE

DANKSAGUNG

Für die Veröffentlichung von Marmornacht habe ich so vielen Menschen zu danken. Es war ein langer Weg bis hierher und ohne die Unterstützung und der zahlreichen Hilfe von Freunden und Familie, hätte ich es wohl nie geschafft. Ich liebe euch alle und fühle mich mehr als gesegnet, jeden einzelnen von euch in meinem Leben zu wissen.

Nun wäre dies aber keine Danksagung, wenn ich nicht trotzdem einige Personen besonders hervorheben müsste:

Ich danke meinem Jonas, dass er meine Verrücktheiten immer mitmacht und an mich glaubt, auch wenn mein Kopf mal wieder in Sphären abdriftet, die sich jenseits unserer Welt abspielen.

Ich danke der allertollsten Jennifer. Meiner besten Freundin. Meiner Alpha-Leserin. Meiner persönlichen Schreib-Insiderin. Ohne dich, gäbe es die Kette nicht. Danke, dass du so stark bist und meinen Thoughtdump immer so tapfer erträgst. Das Schreiben würde nicht einmal halb so viel Spaß machen, wüsste ich dich nicht mit mir in diesem Boot.

Ich danke Luisa, dass sie die Mühen des Korrektorats auf sich genommen und so meinen Traum von störenden Fehlern befreit hat. An dieser Stelle muss ich übrigens gleichzeitig auch meinem Bruder danken, der Luisa und mich überhaupt erst zusammen gebracht hat: Danke, Artur.

Ich danke meinen eifrigen Testleserinnen/Betas/*Testlese-Feen* dafür, dass sie mir einen so großen Teil ihrer Freizeit gewidmet haben, um mit mir gemeinsam Marmornacht in eine Form zu bringen, die den Leser faszinieren kann. Danke Andrea, Anna, Jacqueline d. W., Jacqueline R., Jenny, Julia, Larissa, Maren und Veri. Ihr seid wunderbar. Bessere Testleser hätte ich mir nicht wünschen können.

Ich danke Becky, dass sie nicht nur auch ein Teil der Testleser war, sondern dass sie zusätzlich noch das Lektorat übernommen hat. Unglaublich, was für ein Pensum du für mich hingelegt hast!

Ich danke Lara, für die Hilfe am Klappentext und ihr Feedback. Ich hoffe, Will hat dich nicht enttäuscht ;).

Ich danke Jule. Einfach ... Du weißt warum.

Ich danke Tim und Inca, die mich während der letzten Kapitel mehr oder minder freiwillig begleiten und dem Buch damit einen Teil unseres Dänemarkurlaubs widmen mussten.

Nun zu den Personen, die diese Worte hier wahrscheinlich niemals lesen werden, aber die, ohne es zu wissen, eben doch ihren sehr entscheidenden Beitrag geleistet haben. Ich danke Jenna Moreci, dafür dass sie mir so eine große Inspiration ist und ihre Tipps immer eine Offenbarung sind. Ich danke Laura Newman dafür, dass sie mir mit ihren Videos die Angst vorm Self Publishing genommen hat. Und ich danke der lieben Jane, für die tollen Gespräche und Tipps.

Und last, but definitely not least: Danke ich dir, lieber Leser. Von Herzen. Dass du dich dazu entschieden hast dieses Buch zu lesen, bedeutet mir unheimlich viel! Fühl dich ganz fest gedrückt.

Damit verabschiede ich mich nun. Und denkt daran: Lasst das Licht an ...

Ganz lieben Gruß. Eure Jess.